WIR HABEN
UNS
GEIRRT

MARTÍN CAPARRÓS

WIR HABEN UNS GEIRRT

Roman

Aus dem Spanischen von Sabine Giersberg

BERLIN VERLAG

Dieses Werk wurde im Rahmen des »Sur«-Programms, zur Förderung von Übersetzungen des Außenministeriums der Republik Argentinien verlegt.

FSC
Mix
Produktgruppe aus vorbildlich bewirtschafteten Wäldern und anderen kontrollierten Herkünften

Zert.-Nr. GFA-COC-001278
www.fsc.org
© 1996 Forest Stewardship Council

Die Originalausgabe erschien 2008 unter dem Titel
A quien corresponda bei Anagrama, Barcelona

Umschlaggestaltung: Nina Rothfos und Patrick Gabler, Hamburg
Typografie: Birgit Thiel, Berlin
Gesetzt aus der Palatino durch Greiner & Reichel, Köln
Druck und Bindung: CPI – Ebner & Spiegel, Ulm
Printed in Germany 2010
ISBN 978-3-8270-0839-8

www.berlinverlage.de

Für meine geliebte Teo

»Die christlichen Werte werden durch eine Ideologie bedroht, die das Volk ablehnt. Das Land hat eine traditionelle Ideologie, und wenn jemand versucht, ihm andere, fremde Ideale aufzunötigen, reagiert die Nation wie ein Organismus mit Antikörpern gegen die Bazillen, und so entsteht Gewalt. In dem Fall muss man alle Möglichkeiten des Rechts ausschöpfen.«

Monsignore Pío Laghi, apostolischer Nuntius
Buenos Aires, 1977

»Überall im Studium mag man mit den Anfängen beginnen, nur bei der Geschichte nicht.«

Jacob Burckhardt, Historiker
Basel, 1905

Diese Geschichte sollte reine Fiktion sein. Das wäre fantastisch.

1

ES KAM AUF allen Sendern. Sein Tod brach herein, wie so etwas hereinbricht, in den Acht-Uhr-Nachrichten, ohne die geringste Vorankündigung, selbstbewusst, wie einer, der seine Rechte kennt; na gut, es war nicht der Aufmacher des Tages, da an dem Abend der Präsident eine Vereinbarung unterzeichnet hatte, die Renten um vier Komma sieben Prozent anzuheben, aber immerhin kam der Tod vor zwei bewaffneten Überfällen mit Verletzten, dem Verkauf eines Verteidigers der Meisterelf, einem Bombenanschlag mit Dutzenden von Opfern irgendwo im Mittleren Osten und einem Rückschlag bei der Entwicklung eines neuen Impfstoffs gegen Aids.

Pater Augusto Fiorelli hätte nie gedacht, dass er einmal so bekannt würde: Hätte er je mit jemandem über Einzelheiten seines Todes gesprochen – und wäre derjenige nicht gerade sein Beichtvater, Bischof Mallea, gewesen, dem gegenüber er seine durch jahrhundertealte christliche Formeln verschlüsselten Berichte mit persönlichsten Details seines Lebens spickte, allerdings so leidenschaftslos erzählt, als wäre es einem anderen widerfahren –, hätte er bestimmt lediglich von seiner Hoffnung auf ein friedliches Sterben gesprochen, das es ihm erlauben würde, ein letztes Mal zu beichten, die letzte Ölung zu erhalten und in Gottes Frieden zu sterben. Wenn Pater Augusto also jemanden gehabt hätte, mit dem er ein Gespräch dieser Art hätte führen können, und wenn dieses Gespräch noch dazu ungewohnt offen oder im Übermaß von einem dieser einheimischen Weine begleitet gewesen wäre, die der Pater so schätzte, hätte er über seine Angst gesprochen, nicht mit der christlichen Würde zu sterben, die so viele Jahre Priesteramt geboten. In dem Fall – er würde es nicht offen aussprechen – hätte etwas Entscheidendes versagt. Vielleicht hätte Pater Augusto im Ausnahmezustand des Weins oder der Intimität ja sogar über all die Tode gesprochen, denen er in Ausübung seines Amtes beiwohnen musste. Er hätte gesagt, dass er sich oft unnütz gefühlt habe vor diesen Sterbenden, die er mit seinen Gebeten, seinen Händen, seinen Versprechen nicht trösten konnte; er wäre nicht ins Detail gegangen, aber er hätte von einem Mann gesprochen, der schrie, sie sollten endlich Frieden geben, er dürfe ihn nicht alleinlassen, er habe Angst, allein zurückzubleiben, und wie er ihm mehrfach versichert habe, der Herr werde ihn nicht alleinlassen, im Gegenteil, Er erwarte ihn, bei Ihm wäre er nie mehr allein, doch der Mann habe weiter und weiter geschrien, und in seinem Schreien waren immer weniger Worte und immer mehr blankes Entsetzen. Und Pater Augusto hätte es mit der Angst bekommen, als die Szene in ihm aufstieg, die er bereits in seinem Kopf verändert hätte, während er – unter Aussparung des Szenarios – von den Ereignissen berichtete, damit es überhaupt auszuhalten war: noch eine Erinnerung, an die er nicht mehr denken wollte. Oder er hätte, um von diesem Ort schnell fortzukommen, von der Frau gesprochen, die ihn stillschweigend und voller Hass angesehen hatte, als wäre er derjenige, der sie tötete, und die seine Hand fest gedrückt und ihn am Ende gefragt hatte, ob Gott ihr das wirklich antun musste. Oder dieser fünfzehn-, sechzehnjährige Junge, der starb, ohne zu begreifen, was mit ihm geschah, und wie er, Pater Augusto, sich in einem Augenblick des Zweifels und der Unruhe zu der Frau zurückgetrieben sah: Ob er ihr das wirklich antun musste. Es wäre kein leichtes Gespräch: Wenn Pater Augusto es geführt hätte, hätte es geheißen, dass er zu viel redete. Und das, obwohl er vieles für sich behalten hätte.

Jedenfalls hätte Pater Augusto sich niemals vorstellen können, dass dieser Tod, über den er gesprochen hatte – vielleicht aber auch nicht –, so öffentlich werden konnte.

Es ist merkwürdig, wie manche Ereignisse – manche Menschen –, die für den engen Raum eines Dorfes wie Tres Perdices bestimmt schienen, plötzlich, völlig unvorbereitet, zu Geschichten von nationaler Bedeutung werden können. Der beste Grund für diesen Widersinn ist nach wie vor, ob es uns behagt oder nicht, die Brutalität eines Todes zur falschen Zeit oder am falschen Ort.

Niemand würde behaupten, der Tod von Pater Augusto Fiorello sei zur Unzeit gekommen: Mit seinen achtundsechzig Jahren war der Pater schon seit einigen Jahren überzeugt, dass der Herr ihn jeden Moment zu sich rufen werde – und er hegte deshalb keinen besonderen Groll gegen ihn: Er fand, wenn Er an seine Tür klopfte, sei Er völlig im Recht, und manchmal wunderte er sich, dass Er die Entscheidung noch nicht getroffen hatte. Und es würde auch niemand behaupten, der Tod habe sich am falschen Ort ereignet: Was wäre geeigneter gewesen als diese bescheidene Behausung, das kleine Pfarrhäuschen am Ende von Tres Perdices, genau da, wo früher das Dorf aufhörte und wo jetzt eine Traube halb fertiger Hütten den armen Randbezirk eines Dorfes ausmachte, das für Randbezirke nicht konzipiert war. Es geht also weder um Zeit noch Ort. Womit keiner gerechnet hatte, war die Brutalität des Messers.

2

VOR ALLEM HATTE ich Sorge, er könnte merken, wie sehr ich diese Mittagessen herbeisehnte. Wir trafen uns alle zwei, drei Wochen, manchmal verging auch mehr Zeit, bis wir uns wiedersahen. Immer war ich derjenige, der anrief, aber damit hatte ich nie ein Problem, Juanjo galt als viel beschäftigter Mann – er war in der Tat viel beschäftigt –, und ich brach mir keinen Zacken aus der Krone, wenn ich mich bei ihm meldete. Ich hielt mich stets an die Zeitabstände – nie rief ich ihn an, ehe nicht mindestens vierzehn Tage seit dem letzten Mittagessen vergangen waren –, und er sagte fast immer zu, das funktionierte reibungslos. Über Zeit und Ort brauchten wir nicht zu reden, wir trafen uns immer um dieselbe Zeit im selben Lokal.

»Gut siehst du aus.«

»Ach was, Juanjo, spar dir die schönen Worte.«

Der Kellner fragte, ob wir dasselbe nähmen wie immer, worauf wir ja sagten, na klar, Juanjo sein Schnitzel Napolitana mit Pommes frites und Spiegelei – wobei er, wie immer, sagte, hier machten sie das Schnitzel Napolitana noch so wie früher – und ich mein Schmetterlingssteak mit Salat, nur jetzt möglichst mager. Wir saßen, wie immer, am letzten Tisch am Fenster.

»Wieso, du Spinner, warum sollte ich dich belügen. Ich meine das ganz ernst. Ich dachte, dass …« Er verstummte. Ich wollte ihn nicht fragen, was er dachte – um ihn nicht in Verlegenheit zu bringen –, und so fragte ich ihn, ob er mit dem Mietgesetz zufrieden sei, das er gerade durchgesetzt hatte.

Juanjo sah mich überrascht an: Erzähl mir nicht, du interessierst dich auf einmal für so etwas.

»Wieso? Was sollte mich denn sonst interessieren?«

»Keine Ahnung, aber du schimpfst doch die ganze Zeit auf das Politikergeschwätz, wie du so gern sagst. Ach, schade, Colo.«

Vielleicht fand er es schade, dass ich mit der Art von Engagement nichts anfangen konnte, der Juanjo sein Leben widmete; vielleicht aber auch – das war wahrscheinlicher –, dass ich meines ohne dieses Engagement vergeudete, oder gar, dass ich die Vorteile nicht genoss, die es mir bieten könnte. Aber ich wollte es gar nicht wissen und schwieg, erfüllte meinen Teil der Abmachung nicht. Seit jeher, also die fünfzehn, zwanzig Jahre, die wir diese Routine pflegten, waren unsere Treffen von Konfrontation geprägt, vom Schlagabtausch zweier Gentlemen, die glauben, sie könnten sich alles Mögliche an den Kopf werfen, ohne sich gegeneinander aufzubringen; an diesem Mittag war ich aus irgendeinem Grund bemüht, jeglicher Auseinandersetzung aus dem Weg zu gehen, als hätte ich Angst, den reibungslosen Ablauf zu stören. Oder als wäre ich entschlossen, ihm ein für alle Mal ein Ende zu machen. Juanjo hingegen fing wieder mit den üblichen Themen an.

»Mal im Ernst, Carlos, warum hörst du nicht auf, immer alles runterzumachen, und arbeitest lieber bei uns mit? Du bist einer der fähigsten Typen, die ich kenne, du könntest so vieles machen, es ist wirklich nicht mit anzusehen, wie du das Leben an dir vorbeiziehen lässt, ohne den Arsch hochzukriegen.«

»Ich lasse das Leben an mir vorbeiziehen? Ich würde eher sagen, es ist längst vorbei.«

»Quatsch, Colo, du kannst das Ruder immer noch rumreißen. Im Ernst, dann erst recht, mach bei uns mit, und du hast einen Grund mehr, das Ruder rumzureißen. Hast du etwa vergessen, wie es sich anfühlt, nützlich zu sein, einen Sinn im Leben zu haben? Das würde dir echt guttun.«

Es war das übliche Angebot, und es vergingen nie mehr als zwei Mittagessen, ohne dass er es mir unterbreitete. Ich vermute, er dachte, das sei eine Form, mir zu helfen, einem Freund zu helfen – und jetzt, wie er sagte, erst recht. Oder vielleicht, weil er jemanden brauchte, dem er vertrauen konnte, solche Begegnungen waren in der letzten Zeit wohl eher selten geworden. Normalerweise stellte ich mich dumm, lachte und flüchtete mich in Ausreden. Außer heute.

»Mit euch, in der Regierung? Du spinnst. Ich würde nie für deine Regierung arbeiten.«

»Sei doch nicht blöd, Colo. Alle sind dabei, komm, schließ dich uns an. Es ist wie damals, nur ruhiger, und man kann etwas bewegen.«

»Nein, das würde ich nie tun. Und jetzt erst recht nicht.«

»Wieso jetzt erst recht nicht?«

Fragte Juanjo, und dann begriff er – doch er wollte auf dieser Schiene nicht weiterdenken. Stattdessen drängte er mich weiter, für sie zu arbeiten, es würde sich lohnen, man könne etwas bewegen. Vielleicht war er verärgert, dass ich mich raushielt, dass ich mein Recht auf Kritik, ihn zu bewerten, nicht aufgab. Es würde ihn beruhigen, wenn ich mit drinsteckte, im selben Morast, es wäre eine Form, mich zum Schweigen zu bringen.

»Es lohnt sich, Colo, im Ernst. Wir haben doch nie gedacht, dass wir noch einmal eine Chance bekommen würden.«

Vielleicht ertrug ich es nicht, dass er von einer neuen Chance sprach; vielleicht war es etwas an seinem Tonfall, seiner Miene, vielleicht war es sein Krawattenknoten oder die Art, wie er sein Schnitzel ansah. Jedenfalls brach es aus mir heraus.

»Eine Chance wofür, Juan? Um irgendwelchen Schwachsinn über die Verschwundenen zu labern und dennoch weiter dasselbe zu tun wie alle anderen? Über die heldenmütigen Toten zu reden, um zu rechtfertigen, dass ihr immer noch am Leben seid und einen Scheiß von dem macht, was die Toten gern gemacht hätten? Die Siebziger als Deckmäntelchen für all das zu benutzen, was ihr heute weder könnt noch wollt?«

Juanjo sah mich an, den aufgerissenen Mund voller Brot. Ich konnte nicht aufhören.

»Anstatt euch um die Gegenwart und die Zukunft zu kümmern, sprecht ihr über die Siebziger. Ihr sonnt euch in der Vergangenheit: Nein, wir sind nicht so, wie ihr denkt; wir sind nicht *wir*; wir sind noch dieselben wie vor dreißig Jahren, wir sind wie die, die gestorben sind und keine Chance hatten, wie wir zu werden.«

So hart hatte ich es nicht ausdrücken wollen, die Etikette unserer Treffen erlaubte, dass man alles sagen konnte, aber nicht ohne eine gewisse ironische Distanz und Unbeteiligtheit. Ich war dabei, sie zu verlieren, und wusste nicht, warum. Um es wiedergutzumachen, schloss ich mich in den Schiffbruch ein.

»Findest du nicht, dass wir kein Recht mehr haben, noch irgendetwas zu tun?«

Juanjo hatte glatt rasierte Wangen, und sein Doppelkinn quoll aus dem Hemdkragen, eine Falte berührte den viel zu großen Knoten seiner roten Krawatte. Viele Haare hatte er nicht mehr auf dem Kopf, aber er kämmte sie so geschickt, dass sie einen Gutteil des Schädels bedeckten. Wenn ich ihn – wie in diesem Augenblick – ansehe, ohne ihn zu erkennen, zwinge ich mich, an mein eigenes Bild im Badezimmerspiegel zu denken.

»Was willst du damit sagen?«

»Ganz einfach. Entschuldige, aber wie schaffst du es, dich nicht für einen totalen Versager zu halten?«

Wir sind der letzte Dreck, ich konnte nicht aufhören, mir das immer wieder zu sagen. Dass wir der letzte Dreck sind und es uns ein Leben lang sagen. Wir haben unzählige Male auf so unzählige Art und Weisen gesagt, dass wir der letzte Dreck sind, und es in Kunst verwandelt; wir singen, malen, proklamieren es, und wir halten uns für sehr talentiert, wir glauben, niemand anderes könne das so gut wie wir. Wir sind der letzte Dreck und halten uns für schlau, weil wir uns das die ganze Zeit sagen.

Wir sind ja so feige: Wir glauben, das Wort könne uns erlösen. Wir denken, es genüge, bestimmte Dinge zu sagen, und schon stünden wir über ihnen. Die Straße ist voller Schlaglöcher, und ein Schild warnt *Vorsicht, Straßenschäden*; der Belag wird dadurch nicht besser, aber keiner kann behaupten, man habe es ihm nicht gesagt. Das Land geht den Bach runter, und Filme Bücher Lieder Theaterstücke erzählen davon; mit dem Land geht es weiter bergab, aber der Absturz wird gut erzählt, und man bewundert uns. Die Worte vervielfältigen sich. Wie ein Dichter schrieb: Auf dem Höhepunkt der Liebe haben die Poeten keine Eier mehr / was soll's, man schreibt ein Verslein / für die Nachwelt. Wir sind eine Horde Poeten, eine Bande gescheiterter Hochstapler. Wir haben nie etwas auf die Reihe gebracht, aber das haben wir mit so viel Eifer – und manchmal sogar Eleganz – vorgetragen. Daran gibt es nichts zu rütteln: Niemand versteht es, sich so elegant in der Niederlage zu suhlen wie wir Argentinier.

Es ist seltsam: Wir waren schon immer so, mir scheint, wir waren schon immer so, und dennoch gab es Zeiten, in denen wir glaubten, wir hätten nicht allein die Niederlage für uns gepachtet. Wir waren schon immer melancholische, tangobeseelte Hochstapler, aber hin und wieder überkam uns der Gedanke, dass wir auch Gutes schufen. Ein gutes Land, waren wir versucht zu glauben. Ja, das glaubten wir, und das ist das Seltsamste: Wir stellten uns vor, wir hätten alle Voraussetzungen, um alles zum Guten zu wenden, wir brauchten nur Zeit und ein wenig guten Willen, um das Ziel zu erreichen; dass das Erreichen des Zieles selbst aber von vornherein in unsere Geschichte eingeschrieben war, als hätte es sich schon ereignet. Es waren merkwürdige Zeiten: Unser Talent zum Scheitern – aus dem Scheitern eine Kunst zu machen – vermischte sich mit der Vorstellung, dass wir Großes erreichen würden, und widersprach ihr zugleich. Als ob wir uns nicht getraut hätten, ganz zu sein, was wir waren und sind. Das währte nicht lange: Wir verloren, wir gingen im besten Schiffbruch aller Zeiten unter, und der Widerspruch hatte sich aufgelöst. Das war unser Sieg: Wir widmeten uns ganz dem Scheitern, ohne Wenn und Aber, und jetzt ist unsere Seinsart zu voller Reife gelangt: Wir sind der letzte Dreck.

»Nein, im Ernst, wie schaffst du es, dich nicht für einen völligen Versager zu halten?«

Juanjo sah mich interessiert an, er dachte, ich würde wieder meine Rolle übernehmen. Er zögerte, ich hatte das Gefühl, dass ihm die Antwort schon auf der Zunge lag, aber er wollte noch ein wenig mehr wissen, bevor er sie in die Schlacht warf. Meine Frage hüpfte zwischen uns hin und her, wie manche Worte, wenn sie durch Schweigen belebt werden. Er bat mich, es ihm zu erklären.

»Ich weiß nicht, ob ich es dir schon mal erzählt habe. Wahrscheinlich nicht, ich glaube, ich habe es erst jetzt im Chaos der letzten Tage richtig verstanden. Ich sage dir, es war wie eine Offenbarung, da geht dir auf einmal ein Licht auf, und du fragst dich, warum du dafür so lange gebraucht hast.«

Der Kellner kam mit dem Schnitzel, dem Schmetterlingssteak, einem halben Liter Hauswein, Wasser und Eis. Er war ungefähr in unserem Alter und bediente dort schon seit ewigen Zeiten. Manchmal wechselten wir ein paar Worte über Fußball, die Regierung, das Wetter, Fußball. Wer weiß, was er zu der Zeit gemacht hat. Einmal kam mir der Gedanke, dass er gut Polizist gewesen sein konnte, und ich musste lachen, es war eine Reaktion von früher, eine Beobachtung, die mir nicht mehr zustand. Juanjo sah mich schweigend an und wartete darauf, dass ich ihm von meiner großen Erkenntnis berichtete; ich schwieg ebenfalls.

»Nun erzähl schon, Colo.«

»Weißt du was? Plötzlich musste ich an den Tucu denken. Erinnerst du dich an den Typen aus Tucumán, der Jura studierte und meines Wissens nicht eine Vorlesung besucht hat? Der mit Marita, der Medizinstudentin, ging?«

»Ich glaube, ja, aber ich bin mir nicht sicher … War es so ein großer Kerl mit Pomadenfrisur?«

War es nicht. Meine Beziehung zu Juanjo basierte auf solchen Missverständnissen. Bei jedem Treffen fragte ich mich irgendwann, warum ich mich weiter mit ihm traf, warum mir so viel daran lag. Wir hatten uns Ende der Achtziger zufällig wiedergetroffen, und unsere Freundschaft basierte darauf, dass wir so taten, als ob wir während des politischen Kampfs eng befreundet gewesen wären und gemeinsam harte Zeiten durchgestanden hätten. Dass die Wechselfälle der Geschichte uns eine Zeit lang getrennt, wir uns aber glücklicherweise wiedergetroffen hätten. Ich zumindest tat die meiste Zeit so, als ob ich das glaubte, ich ließ mich treiben. Obwohl ich wusste, dass es nicht stimmte; in Wahrheit hatten wir eine Freundschaft aus Erinnerungen aufgebaut, die wir so gut wie vergessen hatten. Wir konnten uns an die Schauplätze erinnern, an die Stimmung in jenen Tagen, an ein paar Leute. Es fiel uns nicht schwer, vorzugeben, wir hätten uns schon immer sehr nahegestanden. Ich habe mich oft gefragt, warum wir das taten. Ich traf ansonsten keine Leute mehr von damals; ich vermute, ab einem bestimmten Punkt brauchte ich diese Treffen, um die Vergangenheit aufzuarbeiten. Oder um mich über sie lustig zu machen. Oder um sie aufzuarbeiten, indem ich mich über sie lustig machte. Juanjo hingegen war durch seine Arbeit als Anwalt und seine politische Karriere immer noch mit der damaligen Zeit verbunden; ich denke, durch mich konnte er die Erinnerungen unbelastet von dem Filz und den Seilschaften die daraus entstanden waren, wiederauferstehen lassen.

»Also, Carlos, kommst du heute noch zum Punkt?«

»Verzeih mir die blöde Frage, aber wenn du es in einem Satz zusammenfassen müsstest, was würdest du über unsere famose Generation sagen?«

»Ah, darum geht es. In einem Satz, das ist immer schwierig.«

Juanjo wollte Zeit gewinnen. Ich zwang mich, ihn nicht anzusehen, damit er sich nicht unter Druck gesetzt fühlte, damit er nicht spürte, wie sich der Strick um seinen Hals zusammenzog.

»Grob vereinfacht würde ich sagen, es ist eine Generation, die alles gegeben und dabei ihre besten Leute geopfert hat, die aber jetzt endlich etwas von dem umsetzen kann, was sie sich damals vorgenommen hat.«

»So kann man es sehen, ja. Und was genau hat sie sich vor genommen?«

»Was soll das werden, ein sokratischer Dialog?«

»Los, sag schon: Was hatten wir uns vorgenommen?«

»Na, wir wollten eine bessere Gesellschaft schaffen.«

»Eine bessere Gesellschaft?«

»Jetzt hör doch auf, Carlos, das weißt du so gut wie ich:

eine Gesellschaft ohne Ausbeuter und Ausgebeutete, eine Art Sozialismus, auch wenn es heutzutage heikel ist, von Sozialismus zu reden. Kurzum: ein gerechteres Land mit mehr Chancengleichheit.«

Juanjo trank einen Schluck von der Weinschorle und starrte das Glas an, als merke er erst jetzt, worum es sich handelte: ein Getränk, das auch nicht mehr zu ihm passte. Ich lächelte.

»Und, ist es uns gelungen?«

»Geh mir nicht auf den Zeiger.«

»Oder ist es uns nicht gelungen?«

Vielleicht hätte ich es nicht offen sagen sollen, hätte es nur denken und für mich behalten sollen, anstatt wie ein Elefant im Porzellanladen seiner Erinnerungen herumzutrampeln. Welches Recht hatte ich, mich wie ein Elefant zu benehmen? Trafen wir uns nicht, weil wir diese Erinnerungen teilten oder zu teilen vorgaben? In den Tagen nach diesem Mittagessen habe ich oft gedacht, ich hätte den Mund halten sollen. Aber ich hatte viel zu lange viel zu viel heruntergeschluckt.

»Ist das Steak nicht in Ordnung?«

»Doch, Maestro, keine Sorge, es ist ausgezeichnet.«

Der Kellner zog sich mit einem berufsmäßigen Lächeln zurück, vielleicht war er tatsächlich besorgt, ich konnte vorgetäuschte Sorge noch nie von echter unterscheiden. Sofern das überhaupt zwei verschiedene Dinge sind: Wer vorgibt, sich zu sorgen, sorgt sich schon in gewisser Weise.

»Sind wir gescheitert?«

»Ja, das weißt du doch, Carlos, das ist doch nicht von der Hand zu weisen. Worauf willst du eigentlich hinaus?«

»Ach, auf nichts.«

Juanjo schnaubte: Machst du dich über mich lustig? Ich sagte, weniger, als er glauben mochte, und ich hatte das Gefühl, jetzt war die Zeit zum Angriff gekommen.

»Wir sind nicht nur gescheitert, wir haben sogar das Gegenteil von dem erreicht, was wir wollten.«

Ich machte eine Pause, forderte ihn heraus. Juanjo zog es vor zu schweigen.

»Vor vierzig Jahren, als wir fünfzehn, zwanzig waren und anfingen, politisch tätig zu werden, war Argentinien ein ziemlich wohlhabendes Land. Das wissen wir alle. Aber vor kurzem habe ich mir mal ein paar Zahlen angeschaut, um zu überprüfen, ob wir uns nicht geirrt haben, ob das vielleicht auch nur eine dieser Erinnerungen ist, die man sich im Nachhinein zurechtzimmert. Ist es nicht: Die Arbeitslosigkeit war gering, die Schere ging nicht allzu weit auseinander, es gab Armut, aber kein Elend, die öffentlichen Schulen und Krankenhäuser funktionierten, es wurden anständige Renten bezahlt, das Land hatte eine Zukunft. Es war nicht mehr so mächtig wie Anfang des Jahrhunderts, aber es ging ihm gut. Wir besaßen ernstzunehmende Industrien, wir produzierten Autos, Kühlschränke; wir besaßen ein gut ausgebautes Schienennetz, eine Handelsflotte, die besten Verlage Lateinamerikas. Natürlich gab es steinreiche Industrielle und Großgrundbesitzer und arme Arbeiter und Bauern, natürlich gab es brutale Unterschiede, zum Himmel schreiende Ungerechtigkeit, aber die Mehrzahl der Argentinier lebte doch ziemlich gut.«

Ich hätte gern »sorglos« gesagt, wie einer, der unbestreitbare Tatsachen aufzählt; ich muss zugeben, ich war ziemlich in Fahrt. Ich versuchte mich zu mäßigen.

»Dann kam unsere famose Generation und befand, dieses Land sei eine Katastrophe. Natürlich hatten wir recht: Es ist nicht fair, wenn der eine ein Vielfaches mehr hat als der andere. Und natürlich fanden wir genügend Gründe, um unsere hochtrabenden Reden zu rechtfertigen, du kannst alles rechtfertigen, du musst nur lang genug suchen. Wir legten uns unsere

Erklärungen zurecht, und weil das Land eine Katastrophe war, mussten wir es grundlegend umkrempeln …«

»Was soll das werden, *Rotkäppchen und der böse Wolf*? Hast du da nicht ein paar Dinge ausgelassen?«

»Ja, klar. Den Zeitgeist zum Beispiel. Wir haben nichts Originelles getan, der Gedanke, man müsse eine andere Welt erfinden, kursierte auf der ganzen Welt, vor allem in der Dritten. Wer nicht an eine sozialistische Zukunft glaubte, war ein Idiot, einer, der es nicht wert war, als Mensch betrachtet zu werden. Ja, Juanjo, wir haben nichts Neues erfunden. Nicht einmal etwas erfunden haben wir.«

»Und die Ungerechtigkeiten, die Befreiungsrevolution, Peróns Exil, die Unterdrückung, die Staatsstreiche, die Diktaturen? Wir haben nicht um des reinen Kampfes willen gekämpft. Sie ließen uns keine andere Wahl. Oder hast du das schon vergessen?«

»Nein, Juanjo, wie sollte ich das vergessen. Ich bin alt, aber noch nicht verblödet. Oder vielleicht sollte ich sagen: tot, aber noch nicht verblödet. Das weiß ich alles. Wir haben ein sauberes Paket geschnürt, wir haben bewiesen, dass Argentinien wieder eine Kolonie war wie zur Zeit der spanischen Herrschaft, so wie alle anderen Länder um uns herum Kolonien waren. Du erinnerst dich doch an die Losungen: Vaterland ja, Kolonie nein, Befreiung oder Abhängigkeit, all dieser Murks. Das war in der Tat ein kluger Schachzug. In der Schule hatte man uns beigebracht, dass unsere Vorfahren uns von den Spaniern befreit und mit Waffengewalt unser Vaterland geschaffen haben: Castelli, Güemes, San Martín. Wenn wir also bewiesen, dass das Vaterland wieder zur Kolonie geworden war, dann war es nicht nur legitim, sondern geradezu eine Verpflichtung, mit der Waffe in der Hand zu kämpfen.«

Juanjo atmete heftig. Er hatte schon seit ein paar Tagen

keine Zigarette mehr angefasst – wieder einer seiner Versuche, mit dem Rauchen aufzuhören – und schien kurz davor, dem Laster nachzugeben. Ich stellte mir den Kampf in seinem Innern vor: Er suchte nicht nur nach Argumenten, die er mir entgegenhalten oder mit denen er das Gesagte sogar vom Tisch wischen konnte, er musste auch Gründe finden, den Kellner nicht um eine Zigarette zu bitten. Als er sprach, klang seine Stimme rau, gereizt, seine Wangen waren feuerrot.

»Erteil mir keinen Geschichtsunterricht, Carlos. Worauf willst du hinaus?«

»Du weißt genau, worauf ich hinauswill. Deshalb bist du so wütend, man sieht es dir an. Aber immer schön der Reihe nach: Wir wollten das Land, das uns unerträglich schien, neu gestalten. Wir wählten die Strategie, die uns am geeignetsten erschien. Wir haben uns den Arsch aufgerissen, wir haben wirklich alles Menschenmögliche getan. Und jetzt, nach dieser Zeit, nach all den Gefährten, die starben oder fliehen mussten, deren Leben versaut ist, steht es um Argentinien so viel schlechter als damals. So viel schlechter, Mann, eine Katastrophe. Kannst du dir eine krassere Form des Scheiterns vorstellen?«

Juanjo gab mir keine Antwort. Ich weiß nicht, ob er an die Zigarette oder an meine Worte dachte, jedenfalls schien ihn beides unruhig zu machen.

»Im Ernst, Juanjo, denk doch mal drüber nach. Jetzt jammern wir, wie es um das Land bestellt ist. Und ist das nicht so, weil wir versagt haben und nicht sie? Ich behaupte ja nicht, dass wir das angerichtet haben, ich sage lediglich, als es dem Land besser ging, wollten wir ein noch besseres – mit dem Ergebnis, dass wir überhaupt erst die Bedingungen dafür geschaffen haben, dass sie es abwirtschaften konnten.«

Vielleicht, fiel mir ein, setzten wir diese Treffen fort, weil wir immer noch von »uns« und »ihnen« sprechen konnten und dabei zu wissen glaubten, wovon wir sprachen; nichts schweißt mehr zusammen als ein »wir« und ein »sie«. Juanjo hob den Kopf und sah mich an. Ich musste den Gedanken zu Ende bringen, und ich überlegte einen Moment lang, wie ich es formulieren könnte, ohne pathetisch zu klingen. Mir fiel nichts ein.

»Kurzum. Es soll nicht pathetisch klingen, aber ich kann es nicht anders ausdrücken: Unsere Generation hat die größte Niederlage in dieser langen Reihe von Niederlagen, aus denen die argentinische Geschichte besteht, zu verantworten.«

Schweigen. Juanjo sah mich an und schien etwas sagen zu wollen, tat es aber nicht. Ich hatte gesagt, was ich sagen wollte, und noch mehr. Zum ersten Mal in all diesen Jahren voller Worte schwiegen wir.

»Glaubst du das im Ernst?«, fragte er nach einer Weile. Ich begriff nicht, dass er zum Gegenschlag ausholte.

»Seit dreißig Jahren war mir nichts so ernst«, sagte ich, und er ließ sich ein wenig Zeit, damit sein Satz noch mehr Wirkung hatte.

»Hast du mal darüber gedacht, was Estela sagen würde, wenn sie dich so reden hörte?«

3

SAGEN WIR, ICH kann nicht ertragen, was wir diefolter nennen. Diefolter ist eine lapidare Bezeichnung dafür, eine nette Geste gegenüber dem Leser oder dem Gesprächspartner, eine Form von Rücksicht oder Feigheit – ein Sichducken. Es diefolter zu nennen beinhaltet keine Beschreibung: Es zeigt keinen lebendigen Körper, dessen Handgelenke an ein von der Decke hängendes Seil gefesselt sind, und an diesem Seil hängt der Körper, während die Arme immer länger werden, sich ausrenken, zerstört werden bei dem Versuch, den Körper zu halten, den nichts mehr hält, den nur seine Feinde brauchen; es zeigt keinen lebenden Körper, den eine Hand im Nacken packt, um den Kopf in Wasser zu tauchen oder in Wasser voller Abfall Scheiße Ungeziefer, damit er kapiert, wie sie ihm die Luft zu Wasser, das Atmen zu Ersticken, das Leben zum Augenblick machen können, wie sie seine Welt binnen Sekunden verändern, ihm im Nu eine Welt vorführen können, in der dieser Körper nie mehr ist, was er vorher war; es zeigt nicht einen lebenden, mit Händen und Füßen an ein Eisenbett geketteten, nackten, sehr nackten Körper, die ausgestreckten Arme aufgespannt, die ausgestreckten Beine aufgespannt, offen, mehr als offen, der unerbittliche laute schreckliche Stromschläge an den Ohren Lippen Augen Hals Zahnfleisch Brustwarzen Brüsten Bauch Eiern Eichel Vagina bekommt, sich krümmt und sich, so festgebunden, offen, nicht einmal krümmen kann und sich dennoch krümmt; es zeigt nicht einen gefesselten sehr nackten Körper, der von Händen und Armen anderer Körper gezwungen wird, sich auf allen vieren, den Kopf am Boden, darzubieten, von einem Schuh oder Stiefel mit hinter dem Rücken gefesselten Händen zu Boden gedrückt, die gebeugten Beine auseinander, das Hinterteil nach oben, den Po nach oben, damit der Stock das Messer die Flasche eindringen können, die aus dem Inneren dieses Körpers eine Angriffsfläche machen, ein Außen: die wehrlos nach außen kehren, was wohlgeschützt innen lag, die den Körper von innen nach außen wenden. Es diefolter zu nennen, zeigt nicht, dass dieser Körper einem Mann einer Frau gehört, die dort liegen, eingesperrt in diesen Körper, Geiseln dieses Körpers, Entblößte dieses Körpers; die ihn schreiend erleiden, gewunden in einem gewundenen Körper, eingeschlossen in einem Körper, den sie vergessen, verlassen, loswerden wollen – vergessen, vergessen, vergessen –, die daran verzweifeln, ein Körper zu sein, der zu reinem Schmerz, zum Feind, zum Quell eines Leidens wird, das sie sich niemals im Leben hätten vorstellen können: versunken im Grauen des Nie-im-Leben. Es diefolter zu nennen zeigt vor allem nicht die extreme Form, in der ein Körper zu einem christlichen Körper gemacht wird, zu dem, was der Körper für die Christen ist: der Feind, der Weg zur Verdammnis. Es diefolter zu nennen, zeigt noch weniger, dass um diesen Körper zwei, drei, fünf bekleidete verkleidete Männer herumstehen – stets Männer, nie Frauen –, die Kabel in der Hand halten, mit Händen schlagen, mit Werkzeugen schlagen, die verbrennen, fesseln, hineinschieben, untertauchen, zerreißen, Drohungen schreien, Drohungen flüstern, Fragen schreien, Fragen flüstern, verächtliche Beleidigungen schreien und flüstern, du bist niemand du existierst nicht du bedeutest niemandem etwas du bist schon tot du Idiot man hat es dir nur noch nicht gesagt, sie steuern den Strom die Schläge Risse Drohungen Fragen Beleidigungen, sie zeigen dem Mann der Frau, deren Körper an das Eisenbett gefesselt an den Armen aufgehängt gepfählt untergetaucht krampfgeschüttelt sind, dass jetzt sie Herr über diesen Körper sind, bis zu einer Grenze, die dieser Mann diese Frau nie für möglich gehalten hätten, dass sie Herr über diesen Körper und folglich über Leben und Tod seines Bewohners des ehemaligen Herren sind, der Geisel dieses Körpers, dass sie mit ihm oder ihr machen können, wonach ihnen gerade der Sinn steht: was sie wollen. Alles, ohne Einschränkung: Macht. Es diefolter zu nennen, zeigt nicht, ja lässt in ihrem tollwütigen Glanz die Inszenierung absoluter Macht nicht mal erahnen, die ein Mann über einen Körper haben kann, so viel Macht, wie man sie nur über einen fremden Körper haben kann.

du bist niemand du existierst nicht du bedeutest niemandem etwas du bist schon tot du Idiotin man hat es dir nur noch nicht gesagt

Sagen wir, Estela konnte damals diefolter nicht ertragen. Das wundert mich nicht. Ich wundere mich eher über die, die es konnten, oder von denen wir glauben, dass sie es konnten. Mich hat die Stärke, der Stolz, die Beharrlichkeit eines Menschen, die Fähigkeit abzuschalten, immer überrascht – eines Menschen, der gefesselt hängend gepfählt sich unter Stromschlägen windend mit dem Beweis konfrontiert wird, dass sein Körper sein Gefängnis sein Feind zu seiner schrecklichsten Bedrohung geworden ist, und anstatt ihren Anweisungen Folge zu leisten, noch daruber nachdenkt, was er tun konnte, um ein Minimum an Kontrolle an Intimität, Identität, an Waffenruhe mit dem eigenen Körper – zurückzugewinnen, und weiter so handelt wie zuvor. Ich meine: dass ein Mensch, der mit dem Unvorstellbaren konfrontiert ist, mit dieser Extremsituation, die er sich nicht hat ausmalen können, als er darüber nachdachte, was er in solch einer Lage tun würde, fähig ist, dasselbe zu denken wie vorher und zu schweigen.

Sagen wir, Estela ist es nicht gelungen – genauso wenig, wie es mir gelungen wäre –, und dass sie, einer gewissen Logik folgend – in einer Lage, die gewollt, bewusst außerhalb jeder Logik liegt –, einknickte. Wir waren jahrelang zusammen, und ich glaubte, sie zu kennen. Ich stellte mir vor, sie versuchte mit aller Kraft – viel dürfte das nicht gewesen sein – zu denken, dass all das nicht wirklich geschah; sie versuchte sich vorzustellen, es handle sich um einen Irrtum, eine Verwechslung, einen miserabel erzählten Albtraum, bis sie, gefangen in dieser Extremsituation, die plötzlich für sie entsetzlich real war, eingeschlossen in dem Körper, der nicht mehr ihr gehörte, es nicht mehr aushielt und aufgab. Keine Ahnung, worin dieses Nachgeben, dieses Sichausliefern bestand. Aber ich glaubte, sie zu kennen: Estela tastete sich vor und versuchte herauszufinden, wie viel sie von sich preisgeben musste, um diefolter aufzuhalten, zunächst für eine Verschnaufpause. Damit man sie für eine Weile in einer Ecke vergaß, wo ihr Körper nicht mehr länger eine Bedrohung oder ein Feind war und zu einem kranken Angehörigen wurde, um den man sich kümmern muss, trotz des Schmerzes, ihn in diesem Zustand zu sehen, eine stete Trauer, aber kein gellender Schrei. Dafür hatte sie einen klaren Grund: die Angst, ihr Kind – unser Kind – könne unter der Folter Schaden nehmen. In diesem schweren Moment dürfte es ihr leichter gefallen sein, zu denken, sie täte es mehr für das Kind als für sich selbst.

aber ich weiß auf jeden Fall, ihre Liebe rettete

Vielleicht hat sie in der Stimme von einem ihrer Folterer etwas bemerkt, das sie auf den Gedanken brachte, dieser Mann – bestimmt selbst Familienvater – sei nicht ganz und gar unempfänglich für die Ängste einer Schwangeren. Vielleicht dachte sie, es genüge, ihnen ein paar Namen zu nennen und ihnen so eine Ausrede zu geben, diefolter abzubrechen, ohne dass man ihnen das als Schwäche auslegen konnte. Den Namen von jemandem, den sie in Sicherheit wähnte, der geflohen, bereits verhaftet, tot war, dem ihre Aussage nichts anhaben konnte, vielleicht auch eine Adresse, von der sie glaubte, dass sich dort niemand mehr aufhielt, vielleicht auch irgendetwas, von dem ich nichts weiß. Was ich weiß, ist, dass selbst in dieser Extremsituation ihre Liebe zu mir überlebte. Dessen bin ich mir absolut sicher: Es gab Stunden, so erfuhr ich später, in denen mein Schicksal in ihrer Hand lag. Stunden, in denen ich meinerseits nicht verstehen wollte, was mit ihr geschehen war, und in denen ich, vielleicht um ihre Widerstandkraft, um Estela auf die Probe zu stellen, oder vielleicht auch, weil ich selbst ein Risiko eingehen und ihr auf diese Weise nahe sein wollte, einen Spaziergang machte, den wir einmal gemeinsam unternommen hatten, gemeinsame Bekannte besuchte, in der Wohnung umherging, in der wir fast ein Jahr zusammengelebt hatten. Ich weiß – auch wenn es mehr oder weniger das Einzige ist –, dass sie der Versuchung widerstand, mich auszuliefern: Ihre Liebe rettete mir das Leben. (Auch wenn eine solch absolute Aussage nur schwer haltbar ist: »Ihre Liebe rettete mir das Leben.« Es wurde auch dadurch gerettet, dass ich, als ich den Einsatzwagen an der Ecke sah, geistesgegenwärtig genug war, sofort in die nächste Straße einzubiegen und weiterzugehen, als wäre ich gerade auf dem Weg zur Post. Noch viele andere Dinge spielten da mit hinein. Es ist immer einseitig, wenn man aus tausend Gründen einen auswählt.)

Sie wird ihnen also ein paar unwichtige Namen gegeben haben, die ihr eine Verschnaufpause schenkten. Man schickte die Soldaten auf Beutezug, und als sie mit leeren Händen zurückkehrten, weil die Namen nichts taugten, ging es weiter. An der Wut, mit der sie auf sie losgingen, wird Estela erkannt haben, wie sehr sie sich getäuscht fühlten und dass es in höchstem Maße unvorsichtig wäre, es noch einmal zu versuchen. Sagen wir, in dem Moment wurde ihr klar, dass sie nicht länger nur so tun konnte, als ob sie Leute verriet; sie musste sich entscheiden. Der Zeitrahmen, den die Organisation ihren Mitgliedern im Falle einer Verhaftung als Sicherheitspuffer empfahl, damit die engsten Genossen an sicherere Orte flüchten konnten, war eingehalten. Das Problem für die draußen, dachte Estela wahrscheinlich, war verschwindend gering, ihres hingegen wurde immer größer. Sie war diesen Herren weiter ausgeliefert, die aus ihrem Körper einen Feind machten und aus ihrem Kind, unserem ungeborenen Kind, einen Toten ohne ein Recht auf Leben. Estela konnte natürlich auf den Gedanken verfallen sein, dass es unter den gegebenen Umständen das Beste für das Baby war, gar nicht erst auf die Welt zu kommen; aber ich glaube nicht – ich kannte sie –, dass sie eine solche Vorstellung akzeptiert hätte. Die Schläge – der Strom, das Untertauchen, die Schürf- und Schnittwunden? – würden weitergehen: Estela wurde klar, wenn sie nicht wollte, dass die Situation sich so entwickelte, dass es kein Zurück mehr gäbe, müsste sie selbst einen Weg wählen, bei dem es kein Zurück mehr gäbe, und ihnen zeigen, dass sie sich ergeben hatte. Estela kannte ein Haus, in dem Waffen aufbewahrt wurden; dieses Haus fiel der Armee drei Tage nach ihr in die Hände.

diesen Herren ausgeliefert, die aus ihrem Körper einen Feind machten und aus ihrem unserem Kind einen Toten ohne Recht

Das Haus war eine verlockende Beute. Nicht weil die Armee es gebraucht hätte – zu der Zeit hatten sie unsere Organisation schon fast vollständig zerschlagen –, aber sie landeten immer wieder gern Treffer, die ihre Existenz rechtfertigten. Außerdem bekamen sie so die Bestätigung, dass ihre Gefangene vertrauenswürdig war, oder anders ausgedrückt: dass man sie in die Knie gezwungen hatte. So weit, dass sie zu dem Zeitpunkt vielleicht schon mit dem Gedanken spielten, sie noch ein Weilchen am Leben zu lassen, zumindest so lange, bis das Kind geboren war. (Bald würde Estela herausfinden, dass es die argentinischen Militärs nach diesen hellhäutigen Kindern gelüstete, diesen Sprösslingen von geistig Verirrten, aber hinsichtlich Rasse und gesellschaftlichem Status durchaus akzeptablen Leuten, Kindern, die sie ohne Scham an ihre unfruchtbaren Freunde geben konnten. Estela würde herausfinden, dass dieses Kind, das, während diefolter ablief, ihr Schwachpunkt und vielleicht ihre Rechtfertigung war, ihr jetzt das Überleben sicherte – zumindest für ein paar Wochen. Und sie würde in dem Wissen auf die Geburt warten, dass mit dem neuen Leben ihres zu Ende war: Der Zyklus des Lebens hatte sich verselbständigt.)

Sie wird das Kind bekommen haben. Wer weiß, unter welchen Umständen, ich wollte lieber nicht darüber nachdenken. Das musste ich mühsam lernen, denn anfangs konnte ich an nichts anderes denken. Aber mit der Zeit ist es mir gelungen, so wie fast immer. Der Sohn – es konnte nur ein Sohn sein – wurde übergeben, ihre Aufgabe war beendet. Es sei denn, in dieser monatelangen Verschnaufpause wäre es Estela gelungen, die Ziele der Militärs bestmöglich zu erfüllen und zu beweisen, wie weit ihr Gehorsam und ihre Unterwerfung ging, so dass man sie am Leben ließ. Wir wissen heute, was diese Männer und Frauen Tag für Tag unter größter Angst lernen mussten: dass einige Militärs in den letzten Monaten ihres Bemühens, das Land vom Dämon zu befreien, ein paar Dämonen am Leben ließen, um auf eine andere Weise ihre absolute Macht zu zeigen: Sie konnten nicht nur über den Tod, sondern auch über das Leben bestimmen, sie konnten ihre Feinde nicht nur zerstören, sondern sie auch zu anderen machen, zu Anhängern, nichts hielt ihrer alles verändernden Macht stand. Und sie hatten eine Rechtfertigung parat, falls ihr betrübtes Gewissen ihnen einen Streich spielte: Wir haben nicht aus freiem Willen getötet, sondern weil wir keine andere Wahl hatten; jetzt, da wir die Wahl haben, lassen wir ihnen ihr Leben. Natürlich auch, um sicherzustellen, dass jemand von ihren Heldentaten berichtete, damit sie als Beispiel und Warnung dienten: Seht her, das passiert mit denen, die an unserer Macht zweifeln, wir zeigen euch, wo euer Platz ist.

Estela lebte, sie war all die Jahre am Leben, hatte Freud und Leid erfahren

Sagen wir, Estela hat das vielleicht begriffen und es versucht. Es gab viele Möglichkeiten; für eine Frau bestand die direkteste darin, eine sexuelle Beziehung – eine Liebesbeziehung? – mit einem ihrer neuen Herren einzugehen. Darüber ist viel geschrieben worden, viel Unsinn. Aber ich habe mir von Anfang an vorgestellt, dass sie genau das getan hat. Estela besaß alles – ich muss es schließlich wissen –, was eine Frau braucht, um einen Mann zu verführen. Ich wollte mir keine Details vorstellen, das ertrug ich nicht, obwohl ich mich mehr als ein Mal dabei ertappte, dass ich mir die Details so genau ausmalte, dass sich mir Fragen aufdrängten, die ich nicht hören wollte. Aber ich ging davon aus, dass dieses Vorgehen es ihr ermöglichen würde zu überleben, und es würde sie zwingen –

würde es das? –, ein neues Leben anzufangen. Sie, die Frau, die zu solchen Methoden gegriffen hatte, war nicht sie, sondern eine andere, die nicht mehr die von früher sein wollte – oder konnte? – und ihren neuen Mann bat, ihr – als Hochzeitsgeschenk? – eine neue Identität zu geben. Sagen wir, sie ist an irgendeinen Ort der Welt gegangen, unter einem anderen Namen, vielleicht mit ihrem neuen Mann, fest entschlossen, nicht mehr länger die zu sein, die am Ende nicht so war, wie sie selbst gedacht hatte. Das war der Grund, so vermutete ich, dass ich nie mehr etwas von ihr gehört hatte. Es war eine Möglichkeit, die schmerzlichste, aber auch die, die mich am meisten beruhigte. Sie hatte ihre Vorteile: Estela lebte, sie war all die Jahre am Leben, hatte Freud und Leid erfahren, war gealtert, hatte französische Filme gesehen, wieder an ihren Gott geglaubt, ihre Geschichte vergessen, sich wieder an sie erinnert, ihre weiße Luftschokolade gegessen, aber vielleicht war sie auch tatsächlich eine andere geworden. Die Vorstellung erleichterte mich, obwohl ich mir lieber nicht ausmalte, wie ihr Leben mit diesem neuen Namen aussah, diesem neuen Menschen, in diesem neuen Land oder Viertel. Solche Bilder hätten mich auf Schritt und Tritt verfolgt; ich verdrängte sie. Diese Möglichkeit barg Gefahren, aber, ich sage es noch einmal, es war mir die liebste: eine, die ihr Leben schenkte und mich nicht zu diesem letzten Dreck machte, diesem Versager, der nicht für sie, nicht für die Sache hatte sterben können. So konnte ich mir einreden, sie habe in gewisser Weise dasselbe getan wie ich.

Aber wusste man's?

4

ICH WAR AUSGESPROCHEN überrascht, als er mich von seiner Sekretärin anrufen ließ, seiner »persönlichen Assistentin«, wie sie sich ausdrückte. Und erst recht, dass er mich dringlich bat – »Der Herr Doktor sähe Sie gerne«, sagte sie –, so schnell wie möglich in seinem Büro im Ministerium vorbeizukommen, diesmal ohne Lokal, ohne Mittagessen, ohne sich an den regulären Zeitabstand zu halten, völlig außerhalb des gewohnten Rahmens. Und am Ende nahm die Sekretärin auch noch ohne Murren meinen Terminvorschlag für den frühen Nachmittag des darauffolgenden Tages an.

Doch einiges von dieser Überraschung löste sich jetzt im Vorzimmer von Juanjos Büro in der Hitze der Warterei auf.

Porträts an den Wänden, wohl Juanjos Vorgänger, ein großer dunkler Teppich, Holzverkleidungen aus der Zeit vor der Reihe an Schiffbrüchen. Die Sekretärin im Nachbarzimmer ignorierte mich, vermutlich passte mein Erscheinungsbild nicht zu jemandem, den ihr Chef so dringend zu sehen wünschte. Ich weiß, dass ich inzwischen niemandem mehr gefalle, lange Zeit hatte ich das Gegenteil geglaubt oder glauben wollen; jetzt interessiert mich nur noch, wann und warum das aufhörte – sofern es je so gewesen war.

»Carlos, komm rein.«

Sagte Juanjo in der Tür seines protzigen Büros, in tadellosem Hemd mit Manschettenknöpfen und Krawatte. Es klang wie komm, mach hin, als hätte er es sehr eilig und ich würde das nicht kapieren und ihn unnötig aufhalten. Ich wollte ihm nicht sagen, dass doch er derjenige war, der mich herbestellt hatte, ohne einen Grund zu nennen, und mich dann in einem verschlissenen blauen Samtsessel hatte warten lassen.

»Warst du schon mal hier?«

»Nein, warum sollte ich.«

»Keine Ahnung, ich lass dich schließlich nicht überwachen. Ja, dachte ich mir, dass du noch nie hier warst.«

Sagte Juanjo und schwieg, er wartete, dass ich meine Meinung zu der Kulisse kundtat. Ich schwieg ebenfalls. Für mich war es komisch, ihn in diesem riesigen Ledersessel hinter dem ehrwürdigen Schreibtisch sitzen zu sehen, die Nationalflagge in der einen, die der Provinz in der anderen Ecke, mit dem Porträt von San Martín in Uniform und dem Foto des Präsidenten im Hintergrund. Aber mit seinen manikürten Fingernägeln passte er perfekt dorthin.

»Ich will dir nicht die Zeit stehlen, Colo. Bestimmt hast du dich gewundert, dass ich dich gebeten habe, in mein Büro zu kommen.«

In der Tat, seit gestern fragte ich mich, was er wohl wollte. Vielleicht wollte er mir einen Job anbieten, die Andeutungen und beiläufigen Bemerkungen in ein konkretes Angebot münden lassen. Merkwürdigerweise freute ich mich über die Vorstellung, und kurz dachte ich sogar darüber nach, ob ich das Angebot doch annehmen sollte. Am Ende beschloss ich, es nicht zu tun, es wäre eine gute Gelegenheit, meine Prinzipientreue unter Beweis zu stellen.

»Also, das hat mir einfach keine Ruhe gelassen. Als Erstes muss ich mich tausendmal bei dir entschuldigen. Ich meine das ernst, es kommt von Herzen: Was ich da über Estela gesagt habe, war hundsgemein, das hätte niemals über meine Lippen kommen dürfen.«

Sagte er und versuchte betrübt auszusehen, was ihm nicht gelang. Ich versuchte ihm beruhigend zuzulächeln, was mir auch nicht gelang. Es fiel uns schwer, die eingespielten Rollen zu verlassen. Doch er fand schnell wieder zu seiner zurück: Noch bevor ich den Mund aufmachen konnte, hob er seine feiste Hand, um mir Einhalt zu gebieten. Ich solle nichts sagen, es sei seine Schuld und er werde dazu stehen, er habe lange darüber nachgedacht, wie er sich entschuldigen und mich dafür entschädigen könnte, und dann sei es ihm eingefallen.

»Im Rahmen unseres Einsatzes für die Menschenrechte haben wir Zugang zu vielen Informationen. Ich habe jemanden darauf angesetzt, und gestern rief er an, um mir mitzuteilen, er sei auf jemanden gestoßen, der sie in dem geheimen Gefängnis getroffen hat.«

Im ersten Moment verstand ich nicht, worauf er hinauswollte – ich wollte es nicht verstehen. Juanjo merkte das.

»Dieser Jemand kann dir etwas von Estela im Lager erzählen, Colo, er kann dir helfen, einen Teil ihrer Geschichte zu rekonstruieren.«

Juanjo wusste, dass ich ihre »Geschichte« nicht »rekonstruieren« wollte, das hatte ich ihm oft genug gesagt. Aber das passte zu ihm: Um sein Gewissen zu beruhigen, um das Gefühl zu haben, er mache seine vermeintlich brutale Entgleisung wieder gut, präsentierte er mir ein Geschenk, das ich nie hatte haben wollen. Ich war kurz davor, ihm das ins Gesicht zu sagen, doch ich konnte nicht: Jetzt hatte ich die Chance, in Erfahrung zu bringen, wie meine Frau – meine Frau? – gestorben war oder wie sie nicht gestorben war, und wenn ich sie nicht nutzte, würde ich als Feigling oder Verräter dastehen. Sicher war ich das auch, aber ich wusste nicht, wie ich es ihm hätte sagen können.

»Einer unserer Mitarbeiter, Giovannini, er wird dich anrufen und das Treffen arrangieren. Wenn es dir lieber ist und es dich beruhigt, kann er dich begleiten. Das wäre vielleicht sogar besser, oder?«

»Nein.«

»Was ist los, Colo? Bist du wegen dieser Bemerkung immer noch sauer auf mich?«

Diese Version war nicht die einzig denkbare, es gab noch viele andere. Das Haus mit den Waffen konnte genauso gut von einem anderen Widerstandskämpfer verraten worden sein, und das eröffnete eine ganze Bandbreite an Möglichkeiten. Die banalste war zugleich die tragischste. Estela wollte – konnte – in dieser furchtbaren Lage keine andere sein, das ging über ihre Kräfte. Sie hat ihre früheren Überzeugungen – Überzeugungen von der Welt und sich selbst, diefolter hatte sie noch nicht in eine andere verwandelt – aufrechterhalten und sich in den Stolz ihrer Vorstellung von korrektem Verhalten geflüchtet: in das Schweigen. Sie hat verächtlich – vielleicht auch traurig – die echten oder nur vorgetäuschten Angebote ihrer Peiniger auf eine Erlösung ihres Körpers, den sie ihr mehr und mehr entfremdeten, abgelehnt, und man hat sie nach stunden- oder tagelangem Bemühen schließlich getötet. Oder sie hat die Adresse ein wenig zu spät verraten, als es nichts mehr nutzte. Oder sie hat sich bei der Adresse vertan, sie hat sich – verloren in all dem Leid – nicht mehr richtig erinnern können. Oder sie hat sie ihnen gegeben, und ihre Herren befanden, das sei kein Grund, ihr das Schicksal der meisten ihrer Genossen zu ersparen, und sie einige Stunden später getötet. Vielleicht auch erst Tage oder Wochen oder Monate später, die Zeit war nicht ihr Problem. Die Zeit war eindeutig auf ihrer Seite: Sie hatten gewonnen, und wer gewinnt, braucht sich um die Zeit keine Sorgen mehr zu machen. Wer verliert, leidet darunter. Ich wollte mir dieses Warten nicht vorstellen: Ich wollte mir Estela nicht dabei vorstellen. Aber es bestand auch die Möglichkeit, dass sie einen Fehler machten; dass sie, verleitet von dem unbändigen Stolz, ihre Untertanen den sehr schmalen Grat zwischen Leben und Tod entlangwandern zu lassen, ein paar Volt zu viel nahmen, sie ein wenig zu lange untertauchten, ein paar Zentimeter zu tief stießen, schnitten; dass sie Estela unabsichtlich töteten und sie einging in die Fehlerstatistik, wie sie ein jeder Risikoberuf hat.

Es gab unzählige Möglichkeiten, keine Tatsache – keine Geschichte, keine Leiche – schloss sie aus oder bestätigte sie, und ich wollte nichts wissen. Ich kann mich noch genau erinnern: Monate später, ich war geflohen, hatte mich in die relative Ruhe der neuen Distanz geflüchtet, es war eine sehr feuchte Nacht, da fasste ich den Entschluss, dass ich nichts wissen wollte: Zu wissen, dachte ich damals, hieß schreckliche Hypothesen bestätigt zu finden. Es konnte in jedem Fall nur bedeuten, eine neue Form des Grauens kennenzulernen, und ich zog es vor, die Augen zu verschließen.

Dieser Geruch, dieser Geruch.

Als hätte ich mich vor langer Zeit, bevor es die heutigen Kommunikationsmöglichkeiten gab, auf eine Reise begeben und mein Vater wäre gestorben. Als wären vier Tage vergangen, bis man mich ausfindig gemacht hätte, um mir die Todesnachricht zu überbringen. Während dieser vier Tage hätte mein Vater für mich weitergelebt: Ich hätte an ihn gedacht, ihn verdrängt, hätte mit ihm gefühlt und gebangt wie immer, er wäre für mich lebendig gewesen wie immer. Ich wusste, das galt nicht für ihn – er hatte nicht gelebt, er hatte sich in diesen vier Tagen nicht bewegt, nicht geatmet, gedacht gegessen gehofft länger zu leben den Tod vergessen. Das hätte ich gewusst, unbestreitbar, und doch hätte er für mich weitergelebt.

Vielleicht hatte tatsächlich alles mit diesem Geruch angefangen.

Zwei Tage später rief dieser Giovannini mich an.

»Ist da Carlos? Mann, war das schwierig, Sie an die Strippe zu kriegen. Der Minister hat mir Ihre Handynummer nicht gegeben. Apropos, geben Sie sie mir doch fürs nächste Mal.«

»Ich habe kein Handy.«

»Ach, so, tschuldigung. Also, ich wollte Ihnen vorschlagen, dass wir uns mit Velarde morgen um sechs treffen, im Cisne, Ecke Belgrano und San Martín.«

»Mit Velarde?«

»Ja, klar, der Mann, von dem Ihnen der Minister erzählt hat.«

Ich hatte zwei Tage auf diesen Anruf gewartet, darauf, dass er käme und dass er nicht käme, ich hatte gewartet, ohne zu wissen, auf was eigentlich. Zwei Tage war mir immer wieder diese Geschichte im Kopf herumgegangen, die ich vor langer Zeit hinter mir gelassen hatte, oder von der ich das zumindest glaubte. Und jetzt, kurz vor Schluss, war sie wiederaufgetaucht und ließ mir keine Wahl: Ich konnte nicht länger wegschauen. Nach diesen zwei Tagen brachte ich es nicht über mich, zu ihm zu sagen, nein, Giovannini, vielen Dank, aber sagen Sie dem Minister, ich kann diesen Mann nicht treffen, sagen Sie ihm, ich kann einfach nicht. Nein, ich sagte ja, im Cisne, einverstanden, aber er möge bitte gehen, sobald ich da sei, er solle mich mit diesem Velarde allein lassen.

»Nehmen Sie es nicht persönlich. Die Angelegenheit macht

mich ein wenig nervös, und ich würde lieber allein mit ihm reden, das ist alles. Ich bin Ihnen sehr dankbar, glauben Sie mir.«

»Sind Sie sicher? Vielleicht ist das nicht gut für Sie.«

»Doch, Giovannini, ich bin mir sicher. Machen Sie sich keine Gedanken, wirklich, danke.«

Ich wollte glauben, dass es das Böse war. Ich wollte glauben, dass es das Böse war, nicht das Geschenk, Juanjos Not, sondern das Böse. Oder besser gesagt: Ich weiß nicht, ob ich das glauben wollte, aber es fiel mir schwer, etwas anderes zu glauben, und seit geraumer Zeit glaubte ich lieber an Dinge, bei denen mir das nicht allzu schwerfiel. All diese Jahre – müßig, das näher zu präzisieren, es ist klar, um welche es sich handelt; schon demütigend, ja traurig, wie ein paar wenige Jahre meines Lebens sich so deutlich vom Rest abheben, dass sie es nach wie vor definieren –, all diese Jahre hatte ich also damit verbracht, an Dinge zu glauben, an die man aus damaliger Sicht unmöglich glauben konnte. Jetzt wollte ich lieber an das glauben, was mir glaubwürdiger erschien, beziehungsweise was offenkundig war: Als ich hörte, dass das Böse in mir war, entschied ich, dass ich es nicht länger aufschieben durfte.

Sagen wir, am Ende ließ ich das Wissen zu.

Velarde war spindeldürr, als wollte er jedem sein Skelett zeigen. Ich misstraue solchen Menschen. Außerdem störte mich, dass er so bemüht war, mir zu gefallen. Dabei war doch er derjenige, der mir einen Gefallen tat, indem er mir eine Geschichte erzählte, hinter der ich angeblich so viele Jahre her gewesen war.

»Nein, die Freude ist ganz meinerseits. Als Giovannini mir sagte, du wolltest mich sehen, habe ich gleich zugesagt.«

Dass er mich duzte, fand ich etwas voreilig, aber ich sagte nichts: Das waren immer so die Momente, in denen ich das Gefühl hatte, alt zu sein. Im Grunde war es logisch, dass er mich duzte: Wenn er mit Estela im selben Geheimgefängnis gewesen war, waren wir beide von Anfang an so etwas wie ehemalige Kampfgenossen – oder zumindest Opfer dieser Jahre.

»Also, vorab wollte ich dir sagen, wenn es dir unangenehm ist oder dir wehtut, darüber zu reden, brauchst du es nicht zu tun. Ich will dir nicht unnötig das Leben schwermachen, ehrlich.«

Vielleicht hoffte ich ja noch, dass er darauf einging und sagte, ja, danke, er könne es nicht, er könne es nicht länger ertragen, über die damalige Zeit zu sprechen; das beklemmende Gefühl, wenn er sich all die Szenen wieder in Erinnerung rief, nur um einem Unbekannten wie mir einen Gefallen zu tun, ginge über seine Kräfte. Das Grauen immer wieder zu durchleben sei für ihn schon fast zu einer professionellen Tätigkeit geworden und er fürchte, es werde so zur Farce, zu einer Reihe von Gemeinplätzen reduziert. Es sei eine zum Himmel schreiende Ungerechtigkeit, dass er sich immer wieder, Jahr für Jahr, wie in einer Endlosschleife, an jene Tage erinnern müsse. Er wolle nicht resignieren und sich der allgemeinen Ansicht beugen, diese Zeit des Schreckens und der Angst sei das Wichtigste – und das Denkwürdigste –, das ihm je im Leben widerfahren war. Doch Velarde legte beruhigend die Hand auf meinen Arm.

»Ach was, überhaupt nicht. Das bin ich dir schuldig. Dir und allen anderen. Ich schulde euch mein Zeugnis. Es tut mir gut, darüber zu sprechen, keine Sorge. Es ist schwer, aber es tut mir gut.«

Am Tisch links von mir tranken zwei Frauen, die wie aus einer anderen Welt schienen, ihren Tee. Mit der zentimeterdicken Puderschicht auf den Wangen kamen sie mir steinalt vor, obwohl sie vermutlich in meinem Alter waren. Rechts von mir spielte eine gelangweilte Touristenfamilie – Vater Mutter zwei Kinder – Karten; in letzter Zeit wurde die Stadt von Ausländern förmlich überschwemmt, sie nutzten den günstigen Wechselkurs für eine Shoppingtour und besuchten zum Schein ein paar Museen und irgendeine sogenannte Kulturveranstaltung. Durch das Fenster hinter ihnen sah man eines dieser Plakate, die damals überall klebten: *Ein anderes Land ist möglich*. Velarde sagte, selbst wenn er noch tausend Jahre lebte, das Grauen von Aconcagua, das eines der schlimmsten Geheimgefängnisse des Landes gewesen sei, könne er nicht vergessen. Es kam mir so vor, als habe er diesen Satz schon oft gesagt – und ich hatte schon genügend minutiöse Berichte über dieses Grauen gehört. Wieder einmal dachte ich, dass Argentinien voll war von Menschen, die detaillierter über diese Welt der Finsternis Bescheid wissen wollten als etwa über den Job ihres Bruders, die Programme der künftigen Regierung oder die Klauseln ihres Mietvertrags. Bestimmt genossen sie dieses Plus an Bürgersinn und Empathie, die ihnen das Anhören dieser Berichte verschaffte. Ich zählte nicht zu diesen Menschen – und irgendwann begann ich mich deswegen als Deserteur zu fühlen; ich beruhigte mein Gewissen damit, dass ich nur in groben Zügen über die Politik Bescheid wissen müsse und nicht über jedes blutrünstige Detail. Ich weiß nicht, ob es mir gelang, mich selbst zu überzeugen.

»Wie soll ich sagen? Es war ein Ort, für den Gott sich schämen sollte. Da ist keiner mit dem Leben davongekommen, keiner. Weder die Schuldigen noch die Unschuldigen. Weder die Opfer noch die Henker.«

Die geschminkten alten Schachteln waren verstummt und hörten uns mit unbewegter Miene zu: weitere Opfer vom Glamour des Schreckens. Die Touristenfamilie warf ihre Karten auf den grauen Resopaltisch. Velarde sagte, es gebe keine zuverlässigen Zahlen, aber er schätze, in Aconcagua seien mehr als zweihundert Menschen getötet worden: Schlimm, sagte er, ist das nicht schlimm?

»Ja, klar. Verzeih mir die Frage, aber wie bist du da rausgekommen?«

»Wart's ab. Ich werd dir alles erzählen, keine Sorge. Aber gib mir ein wenig Zeit.«

Er hatte recht: Ich durfte ihn nicht drängen. Ich bestellte mir einen zweiten Kaffee. Velarde wollte nichts. An der knochigen Hand trug er einen fetten Siegelring – die Manieren eines Versicherungsvertreters kamen ihm allmählich abhanden. Das Lokal war proppenvoll; ich wunderte mich, dass ich keinerlei Lärm hörte.

»Wirklich: Die Schreie, die Gesichter, das werde ich mein Lebtag nicht vergessen. Da war ein Junge von fünfzehn, sechzehn Jahren, der hatte die ganze Zeit über so ein erstauntes, überraschtes Gesicht, als könne er nicht verstehen, was zum Teufel mit ihm gerade geschah, und da war niemand, den er hätte fragen können. Manchmal erinnerte er mich an meine kleine Schwester, wie wir sie zum ersten Mal mit auf die Geisterbahn nahmen und sie es mit der Angst bekam und weinte und am Ausgang meine Eltern immer wieder fragte, warum man sie an einen solch grauenvollen Ort mitgenommen hatte. Sie hatte ihnen vertraut und sie hatten sie reingelegt, verstehst du?«

Ich wollte ihm nicht länger zuhören, ich war hier, damit er mir von Estela erzählte und nicht von seinen Albträumen. Aber ich wusste nicht, wie ich ihn hätte stoppen sollen.

»Dieser Junge brachte mich um den Schlaf, ehrlich. Manchmal bat er um Wasser, und ich gab ihm heimlich welches. Doch sie prügelten weiter auf ihn ein wie auf einen Sack, und ich konnte nichts tun.«

»Klar, was hättest du tun sollen.«

»Nein, nein. Manchmal konnte ich das. Ich hab ein paar Leute gerettet, so wahr ich hier sitze.«

»Wie, Leute gerettet?«

»Na klar. Glaubst du mir etwa nicht?«

»Doch, das meine ich nicht. Ich verstehe nur nicht, wie du das angestellt hast. Es ist schon ziemlich merkwürdig, dass du dich retten konntest, und jetzt behauptest du, du hast noch andere gerettet.«

»Halt, entschuldige. Hat Giovannini dir erklärt, worum es hier geht?«

»Ja. Glaube ich zumindest. Ich soll dich hier treffen, weil du in Aconcagua warst und mir etwas über meine Frau erzählen kannst.«

Velarde – sein dünner Körper, sein noch dünnerer Hals, sein auf und ab tanzender Adamsapfel – rieb sich die schwitzigen Hände: Stört es dich, wenn ich eine rauche? Nein, mach nur. Velarde rief den Kellner, bestellte einen Gin mit zwei Eiswürfeln und fing an, seine Geschichte zu erzählen: Der Vater Vorarbeiter in der Fabrik – streng, aber gerecht, ein glühender Peronist –, dem es mit großer Anstrengung gelang, seine drei Kinder zur Schule zu schicken, und der den Jüngsten überredete, die Unteroffiziersschule zu besuchen, damit er in den Genuss der Sicherheit und der Vorteile einer militärischen Laufbahn kam. Velarde hatte auf ihn gehört – wie in fast allen Dingen, sagte er und lächelte, um das »fast« zu unterstreichen – und wurde 1968, während der Militärdiktatur, Obergefreiter der Infanterie. Bei den ersten Standorten, sagte er, musste man schon opferbereit sein: eine Kaserne im Urwald von Salta, ein Posten im Norden von Neuqén, in der Nähe der Anden. Es war mehr als offensichtlich, worauf das alles hinauslief, aber ich wollte es noch nicht wahrhaben. Ich stellte mir vor, wie er mir gleich erzählen würde, dass seine Kameraden Jahre später hinter seine politischen Aktivitäten gekommen waren und ihn festgenommen, gefoltert und am Ende wegen seiner Zeit beim Militär begnadigt hatten. Er hielt sich bei Details auf, als wollte er nie zum Punkt kommen. In einem gierigen Zug stürzte er den halben Gin hinunter. Das Auf und Ab seines Adamsapfels störte mich. Oder war es die Art, wie Velarde mich ansah, während er sprach, fast flehentlich?

Er war diensteifrig gewesen und, wie er sagte, gehorsam: Ich war imstande, jeden Befehl auszuführen, jeden, selbst den allerdümmsten, sagte er, und es war klar, was jetzt kam: Ich war ein mustergültiger Soldat, weißt du, du wirst darauf gedrillt. Aber mit seiner Karriere ging es nicht voran; 1975, sagte er, habe einer seiner ehemaligen Vorgesetzten aus Neuquén ihn aus Buenos Aires rufen lassen und ihm gesagt, er habe die perfekte Aufgabe für ihn: ein vertraulicher Posten, habe er gesagt – Velardes Gesichtsausdruck bei dem Wort »vertraulich« vermochte ich nicht zu deuten –, wo Velarde seine Berufung für den Militärdienst und seine patriotische Gesinnung unter Beweis stellen und wo er rasch aufsteigen könne, wenn das alles vorbei sei, wenn er in die Normalität zurückkehre, und wo er, auch das, ein ordentliches Sümmchen extra verdienen könne. Velarde hatte nicht gefragt, um was es ging. Er habe gedacht, allein die Frage könnte Zweifel an seiner Bereitschaft aufkommen lassen, und geantwortet, mit Vergnügen, Herr Hauptmann, alles, was Ihnen und unserem Vaterland dient.

Alles hatte mit dem Geruch angefangen. Oder, ich weiß nicht, ob wirklich alles damit angefangen hatte, aber der Geruch ist das Erste, an das ich mich erinnere: an die Nacht, in der ich diesen fauligen Gestank wahrnahm und nach ein paar Minuten feststellen musste, dass er aus meinem Körper kam.

Ich sah nicht länger in sein Gesicht, ich sah auf seine Hände, auf meine Hände auf dem grauen Resopal, durch die Fenster des Cisne, auf das Andere Mögliche Land, die Straße weiter hinten. Und da begriff ich und wollte nichts mehr hören: Ich wusste, wie die Geschichte weiterging, die Einsatzwagen, die Entführungen, die Ermordungen, all das vorgetragen mit zerknirschtem Gesichtsausdruck und in einem Tonfall, der vermitteln sollte, dass alles ein Fehler gewesen war.

»Entschuldige, aber könntest du vielleicht zu Aconcagua kommen?«

»Nur Geduld. Um dir das erzählen zu können, musst du wissen, wer ich bin, verstehst du?«

Ich wollte aber nicht wissen, wer er war. Es widerstrebte mir. Und ich verstand nicht, warum ich noch länger mit ihm – einem Unterdrücker, einem Folterer, einem Mörder, sagte ich mir – an einem Tisch saß und ihm noch länger zuhörte und ihn wie einen normalen Menschen behandelte. Vor allem verstand ich nicht, warum ich ihn nicht mit allem Hass der Welt betrachtete und mir ein furchtbares Ende für ihn ausdachte: Rache.

»Ich habe allen möglichen Scheiß gemacht. Klar, warum soll ich dir davon erzählen. Du willst das alles nicht hören, ich kann dich ja verstehen. Aber eines muss ich dir unbedingt erzählen. Ich weiß nicht, warum ich es ausgerechnet dir erzähle, aber ich will, dass du es weißt. Die ersten Male war es schon irre. Wenn du merkst, du hast die Macht, zu tun, was du willst, du kannst einem Kerl einen meterlangen Stock in den Arsch schieben, und keiner sagt was. Das ist gar nicht so einfach, echt – schon ein komisches Gefühl, wenn du weißt, du kannst alle möglichen Sachen, für die andere teuer bezahlen müssen, einfach so machen. Das macht dich kirre, du fühlst dich groß, überlegen, wie einer, der über allen anderen steht, und da rutschst du echt leicht ab, du glaubst, du kannst dir alles leisten, völlig abdrehen. Du merkst, du bist nicht mehr du, alles hat sich verändert. Aber das ist nur in den ersten Tagen so, bei den ersten Malen. Dann gewöhnst du dich dran, und all das, was dir erst mal komisch vorkam, was jeder andere für verrückt halten würde, ist für dich normal, alltäglich, und du erledigst es, wie andere eine Tabelle ausfüllen. Ganz einfach: Man gibt dir einen Befehl, und du befolgst ihn. Du machst, was man dir sagt, du machst es gut, ohne schlechtes Gewissen. Ich müsste dir das nicht erzählen, aber weißt du was?, das war die friedlichste Zeit meines Lebens, um nicht zu sagen, die glücklichste: Ich tat, was ich tun musste, und damit hatte ich mein Soll erfüllt, man bezahlte mich, man war zufrieden mit mir, es ging mir gut, und ich hatte noch dazu das Gefühl, etwas Bedeutendes zu leisten. Nicht wie bei den meisten Jobs, mit denen du dein Geld verdienst; nein, es war eine besondere Aufgabe, die das Land vor dem Chaos, der Katastrophe retten würde. In dem Punkt hatten wir etwas gemein, ihr hattet auch dieses Gefühl, nicht wahr? Klar, du wirst jetzt dagegenhalten, das ist doch nicht dasselbe, was wir getan haben, ist furchtbar gewesen, aber auch ihr wart zu so was gezwungen, und du weißt, dass du nach den ersten Malen nicht mehr darüber nachgedacht hast, man gewöhnt sich dran. Ich sage dir, Befehle zu befolgen ist ein Segen: Musste ich etwas holen, holte ich es, sollte ich mit einem Kerl etwas Bestimmtes machen, tat ich es.«

Ich sah ihn an – jetzt sah ich ihn sehr wohl an, beschämt, neugierig – und wusste nicht, was ich tun sollte. Ich musste irgendetwas tun, aber was? Vielleicht sollte ich aufstehen und gehen, vielleicht sollte ich ihm ins Gesicht sagen, was ich über sein Verhalten und seine Geschichten dachte – was ich dachte? –, oder vielleicht durch das ganze Lokal brüllen, dass dieser Mann ein Folterer war. Aber ich tat es nicht. Einen Moment lang hatte ich an ein vor der Schlange erstarrtes Kaninchen gedacht: ein abgenutztes, kitschiges und zudem unpassendes Bild. Velarde wollte mich nicht fressen. Ich wusste nicht, was er wollte.

»Ja, wirklich, es war ein sorgenfreies Leben. Vielleicht wär's ja so weitergegangen, und ich wär jetzt reich oder würde in Simbabwe Schafe züchten, wer weiß.«

Das Seltsame war dieses stetige Gefühl von Abschied. Ich sah Leute und dachte, sie werden sterben und ich sehe sie nie mehr wieder: Ich sah sie an, wie man etwas zum letzten Mal ansieht. Aber aufgesucht hatte ich ihn wegen des Geruchs. Es war mein Fehler gewesen: Ängstlich, verstört durch den anhaltenden Geruch, war ich zum Arzt gegangen.

Velarde redete und redete und redete, und einen Moment lang dachte ich, diese Rederei war jetzt seine Art zu foltern: Du willst etwas von mir, ich soll dir etwas sagen, was du wissen willst, also hör mich an, du Arsch, ertrag gefälligst, dass ich dir erzähle, wie ich Typen wie dich getötet habe. Plötzlich schien mir, doch, die Kraft war da, ich hatte alles Recht der Welt, seinen Kopf auf den Tisch zu donnern, zu toben, ihm ins Gesicht zu treten, bis nichts mehr davon übrig war. Und dann sagte er, er habe nie begriffen, was mit ihm passiert sei, als diese Frau auftauchte.

»Ich hab nie kapiert, und das meine ich ernst, warum mit dieser Frau alles den Bach runterging.«

»Mit wem? Estela?«, entfuhr es mir, und ich bereute es sofort. Nein, sagte er, nein, eine Frau, von der er nicht mal den Namen wisse. Eine große Frau, in Aconcagua wurde sie »die Russin« genannt, sagte er, denn sie sah sehr jüdisch aus, und nein, sie habe weder seiner Mutter noch einer Freundin noch sonst jemandem ähnlich gesehen, den er kannte. Nein – er habe oft darüber nachgedacht –, es lag nicht daran, dass sie ihn an einen geliebten Menschen erinnerte. Und nein, sie sei auch weder zärtlich noch zerbrechlich noch wehrlos gewesen, sondern sie war hart im Nehmen, vollkommen überzeugt, eine Unverbesserliche, die sie, unter der Kapuze, die ihr Gesicht bedeckte, allesamt verarschte. Und ich malte mir einen Moment lang lustvoll die Szene aus: eine Horde Hurensöhne, Gebieter über die Welt, über Leben und Tod ihrer Gefangenen, denen es nicht gelingt, eine Frau zum Schweigen zu bringen, die sie provoziert. Oder besser gesagt, die sie aus irgendeinem Grund – Stolz? Überdruss? – anders als sonst zum Schweigen bringen wollen: Sie wollen erzwingen, dass sie den Mund hält, gehorcht.

»Wenn du wüsstest, was wir alles versucht haben. Diese Frau brachte uns zur Verzweiflung, sie machte uns wahnsinnig. Aber keine Chance. Am Ende hat man mir den Befehl erteilt, ihr die Spritze zu geben, um sie später in den Fluss zu werfen. Das war nur logisch, sie hat uns keine andere Wahl gelassen. Und ich kapier nicht, warum mich das so umgehauen hat. Ich weiß es nicht, ehrlich, ich kann es immer noch nicht begreifen.«

Von dem Abend an, sagte Velarde, ging alles den Bach runter. Es sei nicht alles auf einen Schlag zusammengebrochen, das nicht, vielmehr seien ihm seine gewohnten Aufgaben allmählich immer seltsamer, immer fremder vorgekommen, bis er sie nicht mehr erledigen konnte.

»Man schickte mich mit dem Einsatzwagen los, ich sollte jemanden verhaften, eine leichte Aufgabe, keinerlei Risiko, und ich hatte Angst, ich fuhr raus und dachte, man würde mich töten. Aber das hält man noch irgendwie aus. Das Schlimme war, wenn ich die Picana anwenden musste, es jemandem geben musste, eine Information aus ihm rausholen sollte, dann zitterte mir die Hand; ich hatte das Gefühl, ich befände mich im Kopf des anderen, ich konnte den Schmerz, die Angst nachfühlen, Mann, ich war fix und fertig. Die Folter hat es in sich.«

Die geschminkten Frauen hatten aufgehört zu existieren, die Touristenfamilie, das Lokal, auch das Andere Land hatte aufgehört zu existieren; ich sah nur noch Velardes verschwitztes Gesicht, seinen auf und ab tanzenden Adamsapfel; um uns herum diffuses Schwarz, das typische Bild von einer Folterstätte in einem schlechten Film. Manche Orte, Situationen kann man sich nur in Kategorien von schlechten Filmen vorstellen.

»Die Folter hat es in sich. Wirklich.«

Sagte der Folterer. Ich konnte keinen klaren Gedanken fassen, ich konnte mir vor allem nicht erklären, warum ich ihm noch länger zuhörte. Es wäre ein Leichtes gewesen, mir einzureden, ich wollte so etwas über Estela erfahren: leicht und billig. Schließlich hatte ich viele Jahre zugebracht, ohne etwas wissen zu wollen. Mein Wunsch – mein Bedürfnis? –, etwas zu erfahren, rechtfertigte nicht, dass ich mit einem Folterer, mit diesem armen Idioten zusammensaß. Vielmehr lag es vermutlich daran, dass es mir einfach nicht gelang, ihn zu hassen. Ich wusste nicht, wie ich es anstellen sollte, ihn für das zu hassen, was er dreißig Jahre zuvor getan hatte. Ich fühlte mich wie der letzte Abschaum.

»Du weißt nicht, was ich in diesen Jahren alles durchgemacht habe.«

Velarde sprach von Reue, wie schwierig sein Leben von da an war, immerzu diese Bilder im Kopf, endlose Vorwürfe, immer wieder der Wunsch, sich das Leben zu nehmen; als Einziges bewahrte ihn davor, denjenigen seine Geschichte zu erzählen, die es verdienten, die es brauchten – damit er das Gefühl hatte, zumindest zu etwas nütze zu sein.

»Das wollte ich dir unbedingt erklären. Giovannini sagte, dass du, obwohl deine Frau verschwunden ist, ein intelligenter, verständnisvoller Kerl bist, und ich dachte, du würdest mich verstehen.«

Plötzlich war mir alles sonnenklar: der alte katholische Trick mit der Beichte – aber ich wollte nicht sein Priester sein. Weder das noch sonst irgendwas.

»Entschuldige, aber wenn du einen Priester brauchst, dann such dir einen. Ich bin kein Priester, ich bin der Mann einer Frau, die du mitgeholfen hast zu töten.«

Velarde tat, als hätte er mich nicht gehört. Ich war überrascht, dass ich diese Worte ausgesprochen hatte: »Frau«, »töten«.

»Ja, ein Priester. Anfangs dachte ich, ein Priester könnte helfen. Als mir die ersten Zweifel kamen, ging ich zu dem Kaplan der Einheit. Der sagte zu mir, ich solle mich nicht so anstellen, es sei meine Pflicht, dem Vaterland zu dienen, wie das Vaterland es mir befiehlt. Beim zweiten oder dritten Gespräch sagte er, wenn ich weiter solchen Unsinn redete, müsse er den zuständigen Offizier informieren. Was für ein Mistkerl.«

»Hast du gehört, was ich gesagt habe, Velarde? Ich sagte, ich bin der Ehemann einer Frau, die du getötet hast.«

»Nein, nicht ich, da liegst du falsch.«

Er sagte, Estela sei nach Aconcagua gekommen, als er sich

schon im freien Fall befand und versuchte, sich allem zu entziehen, was mit Gewalt zu tun hatte. Und obwohl so viele Leute das Lager passierten – er sagte: »passierten« –, erinnere er sich an sie: groß, gute Figur – sagte er –, kurzes braunes Haar, ihm habe ihr Lächeln gefallen.

»Ja, sie hatte ein wunderbares Lächeln.«

Ich wollte schon erwidern, mit welchem Recht er von dem Lächeln sprach, dass er und seine Freunde für immer ausgelöscht hatten, aber ich hielt mich zurück. Eine Frage brannte mir unter den Nägeln.

»Und der Junge?«

»Welcher Junge?«

»Wie, welcher Junge? Unser Sohn.«

»Aber sie war allein, sie hatte kein Kind dabei.«

»Sie war schwanger, als sie verhaftet wurde.«

»Wie bitte?«

Sagte Velarde und bereute es sogleich. Er schwieg, und sein Gesicht zuckte. Velarde begriff, dass er sich verraten hatte; und ich begriff, dass ich mir seit einer Stunde die Geschichte eines Folterers anhörte, der mich dafür benutzte, sich reinzuwaschen, der keinen blassen Schimmer hatte, wer Estela war. Velarde sah mich an wie ein geprügelter Hund – so hatte ihn wohl manches Opfer angeschaut, um ihn anzuflehen, er möge aufhören.

»Entschuldige, ich glaube, ich hab da was durcheinandergebracht. Ach, bei dem ganzen Chaos damals passiert mir das manchmal, ich verliere den Faden und bringe Sachen durcheinander.«

Ich sah einen Moment lang an die Decke. Die Faust im Gesicht, das Geschrei, der Tumult im Café – das würde auch nichts ändern. Ich war vor allem eines: sehr müde. Velarde sagte, ich solle nicht wütend auf ihn sein, er habe alles Menschenmögliche getan, er sei besten Willens gewesen, aber er habe sich geirrt. Und um mir seine guten Absichten zu beweisen, wolle er über zwei Menschen sprechen, die mir vielleicht helfen könnten. Einer war der Major – damals war er Major, sagte er, welchen Grad er jetzt hat, weiß ich nicht – Urriolabeitia, der führte die Bücher, ein Umstandskrämer, der alles notierte. Und der andere war der Kaplan; der Mistkerl wisse alles.

»Wir erzählten ihm immer alles, und er fragte nach, wollte jedes kleinste Detail wissen, er konnte gar nicht genug kriegen. Er hatte ein Elefantengedächtnis, er erinnerte sich buchstäblich an alles. Außerdem, wenn ich jetzt so darüber nachdenke, war er immer bei den Schwangeren. Ich bin mir nicht sicher, aber ich glaube, er war derjenige, der die Babys übergab, nur wie gesagt, da bin ich mir nicht sicher. Aber er wusste Bescheid, der Priester wusste alles.«

Ich schwieg. Velarde auch, als wartete er darauf, dass ich weiter nach dem Priester fragte. Warum sollte ich. Er gab sich nicht geschlagen: Ja, ich würde gern mehr über diesen Priester wissen, was aus ihm geworden ist, der Typ war wirklich unglaublich, ein echter Mistkerl. Pater Fiorini hieß er oder Fiorello, ich erinnere mich nicht mehr. Doch Fiorello, glaube ich, Pater Justo Fiorello. Er kann dir die Informationen geben, die du suchst.

Es war klar, dass er mir nichts mehr zu sagen hatte, die Farce war beendet und hatte nichts gebracht. Er hatte mir keine Informationen gegeben, ich hatte ihm nicht die gewünschte Absolution erteilt. Wortlos stand ich auf und ging zur Tür; meine erbärmliche Rache bestand darin, dass ich ihn den Kaffee zahlen ließ.

Ich weiß, dass ich dem Kerl nie so lange zugehört hätte, wäre da nicht das Böse gewesen. Der Arzt hatte gesagt, tut mir leid, es ist eine Krankheit, über die wir so gut wie nichts wissen. Wie, eine Krankheit? Nun, eine Krankheit, die nicht oft vorkommt, wie soll ich sagen, eine exotische Krankheit, sagte er und redete weiter. Als ich Stunden später zuhause bei einem Glas Wein die Sätze in meinem Kopf noch einmal Revue passieren ließ, die über mein Leben entschieden, wurde mir klar, dass er mir mein Todesurteil verkündet hatte. Aber in dem Moment, als der Arzt den Ton eines alten Charmeurs anschlug, um mich zu beruhigen, um das Unerträgliche, das er mir zu sagen hatte, irgendwie zu lindern, konnte ich es nur in dieser Form denken: »das Böse«. Er hatte mir gesagt, ich trüge eine Krankheit in mir; er hatte mir gesagt, das Böse habe sich in mir eingenistet.

Und damit hatte er mich geheilt.

5

SEÑORA DE FRÍAS sagt, in ihrem ganzen Leben habe sie keinen vollkommeneren Menschen kennengelernt als Pater Augusto. Sie sagt nicht »gut«, »liebenswert«, »opferbereit«, »mildtätig«, »warmherzig« – nein, sie sagt »vollkommen«.

»In meinem ganzen Leben habe ich keinen vollkommeneren Menschen kennengelernt als Pater Augusto.«

Sagt Señora Elba Leguizamón de Frías und reibt ihre Hände an der Schürze ab, die sie immer über einem bestimmt immer ganz sauberem Rock trägt. Señora de Frías ist keine besonders eifrige Kirchgängerin, sie entschuldigt das damit, dass sie neun Kinder hat, und auch wenn die Älteren schon größer sind – »sie sind aus dem Gröbsten raus« –, muss sie immer noch auf die vier Jüngeren aufpassen, und außerdem sind da ja noch die Hausarbeit und die Empanadas, die sie zubereitet und die ihre Schwiegertochter auf dem Markt den Händlern verkauft. Señora de Frías sagt, manchmal nehme sie sich die Zeit und gehe in die Kirche – »was bleibt mir denn sonst noch für ein Trost« –, und sonntags richte sie es so ein, dass die Kinder mitkämen, außer wenn es zu arg regne. Es sei einer der schönsten Momente in ihrem Leben gewesen, wenn Pater Augusto die Messe las, man habe gespürt, dass seine Worte von Herzen kamen, nicht wie bei den anderen. Er rührte mich, sagt sie, ich hatte das Gefühl, er spräche direkt mit mir.

»Kennen Sie das, wenn jemand ihnen genau das sagt, was Sie in dem Moment brauchen?«

Die Meinung von Señora de Frías wäre nicht relevant – ihre Meinung war nie das, was man unter »relevant« versteht –, würde sie nicht knapp und nüchtern zusammenfassen, was die meisten Bewohner von Tres Perdices über Pater Augusto denken: Er war ein Priester, um den man sie beneidete, einer der wenigen Schätze des Dorfes. Deshalb werden sie nicht müde zu wiederholen – wie einen Gemeinplatz, wie irgendeinen auswendig gelernten Satz –, dass sie nicht begreifen können, wie ihm so etwas zustoßen konnte.

Es wäre Unsinn – kein Gemeinplatz, wie es immer heißt, sondern glatter Unsinn – zu behaupten, in einem Dorf wie Tres Perdices würde nichts geschehen. In Tres Perdices geschieht alles Mögliche – und geht auch wieder vorbei.

»Ich bin der Einzige, der etwas über seine Vergangenheit weiß.«

Sagt Raúl Abrassi, der Besitzer des Ladens mit Getränkeausschank gegenüber vom Bahnhof, an dem seit Jahren kein Zug mehr gehalten hat. Señor Abrassi sagt das mit betretener Miene, die Lider gesenkt, den Mund beim Sprechen kaum geöffnet, doch man hört einen gewissen Stolz aus seinen Worten: Alle sprechen darüber, aber ich bin der Einzige hier, dessen Wort Gewicht hat, also kommt und hört.

»Aber ich werde schweigen wie ein Grab, denn auch ein toter Freund bleibt ein Freund.«

Viele – was heißt das in einem Dorf wie Tres Perdices? – haben Pater Augusto sagen hören, ein Priester dürfe kein Mensch sein, der ein Privatleben, Bedürfnisse, Schwächen hat; er müsse für seine Gläubigen die Verkörperung des Glaubens sein, der Quell, an dem sie sich laben, der Schatten, zu dem sie sich flüchten. Und niemand könne das leisten, wenn er die Last einer Geschichte zu tragen habe. Daher müssten die Priester in jeder Messe, bei jeder Taufe, bei jeder letzten Ölung ihre Vergangenheit hinter sich lassen und etwas Höheres und zugleich Geringeres als die anderen Menschen werden. Er sagte »Geringeres«, damit der Satz vollständig war, damit er sich nicht der Sünde des Hochmuts schuldig machte. Man merkte ihm an, sagen die, die dabei waren, dass er im Grunde »etwas Höheres« meinte.

Pater Augusto war achtundsiebzig Jahre alt, und die hatten ihre Spuren hinterlassen. Er war ein dürrer, fast zerbrechlicher Mann, die Haut an seinem Hals hing schlaff wie ein Hahnenkropf herunter, das weiße Haar auf dem Kopf hatte sich stark gelichtet. Die kleinen Augen wirkten durch das Alter leicht getrübt, aber sein Blick war lebendig, durchdringend. Pater Augusto rasierte sich jeden Morgen, und trotzdem hatte sein Gesicht etwas Ungepflegtes; seine Schritte waren unsicher, selbst wenn er nichts getrunken hatte, und wenn er trank, umso mehr.

»Auch ich kann nur sagen, er war der gütigste Mann, den das Dorf je gesehen hat. Wenn Sie Zweifel haben, dann fragen Sie die Leute, Sie werden schon sehen.«

Die Liste derjenigen, die über die Vorzüge von Pater Augusto reden wollen, ist fast so lang wie die der Einwohner. In diesen Tagen der Betroffenheit und der Unruhe, in denen das tägliche Einerlei von Tres Perdices durch die Nachricht erschüttert wurde – manche sind, voller Scham, insgeheim dankbar dafür, dass sie aus ihrer Lethargie gerissen wurden –, besteht die Hauptbeschäftigung der Einwohner darin, über den Pater zu reden. Selbstverständlich will jeder über seinen Tod sprechen, selbstverständlich fängt jeder seine Tirade mit irgendeiner liebevollen Erinnerung an. Die Krankenschwester

González, die die Erste-Hilfe-Station betreut, erinnert sich, vor der Ankunft des Paters seien ihre Patienten gut versorgt gewesen, es habe ihnen aber an geistigem Beistand gemangelt; später, als selbst das Verbandszeug ausgegangen sei, habe der Pater manchen Abend und sogar ganze Nächte die Hand eines Kranken oder Verletzten gehalten. Señora Julia, die in einer der neuen Hütten lebt, in der ärmsten Gegend des Dorfes, erinnert sich, wie oft Pater Augusto zu ihnen nach Hause kam – zu mir nach Hause, sagt sie, der Pater, der hatte den Mut, zu mir nach Hause zu kommen – mit einem Topf Suppe, einem Päckchen Mate, ein paar Bonbons für die Kleinen, er war ein herzensguter Mann, sagt sie, er hatte keine Angst vor der Armut. Kommissar Giulotti – der Kommissar ist aus einleuchtenden Gründen derjenige, dem alle am aufmerksamsten und neugierigsten zuhören, aber aus denselben Gründen auch der Verschwiegenste – erinnert sich, dass er immer für ihn da war und wie er ihnen in der jährlichen Messe am Tag der Verfassung immer Mut für ihre Arbeit zusprach, und ansonsten hüllt er sich in Schweigen, er spricht nicht einmal über die Erleichterung, die er verspürte, wenn er ihm ein paar kleine Sünden gebeichtet hatte. Sogar mein Sohn, sagt Adela, die Friseurin, hat geweint, als man ihm sagte, er könne nie mehr zum Religionsunterricht beim Pater gehen, stellen Sie sich vor, sogar ein kleiner Junge wie Bruno.

»Hat man Ihnen denn wirklich nicht erzählt, was sich vor zehn Tagen während der Messe zugetragen hat?«

»Nein, wieso sollte man mir was erzählen?«

»Kaum zu glauben.«

»Gut, reden Sie, los, spannen Sie mich nicht länger auf die Folter.«

»Nein, wenn man Ihnen nichts erzählt hat …«

Als der Pater 1983 nach Tres Perdices kam, löste er einen stämmigen Priester mittleren Alters ab, der sein Apostolat nicht zu würdigen wusste. Böse Zungen behaupteten, er habe nicht eine andere Gemeinde übernommen, sondern die Soutane abgelegt und lebe mit einer Witwe aus dem Dorf zusammen; es wurde sogar gemunkelt, er habe gar nichts abgelegt, die Kirchenobrigkeit habe ihn in eine kleine Gemeinde in Puna strafversetzt. Ein weiteres Gerücht, das sich aber nicht hielt, lautete, er habe fliehen müssen, weil er in irgendwelche seltsamen Sachen verwickelt gewesen sei. Niemand erläuterte, worum es sich bei den »seltsamen Sachen« handelte, wahrscheinlich war das nicht nötig. Aber diese Erklärung fand nicht viele Anhänger, alle hatten die Geschichte von seinen Rendezvous mit der Witwe in der Confiserie der Stadt gehört. Wie dem auch sei, Pater Augusto war in der vorteilhaften Lage gewesen, ein Amt zu übernehmen, das lange Zeit vernachlässigt worden war. Aber das reichte ihm nicht: Er stellte von Anfang an klar, dass die Gemeinde Tres Perdices der Nabel der Welt war.

Als Pater Augusto nach Tres Perdices kam, hatte er noch volles Haar und ein paar Kilo mehr auf den Rippen und das Dorf noch keinen Strom. Dick, wie er war, hörte Pater nicht auf zu essen; anfangs machten sich ein paar Bewohner deshalb lustig über ihn. Das Dorf war, wie so viele andere, ein Resultat der Eisenbahn. Ende des neunzehnten Jahrhunderts hatten die Engländer mitten im Niemandsland einen Bahnhof gebaut, der gerade wegen seiner abgelegenen Lage Einwanderer aus dem Baskenland und dem Piemont anlockte. Sie eröffneten eine Bäckerei, eine Metzgerei und einen Gemischtwarenladen, beackerten die umliegenden Felder. Mit der Zeit gesellten sich immer mehr Bewohner zu den Pionieren, und das Dorf bekam seine erste Schule, seine Erste Hilfe-Station, seine Post.

Bei der Ankunft von Pater Augusto war Tres Perdices schon ein Dorf mit fast tausend Einwohnern, die mit Schrecken beobachteten, wie die Stadt sich immer weiter ausdehnte und das Dorf zu verschlingen drohte. Tres Perdices verteidigte sich, so gut es konnte: Zunächst hatte eine Kommission ehrwürdiger Alteingesessener versucht, sich dem Bau einer asphaltierten Straße zu widersetzen, über die man in einer halben Stunde im Stadtzentrum war. Sie sagten – und niemand in Tres Perdices bezweifelte das –, von einer solchen Anbindung sei nichts Gutes zu erwarten. Als die ersten Fremden eintrudelten – die Armen, die sich in der Nähe von Pater Augustos Kirche eine Bleibe suchten –, verkaufte manch einer sein Haus und ging fort, und die anderen bildeten eine verschworene Gemeinschaft und mieden die Neuen. Der Pater musste sie persönlich zur Ordnung rufen und daran erinnern, dass solch hochmütiges Verhalten dem Gebot christlicher Nächstenliebe widersprach. Aber wie gesagt, das war nicht der einzige Grund, warum die Bedürftigen Pater Augusto bedingungslose Dankbarkeit zollten.

»Der Arme, so wie er sich für sie eingesetzt hat. Bestimmt war es einer von ihnen.«

»Ja, haben Sie es denn noch nicht gehört?«

6

DAS MÄDCHEN, DAS mir einen blies, hatte ein Piercing im Mund – das störte. Das Mädchen, das mir einen blies, tat das nicht immer, aber sie fand jederzeit einen Grund, es zu tun. Wenn ich ihr besonders niedergeschlagen vorkam, blies sie mir einen, weil sie glaubte, nur so könne sie meine düsteren Gedanken vertreiben, so wie man mit einer Blume in der Hand zu einem Rendezvous erscheint, das einem nicht sonderlich viel bedeutet. Wenn ich gut gelaunt wirkte und beispielsweise vorschlug, wir könnten uns doch im Shopping-Center an der Avenida einen Film ansehen, blies sie mir einen, weil sie etwas zu meiner guten Laune beisteuern wollte, oder vielleicht auch, weil sie den Kinobesuch aus reinem Trotz vereiteln wollte – um mir zu zeigen, dass sie nicht nur widerspenstig war, wenn ich Dinge tat, die sie nervten, sondern auch, wenn ich etwas vorschlug, was ihr eigentlich Spaß machte. Natürlich blies sie mir auch unter anderen Umständen einen: wenn sie wütend auf mich war und mir das Gegenteil beweisen wollte; wenn sie sich allzu überlegen fühlte und vor mir niederknien musste, um wieder auf den Boden zu kommen; wenn wir einander so überdrüssig, so fern waren, dass das Schwanzlutschen eine Form war, mir zu zeigen, dass sie keine intime Nähe brauchte, um mir einen zu blasen – dass es ihr nicht viel bedeutete, mir einen zu blasen –, aber ich kann mich nicht erinnern, dass sie ihn mir gelutscht hätte, ohne dass ich dem irgendeine besondere Bedeutung hätte zumessen können. Wie fast alles, was sie tat, war auch das Schwanzlutschen eine Botschaft.

Das machte es interessant. Mir lag nicht viel daran, dass sie mir einen blies – auch wenn sie das Gegenteil glaubte –, und ich hatte nicht den Mut, es ihr zu sagen. Vielleicht sagte ich es auch nicht, weil ich wusste, ich hätte ihr dann erläutern müssen, warum. Also ließ ich sie gewähren, es war einfacher, sie in dem Glauben zu lassen, es gefiele mir, als ihr mit irgendwelchen Erklärungen zu kommen, die sie mit Sicherheit nicht verstehen würde. Ich würde sie jedenfalls nicht verstehen.

Aber von diesen Lappalien mal abgesehen, war ich von dem Piercing an ihrer Unterlippe beeindruckt. Valeria war sehr stolz auf ihr Talent zu blasen, jedenfalls bei mir. Ich will damit sagen: Für sie war das Schwanzlutschen keine zufällige Aktion, es schien vielmehr, soweit ich sie richtig verstand – verstand ich sie? –, fester Bestandteil ihres Selbstbilds zu sein. Dennoch trug sie dieses Piercing: Sie berührte, kratzte, streifte, foppte meinen Schwanz damit, und immer wenn ich die Kälte ihres Piercings an der Eichel spürte – vielleicht nicht immer, aber oft –, musste ich daran denken, wie traurig es um ihre Generation bestellt ist, eine Generation, die gellende Momente der Lust durch die Berührung eines Stücks Metall zerstören muss.

Zudem, da war ich mir sicher, roch mein Schwanz – und er schmeckte bestimmt noch schlimmer.

Das war es: eine traurige Generation, die die Momente der Lust mit der Berührung durch ein Stück Metall zerstören muss. Eine Herde erregter armer Tropfe, dachte ich anfangs, die nie erlebt haben, wie aufregend es ist, die Welt zu verändern, die nichts von der Allmacht wissen, die gelernt haben, maßvoll zu lieben, die man darauf gedrillt hat, so wenig zu erwarten, dass sie sogar im Moment erhabenster Lust die Berührung dieses Stücks Metall einbringen, als würden sie selbst in diesem Trancezustand die Unvollkommenheit klaglos hinnehmen. Aber später dachte ich, vielleicht war diese Generation auch komplexer, spitzfindiger, eine Generation, die Möglichkeiten gefunden hat, Lust und Schmerz zu vereinen, das Unreine zu inszenieren. Wir glaubten damals, wir könnten das Vollkommene, das Absolute erreichen: alle Facetten der Lust, ohne Abstriche. Die Lust, den Kurs der Geschichte zu bestimmen, klar, oder alles zu zerstören, was unsere Eltern aufgebaut hatten, war unvergleichlich, aber auch die, die wir dem Sex als Ausdruck der Liebe unter Genossen zuschrieben, Genossen, die sich lieben, um gemeinsam eine andere Form von Beziehung in einer idealen Welt zu schaffen, den neuen Mann, zu dem gewissermaßen eine neue Frau gehörte. Sie hingegen wissen, dass es Reinheit nicht gibt, und versuchen damit klarzukommen, indem sie die Unreinheit, die Unvollkommenheit nicht als Mangel betrachten, sondern eine Lebensform daraus machen. Ihre Schläue besteht in dem Wissen um ihre Unvollkommenheit – alle sind irgendwann dahintergestiegen. Nur wir waren so doof und versuchten es zu vergessen, und man sieht ja, was dabei herausgekommen ist. Wir waren Engel, aber wir wollten Götter sein, und wir fielen, wie Götter fallen: mit einem kurzen lauten Knall. Einige wenige halten sich. Vielleicht sollte ich mal nachforschen, warum und wie sich die Götter halten, die überdauern. Wir dachten gar nicht daran, darüber nachzudenken, wir waren uns viel zu sicher, das sei nicht notwendig. Sie wusste darum, und sie blies mir einen mit dem Piercing im Mund – das Metallteil streifte mich –, um mir zu sagen, ich solle mir ja nichts einbilden. Ihre Botschaft war intelligenter, zweifelsohne nicht so grandios, aber weitaus intelligenter.

Sie war ziemlich intelligent.

»Carlos, alles in Ordnung? Hast du was?«

Valeria fragte mich, ob alles in Ordnung sei, und sah mich besorgt an – anders gesagt, sie setzte die erforderliche Mimik ein, damit ich auch verstand, dass sie sich Sorgen machte. Ich hätte sie schon längst, ohne groß darüber nachzudenken, umgebracht, wenn es nicht so kompliziert wäre, einen Menschen zu töten.

Auf der Leinwand geht das Töten so leicht. Oder in einem Roman. Auch damals sprachen einige Genossen vom Töten, als sei es ein Leichtes, aber ich hegte immer den Verdacht, dass das genau die waren, die noch nie getötet hatten; ich hielt es für eine ausgesprochen komplizierte Tätigkeit. Selbst wenn die Kugel endgültig eindringt, zerfetzt, vernichtet, und das nur durch leichten Druck des Zeigefingers auf ein Stück Metall, zwingt der Tod den Tötenden zu einer Reihe von spontanen, schnellen Entscheidungen. Also alles in allem ganz schön kompliziert. Aber es war ja auch nur so dahingesagt: Ich würde Valeria nicht umbringen, und schon gar nicht, weil sie ihre besorgte Miene aufsetzte und mich fragte, ob alles in Ordnung sei.

Doch was ich am meisten an ihr hasste – was mich am meisten verletzte –, war, was sonst, ihr Mitleid.

»Carlos, alles in Ordnung? Hast du was?«

»Nein, nichts. Wie immer.«

»Wie immer?«

»Nichts. Ich wollte sagen, nichts.«

Sie kam immer donnerstags, denn Donnerstag ist Oldie-Tag, sagte sie. Ich wusste, dass sie all diese Donnerstage über – dutzende und aberdutzende von Donnerstagen – darauf wartete, dass ich sie fragte, was sie an den übrigen Wochentagen trieb. Nicht, welchen Beschäftigungen sie nachging – das wusste ich, oder ich wusste zumindest, was sie vorgab zu tun –, sondern mit wem sie an den anderen Tagen schlief, an welchen Schwänzen und Mündern sie sonst noch lutschte, ob sie normalerweise allein schlief und ob sie das glücklich oder traurig machte. Ich habe der Versuchung – der Erniedrigung? –, so etwas zu fragen, natürlich nie nachgegeben. Um die Frage zu umgehen, fragte ich mich nicht einmal selbst, warum ich mich weiter mit ihr traf oder, andersherum, warum sie sich weiter mit mir traf.

Manchmal dachte ich, der Grund für diese Beharrlichkeit sei offenkundig: Valeria war falsch. Oder vielleicht war »falsch« nicht das richtige Wort: Sie war trügerisch. Valeria oder Vale, wie sie sich selbst nannte, wirkte auf den ersten Blick hübsch. Es gibt nichts Schlimmeres als ein Versprechen, das sich nicht erfüllt: Bei näherem Hinsehen beschleicht einen das Gefühl, dass man ein Trottel ist, dass man sich hat täuschen lassen. Oder, je nachdem, um welche Art Mensch es sich handelt, dass diese Person dein Vertrauen und deine Gutgläubigkeit ausgenutzt hat, um dich vom ersten Moment an zu täuschen. Valeria hatte weit aufgeblähte Nasenlöcher, die an ein schnaubendes Pferd oder einen erschreckten Greis erinnerten. Sie passten nicht zu dem ovalen, von schwarzem, leicht gewelltem Haar umrahmten Gesicht mit den schmalen Lippen und den kleinen Augen und entstellten es, so dass es wie eine Falle, eine Täuschung wirkte. Bei näherem Hinsehen nahm man von Valeria nur noch diese aufgeblähten Nasenlöcher wahr. Valeria war insgesamt schlank, hatte jedoch dicke, unförmige Beine; Das Fleisch wirkte wie falsch verteilt, als würde es die richtige Stelle an ihrem Körper erst noch suchen.

Man konnte Valeria nicht als hässlich bezeichnen – das nicht –, nichts an ihr rief Grauen oder diese seltsame Faszination hervor, wie es Hässlichkeit manchmal tut; vielmehr stellte sich überhaupt kein Gefühl ein. Dennoch war es ein seltsamer Abend, als ich in ihrer Täuschung den offensichtlichen Grund dafür zu erkennen glaubte, dass sie jeden Donnerstag wiederkam. Der Gedanke ging mir damals ein paar Minuten lang durch den Kopf, und dann fiel mir etwas noch Offensichtlicheres ein: Ich war weitaus schlimmer.

Schlimmer, ja: Wenn sie darauf bestand, mir einen zu blasen – mir, und noch dazu jeden Donnerstag –, stimmte mit ihr etwas nicht.

Ich war – ich bin, wenn auch nicht mehr lange – ein alter, unattraktiver Mann. Oder höchstens mäßig attraktiv: Eine listige, trügerische innere Stimme redete mir ein, ich sei in meiner Jugend das gewesen, was man einen interessanten Typ nennt. Doch auch wenn ich diesen Unsinn glaubte, wusste ich, dass es damit längst vorbei war: Ich war seit Jahren schon ein unattraktiver alter Mann. Manchmal betrachtete ich mich im Spiegel und fragte mich, wie es mit mir so weit hatte kommen können; manchmal gelang es mir, das zu vergessen, wenn ich an Valeria dachte, aber sobald dieser Moment des Vergessens vorüberging, war ich entsetzt, wenn ich über die möglichen Gründe für ihre Besuche nachdachte. Vielleicht wurde sie von so etwas wie Mitleid getrieben: Ich werde dem Alten geben, was niemand anderes ihm geben will, ihm in seinen letzten Tagen Trost spenden. Oder sie hatte die Absicht, mich von ihr abhängig zu machen, sich meiner zu bemächtigen – wie sie vielleicht glaubte –, indem sie sich unverzichtbar machte, damit ich sie brauchte, wie nur wenige sie im Leben gebraucht hatten. Oder es erfüllte sie mit Stolz, dass sie diejenige war, die in meinem unzulänglichen Körper kurzzeitig etwas von der früheren Energie wiederaufleben ließ. Oder sie wollte mit einem Teil der Geschichte in Berührung kommen, der sie – ihren permanenten Fragen nach zu urteilen – besonders faszinierte, und sie glaubte, der Körperkontakt sei der Preis, den sie zahlen müsse, um Zugang zu einem Überrest dieser Geschichte zu haben: zu mir. Oder es war einfach die reine Perversion, ihren verirrten Leib mit einem verfallenden, fast schon verlorenen Leib zu vereinen, vielleicht waren es auch irgendwelche Erinnerungen an einen Vater, der ebendies nicht oder allzu sehr war, oder es war einfach die Macht eines Schicksals, gegen das ihr kleinmütiger Wille nicht aufbegehren konnte oder wollte. Traurige Gründe, einer wie der andere.

»Was wäre, wenn ich an einem Donnerstag einfach wegbliebe?«

»Nichts.«

»Wie, nichts?«

»Ich würde ein paar Stunden auf dich warten und zu dem Schluss kommen, dass du endlich begriffen hast.«

»Idiot.«

Wir wussten beide, dass wir uns etwas vormachten: Sie würde nicht wegbleiben, und ich könnte sie nicht so leicht aus meinem Leben streichen. Das heißt, eigentlich machte nur ich mir etwas vor: Sie würde sehr wohl eines Tages fernbleiben, mit Sicherheit, ohne ein Wort zu sagen, und dann wären ihre Gründe klar. Aber bis dahin wollte ich lieber vergessen, dass ich versucht hatte zu begreifen, warum sie immer wieder auftauchte, und mir einreden, dass ich es gar nicht wissen wollte. Jede Antwort hätte mich kleiner gemacht, als ich ertragen konnte. Das ist der Nachteil an Antworten.

»Wart ihr wirklich bereit, alles zu tun, um zu gewinnen?«

»Was meinst du mit ›alles‹?«

»Keine Ahnung, alles eben, jemanden zu töten zum Beispiel.«

»Also erstens, es ging nicht darum ›zu gewinnen‹, wie du es nennst. Gewinnen oder verlieren, in solchen Kategorien haben wir damals nicht gedacht. Wir wollten die Welt verändern.

»Aber dafür musstet ihr gewinnen.«

»Wie ich schon sagte, das war nicht das Thema. Wenn du in diesen Kategorien denkst, wirst du nichts von alldem kapieren. Willst du das überhaupt?«

»Klar, warum sollte ich dich sonst fragen?«

»Was weiß ich. Mir fallen da so einige Gründe ein. Aber es ist müßig, darüber zu diskutieren.«

Unsere Gespräche hatten ein wiederkehrendes Thema und liefen immer nach demselben Schema ab: Sie stellte mir Fragen über den politischen Kampf der siebziger Jahre – »über diese schwachsinnige Geschichte, die ihr als heroisch verkaufen wollt« –, und ich sagte dazu nur wenig, fast nichts. In ihren Fragen mischten sich Neugier und Verachtung, als interessiere sie sich nur deshalb für die Vergangenheit, um zu beweisen, dass alles ein einziger großer Unsinn gewesen war. Und das Schlimme war, dass sie mich in eine defensive Haltung zwang, aus der heraus ich am Ende zu autoritären Methoden oder Gesten griff, die ich bei jedem anderen – oder auf jeden Fall bei mir – verurteilt hätte.

»Das ist in der Tat müßig. Ich habe dich gefragt, ob ihr zu allem bereit wart, um, na ja, die Welt zu verändern.«

»Was denn?«

»Wie gesagt: töten zum Beispiel.

»Ach ja, töten. Immer dasselbe. Sieht so aus, als wäre das das Einzige, was dich an dem Thema interessiert.«

»Findest du es unwichtig?«

»Nein, falsch. Es ging nicht ums Töten an sich, das war ein Mittel zum Zweck, wenn überhaupt.«

»Aber es wurde in Kauf genommen.«

»Ja, aber es hat keinen Spaß gemacht; ich weiß nicht, wie ich es sagen soll: Es war eine Pflicht, wahrscheinlich die schwerste von allen. Keiner wollte töten, das nicht; nur blieb dir manchmal nichts anderes übrig. Ich habe Leute kennengelernt, die mehr Angst hatten zu töten, als getötet zu werden.

»Ah, das waren ja richtige Helden.«

Wenn wir über diese Dinge sprachen, sah Valeria mich nicht an, sie betrachtete ihre Fingernägel mit diesem typischen Gesichtsausdruck, der dem anderen vermitteln soll, dass man ihn nicht ansehen will. Ich glaubte sie zu verstehen, und was ich verstand, schmerzte mich: Auch ich war auf eine Weise – auf unsere Weise damals – ein junger Rebell gewesen, aber meine Rebellion beschränkte sich nicht darauf, mich über einen Veteranen lustig zu machen und dabei meine Fingernägel zu betrachten. Vielleicht war alles eine Frage, wie das Wertesystem einer Epoche aussah und welche Arten von Rebellion es zuließ oder auslöste. Ich wollte mich damals nicht über die Alten lustig machen, ich wollte zerstören, was sie aufgebaut hatten, eine andere Welt erfinden. Es muss hart für die jungen Leute heute sein, dass sie sich nur in Sarkasmus flüchten können.

»Das heißt also, ihr habt unfreiwillig getötet, ihr habt euch geopfert, aber die anderen haben es aus reiner Boshaftigkeit getan. Wenn ihr getötet habt, wart ihr Helden; wenn ihr starbt, auch, und die, die euch töteten, waren die Inkarnation des Bösen. Ist dir dieser Gedanke nie gekommen?«

»Was für ein Gedanke?«

»Na, was ich gerade gesagt habe.«

»Du willst mir irgendetwas sagen? Oder macht es dir einfach nur Spaß, einen alten Trottel zum Narren zu halten?«

»Ach, Carlos. Glaubst du, ich säße hier, wenn ich dich für einen alten Trottel halten würde?«

»Darauf möchte ich lieber nicht antworten.«

»Wie du willst. Bekomme ich jetzt eine Antwort auf meine Frage?«

»Hast du etwas gefragt?«

Das waren keine Gespräche, das waren Fechtrunden – mit verrosteten Floretten. Valeria hatte nicht ganz unrecht – wir hatten wirklich geglaubt, dass es ein großer Unterschied war, ob einer von uns oder von denen starb –, aber ich hatte nicht die geringste Lust, es auszusprechen. Sie schon.

»Also, wenn ihr starbt, gabt ihr euer Leben für die Revolution, und wenn ich mich recht entsinne, hat Che Guevara gesagt, es gebe keinen besseren Menschen als den, der für die Sache stirbt. Das ist der Klassiker. Mich interessiert vielmehr der Gedanke, dass das Töten für euch ein Opfer war. War damals eigentlich alles für euch ein Opfer?«

»Das habe ich nie gesagt.«

Antwortete ich und verschwieg, dass der Satz nicht von Guevara stammte, sondern von einem gewissen Heiligen Johannes, und der hatte nicht Sache, sondern Freunde gesagt.

»Ich habe aber ganz den Eindruck.«

Ich wollte ihr nicht sagen, dass das Schwierigste nicht war, sein Leben für die Revolution zu geben – ich sollte besser sagen: das Leben in den Dienst der Revolution zu stellen –, sondern festzustellen, dass diese Revolution kein Marsch mit wehenden Fahnen oder dem Ruf nach Freiheit aus tausenden von Kehlen war, nicht einmal ein heroischer Kampf alter Flinten gegen Maschinengewehre im Urwald, sondern die Langeweile stundenlanger Versammlungen, angespannter, öder Warterei, all der Kontrollen und Formalitäten, die wir hinter uns bringen mussten, damit wir wenigstens hin und wieder etwas taten, was mit dieser Revolution zu tun hatte, von der wir gelesen, geträumt hatten und der wir unser Leben weihen wollten.

»Immer kommst du mit dem Tod. Du kapierst nicht, dass es uns um das Leben ging, um meins, unseres, das von tausenden. Das Leben war so wichtig, dass wir bereit waren, es herzugeben, um ihm seinen wahren Wert zu verleihen. Kapierst du das? Aber ansonsten hatten wir Spaß, wir hingen am Leben. Glaub ja nicht, wir wären eine Horde Selbstmörder gewesen, die an jeder Ecke den Tod suchten. Im Gegenteil: Wir lebten sehr gut, sehr intensiv, das kannst du einfach nicht nachvollziehen. Du weißt nicht, was es heißt, mit dieser Idee, diesen Hoffnungen zu leben, und du wirst es auch nie erfahren. Du wirst nie etwas auch nur annähernd Ähnliches erleben. Das ist das Problem. Ich hab es dir schon oft gesagt: Du verstehst nicht, wie aufregend der Gedanke ist, die Welt zu verändern. Das ist der Unterschied.«

»Ja, klar, ihr habt die Welt verändert.«

»Sei nicht albern. Wir wissen, dass dem nicht so ist, aber wie gesagt, es ging nicht darum, zu gewinnen oder zu verlieren. Natürlich wollten wir gewinnen, aber viel wichtiger war das Gefühl, das zu tun, wofür du dich entschieden hattest, deinen Idealen bis zur letzten Konsequenz treu zu bleiben.«

»Das heißt, das alles war eine Art Egotrip, bei dem es darum ging, sich selbst treu zu bleiben? Und der ganze Zirkus von ›wir werden einen neuen Menschen schaffen, wir werden die Welt verändern, wir werden den Sozialismus aufbauen‹

waren die Nebenwirkungen dieser narzisstischen Suche nach Selbsttreue?«

Wenn die Diskussion zu hitzig wurde, entglitt ihr manchmal die Stimme, sie wurde schrill: unerträglich.

»Merkst du, was für albernes Zeug du daherredest?«

»Nein, ehrlich gesagt nicht. Und ich habe den Eindruck, du sagst das bloß, weil dir die Argumente ausgegangen sind.«

Sagte sie, und wie um ihre Worte zu unterstreichen, hörte sie auf, ihre Nägel zu betrachten, und hob triumphierend den Kopf und hielt die weit geöffneten Nasenlöcher in den Wind der Geschichte, der sich längst gelegt hatte.

Wie hätte ich all das jemandem erklären können, der damals noch gar nicht geboren und durch und durch das Produkt der aus der Niederlage hervorgegangenen Kultur war? Wie sollte ich ihr begreiflich machen, was ich selbst nicht verstand? Mein Unverständnis, mein Unbehagen, meine Auseinandersetzung mit den Idealen, für die ich damals eingetreten war, waren an eine Gefühlslage gekoppelt: Ich konnte mit denen darüber diskutieren, die selbst dabei gewesen waren, angefangen mit mir selbst. Auch wir machten uns über diese Geschichten lustig, aber es war nicht dasselbe, ob wir das unter uns taten – wir hatten das Recht dazu, es waren schließlich unsere Geschichten – oder ob wir den Spott eines völlig Unbeteiligten über uns ergehen lassen mussten. Der Spott des Unbeteiligten war ärgerlich, aber auch aufschlussreich: Die Diskussionen mit Valeria zwangen mich, nach Erklärungen für die paar Dinge zu suchen, die ich als gesetzt hinnahm; sie zwangen mich zu der Feststellung, dass ich dort, wo ich nur Zweifel zu haben glaubte, doch noch über ein System von Überzeugungen verfügte. Sie zeigten mir, dass ich, der kritischste der Genossen von damals, der Übriggebliebenen, nach wie vor einer von ihnen war. Und das erschreckte mich. Vale – die Diskussionen mit ihr – rückte mir in gewisser Weise den Kopf zurecht.

»Ja, du hast es mir schon tausendmal gesagt, es ging nicht darum, ob ihr gewinnt oder verliert. Aber Fakt ist, dass ihr verloren habt. Hast du nie Rachegelüste verspürt?«

»Nicht wir haben verloren. Das Land hat verloren, also alle. Und wie soll ein Land sich rächen?«

»Red keinen Unsinn, Carlos. Ihr habt verloren. Lass das Land da raus. Ihr habt verloren wie im Krieg, drücken wir es mal so aus. Bist du so kaputt, so am Ende, dass du nicht mal mehr Rachegelüste verspürst?«

Ich glaube, es erregte mich, sie so aggressiv, so selbstsicher zu erleben. Vor allem gefiel mir, dass sie zu derart kategorischen, unhaltbaren Behauptungen fähig war. Ich konnte das nicht mehr; ich hatte das oft getan und teuer dafür bezahlt. Ich versuchte ihr zu erklären, dass es nicht nur um eine Niederlage ging, sondern dass die Ideale verschwunden waren, für die wir gekämpft hatten. Dass die, die jene Zeit heute glorifizieren, diese Ideale in Gestalt von allgemeinen Postulaten – Gerechtigkeit, Gleichheit, Demokratie, die berühmten Menschenrechte – wiederverwerten und verkaufen wollen, aber dafür hatten wir nicht gekämpft, wir hatten gekämpft, weil wir überzeugt waren, dass der Sozialismus – keine Reichen mehr, die Arbeiter an der Regierung, alles gehört allen – nur einen kleinen Anschub benötigte, dass es eine Frage von Tagen, höchstens ein paar Jahren war. Wir waren überzeugt, dass das Morgen bald anbrechen würde: Es war Nacht, und wir rieben uns schon mal mit Sonnencreme ein.

Und dann kam die Niederlage. Es war spektakulär, wie wir verloren. Nicht, dass der Kampf auf andere Weise, an einer anderen Front, auf anderen Gebieten weitergegangen wäre: Mit dem Kampf war es vorbei, der Sozialismus war ein historischer Irrtum, die Zukunft auf einmal ein leerer Ort. Wir hatten uns so sehr geirrt, dass wir für alle Zeit von absoluten Behauptungen kuriert waren. Und als Valeria mir die ersten Male ihre Selbstsicherheit entgegenschleuderte – ihre Selbstsicherheit, mir zu widersprechen, mir das Gefühl zu geben, ein Trottel aus einem vergangenen Jahrhundert zu sein, mir zu zeigen, dass ich keine Ahnung hatte –, stellte ich fest, dass es schon ein Ersatzmodell gab. Wir waren nicht die Letzten mit Überzeugungen, es gab wieder andere, nur dass sie von etwas radikal anderem überzeugt waren. Ich wollte wissen, wovon. Später war mir das egal.

»Carlos, ich habe es dich schon hundertmal gefragt: Bist du wirklich so kaputt, so am Ende, dass du nicht mal mehr Rachegelüste verspürst?«

7

VIELLEICHT WAR ICH damals gar nicht zu spät gekommen, weil ich nicht auf die Zeit geachtet hatte. Vielleicht hatte ich mir die Zeit vertrieben – ich ließ mir die Zeit lang werden, ich verlor Zeit, vergaß, verbummelte sie –, um nicht zu dem Treffen zu erscheinen. Kann sein; sicher bin ich mir nicht.

Ich versuchte mir vorzustellen, ob es wohl genauso sein würde wie damals: Ob die Angst dieselbe sein würde. Ich versuchte mich zu erinnern, wie es gewesen war, unter extremer Anspannung eine Straße entlangzugehen, in dem Wissen, dass die geringste Unachtsamkeit einen alles kosten kann: diese Form der Angst. Ich versuchte mich zu erinnern, wie ich es geschafft hatte, ein Leben zu führen, das vollkommen anders war als das, was ein gewöhnlicher Sterblicher unter einem normalen Leben verstand – als ich jetzt darunter verstand –, ohne dieses Angstgefühl, überzeugt, dass das die wahre Lebensform sei. Ich meine, ein Leben, in dem das Sterben zum Alltag gehörte, in dem man jede Entscheidung unter Umständen mit dem Leben oder zehn Jahren Haft oder seiner Zukunft bezahlte, in dem jede Entscheidung ernst, ja entscheidend war, in dem man das Leben von Millionen von Menschen verändern sollte, in dem die Geschichte von unserem Handeln abhing, in dem deine Freunde oder deine Frau oder deine Bekannten jeden Moment sterben konnten, ein Leben, in dem zwei Minuten auf einen Schlag alles verändern konnten. Ich versuchte mich daran zu erinnern, wie es war, wenn ich morgens beim Verlassen der Wohnung die Liste durchging, was ich an dem Tag zu erledigen hatte, und kurz bei dem Treffen innehielt, bei dem ich an der Haltestelle der Linie 203 neben einer unbekannten Frau mit dem Abendblatt unter dem Arm stehen bleiben sollte; sie würde mich um eine Particulares bitten, und wenn ich sagte, ich könnte ihr leider nur hellen Tabak anbieten, würde sie antworten, sie rauche nur schwarzen. Und wenn ich zu ihr sagte, sie vergäbe sich ja nichts, wenn sie ihn mal probierte, würde sie mir eine Adresse geben, einen Straßennamen und eine Zahl, wo meine Gruppe am nächsten Abend eine kleine Bombe platzieren sollte – nichts Großes, es sollte niemand verletzt werden, es sollte nur ein Signal sein, dass es uns noch gab. Ich versuchte mich zu erinnern, wie es war, zu wissen, dass an der Haltestelle der 203 vielleicht keine Frau auf mich wartete, um mich um eine Zigarette zu bitten, sondern dass irgendwo getarnte Soldaten oder Polizisten hockten, um mich zu verhaften oder auf mich zu schießen, falls ihnen das nicht gelänge. Kurz: Ich versuchte mich zu erinnern, wie es war, zu wissen, dass sie überall, an jeder Ecke, in jedem Winkel, auf mich warten konnten; wie es war, wenn man durch die Straßen ging und jeden Fußgänger, jedes Auto, jede Geste als mögliches Warnsignal deutete. Ich versuchte mich zu erinnern, wie es war, die Welt als System von Zeichen zu betrachten, das mir half zu überleben: Eine Welt, in der es von Bedeutungen nur so wimmelte, in der jede plötzliche Bewegung an einer Ecke den Tod bedeuten konnte und sie frühzeitig zu bemerken das Leben. Ich versuchte mich zu erinnern, wie es war, zu wissen, dass der Tod überall lauerte, die ganze Zeit über. Oder zumindest zu wissen, dass meine Gefährten einer nach dem anderen fallen würden, Tag für Tag: Dass sie fielen – wie wir damals sagten, um es nicht genau zu benennen: dass sie fielen.

Keiner wurde verhaftet, keiner war tot: sie fielen. Genaueres wussten wir im Allgemeinen auch nicht, und deshalb versuchte ich mich zu erinnern, wie die Angst war, als wir noch nicht wussten, was uns im Falle einer Festnahme bevorstand, als wir all die Geschichten von den Folterungen und den Flugzeugen und den Leichen im Fluss, den in die Luft gesprengten und verschwundenen Leichen noch nicht gehört hatten: Körper ohne Bestimmung. Ich meine, ich versuchte mich zu erinnern, wie die Angst war, als man noch nicht wusste, wovor. Ich versuchte mich sogar an dieses Nichtwissen zu erinnern, aber in dem Wissen – in der Erinnerung –, dass die Angst uns den Tod nicht ferner oder abwesender denken ließ; ich versuchte mich zu erinnern, wie es damals war, mit dem so gegenwärtigen Tod zu leben, und vor allem versuchte ich mir vorzustellen, ob jene Angst der jetzigen ähnlich war: mit dem allgegenwärtigen, drohenden, bescheinigten Tod zu leben. Und ich dachte, nein: Damals war der Tod eine derart verbreitete Bedrohung, dass er die Hoffnung einschloss, ihm entkommen zu können – jetzt nicht. Und außerdem: Damals kam der Tod, weil man ihn bewusst in Kauf nahm und für sich entschieden hatte, dass die Aussicht auf eine mehr als vollkommene Zukunft es wert war, und diese Entscheidung erhöhte den Tod und machte ihn zu etwas Provisorischem, das man jederzeit rückgängig machen konnte. Da war die Illusion, dass man den Weg, weil man ihn gewählt hatte, auch auf eigenen Entschluss wieder verlassen konnte. Und jetzt kam der sichere, endgültige Tod, einfach so, ohne Grund, ohne Wirkung, wie eine Lotterie mit nassen Scheinen, wie eine Karikatur des Schicksals.

Mein Körper war zu meiner Bedrohung geworden. Aber ich würde nicht hinnehmen, dass er mich erpresste, dass er mich zu seiner Geisel machte.

»Ich denke, ist einfacher, wenn ich mit jemandem, einem Angehörigen, über die Details spreche.«

»Es gibt niemanden.«

»Wie sollen wir es mit der Behandlung halten? Ich sagte ja schon, eine Heilung ist ausgeschlossen, aber sie kann Ihnen ein wenig Linderung verschaffen ...«

»Es wird keine Behandlung geben, das sagte ich bereits. Es ist zwecklos.«

»Das ist nicht Ihre Entscheidung. Ich bin verpflichtet, Sie zu behandeln.«

»Das ist Ihr Problem.«

»Nein, sehen Sie: Ich verstehe ja, dass sie durcheinander sind, aber jetzt mal im Ernst.«

»Es war mir noch nie so ernst.«

»So eine Entscheidung können Sie nicht treffen.«

»Sind Sie sicher?«

»Nein, Sie sind sehr durcheinander, und das verstehe ich. Ich werde mit jemandem sprechen.«

»Ach ja? Und mit wem?«

Es war merkwürdig, aber der Geruch hatte jetzt nachgelassen. Manchmal war er sogar ganz verschwunden.

8

»JA, ABER STELL dir mal vor, du hättest einen Tod gehabt, der …«

Sagte er und hielt dann plötzlich inne: Er hatte es gemerkt. Ich tat, als ob ich es nicht mitbekommen hätte, und vermutlich war er mir dankbar. Seine Wangen röteten sich trotzdem.

»Ich will damit sagen, also, ich meine, du bist doch ein sehr vernünftiger Typ. Aber denk mal an Leute, die anders gestrickt sind und die sich vielleicht von der Idee hätten verleiten lassen, sich zu rächen oder …«

Wir hatten schon mehrfach über das Thema Rache gesprochen. Oder, um bei der Wahrheit zu bleiben: darüber, dass es keine Rache gab. Ich strotzte natürlich vor Argumenten. Meine Argumente können sich gewöhnlich sehen lassen; manche überzeugen sogar mich selbst. Nicht oft, aber hin und wieder. Es ist merkwürdig, wenn ich etwas sage und dabei das Gefühl habe, ich könnte es glauben. Es freut mich und ist mir zugleich unbehaglich. Dann fällt es mir weit schwerer, meine Argumentation zu entwickeln, denn ich schulde ihr einen gewissen Respekt: Ich sage schließlich etwas, was ich unterschreiben könnte.

Juanjo meinte, dass wir für die Verbrechen der Diktatur keine Rache gewollt hätten – keine individuelle Rache, sagte er, als gäbe es unter den gegebenen Umständen eine andere Möglichkeit –, sei ein Zeichen unserer Reife, unserer demokratischen Gesinnung, ein Zeichen, wie entschieden wir gewisse

Verirrungen – sagte er wirklich Verirrungen? – der siebziger Jahre hinter uns gelassen hatten. Ich erinnere mich nicht, ob ich ihn fragte, ob er mich für den Journalisten eines von seinem Ministerium instruierten Privatsenders oder einen totalen Dummkopf hielt; vielleicht habe ich es nicht gefragt – nicht ausgesprochen –, aber gedacht habe ich es mit Sicherheit: Es war eine absolut platte, offizielle, druckreife Rede, und ich fand, ein Gespräch unter uns habe mehr verdient. Und das sagte ich ihm auch, eine Diskussion unter uns habe mehr verdient als Phrasen, und Juanjo war nicht einmal beleidigt. Er sagte, vielleicht hätte ich ja recht, aber das sei ein Thema, über das wir – er sagte wir, einer dieser Plurale, die uns einander annähern sollten, die immer schwammig waren – nicht groß nachgedacht hätten. Vielleicht wüssten wir nicht, warum wir es nicht getan hätten, und es gäbe so viele Gründe dafür, dass wir es doch bei den Phrasen bewenden lassen könnten. Ich sagte ihm, er missbrauche wieder einmal die erste Person Plural, aber das würde mich nicht wundern, das sei die Berufskrankheit des sich anbiedernden Politikers in der Demokratie. Die Rache – das Ausbleiben derselben – für die Verbrechen der Militärs während der Siebziger sei ein glasklarer Fall, bei dem es keinen Plural gäbe; bemerkenswert sei doch nicht, dass es keine Gruppe – ein beliebiges Wir – gäbe, das sich in den Rachefeldzug gestürzt hatte; weit erstaunlicher sei, dass keiner, keiner von den tausenden und abertausenden von Hinterbliebenen der Opfer dieser Verbrechen – völlig unterschiedlicher Männer und Frauen, die nur gemeinsam haben, dass man ihnen den Sohn, den Bruder, die Mutter genommen hat – für sich persönlich entschieden hätte, Rache zu üben. Juanjo versuchte es mit einer moderaten Rache.

»Es wundert mich, dass ausgerechnet du, Carlos, auf solch eine plumpe Analyse hereinfällst. Wenn mehrere Leute eine gemeinsame Haltung annehmen, dann können sie sich selbst so wenig als Gruppe betrachten, wie sie wollen, für den Beobachter bilden sie ein Wir, das als solches analysiert werden muss.«

»Kommst du mir jetzt mit Soziologie aus Selbsthilfebüchern für traurige Linke?«

Sagte ich, fand aber, dass er nicht ganz unrecht hatte. Dann dachte ich, dass »nicht ganz unrecht« eine seltsame Formulierung war, versuchte aber diesen Gedanken nicht weiter zu verfolgen. Ich erinnerte mich an eine Geschichte, die ich vor zwei oder drei Tagen gelesen hatte, über einen deutschen Priester, der in Hiroshima war, als die Bombe fiel.

»Er war Jesuit, und er berichtet, am meisten hätten ihn die zu hunderten in einem Park aufgeschichteten Schwerstverletzten überrascht: Niemand weinte, niemand schrie, niemand beklagte sich. Er konnte nicht begreifen, dass diese Männer und Frauen schweigend auf den Tod warteten. So etwas würden die Menschen der westlichen Welt nie tun, sagte der Priester; sie schweigen nicht, sie klagen.«

Sagte ich, und wenn das zuträfe, wären wir Argentinier die Krönung der westlichen Welt: Wir klagten nur, immerzu mussten wir jemanden finden, dem wir für irgendetwas, letztlich an allem die Schuld geben konnten, und Rache sei die extremste Form der Schuldzuweisung: Man glaubt so sehr an die Schuld des anderen, dass man ihn dafür büßen lassen muss. Und deswegen überrasche es mich umso mehr, dass es keinerlei Racheakte gegeben hatte, und ob er sich dieses Gruppenverhalten erklaren könne, über die Phrasen hinaus. Er sagte, er sei davon überzeugt, die Angst oder der Widerwille oder die Enttäuschung wegen dem, was die Gewalt hervorgebracht hatte, habe wohl als Abschreckung gedient, sie nicht wieder auszuüben: Wenn man gesehen hatte, welch katastrophale Folgen die Gewalt der siebziger Jahre hatte, wer würde dann noch zur Waffe greifen, um sich zu rächen. Ich sagte, die, die auf die Rache verzichtet hätten, seien ja nicht zwangsläufig identisch mit denen, die damals an der Gewaltpolitik beteiligt gewesen waren, er packe zu viele in die Wir-Tüte. Juanjo gab mir recht, es gäbe mindestens zwei Kategorien.

»Die potenziellen Rächer lassen sich zunächst mal in zwei Kategorien einteilen. Einmal die Hinterbliebenen der Toten, die Angehörigen, sie haben den Opfergedanken auf der politischen Bühne unseres Landes in den Mittelpunkt gerückt.«

»Stimmt, die haben dafür gesorgt, dass du in den letzten Jahrzehnten hier nur Gehör verschaffen kannst und deine Forderungen anerkannt bekommst, wenn du einen Toten als Bürgen vorweisen kannst. Man hat den Eindruck, du darfst nicht mal auf die Straße gehen, wenn du keinen Toten vorzuweisen hast. Die von den Söhnen aus gutem Hause ermordeten Mädchen vom Land, die von den Bullen abgeknallten Diebe, die toten Piqueteros, die verbrannten Journalisten, die entführten Söhne aus gutem Hause und all die anderen. Der Tote, das Feldzeichen der Gegenwart: Das ist das Etikett für lauteren Wettbewerb, der Berechtigungsstempel.«

»Klar, dass du das wieder so zugespitzt formulieren musst. Du könntest doch auch einfach sagen, es hat einiges gekostet, aber am Ende hat die argentinische Gesellschaft nicht mehr zugelassen, dass sie uns weiter ungestraft töten.«

»Das ist ein anderes Thema, Juanjo, wenn wir damit anfangen, dann gute Nacht. Jedenfalls ist diese Macht der Toten das Ergebnis der Menschenrechtspolitik, der Politik der Hinterbliebenen. Die Vorstellung, dass der Opferstatus dich legitimiert, war so übermächtig, man konnte sie nicht ausmerzen, indem man einen Henker tötete und zum Opfer machte. Sprich: legitimierte. Das ist der springende Punkt: Wenn du einen Henker tötest, bist du nicht mehr länger Opfer, du wirst selbst zum Henker. Und Opfer zu sein bringt weit mehr.«

Juanjo sah mich an, und ich wagte mich vor: »Wenn du in diesem Land etwas darstellen willst, musst du sterben, bevor du die vierzig erreicht hast. Hier zählen nur die Toten.«

Juanjo sah weg und lächelte, als wollte er den alten Witz eines unverbesserlichen Schuljungen nicht hören. Dann schlug er einen viel zu gelassenen Ton an und meinte, was ich über die Legitimität der Opfer gesagt habe, treffe durchaus zu, wenn man Gruppen, allgemeine Verhaltensweisen betrachte.

»Aber es mag immer wieder einen Einzelnen geben, der ...«

Hob Juanjo an, und ich musste innerlich schmunzeln. Das Argument, dass die Antwort im Individuum und nicht in der Gruppe liege, hatte ich ihm vor fünf Minuten ja selbst geliefert. Das gefiel mir an unseren Diskussionen: Trotz unserer enormen Differenzen kam es vor, dass der eine vom anderen Argumente übernahm. Aber manchmal widerte es mich auch an.

»Und dann die zweite Gruppe, auch wenn das immer etwas schematisch ist: die der Genossen, der aktiven Kämpfer von damals, die ihre Toten rächen könnten, aus welchem Grund auch immer, vielleicht auch aufgrund von Familienbanden oder um für die Schuld einzustehen, dass sie davongekommen sind und leben.«

Sagte Juanjo und verrenkte seltsam den Hals, um mich nicht ansehen zu müssen. Ich entgegnete, für diese Gruppe würde es wohl eher zutreffen, dass der Einsatz von Waffen sich als verhangnisvoll erwiesen hatte, aber darüber hinaus sei es auch eine Frage des Stolzes.

»Gesetzt den Fall, du gehst her und rächst dich. Du findest einen Folterer, der einen Genossen auf dem Gewissen hat, der dir nahestand, und du wartest vor dem Eingang seines

Hauses hinter einem Baum auf ihn und schießt ein ganzes Magazin auf ihn ab. Gut, was hast du getan? Nichts, es war ein Akt der Verzweiflung. Ich würde sogar von einer Hommage sprechen: Noch zwanzig, dreißig Jahre später sagst du ihm: Mir bedeutet deine Tat so viel, dass ich mein Leben aufs Spiel setze, alles, was ich habe, um es dir heimzuzahlen. Das ist demütigend, Juan, sehr demütigend. Ganz zu schweigen von der zusätzlichen Demütigung: Als der Kerl deinen Kumpel getötet hat, kämpften er, du, wir alle gerade darum, das Land zu verändern, ein neues Land zu schaffen. Der Kerl hat dich besiegt, der politische Kampf ist aus und vorbei. Und da willst du so erbärmlich sein und ihm einen Schuss verpassen, nach dem Motto, ja, du Schwein, du hast mich besiegt, so sehr, dass mir von all meinen Wünschen und Zielen, die ihr mir genommen habt, nur noch eines bleibt, dir das Hirn wegzupusten? Ich wollte eine neue Welt schaffen und stattdessen versuche ich jetzt ein perverses Schwein zu töten? Das ist in der Tat demütigend, Juan, das ist, als würde man die Niederlage immer wieder erleben.«

Sagte ich damals zu ihm, ich schrie es ihm förmlich ins Gesicht, selbst von meiner Hitzigkeit überrascht; für gewöhnlich wurde ich nicht so pathetisch. Juanjo wusste das, lächelte und sagte dann in äußerst sanftem Ton, wenn man diesen Gedankengang weiterspönne, wäre es doch auch armselig, die Mörder zu verhaften und zu verurteilen, das wäre keine persönliche, sondern eine gesellschaftliche Form der Rache.

»Nun, dabei geht es wohl weniger um Rache als um die Wiederherstellung einer rechtlichen Ordnung, das ist etwas ganz anderes.«

»Ach ja?«

Sagte Juanjo bei der Gelegenheit, aber vielleicht auch bei einer anderen. Wir haben des Öfteren darüber diskutiert. Aber erst jetzt fällt mir auf, was daran wirklich unfassbar ist: Es gelang mir immer, auf einer abstrakten Ebene darüber zu sprechen; ohne Estelas Geschichte zu berühren, ohne zuzulassen, dass sie mich berührte.

9

»SOLL ICH DIR erzählen, was wirklich mit mir passiert ist?«

»Nein.«

»Nein?«

»Nein. Ich glaube, ich könnte das nicht ertragen.«

»Jetzt hab dich nicht so, Gallego.«

Wozu? Damit sie mir eine Geschichte von Heldentaten und Martyrien präsentierte, so wie die Geschichten, für die wir damals so entflammt waren und die viele von uns dazu brachten, dem Weg zu folgen, und die heute noch dazu dienen, jenen Zeiten eine Aura von Heiligkeit zu verleihen? Damit sie mir zeigte, dass sie dem Guevara-Messias-Modell entsprach, dem neuen Menschen, der sich für die Zukunft seines Volkes opfert, der alles gibt, der mit der Befriedigung in den Tod geht, das Erhabenste getan zu haben, während ich das nicht geschafft hatte und geflohen war und meine Vorstellung von mir selbst samt all unseren Vereinbarungen verraten hatte? Damit die verachtenswerte Banalität meines Verhaltens – meines Überlebens – noch deutlicher zutage trat? Oder damit, umgekehrt, Estela sich erniedrigen musste, indem sie mir erzählte, auch sie sei von dem Modell abgewichen und habe dem schrecklichen Druck, dem Einbruch des Unvorstellbaren, nachgegeben, der dazu führte, dass all ihre Erwartungen an sich selbst sich mit einem Schlag als Unsinn entpuppten? Damit sie sich in der Erinnerung erniedrigen musste, wie ihre Hoffnung, eine andere sein zu können, durch die Angst oder den Schmerz oder die Angst vor dem Schmerz zerstört wurde? Damit sie litt, wenn sie in ihrer Erinnerung nach den flüchtigen – trefflicher- und klugerweise flüchtigen – Details all der schrecklichen kleinen Grausamkeiten suchte, die am Ende ihre Widerstandskraft gebrochen hatten, und damit sie, indem sie mir alles erzählte, rechtfertigte, was sie getan oder nicht getan hatte? Damit sie mir sagte, sogar in diesen Momenten absoluter Wehrlosigkeit und finaler Erniedrigung, zwischen den Schreien und den Krämpfen und dem Reißen, mitten in der Hölle, habe sie nie aufgehört, an mich zu denken, sich zu sorgen, was ich wohl gerade durchlitt? Damit sie mich ihrerseits fragen konnte, was ich damals getan hatte? Oder damit sie mir eine traurige Erzählung über den Tod als bürokratischen Prozess – bedeutungslos, monoton, banal – präsentierte? Damit sie mir sagen musste, dass es genauso armselig sein kann, für das Vaterland zu sterben, wie ohne es zu überleben?

»Nein, sag nichts.«

Wir unterhielten uns seit Jahren, aber zum ersten Mal bot sie mir an, über diesen Moment ihrer Geschichte zu sprechen. Unsere Gespräche hatten gewöhnlich die Beklommenheit einer Verpflichtung, einer leichten Verlegenheit; sie wurden häufiger – flüssiger? –, seit das Böse näher rückte, seit ich bereit war, nach ihrer Geschichte zu fahnden. Ich hatte damit gerade erst begonnen; ich war noch nicht bereit, sie anzuhören. Aber ich versuchte mehr und mehr, Estela freundlich, liebevoll zu antworten, ohne in meiner Stimme etwas von dem Bedauern oder der Wut oder der Verzweiflung durchklingen zu lassen, die unsere Unterhaltungen in mir auslösten. Ich weiß nicht, ob meine Bemühungen von Erfolg gekrönt waren; ich vermute, nein. Meistens sah sie mich erstaunt an. Man merkte ihr an, dass sie mich nicht recht wiedererkannte, dass sie sich immer noch nicht an mich gewöhnt hatte. Logisch: Ich hatte mich in den letzten dreißig Jahren, in denen wir uns nicht gesehen hatten, sehr verändert. Sie war genau wie früher.

Es war schrecklich, dass sie genauso war wie früher.

Ihr seid immer noch jung. Ihr alle seid immer noch jung: jung – bis in alle Ewigkeit. Mehr als das: Ihr seid Jugendliche, fast noch Kinder, die versuchen, ihre Jugend mit dem Flaum der ersten Barthaare und einem Blick aus geschminkten Augen zu kaschieren. Das ist euch damals gelungen. Wir alle dachten, es wäre uns gelungen, und wir fühlten uns als Männer und Frauen des Vaterlandes, fähig zu den größten Entscheidungen, die ein Mann oder eine Frau treffen können. Wir trafen sie. Aber wenn ich jetzt eure Fotos betrachte, fühle ich mich mehr und mehr wie der Vater dieser jungen Leute – oder Großvater oder Gevatter Tod oder Lehrer Oberschlau –, geschlagen mit der Unbeholfenheit und der Vulgarität des Alters, während ihr euch eure Jugend, euren Glanz, eure entschlossenen Körper bewahrt habt.

Das war ein Preis von vielen, die ich zahlen musste, weil ich nicht tat, was ihr sehr wohl getan habt: Weil ich nicht mehr oder weniger erhobenen Hauptes in den Tod gegangen bin, weil ich mir keinen erinnerungswürdigen Tod geschaffen habe. Ich, der Alte, der es nicht vermochte, der so viele Jahre Zeuge eines unvermeidlichen Verfalls war, den ihr vermieden habt, und der jetzt weiß, dass seine Tage – wie man so sagt – gezählt sind. Es sind nicht mehr viele bis zu dem Moment, in dem ich sterben werde, in einem erbärmlichen Bett, wenn überhaupt, ohne Glanz, ohne Bedeutung, wie ein x-beliebiger Idiot. Niemand wird ein Gedicht über meinen Tod im Krankenhaus schreiben, niemand wird ein Foto von mir als Zwanzigjährigem durch die

Straßen tragen, niemand wird sagen oder laut hinausschreien, dass mein Tod nicht vergebens war.

Ihr hingegen – du hingegen, Estela – habt aus eurem Leben eine sinnvolle Geschichte gemacht: die Geschichte eines guten Todes. Ihr habt der Erinnerung euren Stempel aufgedrückt. Ihr habt Millionen verdrossener Landsleute gezwungen, euch als die Besten in Erinnerung zu behalten, als diejenigen, die etwas gewagt haben. Idioten: Millionen verdrossener Landsleute, die von eurer Opferbereitschaft und eurem Tod sprechen, die sich aber nie im Leben hinsetzen und analysieren würden, warum ihr gestorben seid; was ihr eigentlich wolltet. Und die sich auch nicht fragen, ob sie – die sie über eure Opferbereitschaft, euren Tod sprechen – mit euren Zielen einverstanden sind: ob, wenn die dämliche Verblendung vorüber ist, die die Vorstellung in ihnen auslöst, dass es andere gibt, die bereit sind, für eine Anschauung zu sterben, ihnen diese Anschauungen – die der engagierten, geopferten Toten – fremd, vertraut, interessant oder verachtenswert vorkommen. Aber noch einmal: Es sind junge Tote, die viele Jahre eines Lebens gegeben haben, das lange hätte währen sollen, und das beeindruckt sie. Die Art von Großzügigkeit, die man hinter diesem Tod vermutet, erkennen sie an – beneiden sie euch darum? –, so wie ich sie anerkenne und euch darum beneide, dass ihr es vermochtet, dem langsamen Marsch ins Nirgendwo zu entkommen, ein kurzes Leben.

»Du weißt nicht, wie das ist, dich zu sehen, Estela.«

»Wie denn, Gallego?«

»Ach, ich kann es dir nicht sagen.«

Als wir jung waren – als wir beide zugleich jung waren –, hatte Estela einen knochigen, kantigen Körper, den ich gern berührte, denn ich hatte nichts übrig für dieses Klischeebild von Weiblichkeit, das Speck und weiche Rundungen bieten, dieses Heimelige eines schnulzigen Boleros. Ihr Körper war nie eine Zuflucht, er war, für uns beide, aus unterschiedlichen Gründen, eine Herausforderung. Für mich, weil klar war, dass er mir nie gehören würde; für sie, weil es so aussah, als würde er nie ihr gehören. Estela war von beachtlicher Statur, sie hatte große Hände, breite Schultern, doch letztlich wurde ihre Größe zu ihrer Schwäche. Sie wachte eifersüchtig über ihren Körper, als würde sie ihn schützen, als würde so viel Körper sie verletzlich machen: als müsste sie das Übermaß an Körper gegen Schläge verteidigen, die niemand ihr versetzen wollte – jedenfalls damals nicht.

Später schon: Ich gehe davon aus, sie wollten und sie konnten. Und mir blieb nichts anderes übrig, als mich in erniedrigender Weise an ihren Körper als Fläche dieser Schläge, dieser unsäglichen Übergriffe zu erinnern. An ihren Leib, die begehrten verborgenen Stellen als Schauplatz schlimmsten Unglücks, als Katastrophengebiete: Feindeshände, die zerstören, was gehegt, gestreichelt werden sollte, deine zu Schwäche gewordene Stärke, Estela, deine Panik. Ich versuchte mich an andere Momente zu erinnern; es fiel mir schwer. Bei unseren Gesprächen hatte ich nie Bilder vor Augen. Aber ich musste, ich wollte wissen – wirklich wissen, nicht krampfhaft ein paar Erinnerungen heraufbeschwören, die mir so fern waren wie ein Film –, wie es war, mit diesem Körper Glück zu erleben, wie all diese kleinen Glücksmomente waren, die mich für immer an sie banden; ich fand sie nicht. Ich versuchte mich an bestimmte Momente zu erinnern, und ich sah Estela auf einer Versammlung an der Uni, wie sie über die Angst der ungezogenen Feiglinge lachte – sie sagte: »der ungezogenen Feiglinge« –; bei einem Essen mit Freunden in einer Kneipe, wo sie so gierig ihre Ravioli hinunterschlang, dass man hätte meinen können, sie wollte nichts für den nächsten Tag übrig lassen; auf der Straße bei einem Protestmarsch, manchmal sogar an meiner Hand, in einem derart klischeehaften Bild, dass es das so wahrscheinlich nie geben hat; aber ich sehe sie nicht mit zerzaustem Haar über mir, wie sie schreiend mit mir vögelt, nicht, wie sie erschöpft, entwaffnet daliegt und engelsgleich schläft, nicht einmal in der Nacht, in der sie sich umdrehte und ihr Gesicht verbarg, um mir zu sagen, dass sie schwanger war. Ja, Gallego, ich glaube, ich bin schwanger.

Ich konnte nicht. Nie sah ich bei unseren Gesprächen ihren Körper: nur ihr Gesicht, ihre spitze Nase, ihre braunen aufgerissenen Augen – als müsse sie sich anstrengen, um mich zu erkennen –, ihren Mund, der sich fast nicht bewegte, wenn sie sprach, der gezwungen lächelte, der ein unglaubwürdiges Interesse an Geschichten vorgab, die sie bestimmt nicht interessierten; manchmal fragte sie mich, wie mein Leben nach unserer gemeinsamen Zeit aussah, und ich erzählte ihr irgendwelchen Blödsinn, verkürzte Geschichten, bei denen ich die freudigen Details ausließ, denn ich fand keinen Weg, über all das zu reden, was ihre Abwesenheit – ihr Verschwinden – möglich machte. Ich konnte nicht über die anderen Frauen sprechen, über meine Arbeit, meine Enttäuschungen – all die Banalitäten, die diese Schubläden ausgefüllt hätten; ich wusste nicht, wie, ich glaubte, alles, was ich erzählte, sei kränkend und dumm. Ich konnte ihr nicht von den beiden Schwangerschaften erzählen, welche Hoffnung sie in mir weckten, welche Sorgen sie mir bereiteten, wie wir die ungeborenen Kinder verloren. Ich konnte nicht über die widerwärtige Erleichterung reden, diese Kinder zu verlieren, über die Nächte, in denen ich dachte, ein Kind zu bekommen wäre so, als sagte man zu ihren Mördern, gut, jetzt habe ich Ersatz, alles in Ordnung, Pech für euch, ihr habt mir mein Kind genommen und die Frau, die es in sich trug, aber ich kann ein neues mit einer anderen Frau machen, euch zeigen, dass dieses Kind nicht wichtig war, denn ich kann es ja ersetzen. Wie hätte ich das tun können? Sagen, das Kind, das ihr euch genommen habt, war austauschbar? Es erleichterte mich, auf unerklärliche Weise erleichterte es mich trotz all dem Schmerz, an dem ich teilhaben sollte, und ich kam um vor Scham deswegen, und konnte es dir nicht erzählen, Estela, nicht einmal anfangen, es dir zu erzählen, und um den Fragen auszuweichen, die ich dir nicht beantworten konnte, sprach ich über die Jahre, die wir gemeinsam verbracht hatten, über das Glück. Aber du warst unerbittlich.

»Gallego, jetzt spiel nicht den Dummen. Oder willst du etwa behaupten, du erinnerst dich nicht mehr, wie wir uns gestritten haben? Wir waren wie Katz und Hund, also, was redest du da. Erinnerst du dich nicht, wie du sagtest, es wundere dich immer wieder, dass du mit mir zusammen seist, du könnest mich oft nicht ertragen und doch nicht gehen, du dachtest darüber nach, wie du dem ein Ende machen und in Ruhe leben könntest, und dann brachte dich der Gedanke zur Verzweiflung, und du kamst zu mir, um mich um Verzeihung zu bitten? Erinnerst du dich nicht, wie ich sagte, mir gehe es genauso, und dabei lachte, und wir sagten, das sei Schicksal, uns verbinde etwas, was wir nicht verstünden, weil wir uns nie verstünden, aber wir wollten trotzdem zusammenbleiben, und dann entschieden wir, das könne nur Liebe sein? Gallego, jetzt mal im Ernst, ausgerechnet mir willst du etwas vormachen?«

Ich sagte, nein, ich erinnerte mich nicht daran oder ich hätte keine Lust, mich zu erinnern, und wir hätten doch viele Dinge gemeinsam, viele Interessen, viele Ziele, und vor allem diese Begeisterung, alles zu geben, und Estela sagte, ich solle nicht übertreiben, wir seien sehr entschlossen gewesen, den politischen Kampf fortzusetzen, aber es sei ähnlich gelaufen wie mit unserer Beziehung, wir hätten die ganze Zeit Fehler gesehen, über Anfeindungen diskutiert und die Führung verflucht wegen dem Mist, den sie unaufhörlich anordnete.

»Mädchen, das stimmt doch nicht. Was willst du jetzt wieder, mich glauben machen, dass alles umsonst war, dass du dich umsonst hast töten lassen? Soll ich das glauben?«

Und einen Moment lang glaubte ich es. Aber ich konnte nicht ertragen, dass sie es glaubte. Ihre Sturheit überraschte mich, sie erzürnte mich; es sollte leichter sein, Tote zu täuschen.

Falls Estela tot war. Vielleicht war sie ja nicht tot, und es war deshalb so schwer, sie zu täuschen.

Aber klar, natürlich haben wir uns geirrt. Wie die größten Idioten, wirklich, daran ist nicht zu rütteln: Unsere Versuche waren so untauglich, dass die, die über uns gesiegt haben, sie benutzten, um unser Land ungerechter, schmutziger und dümmer zu machen, als es gewesen ist, bevor wir uns vornahmen, es zu verbessern, und noch dazu haben viele von uns auf diesem Weg ihr Leben gelassen. Die Ersten hatten das Glück, im Unwissen zu sterben, sie glaubten, ihr Tod würde uns den Sieg näher bringen; den Letzten war dieses Glück nicht beschieden, ich glaube, auch dir nicht, Estela, du wusstest Bescheid und hast doch weitergemacht, du wolltest nicht aufgeben, so wie ich glaubte, dass ich das nicht wollte.

Es ist klar, dass alles für die Katz war, aber insgeheim, wenn niemand zuhört – oder nur du, die du zugleich wie niemand und so vieles bist –, muss ich wohl akzeptieren, dass diese Fehler mir die glücklichste Zeit in meinem Leben beschert haben. Es ist demütigend: Nicht nur der Gedanke, dass die »glücklichste Zeit in meinem Leben« – verzeih die Bolero-

Telenovela-Sprache, die jetzt den Kontinent eint – seit Jahrzehnten vorbei ist und dass alles, was mir seitdem widerfahren ist – alles, die gesamten dreißig Jahre, die inzwischen vergangen sind –, unabänderlich von diesen vier oder fünf Jahren gefärbt ist. Es ist demütigend, der Gefangene von jemandem zu sein, der konventionellen Daten zufolge einmal ich war; ich weiß, dass dem nicht so ist, dass jedwede Ähnlichkeit mit diesem Kerl reiner Zufall ist. Es ist demütigend, weiterhin im Bezug zu dem zu existieren, der ich einmal war, für so kurze Zeit, so begeistert, so auf dem Holzweg. So auf dem Holzweg. Es ist demütigend – und traurig und nervig – zu denken, dass »die glücklichste Zeit meines Lebens« mir widerfuhr, als ich mich auf einen schrecklichen Fehler eingelassen hatte.

Es ist seltsam. Es war schon damals seltsam, aber jetzt, nach mehr als dreißig Jahren, ist es fast schon unbegreiflich, dass so viele der überaus tatkräftigen, motivierten jungen Leute auf einen Militär im Ruhestand hereingefallen sind; dass wir, entschlossen, den Sozialismus zu schaffen, einem alten faschistischen Populisten gefolgt sind. Dass wir glaubten, wir müssten derart die Augen verschließen, um unsere Ziele zu erreichen: erstaunlich und verhängnisvoll.

Wie konnten wir so glücklich sein? Wie konnte ich trotz all der Katastrophen, die wir angerichtet hatten, trotz all der Toten jene Zeit immer noch für die beste halten? Wohl, weil wir an Dinge glaubten und großzügig bereit waren, alles zu tun – das Wort »alles« hatte damals noch eine Bedeutung –, damit diese Dinge eintraten. Wir waren überzeugt, dass wir Geschichte machten; das sind wir noch immer. Vielleicht waren wir glücklich, weil wir so ausgelassen waren: Wir wuchsen in einer Ära auf, die in die Geschichtsbücher eingehen wird, und wir dachten, die Welt sei so, sie bestehe aus Epochen in Geschichtsbüchern, und hatten keine Ahnung, dass die meisten Epochen – fast die gesamte Zeit – nur ein einziger Abschnitt, eine Fußnote, eine Ellipse in den Schulbüchern ist. Wir hatten keine Ahnung, denn unser Eintritt in das Alter der Vernunft erfolgte zu einem Zeitpunkt, an dem alle – wir – glaubten, wir würden Geschichte machen; wir glaubten, das Leben sei dieser nicht endende Strom an Emotionen, wir fügten dem großen gemeinsamen Haus jeden Tag einen weiteren Ziegel hinzu, und wir sahen die hochgezogenen Wände und das Dachgebälk schon vor uns, Licht würde das Haus durchfluten und die Sonne niemals untergehen; für uns ging sie damals ja gerade auf, endlich kam die Geschichte an den Punkt, den sie immer angestrebt hatte – und es war unser Werk.

Es war wunderbar: Alles, was wir taten, schien wichtig, entscheidend. Es war ein unglaubliches Gefühl, in dem Glauben zu leben, dass die Welt einen Sinn hatte. Dass sie sich in eine Richtung entwickelte und dass wir sie mit unserer Entschlossenheit und unserer Opferbereitschaft auf diesem fantastischen, ruhmreichen Weg begleiteten. Und weil sie sich in diese Richtung entwickelte, waren viele – alle – kleinen Dinge, Handlungen, Ideen die Steine auf dem Weg dorthin: Sie hatten einen Sinn. Es war so beruhigend?, aufregend?, angenehm?, in einer sinnerfüllten Welt zu leben und nicht in diesem Chaos von Zeichen, die sich sang- und klanglos zerstreuen wie Ameisen, die aus einem zerstörten Haufen fliehen. All diese kleinen dummen Szenen, die du dir erspart hast, Estela. Denn nichts anderes sind wir jetzt: Ameisen, die aus dem zerstörten Haufen der Revolution fliehen, aus diesem so gut geplanten Gebäude, das uns aufnahm, uns prägte und mehr als ein Jahrhundert lang unsere Hingabe und Anstrengung forderte. Es war fantastisch, in diesem Ameisenhaufen zu leben – oder sogar zu sterben, du wirst es wissen oder vielleicht auch nicht, ich kann es nicht sagen. Zuhauf wollten wir Ameisen sein, und ohne den Haufen wussten wir nichts mehr mit uns anzufangen. Es war fantastisch zu leben; nicht zu überleben, nicht vor sich hin zu vegetieren, nicht mit dem Strom zu schwimmen: zu leben, eine Welt zu schaffen.

Doch das Beste war, dass man sich als Teil von etwas Größerem fühlte: Ich konnte »wir« sagen, ohne meine Worte zu hinterfragen.

Es war fantastisch, es war eine außerordentliche, erstklassige Täuschung, und wir erkannten nicht, dass das Leben nicht immer so weiterging, und als wir es bemerkten, fiel es uns so schwer, in dem kleinen Abschnitt, der Fußnote, der Ellipse zu leben: eine Epoche, die sich selbst nicht für wichtig und interessant hält, Jahre oder Jahrzehnte oder wie viel auch immer, in denen niemand mehr glaubt, dass er Geschichte macht. Wir waren in dem Glauben aufgewachsen, dass die Zukunft grandios sein würde und dass sie unmittelbar bevorstünde. Wie sollte man in diesem Mittelmaß leben, mit diesem Gefühl, dass alles immer so weitergehen wird, selbst wenn alles vorbei ist?

Vor ein paar Tagen, Estela, hörte ich ein Lied von Bertolt Brecht: Eine Hure sagte, wenn die Revolution käme, würde sie nicht mehr länger Hure sein und sich an den Seeleuten und Händlern rächen, die sie für ein paar Groschen gevögelt hatten. Auch eine Hure wartete darauf, dass die Revolution sie befreite, um ihre Rechte geltend zu machen. Wir alle warteten darauf, dass die Revolution uns befreite, uns veränderte. Wir lebten ein Jahrhundert in der Hoffnung auf die Apokalypse. Und jetzt stehen wir mit leeren Händen da: mit der Vorstellung, dass alles für lange Zeit so bleiben wird, wie es ist. Ein schrecklicher Gedanke. So viele Ideale, Religionen und noch mehr Religionen wurden ersonnen, nur damit wir den Gedanken verdrängen konnten, dass alles so bleiben wird, wie es ist. Und jetzt wissen wir nicht weiter.

Sogar darin haben wir uns geirrt: Wir wussten nicht, dass wir einen so besonderen Moment durchlebten, wir begriffen nicht, dass die Geschichte keineswegs einen endgültigen Schub bekommen hatte, sondern für lange Zeit matt, teilnahmslos, tumb dahinvegetieren würde. Es ist merkwürdig: Gewöhnlich verbindet man Glück mit einzigartigen Momenten; wir waren glücklich, gerade weil wir nicht wussten, dass wir einen besonderen Moment durchlebten, weil wir glaubten, es würde für immer so weitergehen. Vielleicht haben wir uns deshalb so geirrt und so übel verloren, aber vielleicht sind die Jahre auch gerade wegen dieser Niederlage die »glücklichsten Jahre«.

Ist es wegen der Niederlage? Weil wir diese Jahre nicht später noch einmal im Licht eines Sieges betrachten mussten, der uns gezwungen hätte, all das auch umzusetzen, was wir lauthals proklamiert hatten? Weil wir die Geschichte unseres Kampfes um die Macht nie aus der Position der – durch diesen Kampf erlangten – Macht erzählen mussten? Haben womöglich auch wir die Große Guevara gemacht, die den armen Castro ein halbes Jahrhundert Regeln und Verhaltensweisen diktieren und ihn an der Macht vermodern ließ, während er, der Schlaue, der Neue Mensch, als Poster in immer aussichtsloseren Kriegen Einzug hielt? Haben wir tatsächlich die Große Guevara gemacht, mit dem kleinen Unterschied, dass wir zwar nichts gewonnen, uns aber an die wesentliche Linie gehalten haben: die Süße des Opfers und der Niederlage als beste Art, sich in die Geschichte einzuschreiben?

Ich redete und redete. Ich versuchte das Thema zu vermeiden, aber wenn ich erst angefangen hatte, gab es kein Halten mehr. Estela hörte mir zu diesem Zeitpunkt schon nicht mehr zu. Oder sie sah woandershin, um mir zu sagen, es reicht, Gallego, ich kann es nicht mehr hören.

Du hast recht: Unsere Gespräche waren nie einfach.

10

»UND DU WILLST wirklich etwas über diesen Priester wissen? Wozu?«

»Nein, der interessiert mich weniger. Aber dieser Bulle, den du mir geschickt hast, der hat gesagt, der Priester habe unter Umständen Informationen über Estela, und ich muss wissen, mit wem ich es zu tun habe, bevor ich zu ihm gehe.«

»Hat Velarde gesagt, du sollst zu ihm gehen?«

»Das sagte ich doch gerade.«

»Und das Gespräch mit Velarde hat dir nichts gebracht?«

»Juanjo, der Kerl ist ein Aufschneider. Er hat wer weiß wie lange auf mich eingelabert, und am Ende kam raus, dass er keine Ahnung hat.«

»Wie, dass er keine Ahnung hat?«

»Wiederholst du jetzt alles, was ich sage?«

»Entschuldige, eine Berufskrankheit. Aber eins versteh ich nicht.«

»Nur eins?«

»Hör doch auf, Carlos. Ja, eins versteh ich nicht. Wenn du denkst, Velarde ist ein Aufschneider, warum hörst du dann auf ihn, wenn er dir rät, zu diesem Priester zu gehen?«

»Was soll ich denn machen? So viele Möglichkeiten, etwas herauszufinden, hab ich schließlich nicht. Und es gibt keinen Grund, mich in dem Punkt zu belügen.«

»Nein?«

»Nein, zumindest sehe ich keinen.«

»Und du willst natürlich unbedingt etwas herausfinden.«

»Juan, du hast mich doch da reingezogen.«

»Ich hab dich da reingezogen?«

»Ja, verdammt. Bislang hatte ich in Ruhe und Frieden gelebt, ich war mit allem im Reinen; dann hast du das Thema auf den Tisch gebracht, hast im Dreck gewühlt und mich mit dieser Vergangenheitsbewältigungswut angesteckt.«

»Du sagst, du warst mit allem im Reinen, Colo? Womit denn? Ich will gar nicht darüber reden, wie sentimental sich das anhört, aber mit wem oder was bist du im Reinen? Offene Rechnungen hat es doch nie gegeben.«

»Hör zu, ich meine das ernst: Ich hatte mich mit meinem Schicksal arrangiert, viele Jahre lang hat das funktioniert, alles lief bestens. Du warst nicht einverstanden mit dem, was ich getan habe? Dein Problem. Oder weißt du vielleicht, wie man mit seiner Geschichte fertig wird? Ja, klar, das hatte ich ganz vergessen, du bist Teil der ruhmreichen Generation, die endlich begriffen hat, wie das mit dem Erinnern funktioniert, und es uns seitdem pausenlos sagt: indem man für dieselben Reichen regiert, die damals unsere Feinde waren. Das nennt man gutes Gedächtnis, nicht wahr?«

Ich hatte ihn angerufen, um ihn um Hilfe zu bitten, und das war sicherlich nicht der geschickteste Weg, sie zu bekommen. Oder vielleicht war das der Preis: Um das unbehagliche Gefühl – die Scham? – ertragen zu können, ihn um Hilfe zu bitten, musste ich ihn angreifen, ihm zeigen, dass er keinerlei Gegenleistung zu erwarten hatte. Juanjo antwortete mir nicht. Er sah einen Moment lang die Decke oder die Flecken an der Decke oder das Nichts um die Decke herum an; dann versuchte er zu lächeln.

»Kann ich etwas für dich tun?«

»Entschuldige, Juan. Es muss an dem –«

Ich wollte schon sagen: an dem Bösen liegen, an der ständigen Bedrohung. Aber ich hätte es ausgesprochen niederträchtig gefunden, meine Grobheit – meine Offenheit? – damit zu rechtfertigen, dass ein Arzt mir mitgeteilt hatte, ich hätte ein Verfallsdatum.

»Nichts, entschuldige. Ja, du kannst etwas für mich tun, ich sagte es schon: Ich will etwas über diesen Pater Fiorello herausfinden.«

»Leg dich nicht mit der Kirche an, Colo. Das ist es nicht wert.«

»Was heißt hier anlegen, Juan? Ich will doch nur wissen, mit wem ich es zu tun habe, bevor ich ihn nach Estela frage. Das ist doch nur logisch, oder? Es wird nicht leicht, und ich muss mich irgendwie vorbereiten. Oder würdest du unvorbereitet zu ihm gehen? Du würdest doch nicht mal mit dem Zeitungsausträger unvorbereitet reden …«

Juanjo schlug einen bordeauxfarbenen Kalender auf, der direkt neben einem glänzenden Palm lag, und sagte, diese Geräte machten ihm Angst, eines schönen Tages gäben sie den Geist auf und alles wäre weg. Ich sparte mir den Satz, so ist das Leben, das war kitschig und stimmte zudem womöglich gar nicht: Wer war ich schon, um Aussagen darüber zu treffen, wie das Leben ist? Juanjo sagte, hier, und deutete auf einen Namen in seinem Adressbuch.

»Oberst Mariano Díaz Latucci, Befehlshaber des dritten Regiments der Gepanzerten Kavallerie.«

»Was?«

»Ein Oberst, Colo, ein demokratisch gesinnter Oberst, ein prima Kerl. Was dachtest du denn, wer dir etwas über diesen Priester erzählen kann? Ein Fußballreporter? Der weiß bestimmt was, ein feiner Kerl, wirkt gar nicht wie ein Soldat, du wirst sehen. Außerdem schuldet er mir noch einen Gefallen.

Mach dir keinen Kopf, gleich morgen rufe ich ihn an und sage ihm, dass du mit ihm reden willst. Du kannst da ruhig hingehen, er ist in Ordnung.«

»In Ordnung?«

»Hast du nicht immer gesagt, wir sollten das alles mal vergessen und endlich aufhören, in der Vergangenheit zu leben? Apropos Vergangenheit, erinnerst du dich noch an den Cordobés und den Pelado?«

»An wen? Sagt mir nichts.«

»Jetzt stell dich nicht dumm, Colo.«

Sagte Juanjo. Hin und wieder würden sie sich zum Essen treffen, und letztes Mal hätten sie über mich gesprochen, und die beiden hätten gesagt, er solle mich einladen, es wäre schön, mich wiederzusehen.

»Schön? Was soll daran schön sein? Wir haben uns über dreißig Jahre nicht gesehen, da können wir doch gut und gerne noch dreißig oder vierzig so weitermachen ...«

»Ach, geh mir nicht auf den Zeiger, Colo. Das ist doch nicht dasselbe. Wo es endlich so aussieht, als könnte man problemlos darüber reden, was damals war.«

»Stimmt, so sieht es aus. Aber findest du, man sollte?«

»Das hat nichts mit sollen zu tun, du Schwachkopf, es geht darum, dass wir eine ganze Phase unseres Lebens aufarbeiten können. Das ist das Schöne: Jetzt kommt etwas dabei herum, darüber zu reden, jetzt scheint alles einen Sinn gehabt, etwas gebracht zu haben.«

»Ich hab keine Lust, mich mit dir zu streiten, Juan, also provozier mich bitte nicht. Du weißt, dass mir das mit den guten alten Zeiten auf den Sack geht. Da mach ich nicht mit.«

»Ach nein? Und was tust du gerade?«

Ich hätte ihm erklären können, was ich tue. Ich hätte es ihm haargenau und sogar mit einer gewissen Brutalität – rein verbal, versteht sich – erklären können. Aber dann wurde mir klar, dass das nichts brachte. Und ich wäre ja auch weiterhin auf seine Hilfe bei der Suche angewiesen. Und so sagte ich, ja, er solle mir Bescheid geben, wenn sie sich wieder träfen, ich würde irgendwann mal mitkommen. Als ich auf die Straße hinaustrat, stieß ich auf eines dieser omnipräsenten riesigen Plakate mit himmelblauen Buchstaben auf weißem Grund: *Es lebe der Wechsel!* Genau so, mit einem Ausrufezeichen und ohne weitere Information. Jemand oder etwas lancierte gerade eine mächtige Kampagne.

11

ES HATTE KAUM merklich angefangen, und jetzt steckte ich mitten in einer Suche, die ich nie gesucht hatte. Viele Jahre lang hatte ich mich bemüht, alles zu vergessen, und es war mir ziemlich gut gelungen. Obwohl der Ausdruck »vergessen« irreführend ist: Das Vergessen bestand nicht darin, alles zu verdrängen, was geschehen war, vorzuschützen, dass ich die schlimmen Momente nicht erlebt hatte, so zu tun, als ob mein Leben 1977 angefangen und es Estela überhaupt nie gegeben hätte. Das hätte ich tun können. Dort im Süden kannte mich niemand, und niemand brachte mich mit der Geschichte in Verbindung, aber nein: zu vergessen bedeutete in erster Linie, lernen zu müssen, ohne den Nervenkitzel zu leben. Als ich nach den ersten Monaten der Dunkelheit und Orientierungslosigkeit fortging, entschied ich für mich, ich würde versuchen, mir ein ruhiges Leben aufzubauen, in dem die berühmten »kleinen Dinge« einen wesentlichen Raum einnähmen. Ich entschied – tat ich das wirklich? –, dass ich mit der Opernvariante gescheitert und es an der Zeit war, der Ballade eine Chance zu geben. Ich nahm mich zurück, und zu meiner Überraschung war das für mich zwar nicht unbedingt angenehm, aber doch erträglich: Es war bequem. »Bequem« ist so ein Wort, das ich vor Jahren noch verachtet hätte; plötzlich war es der Schlüssel zu meinem neuen Leben. Was ich jetzt anstrebte, war nichts im Vergleich zu dem, was ich früher hatte erreichen wollen, und, auch wenn ich es mir nicht eingestehen wollte, zu dem, was ich verloren hatte. Ich war in eine Lebenssituation geraten, in der nichts von alldem, was ich tat, wichtig war: Wen interessierte schon, was ich, ein Fremder im Dorf, ein unscheinbarer Mann ohne Bindungen oder Geschichte, mit seinen Tagen und Nächten anfing? Und was interessierte es mich, den Fremden, was das Dorf tat oder was ich dort tat? Ich gestaltete mein Leben so, dass kein Hahn danach krähte: Nachdem ich so lange gesucht, mich so gesucht gewähnt hatte, war das mein Luxus. Manchmal denke ich, ich gestaltete mein Leben so, damit es für mich keine Bedeutung mehr hatte: ein probates Heilmittel.

Nach ein paar Monaten bekam ich eine interessante Arbeit – zumindest fand ich sie damals interessant: Handelsreisender. Ich ging auf Reisen, kehrte zurück und ging wieder auf Reisen: So kam ich nirgends an. Ich erfüllte meine Aufgabe mit trotziger Beharrlichkeit, aber Estela konnte ich nicht vergessen. Ich war überzeugt, ich könnte nie mehr eine Frau lieben: Sobald ich mich öfter als einmal mit einer traf, fing ich an, sie mit der verlorenen – damals sprach ich nie von der toten – zu vergleichen, und dabei verloren sie alle. Dann spürte ich langsam, dass ich ohne Estela leben konnte. Ich war am Boden zerstört. Es war viel schlimmer als der Schmerz, sie nicht an meiner Seite zu haben: Die Erleichterung, zu wissen, dass ich ohne sie weiterleben könnte, brachte mich um. Zwei Jahre später lernte ich eine Frau kennen, die keinem Vergleich standhalten musste, und ich glaubte, in sie verliebt zu sein; manchmal fühlte ich mich wie ein mieser Schuft, aber im Allgemeinen hatte ihre Anwesenheit etwas Beruhigendes. Wir lebten zusammen, wir beschützten uns, richteten uns eine Wohnung ein, hatten Fehlgeburten; vielleicht wäre alles anders gewesen, wenn sie ein Kind bekommen hätte. Ein Kind ist auch eine Form, Bedeutung zu erlangen, eine weit verbreitete resignative Form, aber immerhin: Anstatt die Geschichte zu verändern – Geschichte zu machen –, lebt ein Vater in der Geschichte weiter, eine gewisse Kontinuität ist gewährleistet.

Aber das Vergessen hatte seinen Preis. Die Bedingung, unter der ich mir dieses Vergessen leisten konnte, war der Gedanke an Rache: Ich schwor mir, irgendwann ist es so weit. Ich habe es Juanjo nie gesagt, aber die Rache war meine Form, dem treu zu bleiben, was ich gewesen war; die Rache war meine Art, mir sagen zu können, dass ich nicht umgefallen war. Ich glaube nicht, dass ich je ernsthaft darüber nachgedacht habe, sie in die Tat umzusetzen, aber hätte ich mir nicht Rache geschworen, wäre mir diese bescheidene radikale Form des Vergessens verwehrt geblieben. Ich war jemand – so redete ich mir ein –, der seine Fehler eingesehen hatte, der aus ihnen gelernt und von vorn angefangen hatte, aber ich wusste, irgendwann würde ich meinen Wegzoll bezahlen.

Die ganze Zeit über hielt ich eine Hoffnung aufrecht: Alles wäre anders, wenn ich in meine Stadt zurückkehrte. Es war leicht, das zu glauben – in all diesen Jahren in der Ferne hatte ich nie daran gedacht, dass ich dort bleiben würde. Ich hatte das Spielfeld verlassen, aber es war nur eine Auszeit, die mit meiner Rückkehr beendet sein würde. Ich hatte wieder ein Ziel gefunden, die Verheißung einer glücklichen Zukunft. Auch das musste sich nicht sofort erfüllen, es war ein Künftig, ein Später. Nichts beruhigte mich so sehr wie dieser Mechanismus, mit dem ich schon als kleiner Junge überlebt hatte. Und dann kehrte ich zurück: Meine Stadt hatte nichts mehr mit meiner Stadt gemein und ich nichts mehr mit meinen Hoffnungen.

Ich würde es dir erzählen, wenn ich mich nicht so schämte. Oder wenn ich wenigstens wüsste, warum ich mich schäme. Ist es, weil ich annahm, dass du dich in diesem Loch befandest, weil du tatsächlich dort warst, oder weil ich dir gestehen müsste, dass ich mir dich an einem so finsteren Ort vorgestellt habe? Weißt du, wie ich gemerkt habe, dass ich fantasierte, Estela? Ich war müde, ja, ich war sehr müde. Ich hatte den ganzen Tag im Auto gesessen, das Geschäft war halbwegs gut gelaufen, und ich sagte mir, jetzt hast du dir einen guten Whisky verdient. Du weißt, wie das ist: Man sagt sich, auf einen Whisky, weiter denke man nicht, oder man tut so, als ob man nicht weiter denke. Also sagen wir, es lag daran, dass ich müde war, und an diesem Whisky und an dem grellen roten Licht, der Schminke und meinetwegen an der scheußlichen Musik, aber ich merkte erst, dass du es nicht sein konntest, als mir klar wurde, dass diese Frau nicht das Alter – das Aussehen, das Gesicht – hatte, wie du es an dem Abend gehabt hättest, sondern das von damals, damals, damals, von vor zehn Jahren. Du warst es nicht, Estela, bestimmt nicht, aber du kannst dir nicht vorstellen, welche Panik mich befiel, als ich glaubte, du wärst es und sähst mich gealtert und schlecht gekleidet in diesem drittklassigen Schuppen, als ich überlegte, wie du wohl in dieser Kaschemme gelandet bist, und mich fragte, warum du nicht mit mir reden willst, und mir selbst die Antwort gab, als ich mir überlegte, wie ich dich ansprechen könnte. Ich glaube, an dem Abend haben wir zum ersten Mal nach all der langen Zeit wieder miteinander gesprochen.

Die Rache, die ich mir schwor, war vage: Ich wollte denen, die meine Frau und meinen Sohn geraubt – gefoltert? getötet? – hatten, irgendwie zu verstehen geben, dass sie nicht ungeschoren davonkamen. Es ging nicht darum, was ich zu Juanjo sagen könnte, nicht um das Echo in der Öffentlichkeit, nicht um die Politik in diesem oder jenem Bereich, nicht mal um die Demütigung, einer Geschichte Tribut zu zollen, die immer weniger aktuell war. Ich spielte mit dem Gedanken, und es war wirklich ein Gedanke, kein Projekt, keine Geschichte, nicht der Trost, sich auszumalen, wie man einen Weg entlanggeht. Es war eine Vorstellung: Eines Tages würde ich mich rächen, an wem oder wie auch immer. Vielleicht, dachte ich später, wollte ich deshalb nicht so genau wissen, was mit Estela geschehen war: Dieses Wissen hätte meiner Rache eine konkrete Form gegeben. Ich hatte so viel Zeit vor mir, dass das Abstrakte der Idee ihr keinen Abbruch tat. Aber die Zeit verstrich. Und seit der Arzt mir das Böse angekündigt hatte, lief der Countdown.

Sie löste sich in Nichts auf, wie ich, bald würde von ihr nicht die geringste Spur zurückbleiben. Und auch nicht von uns. Ich begriff: Die Rache ist eine extreme Form des Erinnerns, eine verzweifelte Form, eine entschwindende Spur wiederzubeleben.

12

ES WAR NICHT schwierig, ihn zu finden: Dem Jahrbuch der Diozöse konnte man entnehmen, dass Pater Fiorello 1939 in San Jacinto, Provinz Buenos Aires, geboren wurde; im Dezember 1957 hatte er Abitur gemacht, war 1961 in das Priesterseminar von Tandil eingetreten – über die Jahre dazwischen gab es keinerlei Information: vielleicht wollte man etwas unter den Teppich kehren –, 1967 legte er sein Gelübde ab und trat als Hilfskaplan in die Argentinische Armee ein. Jetzt betreute er seit mehr als zwanzig Jahren die Gemeinde Nuestra Señora de la Consolación von Tres Perdices, weniger als eine Stunde von meinem Wohnort entfernt. Es wäre ein Kinderspiel, an einem Nachmittag zu seiner Kirche zu fahren und ihn kurz nach der Siesta aufzusuchen, zu der Stunde, in der die Priester allein oder der Gesellschaft einer zudringlichen Betschwester überdrüssig sind, und ihn um ein paar Minuten seiner Zeit zu bitten. Der Priester hätte keinen Grund, mir das abzuschlagen – er könnte es mir nicht abschlagen: Priester müssen immer bereit sein, sich um ihre Schäflein zu kümmern. Ich würde nicht behaupten, dass ich Teil seiner Herde bin, und zwar nicht, weil ich unbedingt aufrichtig sein will, sondern weil ich unser Gespräch nicht aus einer solch unterwürfigen Position heraus beginnen will, und es wäre ja auch keine Erklärung vonnöten, damit er sich mit mir in sein Arbeitszimmer in der Sakristei setzte – ich stellte mir ein nüchternes Zimmer vor, ein Tisch aus Holz oder vielleicht sogar aus Resopal, an der abblätternden Wand ein paar Heiligenbildchen aus dem Kalender –, weil er davon ausging, dass ich mich mit einer der üblichen Bitten an ihn wenden würde: einen Termin für eine Hochzeit oder Taufe, einen Rat in einer Familienangelegenheit, Hilfe bei der Organisation einer Kirchweih. Vielleicht wäre er anfangs überrascht, ein fremdes Gesicht zu sehen: Bestimmt kannte er die Mehrzahl seiner Gläubigen und könnte mich nicht zuordnen, aber er würde sich schnell sagen, vielleicht ein neu Hinzugezogener, es kommen immer mehr Leute in das Dorf, Tres Perdices ist nicht mehr, was es mal war. Vielleicht wäre er überrascht, aber er würde es sich nicht anmerken lassen, das war seine Pflicht.

Bis ich es sagen würde. Pater Fiorello wäre tatsächlich überrascht, wenn ich ihm sagte, warum ich ihn aufgesucht hatte. Da fängt das Problem schon an: Wie sollte ich es ihm sagen? Ich konnte nicht bei ihm, in seiner Kirche, auftauchen, ohne zu wissen, wer er und wie er war, und ihn mir nichts, dir nichts nach einer Frau fragen, die er mit Sicherheit mitgeholfen hatte zu töten, oder nach einem Kind, das vielleicht unter seiner Mithilfe an wer weiß wen weitergereicht worden war. Ich dachte, wenn ich ihn aufsuchen wollte, müsste ich erst ein paar Dinge herausfinden.

Ich halte nicht viel davon, alles zu erforschen. Ich war schon immer der Ansicht, Details sind Bäume, die einen Wald nicht erkennen lassen: Nichts definiert die zeitgenössische Kultur mehr als die Detailversessenheit, man greift auf Details zurück, um zu verschleiern, dass man überhaupt nichts versteht. Oder besser gesagt: Es wird gar nicht erst der Versuch unternommen, zu verstehen oder sich Methoden dafür auszudenken, sondern man ergeht sich in vermeintlich genauen Beschreibungen, einer reinen Anhäufung von Details, aus denen kein entzifferbares Ganzes entsteht. Ich war immer gegen diese Vorstellung von Forschung und Detailwissen: Deshalb – so die Rechtfertigung – hatte ich nicht die geringste Ahnung, in welche Richtung meine Suche gehen sollte. Aber ich dachte immer noch, der Priester könnte mir einen Weg eröffnen.

Ich weiß nicht, warum ich dachte, der Priester könnte mir einen Weg eröffnen. Ich weiß nicht mal, ob ich das wirklich dachte.

13

»HÖRST DU IHNEN ZU?«

»Ja, ihnen schon.«

Ich habe nie verstanden, warum Vogelgezwitscher uns angenehm und willkommen ist und das Motorengeräusch der Autos beispielsweise nicht. Autos machen interessante Geräusche: ein Brummen und Heulen, das von Kraft und Potenz, von Modernität und dem Sieg über die Entfernung kündet. All das kann man aus einem Automotor genauso heraushören, wie man Frieden, Idylle und Freiheit aus dem Gesang eines Vogels heraushört. Aber noch niemand hat bislang die Motorengeräusche mystifiziert. Das ist der Mechanismus der Schwachsinnskultur: zu konsumieren, was bereits als Mythos etabliert ist. Mir war das vollkommen klar, und doch gefiel es mir, wenn die Vögel der Stadt sich auf meinem kleinen Balkon niederließen. Eines Tages überlegte ich, einen Teller mit Vogelfutter hinauszustellen, um sie anzulocken. Es war Donnerstag, Valeria war da, und ich erzählte es ihr. Es war eine Bemerkung wie bei einem alten Ehepaar, und ich fand sie völlig fehl am Platz, aber als ich es bemerkte, war es schon zu spät.

»Glaubst du, wenn ich ihn rausstelle, kommen wirklich mehr Vögel?«

»Willst du ihn nur deswegen rausstellen?«

Ich fand die Frage dumm, das Misstrauen war völlig unangebracht, wieder so ein Kampf gegen Windmühlen, aber gesagt habe ich nichts. Schon mehr als einmal war ich vorschnell mit der Interpretation ihrer Worte gewesen, und vielleicht wurde ich langsam vorsichtig. Der Gedanke war schrecklich.

»Ja, klar, warum sonst?«

»Ist dir nicht der Gedanke gekommen, du könntest ihnen Futter geben, damit sie was zu essen haben?«

Ich sagte nichts, ich sah sie an, als wollte ich sagen, red keinen Unsinn. Aber es stimmte, daran hatte ich nicht gedacht, und es ärgerte mich, dass sie es angesprochen hatte.

Ihr Trick bestand darin, mich dazu zu bringen, über mich zu reden. Ich wusste das, aber manchmal vertraute ich mich ihr an. Und es folgte, systematisch, der Schlag.

Und dann war alles wie gehabt: Ich dachte dasselbe, redete dasselbe. Früher erinnerte ich mich an alles: Die Dinge schrieben sich in mein Gedächtnis ein. Ich konnte mich monate-, jahrelang an jedes Gespräch erinnern. Jetzt entschwand alles: Ich las etwas, und am nächsten Tag erinnerte ich mich nur noch verworren daran; ich sagte etwas und vergaß es. Wie barmherzig das im Grunde war: Früher sollten die Dinge Bestand haben; doch warum jetzt Dinge festhalten wollen, die bald nichts mehr hätten, worin sie fortbestehen könnten?

Ich fragte mich fortwährend, warum sie mit mir zusammen war – sofern man das »zusammen sein« nennen konnte –, und schrieb es weiterhin denselben läppischen Gründen zu und sagte mir, es sei ihr Problem. Es wäre mein Problem gewesen, wenn ich sie unbedingt hätte behalten wollen. Liebende wollen immer wissen, warum ihr Geliebter sie liebt – wegen welcher Wesenzüge oder Gesten oder vermeintlicher Eigenschaften –, und dann wiederholen sie diese Gesten, unterstreichen diese

Wesenzüge, in der Hoffnung, dass sie mehr geliebt, länger geliebt werden, und in der Regel erreichen sie das Gegenteil: Entweder sie irren sich bei ihrer Analyse und betonen, was der andere gerade nicht schätzt, oder sie liegen richtig und betonen es so sehr, dass sie zu ihrer eigenen Karikatur werden. Ich will sie behalten: Solch einen Unsinn habe ich nie gedacht.

Manchmal hörten wir Musik: Wir setzten uns nebeneinander auf das grüne Ledersofa, so dass wir uns leicht berührten, aber ohne uns anzufassen. Valeria brachte die CDs mit: neue, leicht schrille Lieder, die, wie sie sagte, nicht im Radio liefen, in denen raue Stimmen von der Langeweile, fehlenden Zielen, einem Verbrechen, bedeutungsloser Liebe sangen. Auf diese Weise erzählte sie mir wortlos ihren Teil Geschichte; ich verstand sie nicht immer – manchmal verstand ich die Worte nicht, manchmal die Gedanken –, aber ich ließ mich von dem unerwarteten Gefühl einlullen, dass wir etwas zusammen machten, dass wir so gut wie zusammen waren, und jemand schrie, sie wissen nicht, was ich im Bauch habe / wenn es mich packt, schnappe ich sie mir und zieh los / kein halbes Gramm Koks, keine Titte, kein Tanz / ist so heiß wie mit 'ner Knarre auf Raubzug gehen / Yeah … Manchmal sah Valeria mich merkwürdig an, als wollte sie sich entschuldigen – oder als bedauerte sie etwas. An dem Nachmittag dachte ich, es schmerze sie, dass wir aus verschiedenen Welten stammten, und erst dachte ich, so verschieden sind sie auch wieder nicht, und dann, was soll's.

»Hat es dir gefallen?«

»Hast du sie nur deswegen eingelegt?«

»Ach, Carlos.«

Doch ihr Meisterstreich war, so zu tun, als ob sie eifersüchtig wäre, und das so überzeugend, dass ich es ihr abnahm. Es war riskant: Eifersucht nervt jeden – vor allem jemanden wie mich, der ich ihr meinen vermeintlichen Horror vor jeder festen Bindung bereits deutlich gezeigt hatte –, und im selben Maße fühlt er sich geschmeichelt.

Beim ersten Mal fragte sie mich, ob ich mich tatsächlich immer noch mit dieser Frau träfe, die ich, wie ihr jemand erzählt hatte, kennengelernt hatte, nachdem ich aus dem Süden zurückgekehrt war. Ich fragte sie, was zum Teufel sie das angehe, und sprach den Rest des Abends nicht mehr mit ihr. Aber beim nächsten Mal erwähnte ich beinahe unabsichtlich zwei- oder dreimal diese Frau. Sie ließ es durchgehen. Ich hatte mich benommen wie ein Elefant im Porzellanladen; die Szene wiederholte sich, in Variationen, mehr als einmal. Ich glaube, ich fühlte mich geschmeichelt, bis ich endlich begriff: Wie konnte ich nur geglaubt – wirklich geglaubt – haben, dass Valeria auf mich eifersüchtig war, auf einen unerträglichen, mürrischen, dummen alten Mann? Wenn überhaupt, dann wachte sie eifersüchtig darüber, dass sie mich beherrschen konnte: Eifersucht zu zeigen, hielt sie vielleicht für eine Waffe der Verführung – und diese Eifersucht bekam einen Anflug von Realität, wenn ihr irgendetwas Anlass zu der Vermutung gab, sie habe etwas an mir nicht unter Kontrolle. Valeria wachte eifersüchtig über alles, was die Macht ablenken könnte, die sie – warum auch immer, vielleicht aus reiner Lust an der Machtausübung – über mich haben wollte.

Aber manchmal wollte ich wissen, warum ich sie weiter traf. Oder besser gesagt: Ich wollte klare, vorzeigbare Gründe finden, damit ich mir erklären konnte, warum ich sie weiter traf. Valeria war noch ein Kind, als all das geschah, und manchmal fragte ich mich, ob das nicht der Grund war – dass mich jemand anzog, der vollkommen sauber war, der absolut nichts mit dieser Zeit zu tun hatte –, und dann sagte ich mir, nein, das reicht nicht. Valeria war schlank, trotz ihrer Beine. Valeria hörte mich Dinge sagen, von denen ich nicht wusste, dass ich sie sagen wollte. Valeria war nicht scharf darauf, dass ich sie vögelte; ich hatte sie noch nie gevögelt. Anfangs hatte ich es nicht versucht: Ich hatte sie nur wortlos gebeten, mir einen zu blasen. Später, als ich sie vögeln wollte, hatte sie sich geweigert. Einfach indem sie mir ihren Körper entzog. Das beruhigte mich: Es nahm Verantwortung von mir. Ich glaubte, dass ich mal ein guter Liebhaber gewesen war, aber ich wusste, ich war vor allem ein Produkt der fahrlässigen Sexualmoral der Sechziger: Als ich die ersten Sexgeschichten, Zoten und schmutzigen Wörter in der Grundschule hörte, war das Ficken Männersache, Ficken hieß, die Frauen zu beherrschen, Ficken war eine Dienstleistung, für die man bezahlen musste. Ich hatte mein erstes Mal mit einer Hure und machte bis zum siebzehnten oder achtzehnten Lebensjahr so weiter. Als ich später dazulernte, als die Zeit mich überrollte, glaubte ich, ich müsse zartfühlend vorgehen, um jede Ähnlichkeit mit dem verdammenswerten Modell zu vermeiden. Und so wurde ich zu einem großzügigen Ficker. Oder zumindest hatte ich das immer geglaubt: die Gewohnheit, beim Ficken mehr an ihr Vergnügen als an meines zu denken, die Vorstellung der Sechziger, dass eine Frau Aufmerksamkeit verdient – eine Mischung aus Women's lib und mittelalterlicher Ritterlichkeit: Ladies first nach Master & Johnsons. Bis ich feststellte, dass ich das tat, weil es eines der wenigen Dinge war, die ich den Frauen bot, damit sie mich liebten: Ich ficke dich aufmerksam und liebevoll, liebe mich. Oder weil es mich mit Stolz erfüllte: Mensch, wie ich dich ficke. Oder weil ich nie gelernt hatte, wirklich zu genießen, weil mir meine Lust am Koitus nie wirklich Lust verschaffte und so wenigstens zu etwas nutze war.

»Du wolltest mir sagen, warum du dieses Piercing trägst.«
»Jetzt sag nicht, du hättest es noch nicht gemerkt.«

Anfangs fand ich ihre Provokationen anziehend, es gefiel mir, dass sie zu mir kam. Wie leicht war es zu denken, es habe mit Macht zu tun: die Macht der Erfahrung und der Geschichte auf eine Person auszuüben, die beides vermeintlich nicht besaß. Es war leicht, zu denken, es habe damit zu tun, dass sie mich nicht in Frage stellte. Es war leicht, zu denken, es habe damit zu tun, dass ich nicht wahrhaben wollte, wie die Zeit verging – die Suche nach Kraft oder Jugend im Stil der Barthory. Es war leicht, zu denken; denken war immer leicht. Es war leicht, zu denken, ein junges Mädchen habe man besser im Griff, aber ich dachte das Gegenteil: Ältere Frauen haben Angst, verlassen zu werden, sie fürchten sich vor der Einsamkeit und machen alle möglichen Zugeständnisse; sie haben Lebenserfahrung, sie wissen, dass man verhandeln muss. Die Macht gehört jetzt der Jugend: Man muss jung sein – oder wenn man es nicht mehr ist, dann eben so sein wie die jungen Leute. Alt zu sein verleiht keine Macht. Es ist ein Nachteil. Valeria wusste das und versuchte mich die ganze Zeit davon zu überzeugen, dass ich nichts zu verlieren hatte und dass es folglich nichts zu verhandeln gab. Es war wirklich eine Herausforderung – bei der ich nichts aufs Spiel setzte, das mir etwas bedeutete, oder zumindest glaubte ich das. Mit anderen Worten: Es war im Grunde keine Herausforderung.

Oder vielleicht doch.

Ich traf sie weiter, obwohl die Tatsache, dass ich sie regelmäßig jeden Donnerstag sah, mir ständig vor Augen führte, dass meine Zeit vorbei war.

Es war schon spät. Sie kam aufgeregt, lachend herein, setzte sich auf das Sofa, zog ihre klobigen schwarzen Schuhe aus und sagte, man habe ihr eine Beförderung und mehr Geld angeboten, was heiße, sie müsse mehr Zeit mit einer Arbeit verbringen, die sie zwar interessiere, aber das solle nicht das Einzige im Leben sein, und sie wisse nicht, was sie tun solle, denn wenn sie das Angebot nicht annehme, werde sie als arrogante Kuh dastehen.

»Ich werde dastehen wie eine undankbare arrogante Kuh, ich wollte diesen Job ja, ich bin mir nur nicht ganz sicher, und dann müsste ich …«

Ich bat sie inständig, nicht weiter so auf mich einzureden. Valeria sah mich an, stutzte und holte tief Luft.

Ich habe Vale nie gevögelt. Manchmal habe ich es darauf angelegt, damit sie sich nicht gekränkt fühlte, aber ohne das geringste Interesse. Ich fragte mich weiterhin, was sie von mir wollte, und ließ sie gewähren. Und sie ihrerseits war sehr effektiv, wenn sie mir einen blies: nicht sehr romantisch vielleicht, aber effektiv: Sie erreichte bei mir mehr, als ich selbst es vermochte.

»Eines Tages wirst du mir dankbar sein.«

»Und dann wirst du zu mir sagen, scher dich zum Teufel.«

»Klar, was hast du denn gedacht?«

»Dann werde ich dir wirklich dankbar sein.«

»Du bist ein Idiot.«

Sie durfte es nicht wissen: Dass sie mir den Schwanz ohne Gegenleistung lutschte – ohne zu erwarten, dass ich ihr etwas dafür gab –, war die größte Liebesbezeugung – die größte Form der Hingabe? –, die ich bekommen konnte.

14

ICH BESCHÄFTIGTE MICH viel zu sehr mit ihm. Ich dachte an ihn: Ohne es zu wollen, ohne es darauf anzulegen, ertappte ich mich plötzlich dabei, dass ich an ihn dachte, beispielsweise, wie es wohl gewesen war, als junger Mann von zwanzig Jahren im November 1960 – ein argentinischer Junge vom Land, Sohn einer Lehrerin, die an Gott und Sarmiento glaubte und Eva Perón mit Sicherheit verachtete, und eines Postbeamten, der von der Erinnerung an den Tag zerfressen wurde, an dem er die Entscheidung getroffen hatte, die Stelle anzunehmen, in seinem Dorf zu bleiben und diese Frau zu heiraten –, der schon etwas versucht hatte, das fehlgeschlagen war, auch wenn ich mir nicht vorstellen konnte, was es war (vielleicht könnte ich ihn eines Tages fragen), beschloss, es sei das Beste, sich für sechs oder sieben Jahre in dieses düstere Gebäude mit dicken Mauern und kleinen Fenstern zurückzuziehen, das mit seinem Geheimnis über dem südlichen Ende des Dorfes thronte; er wollte auf alles verzichten, was er bis zu dem Moment getan hatte oder was er gewesen war, um sich auf ein Leben vorzubereiten, das vollkommen anders war als das seiner Freunde, Nachbarn, Bekannten.

Ich versuchte es zu denken, mir vorzustellen: vielleicht eine dieser endlosen Siestas im Sommer, an denen nicht die Sonne das Drückendste, das Unerträglichste ist? Oder spätabends, nachdem sein Vater ihm gesagt hatte, er habe eine Woche Zeit, sich eine Arbeit zu suchen, sonst müsse er das Haus verlassen? Oder ein unbestimmter Moment, in dem jedes mögliche Zeichen – Zeit, Ort, Kontext – durch die Kraft des plötzlichen, endgültigen Entschlusses ausgelöscht wurde? Oder ein Blitz zwischen den Augen mit der Macht einer Überzeugung, gegen die er sich nicht wehren konnte, die ihm sagte, das ist dein Leben, Augusto, tu nicht so, als ob du es nicht wüsstest, denn von jetzt an ist es das Einzige, das du weißt, Augusto, du Begnadeter? Oder war es, im Gegenteil, ein langer, schrittweiser Prozess, nicht ein bestimmter Moment, sondern eine endlose Reihung von Momenten, in denen er allmählich akzeptierte, dass dort sein Platz, dass dies sein Weg war? War es der morgendliche Religionsunterricht, in dem ihn das strahlende Geheimnis dieser Worte verzückte, die sich ihm mit einem seltsamen Licht erhellten, oder der Nachmittag im Beichtstuhl, in dem er gerührt war von der riesigen Erleichterung, dass der Pater ihm die Absolution für eine Sünde erteilte, von der er geglaubt hatte, sie sei unverzeihlich, oder ein anderer Nachmittag voller Tatendrang und Kribbeln, als ein Missionar bei seinem Besuch über die Notwendigkeit sprach, die armen heidnischen Neger im tiefen Afrika zum Glauben zu bekehren, oder die Nächte in einem Gefühlswirrwarr aus Ekel und Mitleid angesichts des eitlen Pomps der Mädchen Cousinen Nachbarinnen auf dem Feuerwehrball?

Ich fragte mich das ernsthaft, und in einem unachtsamen Moment dachte ich, ich müsste es tatsächlich unbedingt wissen: Wie kommt ein Mann zu der Entscheidung, ein Leben zu führen, das völlig anders ist als das anderer Männer? Wie, warum wählt dieser argentinische Dorfjunge einen Weg, der ihn nicht allein für die Jahre des Sturm und Drang in die Finsternis dicker Mauern Fensterlöcher führt, sondern ihm garantiert, dass er, wenn er keinen Verrat begeht, nie die Haut einer Frau berühren, nie ein bestimmtes Lächeln in einem fremden nahen Gesicht sehen, nie dreitausend Gramm Fleisch von seinem Fleische im Arm halten, nie mit seiner Familie dasitzen und Radio hören wird? Wie, mit welcher Kraft, mit welchen Überzeugungen beschließt er, ein Leben zu führen, auf das ihn nichts vorbereitet hat, ein Leben, das so radikal anders ist als alles, was man ihm bisher über das Leben erzählt hat? Wie schafft er es, die Entscheidung zu treffen, sie zu ertragen und sich, einmal auf dem Weg, nicht vorzuwerfen, dass seine Wahl die reinste Sünde des Hochmuts ist?

Eine Zeit lang kam ich mir reichlich bescheuert vor; dann sagte ich mir irgendwann, dass es vielleicht mit wahrer Liebe vergleichbar war, mit diesem »sich verlieben«, für das es keine Gründe gibt und das deshalb um so authentischer ist. Noch am selben Tag dachte ich später, dass man leicht behaupten konnte, der Grund, der rechtfertigte, was man tat, sei eben genau das Fehlen von Gründen. Und was mich das letztlich überhaupt kümmerte.

Trotz alledem dachte ich weiter darüber nach und stellte mir vor und konnte nach wie vor nicht glauben, dass ein in der Finsternis dicker Mauern Fensterlöcher eingesperrter argentinischer Dorfjunge nicht auch hin und wieder schreckliche Krisen hatte. So wird er beispielsweise Nachrichten erhalten haben, die Zweifel an seinem Weg aufkommen ließen: die Hochzeit eines mehr oder weniger geliebten Cousins, ein Erdbeben mit tausenden sehr gläubigen Toten, die Niederlage Argentiniens bei der Weltmeisterschaft in Schweden, bestimmte Krankheiten. Aber auch Überraschungen bei einem seiner monatlichen Familienbesuche – der eindeutig laszive Blick einer Frau auf dem Dorfplatz und die unerwartete Reaktion seines Körpers, die versteckte Klage seiner Mutter, der Neid angesichts des neuen Lebens eines Freundes – oder im Alltag der Institution, die ihn aufnahm und mit friedvoller Macht festhielt: die Dummheit eines Bibellehrers, der unfähig war, einen einfachen Text zufriedenstellend zu erklären, die offenkundige Ungerechtigkeit, wenn eine Strafe, die auf ihm hätte niedergehen sollen, einen anderen traf, und seine Unfähigkeit, sich zu stellen, das schlechte Essen.

Mit Sicherheit – ich war mir dessen sicher – hatte der Junge mehr oder weniger regelmäßig Krisen, die ihn sogar an den Punkt brachten, dass er sich fragte, ob er nicht den falschen Weg gewählt hatte, ob er als endgültige Berufung angesehen hatte, was nur jugendlicher Selbstgefälligkeit geschuldet war, ob er nicht allen Mut zusammennehmen und ehrlich sein sollte, bevor es zu spät war, dem Vorsteher zu sagen, dass er, ohne dass dies seinem glühenden Glauben Abbruch täte, nicht in der Lage sei, dieses Leben zu führen, das den Begnadetsten vorbehalten war. Und ich dachte das alles – ich konnte es nicht lassen – mit einer seltsamen Art von Sympathie: das Verständnis, das man plötzlich für dieses oder jenes entdeckt, das man grundsätzlich für unverständlich hielt. Auf einmal rückten mir, kurzzeitig, das Leben und die Probleme des argentinischen Dorfjungen aus dem Priesterseminar näher, und diese Nähe empfand ich als erschreckend.

Dieses merkwürdige Interesse, dachte ich, diese Neugier, dieses Bemühen, etwas über jemanden zu erfahren, der aus vielen Gründen so etwas wie das absolute Gegenteil von mir war.

Aus irgendeinem Grund also konnte ich mir nicht vorstellen – wollte ich mir nicht vorstellen –, dass er bis zum Ende seiner Ausbildung im Priesterseminar diese Zweifel nicht abgelegt hatte, und ich wollte mir diesen Moment vorstellen, in dem sich alles blitzartig aufklärte. Er wird um solch einen Moment gefleht haben – still murmelnd, wie diese Leute flehen –, denn die Logik des Dorfjungenglaubens präzisiert solche Momente: ein kostbarer vollkommener wunderbarer Moment, in dem sich jeglicher Zweifel auflöst. Und wer um einen solchen Moment fleht, stellte ich mir vor, malt ihn sich immer wieder aus, bis er ihn, nachdem er ihn so lange herbeigesehnt hat, annimmt, ohne auf den Gedanken zu kommen, dass seine Erwartung den Ausschlag dafür gegeben hat. Kurz, ich fragte mich, wie wohl der Moment ausgesehen hatte, in dem Augusto Fiorello, zweifelnder, ehrgeiziger argentinischer Seminarist kurz vor dem Abschluss, die unwiderlegbare Bestätigung der Anwesenheit des Herrn erhielt – was für ihn gleichzeitig die Bestätigung war, dass er die richtige Wahl getroffen hatte.

Mir fielen viele Bilder ein – es ist blöd: Ich schuf viele Bilder, viele kleine Geschichten, die diese so weit zurückliegende Episode erzählten. Einige waren erschreckend banal, andere stellten auf derbe Weise außergewöhnliche Situationen dar. Am Ende entschied ich, die Szene, die der möglichen Wahrheit am nächsten kam, war die, in der er sich unter der Dusche einseifte – die er mit vier oder fünf anderen teilte. Er kam gerade aus einer starken Krise: eine Woche, in der er sogar mit seinem Beichtvater gesprochen hatte; man hatte sich besorgt gezeigt. Und auf einmal, inmitten dieser beinahe heimlichen wöchentlichen Dusche hatte er gedacht, die nackten Körper seiner Kameraden – die Arme, Beine, Oberkörper, Schwänze, Finger, Nasen seiner Kameraden – waren so lächerlich pathetisch, dass sie nur die Botschaft von JEMANDEM sein konnten, der ihnen sagte, dass sie, sosehr sie sich auch brüsteten, minderwertige und missgestaltete Wesen waren. Und er schloss wütend die Augen, damit er diese Botschaft nicht länger sehen musste, und dann hörte er die dummen Scherze von zwei seiner Kameraden, die sich über einen anderen lustig machten, und da begriff er, dass dieser JEMAND weiter mit ihm sprach, weiter seine Botschaft verkündete – ihr seid nichts, weniger als nichts –, und er hielt sich die Ohren zu, und da, erst da, nahm er die Gerüche war, den Geruch nach Schweiß und Schmutz von seinem Körper und den Körpern seiner Kameraden, vermischt mit dem der billigen Seife und der Salze im Wasser, und er hielt sich die Nase zu, damit er sie nicht mehr riechen, diese Botschaft nicht mehr empfangen musste – ihr könntet nicht armseliger, nicht unvollkommener sein –, und da, erst da, spürte er, dass das über seinen Körper fließende Wasser kalt und sein Körper noch kälter war, und seine klappernden Zähne sagten ihm, du könntest nicht armseliger, verachtenswerter und kleiner sein, und da, erst da, ja, vernahm er die STIMME, die seit einer Weile zu ihm sprach: Du, Argentinier vom Dorf, mein Geschöpf, hast nicht zu entscheiden. Ich bin der, der ich bin, und du musst mir dienen. Keine Sorge: Ich bin der, der entscheidet.

Ich hätte mir gern vorgestellt, dass der junge Seminarist in dem Moment, wie es das Gesetz vorschreibt, in der Dusche in Ohnmacht fiel. Aber das glaubte ich nicht; ich glaubte, ich war überzeugt, seine Zweifel waren ausgeräumt. Obwohl ich mich dabei ertappte, dass ich manchmal – voller Bedauern – dachte, dass ich in dem Punkt nie Gewissheit erlangen würde. Und da fragte ich mich, was zum Teufel mich das kümmerte. Nichts natürlich. Aber die Szene in der Dusche ging mir immer wieder durch den Kopf – und mein Zweifel hinsichtlich des Endes seiner Zweifel und sein gequälter Körper und die Stimme seines Herrn

Das würde ich ihn selbstverständlich nie fragen können.

15

»BIS IRGENDEIN DAHERGELAUFENER Politiker auf die Idee kommt, das Heer abzuschaffen.«

Sagte Oberst Díaz Latucci, als hätte er es eben erst gedacht, als würde die Vorstellung ihn amüsieren und als könne er nicht verstehen, warum noch niemand darauf gekommen war.

»Und sie hätten recht: Ehrlich gesagt, sind wir doch zu nichts nutze. Gegen wen sollen wir in den Krieg ziehen? Wieder gegen die Engländer, um ein noch schlimmeres Desaster zu erleben? Die Waffen, die wir 82 hatten, waren Gold im Vergleich zu dem, was jetzt noch übrig ist, und wenn wir damals schon vertrieben wurden, dann stell dir mal vor, wie das jetzt wäre. Weder gegen die Chilenen noch gegen die Brasilianer hätten wir eine Chance. Außerdem hat es keinen Sinn, gegen sie Krieg zu führen. Zu was, verdammt, sind wir dann nutze? Um sicherzustellen, dass es nicht wieder eine Rebellion gibt? Von wem? Von was? Außerdem kosten wir eine Stange Geld. Nicht so viel wie früher, aber ein paar Millionen sind es schon noch. Weißt du, was man mit dem Geld alles machen könnte? Nein, weißt du nicht, und es ist dir egal, aber ich weiß es, wir wissen es. Wir mögen angepasst sein, aber wir schlucken längst nicht alles, wir, wir wissen Bescheid: Es sind drei Milliarden fünfhundert Millionen Pesos, so viel, wie für das Gesundheitswesen ausgegeben wird. Ehrlich gesagt, ist es unbegreiflich, warum bisher keiner dieser Politiker auf die Idee gekommen ist. Weil es Hosenscheißer sind, sonst nichts.«

Ich dachte, wenn Juanjo in den nächsten Monaten mit der Idee in die Schlagzeilen käme, wüsste ich, auf wessen Mist das gewachsen war. Aber ich verstand nicht, warum Oberst Díaz Latucci über diese Dinge sprach. Bestimmt, um das Eis zu brechen.

»Ja, weil es Hosenscheißer sind.«

In Zivil sah Oberst Díaz Latucci gar nicht aus wie ein Offizier des argentinischen Heeres; mehr wie ein Fünfzigjähriger mit ein paar gut laufenden Geschäften, einer falschen Rolex am Arm – seit neuestem, aus Angst vor den Raubüberfällen –, einem im Fitnessstudio gestählten Bauch und einer blondierten Ehefrau mit neuen Brüsten – ein Geschenk von ihrem Mann zur Silberhochzeit. Der Oberst hatte einen Single Malt aus einer rustikalen Anrichte aus hellem patiniertem Holz geholt; die meisten Möbel im Wohnzimmer seines Landhauses waren patiniert: Meine Frau dekoriert für ihr Leben gern das Haus, und ich lasse sie machen. Das Haus war von Rollrasen und frisch gepflanzten Zypressen umgeben; hinter den Zypressen sah man weitere große glänzende neu gebaute Häuser wie seines, im besten California-for-dummies-Stil.

»Versteh mich nicht falsch.«

Sagte er mit einem einstudiert offenen, gewinnenden Lächeln: Ich solle ihn nicht falsch verstehen, ich solle nicht glauben, er lebe vom Heer.

»Nein, das Heer ist ein Teilzeitjob. Dass ich so leben kann, verdanke ich dem Sicherheitsunternehmen, das läuft in letzter Zeit sehr gut. Ja, das neue Argentinien bietet viele Möglichkeiten, man muss sie nur nutzen.«

Ich wusste nicht, was für eine Geste ich machen sollte, um ihm zu zeigen, wo er sich sein neues Argentinien hinstecken konnte; ich wusste auch, dass ich das tunlichst unterlassen sollte. Der Oberst zwinkerte mir zu und sagte, er gedenke nicht, die Waffen niederzulegen – er sagte »die Waffen«, und es sah aus, als ob er es bereute. Der Oberst sprach in diesem leichten Ton, den unsere Neureichen für wohlerzogen halten: Sie gleiten auf den Wörtern dahin, als hätten sie keine Kanten, als wären die Wörter ein Rodelschlitten, der ziellos umherfährt.

»Nein, ich bleibe im Heer, weil es etwas bringt. Geschäfte, gute Kontakte, es bringt was. Außerdem bietet es dir die Möglichkeit zu dienen. Berufung zum Dienen, du wirst den Satz schon gehört haben. Für uns ist das nicht nur so ein Satz. Man muss mit dabei sein, um zu verstehen, was es für ein Gefühl ist, etwas für das Vaterland zu tun.«

Oberst Díaz Latucci hielt inne, er bot mir eine Marlboro an, die ich ablehnte, noch einen Whisky, den ich annahm; mir war unwohl, dass ich bei seinem Spiel mitmachte. Zwei ältere Männer genießen ihren Sundowner vor der Pampa in der Abendsonne, es riecht nach Weite und Müßiggang, zwei echte argentinische Männer. Auf einmal interessierte mich nichts brennender als herauszufinden, ob der Oberst einen Gürtel aus ungegerbtem Leder trug.

»Na ja. Mein Freund Juanjo hat mich ausdrücklich darum gebeten, dass ich mich mit dir treffe. Und du weißt, wenn Juanjo etwas will, kann man ihm das schwer abschlagen.«

Der Oberst schloss mich in seine Welt aus Whisky on the rocks, Gaucho-Accessoires und offenem herzlichem Männerlachen ein. Ich war kurz davor, aufzustehen und zu gehen; nicht weil er ein Militär war, vielleicht ein Unterdrücker, sondern weil ich nicht Teil seines Herrenclubs sein wollte.

»Soweit ich verstanden habe, kennt ihr, Juanjo und du, euch schon lange, seit …«

Sagte der Oberst und sprach den Satz nicht zu Ende, damit ich ihn vervollständigte.

»Ja, schon lange. Seit Jugendtagen.«

»Von der Universität?«

»Nein, wir haben unterschiedliche Fächer studiert.«

Der Oberst wollte nachhaken, hielt sich dann aber zurück: Ihm war vermutlich eingefallen, dass ein demokratischer Militär mit persönlichen Geschichten sehr vorsichtig sein muss. Jedenfalls legte sich etwas auf sein gebräuntes Gesicht, den gestutzten Schnäuzer, auf das Lächeln: Er hatte verstanden. Wir waren nicht länger zwei argentinische Männer, wir waren auf einmal zwei ehemalige Feinde, die sich gegenseitig im Interesse der Vernunft und des gemeinsamen Wohlbefindens verzeihen – aber nicht vergessen. Er malte sich vermutlich gerade aus, wie wir uns vor dreißig Jahren begegnet wären; dann wäre es nur darum gegangen, wer wen zuerst niederstreckt, zumindest dachte ich das – und ich war dankbar, dass es dazu nicht gekommen war: Er hätte mit Sicherheit gewonnen.

»Also, sag mir, wie ich dir helfen kann.«

Ich sagte ihm, mir sei klar, dass es sich um ein heikles Thema handle, aber dass ich aus einer Reihe von persönlichen Gründen, die ich nicht näher erläutern wolle, Informationen über den Militärkaplan Augusto Fiorello brauche.

»Ich glaube, er war Militärkaplan, aber ich bin mir nicht sicher. Weißt du es noch?«

Der Oberst schwieg ein paar Sekunden, sah aus dem Fenster und sog die Country-Luft ein. Es schien nicht so, als ob er sich zu erinnern versuchte.

»Warum reden wir nicht offen?«

»Wie du meinst.«

Sagte ich und senkte den Blick: Es war nicht zu übersehen, dass der Oberst die Befehlsgewalt übernommen hatte.

»Zuallererst möchte ich dir sagen, ich verstehe, dass du deine persönlichen Gründe hast. Nein, sag nichts, ich kenne sie nicht, und ich will auch nichts darüber wissen, wirklich, deine

Gründe sind mir egal, und ich will auch die Gründe nicht verurteilen, aus denen einer alles wieder aufwühlt. Einige tun es, weil ihr Herz daran hängt, andere, weil sie sich einen Vorteil davon versprechen, das ist nicht meine Sache. Aber ich muss schon sagen, dass ich es nicht gutheiße, wenn immer wieder im Dreck der Vergangenheit herumgewühlt wird. Ich finde, man sollte einen Schlussstrich unter all das ziehen. Ich war damals Oberleutnant, frisch von der Militärakademie; es hat dich nicht zu interessieren, was ich getan habe oder nicht, das ist meine Sache. Aber du sollst wissen, für mich ist das alles Schnee von gestern. Es gibt jetzt keine Subversion mehr, zum Glück haben wir solche Probleme nicht mehr: Das ist Vergangenheit. Jetzt müssen wir unser Land auf andere Art verteidigen, die Demokratie verteidigen, unsere Arbeit machen; ich meine, jeder von uns sollte seine Arbeit machen. Wir zum Beispiel müssen beweisen, dass wir nützlich sind. Ich würde lieber nicht mehr über die Zeit damals sprechen, aber wie gesagt, Juanjo hat mich gebeten, dir zu helfen, und ich werde dir helfen. Aber du musst auch mir helfen: Sag mir genau, was du wissen willst.«

Zu gern hätte ich gesagt, also, ich will wissen, was mit meiner Frau passiert ist, wer sie getötet hat, ob sie getötet wurde, was mit dem Kind ist, ich habe mich so viele Jahre dumm gestellt, aber jetzt halte ich es nicht mehr aus, ich muss es wissen. Das dachte ich, und ich dachte auch, dass es keinen Sinn hatte, aber es hatte auch keinen Sinn, dass ich hier in diesem patinierten Wohnzimmer saß, California for Argies, und mit einem vernünftigen Soldaten sprach.

»Ach, ich wollte wissen, wer Pater Fiorello war und was er gemacht hat. Man sagte mir, er sei im Gefangenenlager Aconcagua gewesen. Wissen Sie etwas darüber?«

Es war viel weniger als ein Vorhaben; es war eine Idee. Etwas, was ich hin und wieder denken musste, um weitermachen zu können, eine Art moralische Verpflichtung, die ich mir auferlegt hatte, damit ich glauben konnte, dass all das – Estela, unser Sohn, wenn es ihn gegeben hat, jene Jahre – nicht vorbei war. Ich meine: Die meisten Dinge, die man tut, sind zu Ende, nachdem man sie abgeschlossen hat. Auch wenn sie angenehm, sogar wenn sie genugtuend sind – vor allem wenn sie angenehm und genugtuend sind? –: Die Tatsache, dass etwas so ist, wie man es sich gewünscht hat, macht es nicht weniger vergänglich; vielleicht sogar mehr. Aber der Rachegedanke hilft zu postulieren, es gäbe Dinge, die sich nicht in sich selbst erschöpfen: dass etwas, was vor vielen Jahren passiert ist – was vorbei ist –, von mir eine Reaktion, Entscheidungen, Handeln verlangt: Es wirkt weiter fort.

Eines war mir immer schon klar: Was ich auch täte, nichts würde sie zurückbringen. Eine Binsenweisheit. Ich wusste es: Selbst wenn ich weiter an Rache dachte – selbst wenn ich sie rächte –, würde ich nichts Reales damit erreichen; nur dieses Gefühl, sie noch ein wenig fortleben zu lassen. Um nicht denken zu müssen, dass ich sie vollkommen hinter mir gelassen hatte, musste ich weiter an die Rache denken: in der Annahme, dass ich sie irgendwann üben würde. Sie zu befriedigen – sie konkret werden zu lassen – hieße mich zu verausgaben: Eine Handlung auszuführen, die nichts ändern würde und die ich nur ausführte, weil meine weitere Untätigkeit, nachdem ich so lange an Rache gedacht hatte, statt sie zu befriedigen, nur beweisen würde, dass ich mich all die Jahre in eine Lüge geflüchtet hatte. Rache zu üben würde also nur dazu dienen, mir zu beweisen, dass dieser Gedanke aus der Retrospektive keine Lüge war und zu nichts weiter. Ich erwartete von dieser Handlung keine persönliche Genugtuung, kein kollektives

Echo: Sie wäre, wenn ich sie ausführte, reine Verschwendung. Und deshalb hatte ich diesen Moment hinausgezögert, oder besser gesagt: Ich hatte nichts unternommen, ihn konkret werden zu lassen. Es hatte mir genügt, den Gedanken daran aufrechtzuerhalten. Ich hatte immer gedacht, ich müsste es tun, bevor ich sterbe – aber nicht, dass ich plötzlich sterben könnte, ohne es zu tun. Oder vielleicht doch, mit einem Anflug von Erleichterung: Vielleicht hatte ich mir vorgestellt, dass ein unerwarteter Tod mich von dieser Verpflichtung erlösen würde. Aber jetzt erwartete ich ihn.

»Wissen Sie etwas darüber?«

Erst als ich sein angedeutetes Lächeln sah, merkte ich, dass ich ihn nicht geduzt hatte. Der Oberst akzeptierte den Wechsel: Er war wirklich ein Demokrat.

»Entschuldigen Sie, Carlos, aber da muss ich nun wirklich fragen, warum Sie das wissen wollen. Ich will mich nicht in Ihr Leben einmischen und in alten Wunden bohren, das sage ich gleich vorweg. Aber Sie müssen verstehen, das sind heikle Informationen, und ich gebe Sie Ihnen nur, weil der Minister ein guter Freund von mir ist.«

»Ganz einfach, Herr Oberst. Es ist nicht mal eine politische Angelegenheit: Meine Frau ist in diesem Lager verschwunden.«

»Und das soll nicht politisch sein? Das ist das Politischste, was es in Argentinien gibt. Na schön, es ist ein Grund, den ich gelten lassen kann.«

Sagte er und schwieg, wie jemand, der um Fassung ringt. Ich wollte ihm danken, dass er meinen Grund gelten ließ, aber ich hatte das Gefühl, das hatte keinen Sinn; im Grunde hatte ich das Gefühl, nichts an diesem Gespräch hatte irgendeinen Sinn – außer der Information, die der Oberst mir geben wollte, oder auch nicht.

»Ich habe Pater Fiorello damals gekannt. Er war einer der rechtschaffensten Männer, die mir je im Heer begegnet sind – und entgegen der landläufigen Meinung sind im Heer eine Menge rechtschaffener Kerle. Wenn einer betrügen will, gibt es bessere Orte. Ja, ich kannte ihn: Er war überzeugt, wirklich überzeugt.«

Der Oberst erklärte lang und breit den Unterschied zwischen einem Mensch mit Überzeugungen und einem Fanatiker; er zitierte zwei oder drei christliche Moralisten, Samuel Huntington und aus dem *Martín Fierro*. Ich versuchte meine Ungeduld zu verbergen.

»Ja, ich weiß, Ihnen ist das gleich. Aber es ist nicht dasselbe, glauben Sie das bloß nicht. Ich sage Ihnen, Pater Fiorello war wirklich überzeugt, dass alles, was wir taten, Gottes Wille war, und uns hat es sehr geholfen, dass es Leute wie ihn gab. Soweit ich weiß, hat er sich in der Ausübung seines Amtes nichts zuschulden kommen lassen. Aber bezeugen kann ich das nicht: Ich war in einer anderen Provinz stationiert, ich war nie mit ihm an einem Ort.«

»Und?«

Meine Frage kam zu schnell, ein wenig ungeschickt: Kaum hatte ich sie ausgesprochen, merkte ich, dass sie eine Reaktion auf die Erregung war, die seine Antwort in mir ausgelöst hatte: Er war wirklich überzeugt, dass alles, was wir taten, Gottes Wille war, und uns hat es sehr geholfen, dass es Leute wie ihn gab.

»Und was?«

»Und welche Information können Sie mir über Pater Fiorello geben?«

»Also, wie gesagt, ich habe ihn nur ein paarmal gesehen, ich war nie mit ihm zusammen stationiert. Möchten Sie vielleicht noch einen Whisky?«

Der Oberst stand auf und ging zu der patinierten Anrichte. Er hatte eine seltsame lange dunkle Narbe auf der Vorderseite des Unterarms. Und tatsächlich, er trug einen Gürtel aus ungegerbtem Leder.

»Díaz Latucci, sagten Sie, nicht wahr? Ja, Díaz Latucci: Klar, warum sollten Sie mir etwas erzählen. Niemand zwingt Sie dazu: Der Staat nicht, Ihr Gewissen offensichtlich auch nicht, und ich kann Sie natürlich auch nicht zwingen. Und selbstverständlich wird auch Juanjo Sie zu nichts zwingen. Wenn es für Sie angenehmer oder nützlicher oder christlicher ist zu schweigen, ist das Ihre Sache.«

Sagte ich und stand auf. Der Oberst fasste mich ein wenig kräftiger als nötig am Arm.

»Warte, jetzt hab dich nicht so. Kapierst du jetzt, warum ich zu dir gesagt habe, es ist besser, die Vergangenheit ruhen zu lassen? Diese Sachen stehen einer Verständigung im Weg, und wir Argentinier brauchen die Verständigung mehr als alles andere auf der Welt.«

Der Oberst sprach mit einer Ruhe, einer Größe und einer Lockerheit, die mich mehr und mehr irritierten.

»Es ist immer dasselbe, wir fangen an, über diese Sachen zu reden, und alles wird kompliziert. Ich habe nicht gesagt, dass ich dir nichts erzählen will, sondern dass ich so gut wie nichts weiß. Aber ich kann dir sagen, wen du aufsuchen solltest: Da ist einer, der weiß mit Sicherheit Bescheid. Geh zu Feldwebel Paredes. Keine Sorge: Gleich morgen gebe ich dem Minister die Daten.«

16

ICH DACHTE DARAN, wie nervös er wohl am Tag seiner ersten Messe in der Kaserne gewesen war, das Haar kurz geschoren, die irritierende Uniform des Soldatenpriesters, die Worte, die er ausgewählt hatte, um die Herzen der Männer zu rühren, die er als hart und unempfänglich für seine Mission einstufte. Dann fragte ich mich, ob er diesen Fehler tatsächlich begangen hatte: ob er sich vorgestellt hatte, dass diese Männer – die Gefreiten, die Unteroffiziere und sogar die Soldaten, die er mit seinem Ritual fesseln wollte – durch ihr Leben in der Kaserne, den Umgang mit Waffen, Schlägen und Gewalt, resistent gegen seine Predigt waren. Ich sah das anders: dass sie, weil sie jeden Tag mit dem Tod konfrontiert waren und Dinge taten, die nur blinder Befehlsgehorsam rechtfertigen konnte, geradezu prädisponiert dafür waren, eifrig Zuflucht bei der Kirche zu suchen, die ihnen erklärte, der Tod sei nicht so schlimm und an erster Stelle stehe der Gehorsam. Doch ein kleiner Soldatenpriester dachte bestimmt nicht in solchen Kategorien, und so blieb ihm nichts anderes übrig, als sich als Hirte einer schwierigen, etwas wilden, aber loyalen Herde zu sehen, die ihm all sein Können, all seinen Charme abverlangte. Ob er vorher ein Eau de Cologne aufgetragen hatte? Ein männliches, martialisches Eau de Cologne, das ihm half, sich sicherer zu fühlen? Oder hatte er gedacht, es schicke sich nicht für einen Priester und auch nicht für einen Soldaten und für einen Soldatenpriester schon zweimal nicht, seinen Körper mit solchen

Albernheiten herauszuputzen? Schwierig, das herauszufinden; schwierig und unnütz. Aber ich war mir sicher, dass er seine Predigt lange vorbereitet hatte – er hatte vermutlich eine kriegerische Passage aus der Bibel gewählt, David vielleicht, obwohl der subversive Zündstoff der Geschichte des Kleinen, der den Großen besiegt, wahrscheinlich unpassend wäre – und auch die Betonung Gestik Mimik, mit denen er sein olivgrünes Publikum zu fesseln versuchte. Und aus irgendeinem Grund konnte ich nicht damit aufhören, mir diese Kasernenhofpredigt vorzustellen, unter freiem Himmel, in der drückenden Sonne, schwitzend. Und die Kommentare im Anschluss, die Glückwünsche, die widerwärtige Befriedigung des Paters, der von der ersten Anspannung befreit ist, das Gefühl hat, sich am Anfang eines langen, fruchtbaren Weges zu befinden, und mit dieser sabbernden Leidenschaft von Leuten, die verirrte, tote Körper küssen, das Kruzifix küsst, das ihm seine Mutter oder sein Beichtvater geschenkt hat.

Und ich dachte, wie gut er sich wohl in dieser Welt der Regeln, Befehle und alten Traditionen gefühlt hat: in einer Welt, in der es das Erstrebenswerte, das Beste ist, beflissen nachzumachen, was eine lange Reihe von Artgenossen zuvor schon getan hat; dass es wunderbar sein muss, sich als Erbe und Fortführer dieser Geschichte zu sehen, als Glied in der Bronzekette, die die Welt dort verankert, wo sie hingehört. Ich stellte mir sogar seine Überraschung vor, wenn er nach den ersten Gesprächen mit seinen neuen Gläubigen feststellte, dass diese rauen, kriegstüchtigen Männer seinen Worten – den Worten eines fast noch bartlosen, frisch aus dem Seminar von Tandil gekommenen Priesters – ein Gewicht und eine Bedeutung zumaßen, die er in irgendeinem Dorf vielleicht nicht bekommen hätte, und bevor er die Gründe dafür analysierte, würde er sich sagen, dieses Vertrauen – diese Leichtgläubigkeit – sei für ihn weniger ein Vorteil, sondern sie zwinge ihn, sorgfältiger, verantwortungsbewusster vorzugehen, und besorgt hätte er dann gesagt, die Wege des Herrn sind unergründlich oder so etwas, dachte ich, und dann lachte ich und fragte mich überrascht, warum zum Teufel ich versuchte, die Reaktionen eines Priesters zu erraten, wenn ich nicht einmal seine Sprache sprach und die Phrasen nicht kannte, aus denen sie bestand.

Ich lachte. Ja, ich lachte. Aber später ertappte ich mich noch oft dabei, wie ich mir ähnliche Szenen ausdachte.

17

MANCHMAL, BISWEILEN, SANGST du eins von diesen Liedern, die wir immer sangen, als wärst du auf einmal von den Worten überrascht: als würden dir ihre Worte etwas Schreckliches enthüllen. Ich glaube, ich habe dich nie mehr geliebt als in den Momenten, wenn ich dich vor den Liedern schützen musste, die wir immer sangen.

»Du willst mich schützen, Gallego? Wovon träumst du?«

Ich hatte sie sofort bemerkt: Gleich bei einem ihrer ersten Besuche, als sie Kontakt zur Gruppe suchte, war mir diese dünne, leicht verwahrloste Bohnenstange mit wirrem Haar aufgefallen, die so unmögliche Farbkombinationen trug, dass es nur Absicht sein konnte. Oder zumindest nahm ich an, dass es einer der ersten Besuche war: Ich hätte sie sonst früher bemerkt. Aber als ich das dem Cabezón und Pancho erzählte, sagten sie, sie sei doch schon seit Wochen dabei, vielleicht hätte ich es nicht bemerkt, wir seien ja so viele, und sie falle nicht besonders auf. Wollt ihr mich verarschen? Der Cabezón und Pancho sahen mich spöttisch oder verächtlich an: Du hast doch eigentlich einen guten Geschmack, Chef, man merkt, dass du zu viel um die Ohren hast.

Estela – ich wusste nicht, dass sie Estela hieß – war drei Jahre jünger als ich, aber das war nicht der Punkt: Ich war für die Gruppe verantwortlich, ein anerkannter, respektierter

Aktivist; sie war frisch eingestiegen, ein Grünschnabel, der von Tuten und Blasen keine Ahnung hatte. Ich war es gewohnt – ja, ich war es gewohnt –, zu bekommen, was ich wollte; sie wusste das vielleicht nicht. Jedenfalls, als ich das erste Mal mit ihr sprach – von oben herab, wie immer, als täte ich ihr einen großen Gefallen, das Wort an sie zu richten –, sah sie mich verständnislos an.

»Nein, ich glaube, ich kann das nicht.«

»Genossin, wenn ich dir sage, du kannst das, dann kannst du das. Es ist eine Aufgabe für Genossen, die schon länger aktiv sind, die mehr Erfahrung haben, aber ich finde, du kannst da durchaus mitmachen.«

»Nein, glaub ich nicht, es gibt Genossen, die besser dafür geeignet sind als ich.«

»Stellst du die Urteilsfähigkeit deines Chefs in Frage?«

Sagte ich und merkte sogleich, dass der humoristische Unterton meines Tadels wohl nicht rübergekommen war. Estela sah mich mit einem Anflug von Furcht an, schüttelte das lose Haar und fand die Fassung wieder.

»Ja, bei einer Sache, bei der ich mich besser auskenne als er, ja.«

Sagte sie fast entschuldigend.

»Das ist ein Manko, das wir beheben sollten.«

Parierte ich mit einer galanten Bemerkung aus einem anderen Film. Estela lief rot an. Später, in den kommenden Jahren, war dieses Vorzeichen ihres Ärgers mir vertraut und machte mir Angst; damals sagte es mir nichts.

»Siehst du, ich hatte recht, du bist ein Blender.«

Nie wieder habe ich dieses Wort gehört: Blender. Ich habe so viele Jahre, bei so vielen Gesprächen, darauf gewartet, dass jemand das zu einem anderen sagt.

Als ich sie später fragte – und das tat ich viel zu oft –, sagte sie mir nie eindeutig, ob sie das ernst gemeint hatte, ob sie das wirklich geglaubt hatte oder ob sie nur provozieren und das Spiel der Verführung aus einer überlegenen Position eröffnen wollte: Mal sagte sie das eine, mal das andere, mal lachte sie nur. Jedenfalls kostete es mich mehrere scheinbar zufällige Begegnungen, um ihr zu erklären, ja, sie habe recht, ich habe mich nicht so verhalten, wie es sich für einen Revolutionär gehöre, ich schäme mich dessen, aber sie habe diese unerwartete Reaktion in mir hervorgerufen, die ich an mir so gar nicht kennen würde, sie solle mich verstehen, ich habe mich von der Begeisterung treiben lassen, die sie in mir weckte: Sie solle mir Gehör schenken. Sie zierte sich, und der Cabezón, Pancho und die anderen haben damals viel über mich gelacht, aber sie waren überzeugt – und vielleicht ich selbst auch –, dass die Geschichte vorbei wäre, kaum dass sie angefangen hatte: sobald ich von dem Grünschnabel, der sich mir verweigerte, bekommen hatte, was ich wollte.

»Das haben sie gedacht? Das hast du mir nie erzählt.«

»Wozu? Das war doch Blödsinn.«

An jenem Nachmittag, als ich die Zeit vertrödelte, hatte die Stadt einen unvergesslichen Geruch. Es war Ende September: Es roch nach aufgetakelten Tussen, aber auch nach feuchtem Asphalt, nach Schweiß – unendliche Variationen aller Arten von Schweiß –, nach Grillfleisch in der Ferne und auch ein wenig nach Angst. Später, im Süden, gab es viele Gerüche, die mich daran erinnerten, aber es war nie genau derselbe. Oft, wenn ich mich an die letzte Begegnung mit Estela erinnerte, an Estelas Tod – ihren möglichen, vermutlichen Tod –, überfiel mich die Erinnerung an diesen Geruch wie ein weiterer Verlust: ein Geruch, der nie mehr derselbe war wie an jenem Tag, der nie so war, wie er sein sollte, eine weitere sinnlose Suche. Irgendwann, viele Jahre später, als ich in die Stadt zurückkehrte, traf ich wieder auf diesen Geruch; er war nicht ähnlich, nicht ungefähr, nicht annähernd gleich: Es war derselbe Geruch. Diese Minuten, der Tod – der vermutliche Tod – von Estela schmerzten mich, wie mich noch nie etwas geschmerzt hatte.

»Ich hab dir noch gar nicht von diesem Priester erzählt. Irgendwann musst du mir mal sagen, was du über ihn weißt.«

»Warum hörst du nicht auf mit dieser Geschichte zu nerven? Ehrlich gesagt, ich verstehe dich nicht, Gallego.«

»Du hast leicht reden, Estela. Du musstest dich nie mit dem Scheitern auseinandersetzen. Du weißt nicht, wie ich dich manchmal beneide.«

Nein, reg dich nicht auf, wenn ich vom Scheitern spreche. Es ist wahr. Schrecklich wahr. Aber es ist auch wahr, dass es nur eine von vielen Variationen des allgemeinen Scheiterns Argentiniens ist. Kaum zu glauben, aber wir haben es geschafft: Argentinien war das modernste Land auf dem Kontinent, und wir haben daraus ein Land gemacht, das sich kaum von den anderen unterscheidet. Jemand hat mir von einem Computerspiel namens Civilisation erzählt, wo du eine kleine Höhlenmenschfigur bist, die eine Reihe von Entscheidungen treffen muss; wenn sie die richtigen trifft, kann die Figur wachsen und sich vermehren und am Ende eine Gesellschaft gründen wie damals in Ägypten oder im alten Rom. Ich dachte, man könnte doch ein anderes Spiel namens Argentinien erfinden, bei dem, wenn die Figur der Mairevolution von 1810 immer – zielsicher – die falschen Entscheidungen trifft, am Ende dieses Land herauskommt. Es fing vielversprechend an: Millionen von Hungerleidern, die aus ihrer Heimat geflohen und für zwei Mahlzeiten am Tag zu allem bereit waren, brauchten ein paar Jahre, bis sie sich in eine Horde halbgebildeter Rassisten verwandelt hatten, die jeden Dunkelhäutigen wie den letzten Dreck behandelten. Doch viele von ihnen blieben arm: Sie erinnern die Welt bis heute daran, dass auch Weiße arm sein können. Zusammen mit Osteuropa sind wir das Reservat für die armen Weißen der Erde und widersprechen damit der weit verbreiteten Vorstellung, dass die Armen schwarz, braun, ockerfarben oder schmutziggelb sind. Wir waren das große Versprechen – das schreckliche Versprechen –, und jetzt sind wir eine Galerie, durch die die Touristen spazieren und sich an dem ergötzen, was wir ungewollt erfunden haben: Tango, Steak, Fußball. Was wir wirklich wollten – sofern wir wirklich etwas wollten –, ist uns nie gelungen.

In der realen Welt erging es uns nicht anders. Seit sie dich mitnahmen, mein Mädchen, hat sich so vieles verändert. Ich glaube, es hat in der Geschichte nur wenige Perioden mit noch größeren Veränderungen gegeben. Am Ende hat sich die Welt in alles Mögliche verwandelt, nur nicht in das, was wir wollten. Heutzutage kann man einem Menschen eine Niere entnehmen und sie jemand anderem transplantieren, heutzutage hat jeder ein Mobiltelefon, und es heißt, in den Computern daheim fände man mehr Informationen als in irgendeiner Bibliothek, heutzutage ist unsere Kleidung in China oder Indien gefertigt, Europa hat eine einheitliche Währung, und wenn man richtig Geld verdienen will, muss man Computerprogramme schreiben oder an der Börse spekulieren, heutzutage gibt es hundert Fernsehkanäle, heutzutage gibt es keine kommunistischen Länder mehr. Nichts ist mehr, wie es war, Estela, aber was wir verändern wollten, ist immer noch gleich, nein, schlimmer:

Die Armen werden immer ärmer, die Reichen immer reicher, die Mächtigen immer mächtiger. Wir irren umher wie blinde Hunde. Wir irren umher wie Hunde.

Weißt du, was wir damals nicht hatten? Diese Angst, sie könnten es eines Tages merken, man würde uns demaskieren. Damals dachten wir, nichts könne besser sein als das, was wir taten, es gebe keinen Haken an der Sache. Und das vermisse ich am meisten.

Verglichen mit alldem war unsere Niederlage nichts. Es war nicht mal eine große Niederlage: Sie betraf nur einen winzigen Teil. Aber für uns war sie schrecklich, und manchmal würde ich dir gern erklären, warum wir so haushoch verloren haben, warum es so schrecklich war. Du weißt ja, was davon auf unser Konto geht, das liegt auf der Hand: Wir hatten vergessen, dass wir vor allem eine politische Organisation waren, und glaubten, wir könnten die Militärs auf ihrem Gebiet besiegen; wir vernachlässigten deshalb das Beste, das wir hatten, unsere Art, Politik zu machen, uns überall unter die Leute zu mischen, wir zogen uns zurück, verwandelten uns in verlorene Trupps im Dienste einer immer verworreneren politischen Idee. Aber ich glaube, die Militärs haben uns noch dazu kalt erwischt, weil sie sich nicht damit begnügten, ihre Rolle zu spielen. Wir auch nicht, nebenbei bemerkt: Als wir beschlossen, zu den Waffen zu greifen, um das Vaterland zu befreien, wie man so sagt, haben wir die Spielregeln verändert. Natürlich hatten wir eine Entschuldigung: Sie hatten schon 1930 über die Stränge geschlagen und taten es immer mal wieder: Wir wussten nicht, wie weit sie gehen würden. Und da haben sie uns kalt erwischt. Wir glaubten, ihre Eigenschaft als Herren über den Staat, als Garanten des Gesetzes, würde ihnen einen

Rahmen vorgeben: Es würde sie zwingen, gewisse Grenzen einzuhalten. Militärisch waren sie uns weit überlegen, aber die Tatsache, dass sie sich innerhalb der Grenzen bewegen mussten, war unser Vergleichsvorteil. Nur taten sie das nicht. Und so besiegten sie uns und retteten ihr Vaterland. Sie sorgten dafür, dass es kapitalistisch, ungerecht und ziemlich gerissen blieb, wie es schon immer gewesen und bis heute ist. Sie haben diesen Krieg gewonnen und aus Argentinien das gemacht, was wir jetzt vor uns haben. Ich habe es immer gesagt, Estela, auch wenn es dir seltsam vorkommt: Die schlimmste Folge der Militärdiktatur ist nicht, dass man euch umgebracht hat, das seid nicht ihr, die Toten, die Verschwundenen. Es ist dieses Land, das Argentinien von heute.

Wir haben verloren, wir haben uns in so vielen Dingen geirrt. Sicher, wir haben uns mit einer gewissen Größe geirrt: Wir wollten hoch hinaus, wollten Dinge, die es wirklich wert sind, dass man sie anstrebt, und wir sind nicht vom Hocker, sondern vom Dachboden gefallen. Die Liste unserer Fehler würde Seiten füllen, Estela, und ich weiß, du kennst sie von A bis Z. Aber es ist Zeit, damit aufzuhören, sie immer wieder durchzugehen und den Titel darüber zu setzen: Unser Schrecklicher Fehler War, das Große Argentinische Volk zu Überschätzen.

»Was redest du da, Gallego? Was quatschst du bloß wieder für einen Blödsinn?«

»Mädchen, als wenn du das nicht wüsstest. Als wenn du das nicht besser wüsstest als ich.«

Wir waren vielleicht ein paar Idioten: Wir hielten sie für so viel besser. Wir haben alles gegeben, aber die Grundvoraussetzung, damit das Bemühen Früchte tragen konnte, war, dass das Edelmütige Argentinische Volk mehr wollte, als sich den Bauch vollzustopfen und mehr oder weniger ruhig zu leben. Wir hingegen haben das abgeschmackte Zeug der Hymne, des Peronismus, des Leninismus geschluckt, Estela, und es gilt immer noch: Auf das Große Argentinische Volk. Wir grüßten sie, wir brachten einen Trinkspruch aus, wir redeten uns ein, sie wollten ein Land im Glanz der makellosen Gerechtigkeit, der unanfechtbaren Gleichheit, der stolzen Flagge, der Chancengleichheit für alle und der Wille sei vorhanden, dieses Land gemeinsam aufzubauen. Vielleicht hätten wir keine Ahnung gehabt, wie wir dieses Land aufbauen sollten, mit Sicherheit hätten wir das nicht, aber wir wussten, die unverzichtbare Bedingung dafür war erst mal, dass Millionen und Abermillionen bereit waren, sich dafür ins Zeug zu legen, und ich weiß nicht, wie es uns gelungen ist, zu glauben, dass sie parat standen; das taten sie nicht, Estela, und als die Dinge kompliziert wurden, riefen sie nach den Militärs oder nach irgendjemandem, der ihnen ein wenig Ruhe, einen Fernseher und mit ein wenig Glück zwei Mahlzeiten am Tag schenkte. Und für die, denen das Glück besonders hold war, eine Reise, ein Auto, den Albtraum des Eigenheims, einen sicheren Job. Wir glaubten, sie wären großzügig, bereit, mutig, solidarisch; ich weiß nicht, wie wir das glauben konnten, aber genau das war der Irrtum, die Mutter Aller Irrtümer.

Wir glaubten, sie wollten dasselbe wie wir. Die Militärs, die Reichen, die Politiker der verschiedenen Parteien glaubten das nicht, sie glaubten, dass die Leute etwas anderes wollten. Und wie man sieht, hatten sie recht. Warum sollten sie Gleichheit, Solidarität und all diese Sachen wollen? Wer kam auf so eine Idee? Ja, vielleicht waren sie feige, bequeme Opportunisten; der Irrtum besteht womöglich in dem Glauben, dass sie anders sein sollten. Oder dass es besser ist, eine gerechte, egalitäre

Gesellschaft zu wollen als einen Flachbildfernseher. Mir wäre das lieber gewesen, aber müssen die anderen das deshalb genauso sehen? Weil ich ihnen sage, es sei besser? Das Problem der revolutionären Politik ist – dir gegenüber kann ich immer noch »revolutionär« sagen, aber es ist ein Wort, das nicht mehr gebraucht wird –, wenn man alle befreien will, setzt das voraus, dass alle diese Befreiung wollen: diese Befreiung, nicht irgendeine andere. Darin bestand der erste Schritt: ihnen zu erklären, sie davon zu überzeugen, dass es das war, was sie wirklich wollten, auch wenn der Schleier der herrschenden Ideologie sie das noch nicht erkennen ließ. Wir haben es ihnen erklärt; sie haben es nicht verstanden. Sie verstehen es immer noch nicht: Sie sind verdammt stur, blöd, anders – oder was auch immer. Die Revolution versucht wunderbare Dinge für die anderen zu tun, aber dafür ist es erforderlich, dass die anderen – die Dummköpfe, die Köter, die nicht wissen, dass der Tierarzt sie heilt, wenn er die Pfote nimmt und schient, und die heulen und knurren – bei dem Prozess mitmachen. Die anderen machten bloß nicht mit, und wir verachteten sie und schimpften sie feige Opportunisten. Unser Bestreben war albern: Wir haben alles gegeben, um Millionen von Menschen zu retten, die nicht das geringste Interesse hatten, von uns gerettet zu werden.

Der Sozialismus, Estela, verzeih das Wort, ist keine schlechte Idee, sondern eine irreführende. Eine Idee, die in einer Welt funktionieren könnte, die von ebensolchen Leuten bewohnt wird: großzügig, mutig, solidarisch. Einige Sozialisten sahen das Problem und wollten glauben, der Sozialismus bringe solche Menschen hervor; und so schufen sie so vollkommene Gesellschaften wie die Sowjetunion, China, Kuba, ein unschlagbarer Erfolg. Aber wir wollten glauben, dass wir dieses edelmütige, bereite, kühne, begeisterte Volk bereits hatten. Auf das Große Argentinische Volk, seinen unbestreitbaren Mut, seinen Kampfgeist. Als uns dämmerte, dass wir in einem Land bequemer Opportunisten lebten, des Jawohl, Ja, Wir Brauchen Wieder Ordnung im Land, des Kühlschranks auf Ratenzahlung, hatten sie uns schon getötet.

Obwohl genau diese Leute uns jetzt loben, weil wir etwas riskiert haben, Estela, weil du bereit warst, dich töten zu lassen oder wer weiß was noch.

All meine Liebe dem Großen Argentinischen Volk. Oder anders gesagt: Wenn das Volk anders leben will, soll es sich selbst darum kümmern. Es hat keinen Sinn, ihm das abnehmen zu wollen.

»Glaubst du wirklich, was du da sagst, Gallego? Ich mache mir ernsthaft Sorgen um dich.«
»Das verstehst du nicht. Es ist viel passiert. Zu viel.«

Ich hatte jahrelang geglaubt, weil sie tot war, könnte ich mit ihr machen, was ich wollte: denken, dass sie nicht tot war zum Beispiel oder dass sie es war. Doch als ich anfing, ihre Geschichte zu rekonstruieren, begriff ich, dass ich das nicht konnte. Zum einen stellte ich fest, dass ich eine Entscheidung treffen musste: mich wirklich entscheiden musste. Aber auch, dass sie zu viel entschied: Ihre Erinnerungen wurden von Mal zu Mal bestimmter. Dann dachte ich an jene Nacht, in der ich ihr gesagt hatte, wir müssten verschwinden, die Lage sei aussichtslos, wir hätten schon verloren, wir würden uns umsonst töten lassen, was man eben in solchen Fällen sagt, um nicht aussprechen zu müssen – um zu sagen, ohne es auszusprechen –, dass man Angst hatte. Und Estela hatte mich angesehen, als würde sie mich nicht kennen: Als hätte sie mich vergessen und Mühe, mich einzuordnen. Und dann fiel es ihr schwer, die extreme Traurigkeit in ihrem Blick zu verbergen.

»Meinst du das im Ernst, Gallego?«

Ich sagte, nein, wie sie denn auf einen solchen Gedanken käme, ich hätte sie nur testen wollen.

»Du bist das Letzte, Gallego. Manchmal würde ich dich am liebsten umbringen.«

Sie wusste immer, wie sie mich zwingen konnte, besser zu sein, als ich bin.

18

»UND WARUM HAST du mir nichts gesagt?«

»Warum sollte ich dir etwas sagen?«

»Ich weiß nicht, Carlos, ich denke, es war wichtig für dich, dass du dich mit diesen Leuten getroffen hast. Du hättest es mir erzählen können.«

Das waren die Momente, auf die ich anfangs mit Ärger und in der letzten Zeit mit Scham reagierte: Wenn Valeria sich so verhielt, als hätten wir eine Beziehung, die wir nicht hatten und niemals haben würden. Es ist ein so alter, so primitiver Trick, dass ich sie bedauerte; vielleicht würde dieses Bedauern irgendwann dazu führen, dass es funktionierte. Vielleicht auch nicht: Das wäre eher logisch. Jedenfalls entgegnete ich nicht, dass ich ihr gar nichts erzählen müsste, sondern – es war ein Zugeständnis –, dass ich ohnehin nicht gedächte, damit weiterzumachen. Es stimmte: Fast unwillentlich, angetrieben von Juanjo, hatte ich mich wieder in diese schmutzige Welt begeben, hatte ich wieder mit Obersten und Geheimdiensten zu tun, hatte sogar wieder längst vergessene Gesten und Worte benutzt. Und all das mit der traurigsten Entschuldigung, die es gibt. Aber ich ging nicht ins Detail: Ich sagte ihr lediglich, nein, ich wollte nichts mehr von dieser Welt wissen, die nicht meine war. Als ich ihr das sagte, war ich beinahe überzeugt. Meine einzigen Zweifel hatten mit dem Bild eines gesichtslosen Kaplans zu tun, das mich nicht losließ, und vor allem mit dem ständigen Bewusstsein, dass meine Zeit bald abgelaufen war, aber darüber wollte ich nicht mit ihr reden: Sonst hätte ich ihr von dem Bösen erzählen müssen, und das wäre das Letzte, was ich täte.

Schon komisch: was Letzte, das ich täte.

Ich versuchte es zu ignorieren, und das Böse nutzte das aus. Es rief in mir keine Schmerzen oder besondere Empfindungen hervor; abgesehen von dem Geruch machte es sich de facto nicht bemerkbar. Manchmal tat mir der Magen weh oder ein Gelenk – die Schulter, das Knie, der Hals –, aber die kleinen Wehwehchen, die ich spürte, waren nicht das Böse: Das Böse verhielt sich durchweg ruhig. Das Böse musste sich nicht zeigen, es war ihm gleich, ob ich es bemerkte: Es machte seine Arbeit. Das war eine seiner arglistigsten Grausamkeiten: Wenn es wenigstens wehtäte, mir Schläge verpasste, wenn es eine Form fände, sich zu zeigen und zu sagen, da bin ich, ich töte dich, wenn es mir verböte, es zu vergessen und weiterzuleben, als wäre nichts geschehen, als hätte ich noch alle Zeit der Welt vor mir, damit ich plötzlich, von einer Minute zur anderen, feststellte, nein, meine Tage waren gezählt, wenn es mich nicht zwänge, mir, damit ich nicht in diese Falle tappte, immer wieder zu sagen, Junge, denk daran, da ist das Böse, das nicht innehält, das seine Arbeit macht, bis du verschwunden bist. Das Böse wäre weit erträglicher – erträglicher? –, wenn es mich nicht zwänge, seine Arbeit zu machen, mich an es zu erinnern.

Ich wollte ihm keine Hommage erweisen, indem ich Valeria davon erzählte: Ich sah nicht, was es ihr brächte, wenn sie es wüsste, oder besser, was es mir brächte, wenn sie es wüsste. Was verstand eine Frau von Anfang dreißig vom Sterben, eine Frau, die in einer Zeit geboren und aufgewachsen war, in der die jungen Leute nichts Besonderes taten, um zu sterben? Eine Epoche, in der die gegenwärtigste Bedrohung durch den Tod eine gemeinsam benutzte Nadel oder ein Fick mit einem HIV-Infizierten war, und selbst dann war die Wahrscheinlichkeit so gering, dass es nach der Flut an Kampagnen ein Leichtes war, ihn zu vergessen. Nichts Interessantes, nichts, was mir nützte. Ich würde es schon herausfinden – sie würde es herausfinden –, wenn es keinen Ausweg mehr gäbe. Wüsste sie es jetzt schon, würde sie ernst, devot, mitleidig werden: Das Wissen um das Böse hätte in ihr das Gefühl hervorgerufen, ich bäte sie wegen meiner »Schwäche« – wegen des nahen Endes – darum, die Rolle der barmherzigen Samariterin, der Witwe in spe, des Klageweibs zu übernehmen, das mich mit Schmerz und Trost auf dem letzten Weg begleitet: Schwachsinn. Weder sie noch ich brauchten solche Erniedrigungen.

Vor allem ich brauchte sie nicht: Meine gesamte Überlebensstrategie – meine ach so schwache Strategie – basierte ganz offensichtlich darauf, mich dumm zu stellen.

Es wäre eine Falle gewesen, wenn ich um Dinge gekämpft hätte, denen ich früher keine Aufmerksamkeit geschenkt hatte: weiterleben zum Beispiel, noch ein Weilchen zu leben. Viele Jahre lang hatte ich mir keine Gedanken um das Weiterleben gemacht: Ich nahm es als gegeben hin. Ich glaubte, dass ich lebte – es war keine Variable, kein Ziel –, und fragte mich, wie und wozu. Doch jetzt versuchte das Böse zum Ziel zu machen, was bislang nur Mittel gewesen war: leben, da sein. Obwohl es Momente gab, in denen ich kurz davor war, der Versuchung nachzugeben. Es hatte bestimmt seinen Reiz, alles beiseitezuschieben, was jetzt überflüssig war, und zum Primären, zum Eigentlichen zurückzukehren: um das Leben, den Fortbestand zu kämpfen. Wenn nichts mehr Bedeutung hätte oder zumindest sekundär wäre. Das wäre der endgültige Verrat gewesen.

»Willst du wirklich nicht weiter nach ihr suchen?«

»Ihr? Nach wem suche ich denn?«

»Jetzt stell dich nicht dumm. Das brauchst du nicht.«

Nein, ich konnte mit ihr definitiv nicht über das Böse sprechen. Worüber sollte ich sprechen? Über den Schmerz, den es mir bereitete, in dieser dummen Zeit zu sterben, über die Trauer, die letzten zwanzig oder fünfundzwanzig Jahre in dieser dummen Epoche gelebt zu haben, in dem Wissen, dass ich sterben würde, ohne etwas anderes zu sehen? Wäre ich in ihrem Alter, wäre diese Dummheit kein Thema: Sie wäre normal für mich. Aber nachdem ich jahrelang geglaubt hatte, die Welt könne etwas Außergewöhnliches sein, fiel es mir schwer, mich an dieses beharrliche, fortgesetzte Mittelmaß zu gewöhnen und jetzt vor allem daran, dass ich nichts anderes mehr zu Gesicht bekommen würde. Das war vielleicht das Schlimmste am Bösen – oder das Schlimmste, was ich über das Böse zu denken imstande war: Ich hatte der Versuchung nachgegeben, anzunehmen, mein Tod sei mir egal, ich war imstande, diese Fiktion beinah die ganze Zeit über aufrechtzuerhalten, ich konnte mir sogar Sätze ausdenken, die ich in meinem Kopf immer weiter ausfeilte: »Wenn ich sterbe, ist das kein Verlust für die Welt, und ich verliere nur eine Welt, die mir missfällt; das Problem ist, dass von mir nichts mehr da sein wird, um sich über diesen Verzicht zu freuen.« Es waren Finten, Albernheiten, aber es beruhigte mich, dass ich dazu noch fähig war. Was mich schmerzte – und wobei ich mir diesen Schmerz auch eingestehen konnte –, war, mich mit der trostlosen Vorstellung abfinden zu müssen, dass die Argentinier für mich auf ewig das sein würden, was sie jetzt sind, was sie waren, seit ich auf die Welt gekommen bin. Es würde keine anderen Argentinier mehr geben – für mich. All die Jahre hatte ich geglaubt, sie würden eines Tages anders sein, und obwohl es nicht dazu kam, hatte ich diese Hoffnung nie ganz aufgegeben. Das war nur logisch: Als wir jung waren, war die Welt ein Provisorium, ein Raum, der sich ständig veränderte, der die ganze Zeit ein Anderssein verhieß. Es waren Zeiten, in denen sich alles mit jedem Schritt zu verändern schien: in denen es die Bestimmung der Dinge war, anders zu werden. Zwischen Vater und Kind waren die Unterschiede so augenfällig wie zwischen einem Tisch und einem Yoghurt, zwischen der Musik von früher und unserer, zwischen der früheren Prüderie und unserer Hemmungslosigkeit, zwischen der Geschichte und den Zukunftsplänen. Die Zeit war nicht zyklisch, sie schritt fort. Und ich gewöhnte mich daran: Es war leichter, in einer unvollständigen Welt zu leben, in einer Welt, in der die Wahrheit woanders lag, in der Zukunft, als in dieser Welt, die verkündet, das sie weiter so sein wird bis in alle Ewigkeit, Amen. Manchmal dachte ich über die Grausamkeit der Jahreszahlen nach, ihre Zufälligkeit: Ein Jude, der 1941 in Mitteleuropa als alter Mann stirbt und überzeugt ist, dass seine Kultur verschwindet; ein russischer Dissident in Sibirien im Jahr 1985, der sicher ist, dass die Sowjets ewig bleiben; Rousseau, der 1778 in einer Welt begraben wird, die ohne Monarchie nicht existierte. Die Grausamkeit der Jahreszahlen half mir, Hoffnung zu bewahren, aber es war eine Hoffnung für andere. Meine Welt war fertig, beendet: Sie würde nie mehr anders.

Und noch weniger konnte ich ihr von diesen Nächten erzählen, in denen ich vollends die Kontrolle verlor, in denen ich viele

Stunden damit zubrachte, an nichts anderes zu denken als an das Nichts – und ich wusste nicht, wie ich dieses Nichts denken sollte, und das erschreckte mich. Das wäre in der Tat das Letzte.

Aber es hatte keinen Sinn, mit dieser Suche weiterzumachen. Ich hatte mich von Juanjo, vom Zeitgeist, vom Bösen, von wer weiß was manipulieren lassen. Von Estela. Aber es hatte keinen Sinn, dass ich noch einmal in diese Kloake hinabstieg. Estela hätte das auch nicht gewollt. Wenn sie es gewollt hätte, hätte sie es mich wissen lassen.

»Nein, ich werde nicht weitersuchen, auch nicht nach ihr. Ehrlich gesagt, habe ich auch noch gar nicht angefangen, sie zu suchen. Ich hab ein wenig herumgestöbert, nichts weiter, aber jetzt habe ich festgestellt, dass es keinen Sinn hat. Das war's, es ist vorbei. Keine Sorge, es ist vorbei.«

Es war heiß, und wenn es heiß war, schwitzte Valeria aus allen Poren. Wie so viele litt sie darunter, dass die Hitze ihre Grenzen verwischte, sie auflöste und zu sehr mit der Welt vermischte.

»Keine Sorge? Was meinst du damit, Carlos? Glaubst du vielleicht, es würde mich beunruhigen, wenn du dem Gespenst deiner Frau oder deinem eigenen nachjagst? Warum sollte mich das interessieren?«

Sagte sie, aber ihr Ton und ihre Haltung passten nicht zu ihren Worten: Sie wirkte ablehnend, streitsüchtig. Sie fing an, schwarze Knübbelchen von ihren Beinen zu rubbeln: Nichts macht sie menschlicher, als wenn sie sich schwarze Knübbelchen von den Beinen rubbelt. Ich bot ihr einen Whisky an, und sie sagte, Whisky sei ein Getränk für alte Hurenböcke.

»So wie ich.«

So wie du, sagte sie und kam aus der Deckung. Ich ging in die Küche, um Eis zu holen, Valeria saß auf dem Sofa meines drei mal vier Meter großen Wohnzimmers und fragte mich von dort aus, fast schon tobend, ob ich die Suche wirklich aufgeben wollte. Einen Moment lang bedauerte ich, dass dieser Raum nicht ein wenig mehr mit mir zu tun hatte: dass es nicht mehr Gegenstände, Bilder und Fotos an den Wänden gab – Zeichen, die ihn als mein Zimmer auswiesen. Aber schon viel zu lange tat ich alles, damit meine Räume nicht aussahen, als gehörten sie mir.

»Ja, ich meine das ernst. Ich weiß nicht, wieso ich mich dazu habe verleiten lassen, aber es hat keinen Sinn. Ich hatte schon eine Form gefunden, mit alldem zu leben, und es gibt keinen Grund, warum ich das jetzt ändern sollte.«

»Bist du dir sicher?«

Erst erschrak ich und dachte, vielleicht war mir doch etwas über das Böse herausgerutscht. Dann dachte ich, es sei eine dumme Falle; jeder kann einer vermeintlich naiven Frage einen Blick oder einen spitzfindigen Unterton hinzufügen, die diese Frage mit Nuancen und Andeutungen aufladen, so dass der Befragte sich ertappt fühlt und etwas in der Frage zu erkennen glaubt, was der Fragende nie im Leben beabsichtigt hat.

»Ja, bin ich. Wie viele Eiswürfel?«

»Viele, du alter Hurenbock.«

Als ich ins Wohnzimmer zurückkam, entfernte Valeria immer noch Knübbelchen von den Beinen. Etwas war schiefgegangen. Und sie fragte mich wieder, ob ich wirklich keinen Grund hätte, meine Meinung zu ändern. Ich sah sie mit dem *Habichdirdochschongesagt*-Ausdruck an.

»Umso besser.«

Sagte sie und lächelte.

»Umso besser?«

»Ja, umso besser. Wenn du so weitergemacht hättest, mein geliebter Veteran, wärst du, bei allem Respekt und bei aller

Liebe, genauso ein Knallkopf geworden wie all die anderen. Die, die von nichts anderem reden. In der letzten Zeit kam es mir so vor, als wärst du auch auf dem Weg dahin, als würdest du über nichts anderes mehr reden.«

Valeria hatte sich nonchalant auf meinem Sofa ausgebreitet, und dabei hatte sie mir noch nicht einmal einen geblasen; normalerweise war sie unter diesen Umständen zurückhaltender. Aber sie machte weiter: Sie fragte mich, ob ich nicht wissen wollte, was an mir interessant sei. Und sie ließ mir keine Zeit, nein zu sagen.

»Du bist zwar ein alter Aktivist, aber du lebst nicht die ganze Zeit nur in der Vergangenheit. Das finde ich interessant an dir: Du bist ein spannender Fall, weil du eine gewisse Distanz zu deiner Geschichte aufbauen kannst, und das macht dich zu einem jemandem, der einem hilft, bestimmte Sachen zu verstehen. Aber neulich hatte ich den Eindruck, dass du abstürzt wie all diese Knallköpfe. Merken die denn nicht, dass sie immer noch denselben Tribut zollen wie damals, dass sie immer noch Gefangene der Militärs sind, dass sie auch nach dreißig Jahren immer noch darüber reden, was ihnen diese Kerle angetan haben?«

Vor allem störte es mich, dass wir einer Meinung waren: Das fand ich auch, ich hatte es oft gedacht und manchmal sogar ausgesprochen, aber ich ertrug es nicht, sie es sagen zu hören. Ich schwieg.

»Was zum Teufel war denn so wichtig an dem, was ihr getan habt? Was zum Teufel machte euch zu etwas derartig Besonderem, kannst du mir das sagen? Was ist los, ist euch so viel Wichtiges widerfahren, dass ihr euch den Rest eures Lebens damit beschäftigen müsst? Uns natürlich nicht, nicht wahr? Uns Idioten, die wir damals noch zu klein oder zu feige oder zu intelligent waren, da mitzumachen, ist nichts Wichtiges widerfahren, nicht wahr? Im Vergleich zu diesen heldenhaften jungen Leuten sind wir ein Haufen Dreck, nicht wahr?«

Was hätte ich ihr sagen sollen? Nein? Klar seid ihr das?

Das Schweigen dauerte eine Weile an, und Valeria wertete das als Eingeständnis meiner Niederlage. Ich schlug ihr vor, eine Runde zu drehen: Es ist so heiß, Vale, was hältst du davon, wenn wir ein Eis essen gehen? Sie sah mich an, als wollte sie sagen, so billig kommst du mir nicht davon.

»Und, sag, was wolltet ihr nach dem Sieg tun?

»Was weiß ich.«

»Komm schon, Veteran, nicht so lustlos. Ihr habt all das gemacht, um zu gewinnen, und euch nicht vorgestellt, wie es danach sein würde?«

»Nun ja, mehr oder weniger.«

»Was zum Teufel wolltet ihr? Kannst du mir sagen, was zum Teufel ihr wolltet, wie dieses sozialistische Vaterland aussehen sollte, das ihr so angepriesen habt?«

Und ich konnte ihr nicht sagen, dass ich keine Ahnung hatte, oder besser: dass ich keine klare, feste Vorstellung davon hatte, weil wir unsere Zeit nicht darauf verwendeten, darüber nachzudenken, wie sie konkret aussah, wir dachten, das verstünde sich von selbst: dass wir uns aus irgendeinem Grund nicht trauten, uns über die Details, die Umstände Gedanken zu machen.

»Du willst doch nicht etwa behaupten, du hättest mit Firmenich an der Macht leben können.«

»Du hast doch keine Ahnung.«

Valeria sah mich mit einem Ausdruck vielsagenden Bedauerns an; der Text dazu lautete: »wenn ich es trotz allem Bemühen nicht verstehe, wer verdammte Scheiße soll es dann verstehen, du dummer alter Sack«, oder so ähnlich. Ich hatte dennoch keine Lust, ihr zu erklären, dass es stimmte, dass sie die Revolution nie verstehen könnte, weil sie sie aus Sicht der heutigen Politik betrachtete, dass es nicht darum ging, ob Hinz oder Kunz die Macht übernahm, sondern um eine neue Welt: Die Großmutter aller Revolutionen, die französische, hatte sogar den Zeitbegriff verändert, die argentinische Mutter hatte ein nicht existierendes Land erfunden, die russische Tante hatte Zaren, Priester, Reiche und Generäle eliminiert. Dazu hatte ich keine Lust, also gestand ich ihr zu: »Ja, es wäre bestimmt ein Desaster geworden, aber nicht schlimmer als das, was wir jetzt haben.«

»Ach nein? Und hat es sich gelohnt, dass so viele für etwas starben, das ›nicht schlimmer sein würde als das, was wir jetzt haben‹? Hat es sich gelohnt, dafür zu sterben?«

»Und, lohnt es sich, dafür zu leben?«

Sagte ich, aber Valeria war jetzt in Fahrt und brauchte keine Antwort von mir.

»Mal im Ernst, habt ihr euch wirklich ein Leben nach dem Sieg vorgestellt? Konntet ihr es ertragen, euch als Verwalter dieses Sieges zu sehen? Konntet ihr euch an der Macht vorstellen, als Macht? Habt ihr es nicht vielleicht deshalb vermieden, darüber nachzudenken, was ihr nach der Revolution macht, weil ihr es nicht ertragen konntet, euch als etwas anderes zu sehen als eine Horde junger glücklicher Rebellen, ihr Unglückseligen? Habt ihr nicht vielleicht deshalb verloren?«

Ich ließ sie reden. Ich hasste sie nie so sehr wie in diesen Momenten, in denen sie sich auf billige Küchenpsychologie stürzte.

»Umso besser, dass du nicht mehr weitermachst, Carlos. Ich hab mir schon Sorgen gemacht.«

Sagte sie schnurrend, provokant. Ich hatte mich neben sie auf das grüne Ledersofa gesetzt, und sie verstand meine Körpersprache: Mit geschürzten Lippen, zwischen lüstern und unwillig, die Finger an meinem Hosenstall, wollte sie das Gespräch mit dem Sieg ihrer Zunge beenden. Während sie mir einen blies – großartig, unschlagbar –, fragte ich mich, warum sie sich so ins Zeug legte, damit ich meine Suche fortsetzte.

19

IN TRES PERDICES stellen alle immer wieder dieselbe Frage: Wer kann ihn so gehasst haben? Und dann, eventuell, im Flüsterton: Warum? Sie fragen es wegen des Ergebnisses der Autopsie. Das Ergebnis der Autopsie ist Teil des Rätsels in dem Ermittlungsverfahren; jeder in Tres Perdices weiß, dass der Gerichtsmediziner gesagt hat, er, der schon so viele Leichen auf dem Tisch gehabt habe, sei äußerst beeindruckt gewesen, mit welcher Wut diese sieben Stiche ausgeführt wurden; bei drei von ihnen hätte jeder für sich allein schon zum Tode geführt.

»Man sieht gleich, dass derjenige ihn nicht einfach nur töten wollte.«

Kommentiert Beatriz Suárez, die Lehrerin. Im Dorf fragen sich viele Leute, wie Beatriz Suárez es schafft, ihren Pflichten nachzukommen – ihren Unterricht vorzubereiten, zu unterrichten, die Hausaufgaben zu korrigieren –, wenn sie, wie sie sagt, keine einzige Fernsehserie auslässt. Aus dem Kommentar spricht der reine Neid: Señorita Beatriz hat eine profunde Menschenkenntnis – oder zumindest vermuten das die Bewohner von Tres Perdices.

»Man sieht gleich, dass der Mörder ihn nicht nur töten wollte, er wollte mehr, er wollte sich von einer schrecklichen Last befreien, meine ich. Aber ich kann darüber nachdenken, so viel ich will, es bleibt mir unbegreiflich, wer ihn so gehasst haben könnte. Wenn es einen guten Menschen auf der Welt gibt, dann ist es Pater Augusto.«

»War es Pater Augusto.«

»Ja, gut, war. Ich kann mich nicht daran gewöhnen.«

Die Lehrerin unterhält sich mit Barrientos – dem Leiter und einzigen Angestellten des Postamtes –, dem Lehrer Raúl Delgiove und der Friseurin Adela am Eingang des Friedhofs, auf dem sie den Pater gerade beerdigt haben. Augusto Fiorello ist schon seit drei Tagen tot, aber durch die Formalitäten und die Autopsie hat sich das Begräbnis verzögert; die Friseurin macht sich Sorgen, es könne deshalb Probleme bei seiner Reise in den Himmel geben.

»Nein, wie kommen Sie denn auf so was, Adela. Glauben Sie, der Herr versteht nicht, was geschehen ist?«

Die vier reden leise, als fürchteten sie, die Toten aufzuwecken, und Barientos sagt, komisch, dass niemand von der Familie gekommen ist: Von der Familie des Priesters, zur Beerdigung, sagt er, seltsam, dass niemand gekommen ist. Nun ja, es hat ihn doch nie jemand besucht, wahrscheinlich hat er keine, sagt Adela, die Friseurin. Ehrlich gesagt, es kam mir immer schon so vor, als ob ihm eine Familie fehlte, Priester hin oder her, sagt sie und zieht eine Grimasse, die sich in den Falten ihres übereifrig geschminkten Gesichts verliert.

»Das kann nicht sein. Es gibt niemanden, der nicht irgendeinen Angehörigen hat.«

Sagt Beatriz Suárez, und Barrientos erwidert ungläubig: Ach nein? Aber er merkt, dass er in eine Falle getappt ist, und so versucht er davon abzulenken und sagt zum hundertsten Mal, wie seltsam und wie schrecklich, dass ein so guter Mensch wie Pater Augusto so enden musste – und darin spiegelt sich die Grundangst der Bewohner wider: Wenn es mit ihm so ein Ende genommen hat, was haben wir dann erst zu erwarten. Er spricht eine allgemein verbreitete, aber nicht einhellig geteilte Meinung aus. Der Lehrer Delgiove beispielsweise sagt, auch wenn er nie vermutet hätte, dass der Priester einmal so enden könnte, habe er ihn von jeher etwas seltsam gefunden.

»Ja, mir ist immer aufgefallen, dass er diese Schuhe trägt. Sie wissen schon, anhand der Schuhe kann man erkennen, was für ein Mensch jemand ist. Ich zum Beispiel gehe nie auf die Straße, ohne mir vorher zu überlegen, welche Schuhe ich anziehe. Vielleicht denken Sie jetzt, aber was erzählt die Frau denn da, sich dir die Latschen an ihren Füßen an, und Sie werden denken, ich lüge, aber bitte, Sie dürfen nicht vergessen, wir sind in Trauer, und man takelt sich schließlich nicht auf, um auf den Friedhof zu gehen, nein. Man hat ja schließlich ein Herz.«

Sagt die Friseurin Adela, und die Lehrerin sieht sie an, als wollte sie sagen, wem sagst du das. Sie schweigt. Es wird allmählich dunkel; im Herbst sind die Nachmittage in Tres Perdices kurz. Die Friseurin Adela lässt sich nicht beirren. »Also, mir kamen die Schuhe äußerst seltsam vor. Finden Sie nicht, für einen Priester?«

Die Friseurin wohnt und arbeitet nicht weit von der Kirche entfernt; deshalb war sie die zweite Zeugin, die Kommissar Giulotti befragte, ob sie etwas gehört oder gesehen habe. Die Friseurin sagt jetzt – sie genießt den Moment, sie ist hin und weg, dass sie endlich etwas wirklich Wichtiges zu erzählen hat –, sie habe gesagt, nein, sie habe nichts gehört und nichts gesehen, sie sei früh schlafen gegangen, wie sie es seit dem Tod ihres Mannes immer täte: Früher habe der sie mit seinem Fernsehfimmel immer bis in die Puppen wach gehalten, aber jetzt könne sie schlafen gehen, wann sie wolle, und sie gehe früh schlafen, weil sie viel Arbeit habe, und so habe sie nichts gesehen und nichts gehört. Und der Kommissar habe sie gefragt, warum sie davon ausgehe, es müsse spät gewesen sein, um etwas zu hören oder zu sehen, und sie habe gesagt, ach, ich weiß nicht, ich dachte, solche Dinge geschehen immer sehr spät in der Nacht, aber ehrlich gesagt, habe ich keine Ahnung, sagt sie, habe sie zu ihm gesagt, und der Kommissar habe sie ein wenig seltsam angesehen, aber nichts gesagt, und dann habe er sie gefragt, ob ihr jemand einfiele, der noch etwas wissen könnte, nein, Herr Kommissar, hier ist es nachts totenstill, da ist keine Menschenseele unterwegs, wissen Sie.

Und die anderen drei brennen darauf, sie zu fragen, was sie noch weiß, ob der Kommissar ihr noch etwas erzählt hat, aber es ist ihnen zuwider, ihr noch mehr Raum zum Aufplustern zu geben und sie schweigen einen Moment. Bis Barrientos es nicht mehr aushält: »Aber der Kommissar wird Ihnen doch etwas gesagt haben, ich meine, was er denkt, welchen Verdacht er hat.«

»Nein, er hat mir nichts gesagt, ehrlich. Na ja, eines. Er sagt, es sei fast nichts gestohlen worden, es müsse sich um Rache handeln.«

»Hat er gesagt ›fast nichts‹ oder ›nichts‹?«

»Ich weiß nicht, ehrlich gesagt, erinnere ich mich nicht mehr. Nichts oder fast nichts, ist das nicht dasselbe?«

»Wie, Rache?«

Sagt in einem anderen Grüppchen der Bürgervorsteher, der eigens zu der Zeremonie gekommen ist, um sein Beileid zu bekunden, während er die Sonnenbrille abnimmt, damit man seinen überraschten Blick sieht.

»Das kann keine Rache sein. Er war eine Seele von Mensch, wer sollte sich an ihm rächen wollen?«

»Wie, Sie wissen es auch nicht?«

»Was weiß ich nicht?«

»Ach, nichts, war nur so eine Frage.«

Man könnte, der Redensart folgend, sagen, ganz Tres Perdices habe sich um den Sarg herum versammelt, sähe man nicht selbst noch unter solch traurigen Umständen den Graben zwischen den wohlhabenden Bürgern und den Neuhinzugezogenen, die seit Jahren in ihren Hütten leben. Beide Gruppen haben schon während der Trauerzeremonie Abstand gehalten, und jetzt, nachdem sie beendet ist, unterhalten sich die einen noch ein Weilchen, und die anderen ziehen sich schnell zurück, als wüssten sie, dass sie nicht erwünscht sind.

»Nein, es kann sich nicht um Raub handeln, der arme Priester hatte doch keinen Centavo.«

»Ach nein? Und woher wissen Sie das?«

»Nein, ich sage Ihnen, er hatte nichts.«

»Aber ich habe gehört, ihm seien ein paar Sachen gestohlen worden.«

»Ein paar Sachen? Wissen Sie, was?«

»Nein, das wollen sie wohl nicht sagen.«

»Ob das stimmt?«

Der Friedhofseingang leert sich allmählich. Die beiden Wagen der Provinzsender sind schon weg; es stehen nur noch die Taxis aus der Stadt da, mit Journalisten. Einige Bewohner gehen auf die Taxis zu, bleiben in der Nähe stehen, wie zufällig, als würden sie gar nicht darauf achten, und warten ab, ob einer sie interviewen möchte.

»Und was hat der Kommissar sonst noch gesagt?«

Fragt der Leiter des Postamtes ganz ohne Scham die Friseurin. Adela lässt sich Zeit, sie genießt es. Señorita Beatriz und Delgiove sehen sich vielsagend an.

»Nichts, glauben Sie mir. Aber man sah ihm an, dass ihm etwas im Kopf herumging.«

20

»COLO, WIE SCHÖN, dich zu sehen! Ich kann es nicht glauben, nach so vielen Jahren. Menschenskind, du hast dich total verändert, ehrlich. Ich schwöre dir, wenn ich dich auf der Straße getroffen hätte, hätte ich dich nicht wiedererkannt.«

»Umso besser, Mann, umso besser.«

Sagte ich und versuchte mir meine Überraschung nicht anmerken zu lassen. Aber ich musste ihn immerfort ansehen, ich fragte mich die ganze Zeit, ob er es wirklich war, und kam zu keinem Ergebnis.

Seit einiger Zeit schon hatte ich keine Familie mehr. Keine mehr zu haben war eine Entdeckung: Ich hatte nie weiter darüber nachgedacht, aber hätte ich es getan, hätte ich nicht geglaubt, dass »eine Familie zu haben« ein Übergangszustand ist, der irgendwann vorbei ist, sondern es für eine unauslöschliche Eigenschaft des Seins gehalten, die sich niemals ändern würde. Und trotzdem: Ich lebte nun schon seit Jahren ohne Familie. Seit dem Tod meiner Mutter – zwei Jahre nach meiner Rückkehr aus dem Süden, sechs nach dem Tod meines Vaters, achtundvierzig Jahre nachdem sie ihn geheiratet und ihr Leben in dem eines Mannes aufgelöst hatte, der ihr überhaupt nichts bedeutete, der ihr nicht die Annehmlichkeiten bieten konnte, die seine Herkunft erhoffen ließ, ihr aber ein Thema für ständige Klagen lieferte, das ihrer Lebensgeschichte eine Struktur gab – hatte ich den Kontakt zu dem Netz aus

Schwester, Onkeln, Tanten, Cousins und Cousinen, Nichten und Neffen und anderen fremden Wesen abgebrochen, die wir Verwandte nennen: die Familie. Es war ein unerwarteter – und unverdienter – Gewinn: Ich hatte es mir nie vorgestellt, mir nicht bewusst vorgenommen; ich hatte sie einfach nicht mehr angerufen, und nach dem einen oder anderen mehr aus Anstand und Schuldgefühlen erfolgten Versuch luden sie mich nicht mehr zu den entsprechenden Festen ein: Geburtstage, Hochzeiten, Trauerfeiern und andere Gedenktage. Und das erlaubte es mir, »die Feiertage«, wie man heutzutage sagt, mit größerer Ruhe anzugehen – oder wenigstens ohne die Verpflichtung, Dinge zu tun, an denen mir noch nie gelegen war.

Vielleicht hatte ich deshalb – weil es vollkommen frei, außerhalb des Systems schien – Juanjos Einladung angenommen, uns mit zwei der Jungs zu einem Jahresabschlussessen zu treffen. Vielleicht deshalb, vielleicht aber auch, weil es mein letztes Jahresende war und ich mich in die traurige Wollust der letzten Dinge stürzte. Wenn man die Dinge zum letzten Mal erlebt, bekommen sie ihren Sinn, die Bedeutung zurück, die die Wiederholung ihnen vor langer Zeit genommen hat.

»Gut, vielleicht hört sich das blöd an, aber ich hab es am eigenen Leib erlebt, mit dem Mangel an Sicherheit hier kann man nicht leben.«

»Ach, Guillermo, du willst dich doch jetzt nicht auch diesem Chor verängstigter Großbürger anschließen, die nach mehr Schutz rufen.«

»Ach was, Großbürger, Juanjo, red keinen Stuß. Ich bin kein Großbürger, ich bin Tierarzt, ein ganz normaler Typ, ein Linker, dir brauch ich meine Geschichte ja nicht zu erzählen, aber ich bin viermal überfallen worden. Viermal, ich, Wahnsinn, ich hab das am eigenen Leib erlebt. Ich möchte fast sagen, ich war jetzt in all den Jahren größerer Gefahr ausgesetzt als damals im politischen Kampf, Wahnsinn, das ist doch ein Witz. Es ist ein Witz, dass ein Typ wie ich in diesem Land nicht mehr ruhig leben kann. Es tut mir leid für dich, Juanjo, für die Regierung, du weißt, dass wir größtenteils auf einer Linie sind, aber wenn ihr nicht schnell etwas macht, um das mit dem Thema Sicherheit in den Griff zu kriegen, geht alles vor die Hunde.«

Sagte Guillermo – auch bekannt als Pelado oder »der Engländer« –, ehemaliger Führer der Montoneros an der Fakultät für Tiermedizin der Universidad Nacional, der ein paar große Einsätze für sich verbuchen kann, grüne Augen, Sommersprossen auf der Glatze, feingliedrige Hände, gepflegte Fingernägel, verheiratet, gutes Auskommen, drei erwachsene Kinder, Haus und Praxis in einem geschlossenen Wohnviertel. »Wenn ich an die Jahre zurückdenke, kommt mir das manchmal alles so irreal vor, als wäre es nur ein Film«, würde er später an jenem Abend sagen, an dem ich ihn immerfort anstarren musste, als existierte er nicht wirklich. »Aber ein anderer Film, nicht der meines Lebens.«

»Und was sollen wir deiner Meinung nach tun, Herr Doktor?«

»Ich weiß nicht – was eben zu tun ist. Und nicht, dass du mich mit diesen rechten Typen über einen Kamm scherst, die sich in ihren Kampagnen an das Thema Sicherheit dranhängen. Die Sicherheit kennt kein rechts oder links: Entweder man kann ruhig leben, oder man kann es eben nicht.«

Aber die Linken sehen bestimmte Ursachen und Lösungen und die Rechten andere, war ich versucht zu sagen, tat es jedoch nicht. Mehr und mehr dachte ich über meine Worte und ihre Folgen nach, bevor ich sie aussprach, und diese hätten ganz klar zwei Dinge bewirkt: Zum einen hätten sie diese Atmosphäre angenehmer Banalität zerstört, diesen Austausch von Gemeinplätzen, mit denen wir unsere Diskussionen einleiteten, bevor wir genügend getrunken hatten, und zum anderen hätten sie zu der naheliegenden Frage geführt: Nun ja, da müsste man sich erst mal ansehen, was damals rechts und was links war. Dazu hatte ich keine Lust – noch nicht. Alberto schon; Alberto lachte, es war ein aufgesetztes Lachen: Aha, kein rechts oder links, sagte er und holte zu einer Rede über die soziale Ungerechtigkeit aus, die Kluft zwischen Arm und Reich ist die Ursache für den Anstieg der Kriminalität, und die Unsicherheit resultiert daraus, dass das Land in diesem Zustand ist, weil man es abgewirtschaftet hat, Guillermo, du willst mir doch nicht erzählen, du mit deiner Ausbildung würdest das nicht kapieren.

»Wie, was, Ausbildung, wovon redest du? Willst du damit sagen, um dieses Land zu verstehen, muss man Tierarzt sein?«

»Du warst mal ein politischer Aktivist, Junge, auch wenn du dich jetzt nicht mehr daran erinnern willst.«

»Wer sagt, dass ich mich nicht mehr daran erinnern will? Natürlich erinnere ich mich, es war das Beste, was mir im Leben passiert ist, auch wenn es jetzt so weit weg scheint. Und natürlich kapiere ich das.«

Wir hatten schon ein paar Häppchen zu uns genommen, und jetzt aßen wir Melone mit Schinken, wobei vom Schinken weit und breit nichts zu sehen war und die Melone eher einem Püree ähnelte und nach altem Schinken schmeckte – und tranken Champagner; Juanjo hatte gesagt, seid nicht dumm, ich lade euch ein, wenn wir schon mal nach so langer Zeit wieder zusammensitzen, Jungs.

»Alles geschenkt, Alberto. Aber soll ich vielleicht, wenn ein Dieb mit Pistole auf mich zukommt, zu ihm sagen, ja, ich verstehe, Sie sind ein Produkt des Verfallsprozesses unseres Landes? Red doch keinen Unsinn. Das ist ja alles schön und gut, aber Verständnis allein löst ein Problem noch nicht, und wir haben hier ein dringliches Problem, das die Regierung lösen muss. Ordnung muss her, wir brauchen härtere Gesetze, damit die Verbrecher nicht auf den Revieren munter durch die Drehtür rein- und wieder rausspazieren.«

»Glaubst du vielleicht, die Unsicherheit betrifft mich nicht, Pelado? Ich bin mehr auf der Straße unterwegs als du, an Orten, die du dir nicht mal vorstellen kannst, ich bin sehr viel mehr der Gefahr ausgesetzt. Aber ich versuche zu verstehen, was vor sich geht, ein wenig über die Dinge nachzudenken. Sonst ist der Spruch *WirwarenAktivistenderSiebzigerundwirhabenfürdasLandunserLebenriskiert* einen Scheiß wert.«

Sagte Alberto, auch bekannt als Cordobés, ehemaliger Studentenführer der Montoneros in Córdoba; er wurde ein Jahr vor dem Putsch in die Stadt versetzt, sechs Monate vor dem Putsch verhaftet, neun Jahre Gefängnis; dunkelhäutig, schwarze Augen, mehrfach geschieden und wieder verheiratet, markantes Gesicht, eine erwachsene Tochter und zwei Kinder im Teenageralter, Verkäufer von was auch immer oder Angestellter oder sonst was. Die Diskussion mochte sich hitzig anhören, aber sie führten sie ruhig, rücksichtsvoll. Juanjo sah ihnen interessiert zu; ich fragte mich, ob es sich lohnte einzugreifen.

»Nein, Alberto, jetzt reg dich nicht auf. Aber es ist eine Sache, wie das Land damals war, und eine ganz andere, wie es heute ist. Und wir sind auch nicht mehr dieselben. Oder glaubst du, um sich treu zu bleiben, muss man immer noch so denken wie vor dreißig Jahren?«

Wir hatten angefangen, über Gemeinsamkeiten zu reden – über die Gemeinsamkeiten von vier argentinischen Männern um die sechzig, die nicht viel gemeinsam haben: die banale politische Landschaft der Gegenwart, der immer korruptere Fußball, Frauen, die wir nie kennenlernen würden, Frauen, die wir zu gut kannten, Krankheiten. Wir sprachen viel über die wachsende Anzahl von Krankheiten, mit denen wir zu tun hatten, und ich sagte natürlich nichts; bisweilen beschlich mich das Gefühl, sie sprächen von etwas, was sehr weit weg war. Die allgemeine und persönliche wirtschaftliche Lage hatten wir hingegen ausgespart: Man sah auf den ersten Blick, dass auf diesem Gebiet die Unterschiede sehr groß waren, und noch wollte sich niemand auf diese Komplikationen einlassen, und so unterhielten wir uns während der ersten Flasche recht angeregt. Wir sprachen auch über unsere Familien, ein fast schon intimes Thema. Es war merkwürdig: Damals, als wir uns nahestanden, konnten wir uns nichts Persönliches erzählen: Frag nichts, erzähl nichts, lass dir nichts erzählen, hieß eine von allen respektierte Grundregel. Das zwang uns, lebensgefährliche Situationen mit Menschen zu teilen, von denen wir praktisch nichts wussten: ihre Namen eben, ihre Adressen, wo sie herkamen. Und jetzt, da uns nichts mehr wirklich verband, konnten wir uns diese Dinge erzählen: Smalltalk auf Argentinisch. Ich praktizierte diese Variante der scheinbar unbedeutenden, aber für das Vaterland so wesentlichen Unterhaltung normalerweise nicht; doch es gefiel mir.

Das war nicht das Einzige. Zu meiner Überraschung war ich erfreut, sie zu sehen: Ganz eindeutig machte mich das Böse weich. Im Grunde waren es drei Männer, mit denen mich nicht mehr verband als die Zugehörigkeit zu einer Organisation, die seit Jahrzehnten tot und begraben war, Überzeugungen, die niemanden mehr überzeugten, und die gemeinsam erlebte Niederlage – nicht viel mehr. Wir waren nie Freunde gewesen. Wir waren Genossen. Es war merkwürdig: Wir stammten aus unterschiedlichen Schichten, waren unterschiedlich gebildet, aber dreißig Jahre zuvor wäre jeder von uns unter der Folter gestorben, um einem anderen von uns die Folter zu ersparen. Vielleicht hätte er es auch nicht getan, aber man ging jedenfalls davon aus, dass er es hätte tun sollen: Dreißig Jahre zuvor waren wir vier – und so viele andere – Teil eines äußerst fragilen Netzes, bei dem ein einziges gerissenes Seil Dutzende vernichten konnte.

»Und du, Colo, wie läuft es im Job?«

»Im Job?«

Der zweite Gang war ein gebratenes Fischfilet mit einem ellenlangen Namen. Ich fragte mich, warum wir uns nicht in unserer alten Stammkneipe getroffen hatten. Juanjo, der uns zusammengetrommelt hatte, wollte anscheinend etwas Besonderes aus dem Abend machen. Für ihn war das Treffen früherer Genossen nach so vielen Jahren wohl eine Form, sich mit den alten Zeiten verbunden zu fühlen: anzunehmen, dass er immer noch derselbe war. Aber bald hatten wir die zweite und die dritte Flasche geköpft, und das Geplänkel neigte sich dem Ende zu. Zum Glück wechselte Alberto das Thema.

»Erinnerst du dich noch, Juan, als wir in dem Lokal der peronistischen Arbeiterjugend Wache schieben mussten und eigentlich ich dran war und du meinen Dienst übernommen hast, wegen diesem Mädchen?«

»Welchem Mädchen, Alberto?«

»Ach, Juan, ich weiß nicht mehr, wie sie hieß, diese blonde Architekturstudentin, nach der du so verrückt warst, und als du hörtest, dass sie an dem Abend auch da sein würde, hast du mich gebeten, mit dir zu tauschen. Jetzt sag mir nicht, du erinnerst dich nicht, du alter Schwerenöter.«

»Nein, Kumpel, ich erinnere mich an die Wache und an den Tumult, aber ich hab mit dir getauscht, weil du Probleme mit dem Geheimdienst hattest und wir dachten, es wäre besser, wenn ich da hinginge, weil ich weniger Dreck am Stecken hatte.«

Die Verständigung wurde immer schwieriger: Um uns herum Lärm, viele Gesichter, mehrheitlich junge Leute: Arbeitsessen und Weihnachtsfeiern; Leute, die jeden Tag Stunden miteinander verbringen und beschließen, sich ein paarmal im Jahr in einer völlig anderen Umgebung zu treffen – und dann geschehen manchmal seltsame Dinge.

»Ach komm, Probleme mit dem Geheimdienst. Es ging um dieses Mädchen, verdammt, wie hieß sie doch gleich?«

»Olga, aber damit hatte das nichts zu tun, ich war schon vorher mit ihr aus.«

»Jetzt lüg nicht. Keine Ahnung, was du mit ihr hattest, aber an dem Abend wolltest du deswegen mit mir tauschen, da bin ich mir sicher.«

Wir alle erinnerten uns an den Abend, als die Polizei aufkreuzte und die als Wache abgestellten Aktivisten samt Waffen mitnahm, ihre Namen standen in allen Zeitungen. Nach seiner Verhaftung hatte sich das Leben von Juanjo grundlegend verändert, er musste seine Wohnung verlassen und für ein paar Monate abtauchen.

»Du hast dir ganz schön was eingebrockt, Juanjo, und das alles wegen einer Blondine, die nichts von dir wissen wollte.«

Der Champagner half bei der fröhlichen Erinnerung nach: Was damals ein Drama war, wurde zur Geschichte über ein Studentengrüppchen, das es faustdick hinter den Ohren hatte. Unwillkürlich musste ich daran denken, wie wir zum ersten Mal einen Polizisten entwaffneten – Guillermo, Juanjo und ich – und wie dem armen Kerl so angst und bange wurde, dass Juanjo einen Lachanfall bekam, bestimmt, weil er noch mehr Angst hatte.

»Wie alt warst du damals, Juan?«

»Weiß nicht, wann war denn das, einundsiebzig, zweiundsiebzig? Ich erinnere mich nicht, wohl so Anfang zwanzig.«

»Menschenskind, wir waren so naiv. Könnt ihr euch vorstellen, dass eure Kinder so was machen?«

Guillermos Blick verfinsterte sich, nein, zum Glück hätten sie dazu keine Gelegenheit. »Denkt ihr wirklich an diese Zeit zurück, als wäre alles ein einziger Spaß gewesen? Ich nicht. Nun ja, ehrlich gesagt, denke ich fast nie mehr daran.«

Zeitweilig hörte ich ihnen gar nicht zu. Nichts von dem, was sie sagten, hätte mich überraschen können, oder besser gesagt: Nichts von dem, was sie sagten, hatte irgendeine Bedeutung für mich. In den Momenten verloren sie ihre scheinbare Originalität, ihre Andersartigkeit – die aus dem resultierte, was sie vor langer Zeit waren oder zu sein glaubten –, und wurden wieder das, was sie, was wir alle vier waren: leicht mollige ältere Herren, deren Zeit allmählich ablief und die über die tote Vergangenheit redeten, um so zu tun, als merkten sie es nicht. Ich sah sie an und fragte mich wieder, warum wir geglaubt hatten, dass wir einander verbunden waren, dass wir dasselbe wollten, dass wir wirklich Genossen waren, dieses Wort, das eine Epoche geprägt hatte: Genossen. So viel mehr als Freunde, so viel weniger: eine Beziehung, die uns jenseits aller persönlichen Neigungen verband, da die große Wahl, die wir getroffen hatten, jede Neigung überstieg. An dem Abend damals verband uns nicht sonderlich viel, wie so viele andere auch nicht; noch verband uns, aber immer schwächer, der Geist der Epoche, in der sich tausende von jungen Menschen in alle möglichen Arten von Revolutionen gestürzt hatten. Uns verband das Alter, eben dieser Geist, und der Entschluss, ihn verkörpern zu wollen; doch jetzt traten all die Unterschiede, die durch die Epoche kaschiert worden waren, ans Licht.

Ich beobachtete sie, ich beobachtete ihre Ticks. Ein Mensch zeichnet sich im Wesentlichen durch seine Ticks aus, diese kleinen, banalen – unfreiwilligen – Besonderheiten, die ihn von den anderen unterscheiden. Ich beobachtete, wie Guillermo den Fisch in sehr kleine Stücke schnitt, sie eingehend betrachtete, bevor er sie sich in den Mund schob, und dann auf jedem einzelnen herumkaute, bis buchstäblich nichts mehr davon übrig war. Ich stellte mir diesen zermahlenen, mit Speichel versetzen, wiedergekäuten, durch Zähne und Magensäure verflüssigten Brei vor: Essen. Ich beobachtete, wie Juanjo den Ring an seiner linken Hand hin und wieder mit dem Daumen berührte, als erinnerte er sich plötzlich, dass er dort sein musste, sich aber nicht sicher war und ihn deshalb immer wieder mit der Fingerspitze des Daumens suchte. Ich beobachtete, wie Alberto vergeblich versuchte, mit dem Blick etwas zu fixieren – die leere Weinflasche, das Gesicht von einem von uns, seine faltigen Hände –, und es erschöpfte mich, diese ständige Bewegung seiner Augen und diese Ticks zu sehen: das Unkontrollierbare, die Signatur von jedem Einzelnen.

Meine drei Genossen glaubten bestimmt, sie wären etwas Besonderes, doch sie dachten dasselbe wie so viele andere. Sie glauben, ihr Leben frei zu wählen, und wählen am Ende dasselbe wie ihre Eltern: Sie bekommen Kinder, arbeiten für deren und ihren Lebensunterhalt. Die Ticks hingegen sind niemandem geschuldet: Sie wählen sie nicht, sie denken sie sich nicht aus, sie entscheiden nicht darüber und glauben auch nicht, das zu tun, so wie ich nicht entschieden hatte, dass ich mir an ruhigen Tagen alle fünfzehn Sekunden mit der Zunge über die Lippen fahre und an normalen alle acht oder zehn.

Alle glauben, sie entscheiden. Aber wir taten mehr als das. Schon seltsam, dass wir auf den Gedanken verfielen, wir wären anders als alle anderen. Auf einmal kam es mir so vor, als läge darin der Schlüssel für alles: Man müsste versuchen zu verstehen, warum wir damals auf den Gedanken verfielen, wir könnten anders sein als alle anderen. Jetzt, in dem Wissen, dass wir eine Spezies sind, eine reine Spezies, wurde die Frage noch rätselhafter, noch drängender. Die Welt war immer schon voller Menschen, die wussten, dass das Leben darin besteht, geboren zu werden, aufzuwachsen, sich zu paaren und fortzupflanzen, damit die Spezies erhalten bleibt, zu sterben, um denen Platz zu machen, die nach ihnen geboren werden, aufwachsen, sich paaren und fortpflanzen, damit die Art erhalten bleibt und die nächsten geboren werden, aufwachsen, sich paaren und fortpflanzen und Platz machen können. Die Welt war voll von Menschen, die das wussten oder es zumindest durch ihre Lebensweise akzeptierten. Es war das, was wir Anpassung nannten und verachteten: Jeder macht eine Ausbildung und sucht eine Arbeit – einen Platz in der Ordnung der Spezies –, der es ihm erlaubt, sich zu den bestmöglichen Konditionen fortzupflanzen. Er verbrennt seine Energien und lädt sie wieder auf und verbrennt sie wieder in Aktivitäten, die ihm vor allem erlauben, diese Energien wieder zurückzugewinnen – mit einer mehr oder weniger großen Menge an Soßen und eitlem Tand. Es ist natürlich nicht dasselbe, ob man seine Energien durch ein Vier-Gänge-Menü mit französischem Champagner oder mit Reiseintopf wieder auflädt, es ist nicht dasselbe, ob man den ganzen Tag am Fließband eine Schraube festdreht, an der Ampel Kaugummis verkauft, Schleusen bedient oder darüber nachdenkt, wie man Millionen von Fässern Raketen Chips verkauft, aber am Ende wird alles gleich. Am Ende eines jeden Tages – eines solchen Lebens – sind die Schrauben Kaugummis Schleusen Fässer Raketen vorbeigezogen, und es bleibt nicht mehr davon übrig als die Erinnerung an Essen und Betten und Autos und Geldnöte und mehr oder wenige schöne Ferien, und die Spezies hat sich fortgepflanzt, der Mann und die Frau sind gestorben, und ihre Atome zerstreuen sich und werden zu Menschen Tieren Coca-Cola-Gläsern gelben Blättern Schnee. So viele wussten und wissen, akzeptierten und akzeptieren, dass das Leben mehr oder weniger auf diese Weise abläuft: Man versucht es so hinzubiegen, dass der Übergang zwischen Eltern und Kindern sich so bequem wie möglich vollzieht.

So viele wussten und akzeptierten es, aber nicht wir: Wir dachten, wir würden aus diesem Ort einen anderen machen, wir würden mit jeder Kontinuität brechen, wir würden nie alt so wie unsere Großeltern oder Eltern. Ich fragte mich, wie wir es geschafft hatten, uns einzureden, dass uns das gelingen würde. Bestimmt bestand der wesentliche Trick darin, nicht zu wissen, zu verdrängen, dass die Welt immer schon voller Menschen war, die wussten, dass ihr Leben daraus bestehen würde, geboren zu werden, aufzuwachsen, sich zu paaren und fortzupflanzen, damit die Spezies erhalten bleibt, zu sterben, um denen Platz zu machen, die dann geboren werden, aufwachsen, sich paaren und fortpflanzen – und dass ihr Leben nicht radikal anders sein würde als das ihrer Eltern und dass die Welt, auf die sie gekommen waren, noch genauso wäre, wenn sie sie verließen. Wir schoben das beiseite und konnten uns so der Vorstellung hingeben, dass jede Generation alles radikal anders macht als die der Eltern. Dass sie die Welt neu gestalteten.

Nur würden wir es auf eine endgültigere Weise tun. Wir würden der Welt die wahre Form geben, auf die sie so viele Jahrhunderte gewartet hatte: eine merkwürdige Vorstellung.

»Ich verstehe einfach nicht, wie du nach allem, was hier in Argentinien passiert ist, immer noch in der Politik mitmischen kannst, noch dazu in der Regierung. Entschuldige, Juan, aber wie hältst du es nur in dieser Welt der Betrüger und Korrupten aus? Ich respektiere ja grundsätzlich die Entscheidungen anderer, aber deine kann ich, ehrlich gesagt, nicht verstehen.«

Sagte der Pelado in so gemäßigtem Ton, dass es schon wieder provozierend war, und er lächelte Juanjo an, als hätte er sich gerade lobend über sein Hemd geäußert.

»Jetzt hat er's dir aber gegeben, was?«

Legte der Cordobés mit seinem unnachahmlichen Akzent nach und sah Juanjo mit einem übertrieben glücklichen Lächeln an. Juanjo stellte sein fast leeres Glas auf die fleckige Tischdecke: strahlendes Weiß, verziert mit bunten Flecken, die Geschichte eines Abendessens. Das Glas landete genau auf einem Fleck: Er schob es ein Stück beiseite, lächelte vor sich hin und sagte – ebenfalls vor sich hin, ohne jemanden direkt anzusehen –, er wolle aufrichtig sein: Er wolle uns erklären, warum er diesen Weg gewählt habe. Am nächsten Tag werde die Tischdecke wieder weiß und jungfräulich sein. Juanjo schwieg, damit wir die Bedeutung des Augenblicks – seinen Entschluss, aufrichtig zu sein – auch gebührend zur Kenntnis nahmen, und dann legte er los, fast im Flüsterton: Der Kick bestehe darin, etwas zu tun, nicht zu reden, sondern zu handeln. Ob wir mal das beglückende Gefühl erlebt hätten, wenn man zum Beispiel sagt, wir nehmen den Zugverkehr auf dieser Strecke wieder auf, und das geschieht, und für eine Menge Leute auf der Strecke verändert sich das Leben – verändert sich wirklich das Leben, das ist nicht nur so eine Phrase.

»Überall wird immer nur geschwätzt, Jungs, es sind nur wenige, die, wie wir, wirklich etwas bewegen, und in der Regierung kann man was bewegen. Es ist leicht, sein Leben lang darüber zu reden, was die Regierung alles schlecht macht. Auch ich hätte mein Leben damit zubringen können, und das habe ich ja auch größtenteils, so wie ihr. Ihr kritisiert einfach nur. Der Pelado will, dass man ihn beschützt, der Cordobés will alles zerstören, beim Colo weiß ich nicht, was er will, sofern er überhaupt etwas will, aber alle kritisiert ihr nur herum, immer drauf. Ich hätte auch so weitermachen können – und nie erfahren, wie es ist, etwas zu bewegen. Aber zum Glück bekam ich die Chance. Nun, es war nicht nur Glück, das stimmt, Cordobés, ich habe sie bewusst gesucht, und ich gebe zu, ich musste ein paar Kröten schlucken. Aber jetzt sind wir es, die etwas bewegen, und die anderen reden. Und worum haben wir gekämpft, Jungs, wenn es nicht darum ging, etwas zu bewegen? Wir feiern doch gerade die Zeiten, als wir etwas bewegt haben, Jungs. Nun, ich tue es immer noch, und wisst ihr was?«

Fragte er und beugte sich über die strahlend weiße Tischdecke voller Flecken, berührte mit dem Daumen seinen Ring, um die Pause zu kennzeichnen. Dann räusperte er sich.

»Wisst ihr was? Letzten Endes zählt nicht, was einer tut. Der Unterschied besteht nicht darin, dass die einen das und die anderen etwas anderes tun: Der Unterschied besteht darin, dass die einen handeln und die anderen reden, Jungs, das ist der Unterschied, ich weiß nicht, ob ihr mich versteht. Keine Ahnung, ihr vielleicht schon. Ja, ich hoffe, dass ihr es versteht.«

Er war sonderbar, er war hell, dieser Augenblick der Erleichterung: Als ich dachte, zum Glück ist Estela nicht da, ist sie nicht Teil dieses Abends – und so vieler anderer, an denen man sich mit solch traurigen Kopfgeburten auseinandersetzen musste. Was für ein Glück, dass sie immer noch das Mädchen war, die junge Frau, die ich vor all dem beschützen musste.

Alberto sagte, logisch, warum sollte er das nicht verstehen, das sei doch alles völlig klar, das seien unsere Widersprüche:

Schon in den Siebzigern habe es Leute gegeben, die Interesse an einer bürgerlichen Regierung hatten – er sagte »bürgerliche Regierung« –, und jetzt nach dem Rückzug erst recht.

»Jetzt ist es schwer, ein Revolutionär zu sein. Damals war es leicht, da war jeder Revolutionär; das Problem stellt sich jetzt, da man nicht einmal mehr weiß, was man darunter versteht, nicht wahr?«

Dieses fragende »nicht wahr« am Ende – der Hauch von Zweifel nach der kategorischen Behauptung – war wohl eine Konzession an die Uneindeutigkeit der Postmoderne. Guillermo fühlte sich unbehaglich und konzentrierte sich auf sein Eis, das durch die vielen grünen Blättchen und die Schnörkel aus Karamell gar nicht mehr als solches zu erkennen war, und schielte auf die Uhr. Ich unterdrückte ein Grinsen. Juanjo sah Alberto einen Moment lang schweigend an und fragte ihn dann, ob er mit Revolutionär auch wirklich Revolutionär meine, und falls ja, was das heißen solle.

»Was, hast du schon vergessen, was es bedeutet?«

»Jetzt lass doch diese Scheingefechte, Alberto. Ich muss dir nichts beweisen, dir nicht und auch niemand anderem.«

Oder er konnte es nicht: Ich musste an die Geschichten denken, die mir über Juanjos Exil zu Ohren gekommen waren, und war kurz davor, sie preiszugeben. Aber da ergriff Alberto das Wort.

»Nun, du bist ja ziemlich ungeschoren davongekommen, nicht wahr?«

Juanjo sah ihn an wie einen Sohn, der schon wieder mit Pauken und Trompeten durch die Prüfung gerasselt ist. »Was redest du da, Alberto? Du weißt genau, dass ich das Land verlassen musste und acht Jahre im Exil verbracht habe.«

»Ich weiß nur, dass dein alter Herr einen ordentlichen Schreck gekriegt hat, als er erfuhr, in was sein Sohn da drinsteckte, und weil er genug Kohle und die entsprechenden Kontakte hatte, hat er dich bei den Eiern gepackt und dich ruckzuck aus dem Land geschafft. Und du hast dich, soweit ich weiß, auch nicht sonderlich gewehrt.«

»Was hätte ich denn tun sollen? Mich abknallen lassen?«

Alberto schwieg: Die Diskussion war zu persönlich geworden. Ich fand, es wäre feige, weiter zu schweigen.

»Nein, das sagt ja niemand, ist schon in Ordnung, dass du deine Haut gerettet hast, das haben wir ja alle gemacht, aber wenn man den Mund so voll nimmt mit dem Heldentum der Siebziger, dann sollte man vielleicht nicht gleich beim ersten Schuss davongerannt sein. Ich meine, ständig sprichst du von den Märtyrern, den toten Genossen …«

»Das sagst ausgerechnet du.«

Sagte Juanjo mit hasserfüllter Stimme.

»Hast du auch gekniffen?«

Fragte mich Guillermo in sanftem, versöhnlichem Ton. Und Juanjo sagte, aber nein, bitte, das habe er nicht gemeint; es wundere ihn nur, dass ich, der ich das Heldenhafte, die Geschichten von Opfer und Martyrium, immer kritisiert hatte, mich jetzt genau von dieser Logik des Helden leiten lassen würde. Ich wollte ihm nicht sagen, dass er recht hatte, dass alles so einfach war.

»Kommt, Jungs, lasst uns nicht persönlich werden, das lohnt nicht. Es fehlte noch, dass wir uns treffen, um uns wegen diesem Blödsinn in die Haare zu kriegen.«

Sagte er, um die Wogen zu glätten.

Warum wollte mein geliebter Juanjo, bei dem alles so gut lief, wie es im Leben nur laufen kann, Minister, stolzer Besitzer eines fantastischen Hauses samt ebenso fantastischer Frau, seinen Kindern, seinen Autos, seiner Karriere, einschließlich

Zukunft, drei arme Schlucker, die keinerlei Interesse daran hatten, unter dem Vorwand einladen, dass wir vier vor dreißig Jahren eine Gefahr und ein paar Hoffnungen geteilt hatten? Warum wollte er die Vergangenheit auspressen, das wenige aus ihr herausholen, das er noch nicht hatte?

Juanjo bestellte noch eine Flasche Champagner, wartete, bis unsere Gläser wieder gefüllt waren, und erhob dann seines. In seinem Gesicht war keine Spur mehr von dem Angriff zu sehen; man merkte, dass er durch seine politische Laufbahn darauf trainiert war, Groll gar nicht erst aufkommen zu lassen oder ihn nur tief in seinem Innern zu hegen.

»Ich möchte auf dieses Wiedersehen anstoßen. Denn Abende wie diese mit ihren Erinnerungen, ihren Differenzen zeigen, dass unser Blut nicht umsonst geflossen ist, dass das, was wir taten, keine Laune der Jugend war, sondern …«

Was glaubte er mit diesen Champagnerflaschen kaufen, bezahlen, zurückgewinnen zu können? Was glaubte er damit zu sühnen? Warum zum Teufel wollte er, dass wir zusammenkamen, aus seiner Hand aßen und tranken und uns an leidige nette Anekdötchen der Niederlage erinnerten? Wollte er sich davon überzeugen, dass alles nur ein großer Scherz war, den er mit so vielen treuen Freunden geteilt hatte?

»Erinnert sich einer von euch daran, wie es sich anfühlte, jemanden zu töten?«

Warf ich in den Raum.

Juanjos sabbernder offener Mund erstarrte, Guillermo sah dreimal hintereinander auf seine Segleruhr, Alberto schloss die Augen und dachte sich vielleicht ein Lächeln. Das Schweigen war zäh, nachhaltig. Es war nicht das Schweigen fehlender

Worte: Es war die Leere, die zu viele Worte bilden, wenn sie sich häufen, sich treten, aufeinanderprallen, sich gegenseitig zum Schweigen bringen. Ich hatte viel getrunken, aber das Schweigen forderte mich heraus: Wenn ich zuließ, dass einer von ihnen es brach, wenn ich nicht als Erster etwas sagte, zwang ich sie, mich anzugreifen und das Gespräch auf ein noch vageres Terrain zu lenken. So versuchte ich stotternd weiterzureden: Jetzt erinnern wir uns vor allen Dingen daran, wie man uns getötet hat. Als hätten wir uns abgesprochen, uns an diesen Teil der Geschichte zu erinnern: Darin sind wir uns schön einig, und ich sage alle: alle. Den Militärs und ihren Handlangern passt es wunderbar in den Kram, dass wir uns daran erinnern, so warnen sie jeden Argentinier mit Flausen im Kopf, Vorsicht Jungs, denkt nicht mal daran, hier auf den Putz zu hauen, ihr seht ja, was mit denen passiert ist, die es versucht haben. Die Unentschlossenen, denen, die nie etwas unternommen haben, der dummen großen Masse, fällt es leichter, sich an ein Blutbad zu erinnern, an die Boshaftigkeit der Bösen, den berühmten Völkermord, als sich auf die Komplexität des Kampfes um die Macht einzulassen, das Gesellschaftsmodell bestimmen zu dürfen. Und uns hat das nach einiger Zeit auch gefallen, wir waren nicht mehr länger die, die sich geirrt, die verloren hatten, sondern Opfer – und es gibt keine ergiebigere Rolle als die der Opfer, sagte ich stammelnd, keine andere Rolle, bei der nichts in Frage gestellt werden darf, bei der jede Art von Infragestellung angesichts des obligatorischen Mitleids diese armen jungen Leute wie sie von diesen Schweinen ermordet wurden in sich zusammenfällt. Wären wir nicht so sehr Opfer, hätten wir vor irgendjemandem Rechenschaft ablegen müssen – ich weiß nicht, vor wem, aber vor irgendjemandem –, für all unsere Fehler, unsere Dummheiten, dafür, dass wir unser soziales Kapital an die Wand gefahren haben, das Vertrauen von tausenden von Leuten, die Hoffnungen von Millionen, alles vergeudet in dem Wahn, diesen von vornherein verlorenen Krieg gewinnen zu wollen. Aber klar, wer wird schon von den Überlebenden des Massakers Rechenschaft verlangen. Also passte uns das wunderbar in den Kram, und wir erreichten, dass viele vergaßen, dass auch wir geglaubt hatten, durch Gewalt ließe sich die Welt verändern. Ich meine, es ist sogar uns selbst gelungen, das zu vergessen, viele von uns haben vergessen, dass wir glaubten, um alles verändern zu können, müsste man zum Messer greifen und ein paar abstechen. Ich glaube immer noch, dass es sinnvoll war, das will ich nicht abstreiten. Ich will nur sagen, wir wussten nicht, wie wir mit dieser riesigen Niederlage umgehen sollten, und haben uns zu Opfern deklariert.

»Carlos, beruhige dich, Carlos. Alles in Ordnung?«

Ich war dabei, den Faden zu verlieren. Ich wusste, ich sollte besser schweigen, aber ich wusste nicht, wie. Verwirrt hörte ich, wie Guillermo sagte, wie ich denn auf den Gedanken käme, dass Gewalt, wie Alberto jetzt doch lachte, wie Juanjo hüstelte, als würde der Frosch nie seinen Hals verlassen, aber es kam mir auch so vor, als ob er sagte, ich würde den Rechten in die Hände spielen, oder so, es sei ein sehr heikles Thema, das man im Kontext betrachten müsse, oder so. Ich verstand es nicht recht, aber ich machte weiter und ich sah vor allem Juanjo an.

»Jetzt schämt ihr euch ein wenig, dass ihr gewalttätig wart, denn ihr müsst die Gewalt verurteilen – Political Correctness, die Zeichen der Zeit – und stellt es so dar, als ob die anderen die wahren Gewalttäter waren. Man kann leicht sagen, dass Gewalt nichts nutzt, wenn man nichts will: Man kann den Staat friedlich bitten, die Gehälter der Lehrer um hundert Pesos zu erhöhen; aber man kann die Besitzer von hundert Millionen Hektar Land nicht friedlich bitten, es unter zehntausend Menschen aufzuteilen. Wenn du für die Reichen regieren willst, ist die Gewalt natürlich außen vor, mögliche Ausschreitungen würden sich gegen dich wenden. Aber wenn irgendwann irgendein Sektor, irgendwer versucht, diese Welt der Reichen zu verändern, werden die Reichen dann nicht mit all der ihnen zur Verfügung stehenden Gewalt auf ihn losgehen – mit aller Gewalt? Und werden dann die, die diese Veränderungen herbeiführen wollen, nicht nach einem Weg suchen müssen, sich gegen diese Gewalt zur Wehr zu setzen – ebenfalls mit Gewalt? Oder anders gesagt: Es hat noch nie Veränderung ohne Gewalt gegeben. Denkt an die Französische Revolution, an die amerikanischen Unabhängigkeitskriege, an das Ende des Nationalsozialismus, was auch immer. Wir können auf Gewalt verzichten – das wäre fantastisch –, aber die Bedingung dafür wäre wohl, dass man keine echte Veränderung mehr erwarten darf. Das ist eine Möglichkeit, und wie es aussieht, habt ihr euch dafür entschieden.«

»Was meinst du mit ›euch‹, Colo? Mit wem sprichst du?«

Jetzt dauerte das Schweigen länger, aber es war anders: keine aufeinanderprallenden Worte, die nicht hinauskonnten, sondern die pastöse Leere alter Männer, die sich fragen, was sie da tun.

»Seltsam, nicht? Die Vorstellung, dass wir vor dreißig Jahren bereit waren, alles zu geben für etwas, von dem wir jetzt nicht einmal genau wissen, was es eigentlich war.«

Sagte ich, und die drei sahen mich an. Juanjo nutzte die Gelegenheit.

»Darauf stoße ich an, Genossen. Auf diese Großzügigkeit,

alles zu geben, alles, wie Carlos sagt, ohne zu fragen, warum. Das ist es, was uns in der heutigen Zeit abgeht und was wir so dringend brauchten.«

Guillermo sah ihn an, als hätte es keinen Wert, darauf etwas zu erwidern. Dann sah er mich an, reichte mir ein Glas Wasser und sagte, beruhige dich, Colo, hört sich interessant an, was du da sagst, ich würde dich gern etwas fragen.

Ich dachte, er habe etwas gemerkt, und versuchte unbeteiligt zu wirken.

»Ja, klar, frag.«

»Würdest du jetzt töten?«

»Wie, ob ich jetzt töten würde?« Es war ihm gelungen, mich zu überraschen. Aber zugleich war ich erleichtert: Er hatte nichts gemerkt.

»Ja, Colo, jetzt tu nicht so, als ob du mich nicht verstehst. Würdest du jetzt töten?«

»Na ja, ich denke nicht, dass man über so etwas abstrakt nachdenken kann.«

»Nein, vielleicht nicht. Aber sagen wir, wenn du einen guten Grund hättest.«

Juanjo grübelte intensiv über etwas nach oder vielleicht döste er auch vor sich hin; Alberto hingegen beteiligte sich interessiert an dem Gespräch: Ja, klar, man müsste die Frage konkreter stellen, sag, wen hasst du am meisten auf der Welt? Juanjo war mit einem Schlag hellwach. Ich wollte etwas sagen, hielt aber den Mund.

Ich dachte, es wäre ein Fehler, ihnen einen Namen zu nennen: Letztlich wusste ich den richtigen Namen ja auch nicht, aber ich könnte sagen, das Schwein, das Estela umgebracht hat, das war kein Name, aber es war der einzige, den ich für ihn hatte, bloß durfte ich ihn nicht nennen, ich musste das Geheimnis für mich behalten, wenn ich etwas sagte, verriet ich mich, wer weiß, vielleicht stieß ihm irgendwann etwas zu, und dann würde einer von ihnen eins und eins zusammenzählen und wüsste Bescheid. Aber am Ende ertappte ich mich doch dabei.

»Das ist wohl dieser Priester. Ich schätze, der Kerl, den ich am meisten hasse, ist dieser Priester.«

Damit hätte ich nicht gerechnet: Ich war davon ausgegangen, dass es Neugier war, Interesse; ich hatte mir nie eingestanden, dass es Hass sein könnte. Dennoch setzte ich ihn auf den Platz des Hasses, und es war eine Erleichterung: Als hätte ich die Dinge zurechtgerückt. Und es folgte sofort zum Ausgleich noch eine Erleichterung: Hätte ich geschwiegen, hätte ich Zweifel hinsichtlich meiner Absichten bekommen. Indem ich über ihn sprach, konnte ich mir einreden, dass ich nichts im Schilde führte.

»Was für ein Priester?«

Ich erzählte ihnen von Pater Fiorello, oder besser gesagt, was ich bis dahin über ihn herausgefunden hatte: das meiste davon erfundene Geschichten, Mutmaßungen. Es sollte beiläufig klingen, sofern etwas beiläufig klingen kann, wenn man über jemanden spricht, den man als den »Kerl, den ich am meisten hasse« vorgestellt hat.

»Aber es ist doch Schwachsinn, die Wut an einem Priester auszulassen. Es gibt so viele Schweine, so viele Militärs, die Leute auf dem Gewissen haben, so viele Chefs, die ihre Arbeiter verraten haben, die ganze Bagage, da ist es doch ausgemachter Schwachsinn, sich an einem Priester zu vergreifen, Colo.«

Sagte Guillermo, und ein Priester habe letztlich immer das Wohl des Nächsten im Auge, das sollte ich nicht vergessen.

»Davon gehen wir aus. Aber manchmal schließt ihre Vorstellung vom Wohl des Nächsten ein, dass viele dieser Nächsten ihr Leben lassen müssen. Oder was ist mit der Inquisition, sagt dir das was?«

Sagte Alberto, und er habe den Namen Fiorello schon mal gehört, er wisse, der sei ein richtiges Schwein, und ob ich ihn töten würde.

»Wie?«

»Ja, Colo, ob du einen Kerl wie ihn töten würdest.«

»Nein, warum.«

Sagte ich mit der Unschuldsmiene eines in die Jahre gekommenen Engels. Juanjo lächelte. Jetzt war er an der Reihe.

»Nun, weil er am Tod von so vielen Leuten beteiligt war. Von deiner Frau zum Beispiel. Einer von der ganz miesen Sorte. Die, die ausgezogen sind, um zu schießen, zu töten und zu entführen, haben sich in die erste Reihe gestellt. Da rausgeschickt haben sie Kerle wie diesen Priester, sie haben sie dazu überredet und sind selbst schön im Hintergrund geblieben. Ich weiß nicht, ob man jemanden töten muss …«

»Wie, du weißt nicht, ob man jemanden töten muss?«

»Nein, ich meine, ich glaube nicht, dass man jemanden töten muss, aber wenn man der Ansicht ist, dass ja, dann sind diese Schweine für mich die Ersten auf der Liste. Es scheint das Naheliegendste zu sein, den zu töten, der getötet hat, aber das ist schon fast einfältig, viel zu einfach. Man muss die töten, die sich die Maschinerie ausgedacht haben, die zugelassen haben, dass andere in aller Ruhe töten konnten.«

Seine Logik war ein wenig verworren, aber ich nehme an, wir befanden uns alle auf dem gleichen Level. Alberto erhob das Glas, stammelte etwas, das ich nicht verstand, und sagte dann, man könnte es doch wie ein gewöhnliches Verbrechen aussehen lassen.

»Was?«

»Ja, klar, Colo, du kannst es selbst machen oder dir einen

Typen suchen, der einen Raub vortäuscht, er tut so, als ob er ihn beklauen will, und knallt ihn ab. Alles easy. So etwas kommt jeden Tag vor, keiner wird Fragen stellen. Es hat den Vorteil, dass es keinerlei Aufmerksamkeit, kein öffentliches Aufsehen erregt.«

Es wäre, dachte ich, als erledigte man eine Formalität, als würfe man eine Münze in den Becher des Bettlers: eine banale, mechanische Geste.

»Aber ja doch, kinderleicht. Und was zum Teufel soll das bringen? Damit ich mit Genugtuung sagen kann, das Schwein ist so tot wie Estela? Nein, ich dachte immer, wir haben aus anderen Gründen getötet.«

Ich sagte ihnen, wir seien schon seit einer Weile auf dem Holzweg: Es sei ein Fehler, den Tod als individuelles Ereignis zu sehen und sich zu fragen, wen hasst du, wen würdest du töten. Es sei ein Unterschied, ob man aus persönlichen oder aus Gründen, die die Gemeinschaft betreffen, tötet, es sei leicht, sich einzureden, dass es sinnvoll sei, für das Gemeinwohl, für das Wohl von Millionen von Menschen zu töten; das würde seit Jahrhunderten so gemacht und durch Ruhm sanktioniert: Helden, Krieger, Befreiungskämpfer. Und deshalb – begriff ich in dem Moment – hatte es auch keine Rache gegeben: Man konnte den Tod eines Folterers unmöglich als Beitrag zum Gemeinwohl präsentieren, weil er ganz klar mit der persönlichen Rache assoziiert wurde.

»Deine Argumentation ist sehr interessant.«

Sagte Juanjo. Plötzlich war der Sturm vorüber, als hätte es ihn nie geben, und wir waren wieder drei plaudernde alte Männer, die sich ein Gläschen extra genehmigt hatten, wie alle im Restaurant an diesem Dezemberabend.

»Aber es funktioniert nicht. Du hast recht, die Rache ist nicht in die Logik der Gewalt für das Vaterland eingeschrieben, sondern in die Logik des Blutes. In all den Jahren hat sich genau diese Logik des Blutes durchgesetzt. Wer hat sich um die Geschichte der Toten gekümmert? Ihre Angehörigen, ihre Mütter, vor allem die Mütter. Nicht eine politische Organisation trat für ihre Rechte ein, die gab es längst nicht mehr; es waren ihre Verwandten, und dafür wurden die Toten in vielen Fällen entpolitisiert, aus jeder politischen Geschichte herausgelöst. Es sprach das Blut, nicht die Gesinnung.«

Sagte Juanjo, als wiederhole er, was ich irgendwann zu ihm gesagt hatte. Auf einmal kam er mir allzu hellsichtig vor: Es war eine widersprüchliche, verachtenswerte Hellsicht.

»Ja, deshalb seht ihr jetzt mich an, wenn ihr von Rache sprecht. Weil man meine Frau getötet hat und von euch nur tausende von Genossen. Hattet ihr damit nichts zu tun? Wart ihr nicht Teil dessen, gehörten wir nicht alle zusammen? Hat man euch nichts genommen? Habt ihr keinen Grund, euch zu rächen?«

Guillermo überraschte mich. Ich hatte gedacht, dass er es längst vergessen hätte, aber als wir aufstanden, sah er mich auf eine Weise an, die mir unangenehm war: zu lange, zu starr, zu direkt. Er hatte schließlich wohl doch mein Entsetzen bemerkt. Aber nein; er sagte, ich solle nicht denken, dass ich Estela etwas schuldig sei, was sollte ich ihr schuldig sein: Wenn du dich eines Tages rächst, dann nicht für sie. Ihr bringt das nichts. Verzeih, dass ich das sage, aber ihr bringt das schon lange nichts mehr. Es wäre grundfalsch, das zu verschleiern. Wenn du dich rächst, Colo, dann nur für dich. Und entschuldige, aber meiner Meinung nach macht es das noch ehrenvoller, weil es authentischer ist.

»Aber Guillermo, wie kommst du bloß darauf, dass ich so etwas tun könnte?«

21

ICH KONNTE IHREN Körper nicht ertragen: dass er so anders war. Ihr Körper setzte den Verfall von meinem allzu heftig in Szene – ich konnte sie nicht ertragen und beschloss immer wieder, sie nicht mehr zu treffen, aber dann kam der Donnerstag. Obwohl ich das Gefühl nicht mehr verspürte – nicht mehr zu verspüren glaubte –, eine Frau zu brauchen: sie zu brauchen. Das gab mir eine gewisse Gelassenheit.

»Du siehst gut aus, zufrieden. Aber ein wenig müde.«

»Nein, warum, es geht mir prächtig.«

Ich verspürte das Gefühl nicht mehr, aber dann kam der Donnerstag und damit sie, und ich öffnete ihr die Tür. Ich habe mal überlegt, ihr einen Schlüssel zu geben – vielleicht habe ich das auch getan.

»Prächtig ist das treffende Wort, mein Schatz.«

Seit zwei oder drei Wochen zeigte Valeria sich mit allem einverstanden, was ich sagte. Das fiel ihr nicht leicht: Wenn sie sagte, was ich sagte, bedeutete es häufig das Gegenteil: Meine Worte, meine Gedanken dementierten, von ihr ausgesprochen, meine Gedanken, meine Worte. Mit mir einer Meinung zu sein glich einem Tanz auf brüchigem Eis; anfangs war sie sehr vorsichtig, bemüht, dass ich nichts merkte, und dann wurde sie immer kühner. Unter anderem hatte sie aufgehört, mir Fragen über die Siebziger zu stellen; ihr Schweigen zu dem Thema erzeugte diesen Anschein von Harmonie – diese Bedrohung –, wie es nur das Schweigen vermag.

Jedenfalls sah man klar und deutlich, dass sie das tat – ziemlich gut sogar –, und erst dachte ich, das Böse mache sich langsam bemerkbar: dass sie anfing, Mitleid mit mir zu haben. Dann glaubte ich, dass dem nicht so war, und an einem Abend, als ich allein war, dachte ich, sie wolle mich verlassen. Der Gedanke, sie nicht mehr zu sehen, war nicht neu: Er war immer präsent gewesen; erschreckend daran war das gewählte Verb: mich verlassen.

Aber noch in derselben Nacht beruhigte ich mich: Sie wollte mich nur wieder provozieren. Es war unangenehm, wenn sie provozierte.

»Ich denke, du hast sie getroffen, weil es dir jetzt, wo du deine Frau suchst, dir nicht mehr peinlich ist, mit ihnen zu sprechen, jetzt erwarten sie von dir, dass du kommst, nicht wahr?«

»Wovon verflucht sprichst du, Valeria?«

»Wovon wohl, von dir und deinem Abendessen unter Freunden. Von dir und der Suche nach deiner Frau.«

»Was zum Teufel weißt du davon?«

»Was ich gerade sagte.«

»Ja, ich meine, woher du das weißt, verdammt.«

»Mensch, Carlos, das hab ich schon begriffen. Du hast mir davon erzählt, woher sollte ich es sonst wissen.«

»Das stimmt nicht. Ich habe dir nichts gesagt.«

»Klar hast du das.«

»Hab ich nicht, red keinen Unsinn.«

Das beruhigte mich: Sie glaubte immer noch, ich sei stark, und deshalb log sie. Dass Valeria mich belog, war nicht zu überhören und nicht zu übersehen. Es konnte vorkommen, dass sie an einem Donnerstag – sich über mein deutlich gezeigtes Desinteresse hinwegsetzend – mir etwas erzählte, und es war grün und gelb, und die Woche darauf war es braun und weiß. Oder sie beharrte darauf, dass ich ihr etwas erzählt hätte, was ich ihr mit Sicherheit nicht erzählt hatte. Ich brauchte eine Weile, bis ich es merkte, glaube ich – oder zumindest ließ ich, als ich es merkte, alles noch einmal Revue passieren und erinnerte mich verworren, wie häufig das schon vorgekommen war, also habe ich wohl sehr lange gebraucht –, und als ich es merkte, dachte ich erst, es müsse etwas Pathologisches sein: Valeria war eine intelligente Frau, und doch widersprach sie sich. Deshalb griff ich mit dem für die heutige Zeit typischen Schubladendenken auf einen Rest an Küchenpsychologie zurück und sagte mir, es sei etwas Pathologisches – dieses Wort, das erklärt, was wir nicht zu erklären vermögen, so wie die Ärzte alles einem »Virus« zuschreiben, das sie nicht zuordnen können. Und ich brauchte noch viel länger, um zu der Vermutung zu gelangen, dass ihre Lügen nur darauf abzielten, meine Aufmerksamkeit zu erregen, mich wachzurütteln: Sie wollte mich zwingen, innezuhalten und ihr zu sagen, Mensch, was du da sagst, ist Unsinn, das letzte Mal hast du genau das Gegenteil gesagt, was gilt denn nun, für wen hältst du mich, sie wollte mich zwingen, etwas von ihr einzufordern – Wahrheit, Logik, Respekt wegen meiner grauen Haare oder meiner Eier –, mich zwingen, dass auch ich von ihr verlangte, anders zu sein. Darin besteht die Allmacht und die Erniedrigung dessen, was wir in Ermangelung eines passenden Namens Liebe nennen: jemanden auszuwählen, um aus ihm einen anderen zu machen. Und Valeria ärgerte es zutiefst, dass ich nicht den geringsten Versuch unternahm, sie verändern zu wollen. Aber es bestand kein Zweifel daran, dass sie mich belog, und ich werde nie wirklich wissen, wobei, wie oft. Bei ihrem Namen zum Beispiel.

»Sind alle so kaputt wie du?«

»Schlimmer. Ich bin ein junger Gott.«

»Klar, ein junger Gott. Sind sie alle so verbittert, so fertig wie du?«

»Wovon zum Teufel sprichst du?«

»Wovon wohl, Carlos, von deinen Freunden. Dass du nichts mehr tust, dass du dich geschlagen gibst.«

»Und was soll ich deiner Meinung nach tun?«

Sagte ich zu ihr, und ich sagte ihr nicht, ich wüsste ja gar nicht, was ich tun sollte und wie. Oder ich sagte es ihr auf andere Weise.

»Jetzt müsst ihr euch neue Wege ausdenken und darauf achten, dass sie anders sind als unsere, dass sie nicht einfach Macht reproduzieren.«

»Ach ja? Und wollt ihr uns vorschreiben, was wir zu tun haben? Ihr, die ihr selbst einen Scheiß auf die Reihe gekriegt habt?«

Die Mechanismen, durch die wir die Welt verändern wollten, haben nicht funktioniert; das heißt aber nicht, es existierten keine anderen. Es gab immer Alternativen: Im Verlauf der Geschichte hat es immer Wege gegeben, die funktionierten, und andere nicht; die Menschen haben nach dem Scheitern immer wieder nach neuen Wegen gesucht. Aber eigentlich musste ich mir nicht mehr die Mühe machen, sie zu verstehen, noch einmal an das Unwahrscheinliche zu glauben. Ich weiß, nur wenn man an das Unwahrscheinliche glaubt, gelingt es einem manchmal, selten, es wahr werden zu lassen. Ich war so neugierig darauf, wie diese neuen Wege aussehen würden – auch wenn ich wusste, dass ich sie nie sehen würde, dass sie die ersten mir verwehrt bleibenden Erinnerungen sein würden: Was in dieser sonderbaren Zeit geschähe, die bald beginnen würde, nach meinem Tod. Ich dachte, vielleicht treffe ich Valeria weiter, weil ich es wissen will, weil ich etwas darüber zu erfahren hoffe, wie die jungen Leute es anstellen werden, das zu erreichen, was wir nicht vermochten. Natürlich müssten sie es sich dazu erst mal vornehmen.

»Weil ihr euch vorab keine Gedanken gemacht habt, wie die Veränderung konkret aussehen sollte, geht ihr davon aus, dass jede Veränderung schlecht ist, ihr werdet Ökos und all diese –«

»Ihr, wer ist ihr?«

»Na, ihr eben.«

»Wie kommst du dazu, dass ich Teil irgendeines Wir wäre?«

Ja, vielleicht traf ich sie, weil ich es wissen wollte: Ich brachte sie durcheinander, weil ich es wissen wollte. Doch Valeria kehrte zu den Siebzigern zurück.

Vielleicht wollte ich es auch gar nicht wissen.

»Schön, aber so ist es doch: Du hast sie getroffen, weil du jetzt tust, was man von dir erwartet.«

»Blödsinn.«

Das hatte ich auch schon gedacht. Es hatte weniger mit Scham zu tun: Nicht, dass ich mich vorher geschämt hätte, mit ihnen zu reden. Aber ich hatte das Gefühl, wenn ich Estela nicht suchte, wenn ich nicht wissen wollte, gab es keinen Grund, mit ihnen zu reden. Ich fragte mich – war es ein Vorwurf? –, wie ich nur so lange gebraucht haben konnte, mich um Estela zu kümmern. Ich war mit dem Versuch beschäftigt gewesen, mir wieder ein Leben einzurichten, und immer, wenn ich das Gefühl hatte, jetzt könnte es gelingen, hinderte sie mich daran. Und ihre Eltern? Ihre Eltern sind Ende der Siebziger gestorben, beide, bei einem Unfall. Und warum hast du dich nicht einer Menschenrechtsorganisation angeschlossen? Sie kamen mir alle verlogen vor. Sie hatten ihre Gründe, anders wäre es nicht möglich gewesen, aber ich hatte keine Lust, ihrem Libretto zu folgen und über Estela als gutes Mädchen zu sprechen, das friedlich zuhause saß, als die schrecklichen Militärs kamen und sie mitnahmen. Estela hatte gekämpft. Sie wusste, welcher Gefahr sie sich aussetzte, ich hatte keine Lust, sie zum Opfer zu machen, und diese Organisationen machten unsere Toten zu geköpften Lämmern. Und so löste ich mich allmählich davon, ich öffnete mich – und irgendwann gelingt es einem zu vergessen. Es ist merkwürdig, wenn man vergisst.

»Weißt du, wie es ist, wenn man vergisst? Das Vergessen ist eines der größten Wunder, die wir je erfunden haben.«

Ich wusste – ich nahm es nicht an, ich wusste es –, dass sie stark war, und so hatte ich keine Probleme damit, sie zu belügen. Uns zu belügen war die kleine Ehrung, die wir uns die ganze Zeit über erwiesen.

22

»MAN HAT IHNEN bestimmt erzählt, dass er trank, oder?«

»Nein. Was soll das heißen, er trank?«

»Ach, ich bin eine alte Frau, und selbst ich wusste es. Jeder hier wusste es. Verzeihen Sie, wenn ich das so offen sage, aber wenn Sie Nachforschungen über den Priester angestellt haben und nicht wissen, dass er trank, dann haben Sie wirklich keine Ahnung.«

Ich fand mich damit ab. Ich hatte mich – so unerwartet – sagen hören, dass ich den Kerl hasste. Ich hatte eine bestimmte Vorstellung von Rache akzeptiert – hatte ich das? –, aber die Rache war ein Beweis extremer Schwäche. Wenn ich mich rächte, erniedrigte ich mich. Aber wenn ich mich nicht rächte, akzeptierte ich, dass ich nichts tun konnte. Als Juanjo zu mir sagte, er tue wenigstens etwas – ich sei gescheit und sarkastisch und immer bereit, auf seine Fehler, die Fehler seiner Leute hinzuweisen, und häufig hätte ich ja vollkommen recht, aber ich verstecke mich hinter dieser Intelligenz, um mich rauszuhalten, um nie mehr das Risiko einzugehen, etwas zu tun – war er im Recht, obwohl ich meine Gründe hatte.

Ich gehörte zu dieser Sorte Menschen, die ihr Leben lang die schwere Last zu tragen haben, die einzigen – fast die einzigen – Zeugen ihrer Fähigkeit, ihrer Intelligenz, ihrer Talente zu sein. Menschen, die sich, um sich von dieser Last zu befreien, einreden, wenn sie wollten – wenn sie sich die Mühe machten –, würden sie ganz außergewöhnliche Dinge bewerkstelligen, aber eine solche Mühe lohne nicht, die Welt sei es nicht wert, wozu, jeder Schwachkopf kann Dinge tun, die von der Welt anerkannt werden. Der Verzicht ist nicht leicht; es ist viel leichter, etwas zu tun. Denn bei dieser Übung in Verachtung bewegt man sich immer nah am Abgrund der Angst: Und wenn ich es schlichtweg nur nicht kann? Unter solchen Umständen muss man allen Willen, alle Kraft zusammennehmen, um weiterzumachen: um nicht der Versuchung zu erliegen, etwas beweisen zu wollen. Zu dem Zeitpunkt konnte ich das nicht mehr.

»War das nicht der, der das Heer verlassen, der alles hingeschmissen hat, weil er sich in eine Gefangene verliebte? Ich glaube, der war das, ja.«

»Pater Fiorello?«

»Ja, also nein, ich glaube nicht. Fiorello war es nicht. Es war ein italienischer Name, ja, aber nicht Fiorello.«

Ich hatte gesagt – hatte eingestanden –, dass ich ihn hasste: Ich hatte ihn als Ziel markiert. Jetzt war mir eine Rache eingefallen, die mich nicht ganz so erniedrigte: Ich würde mich seiner bemächtigen. Ich würde ein Leben für ihn ersinnen, über ihn verfügen; ich würde ihm seine Geschichte nehmen, seine Geschichte so gestalten, wie ich wollte: Das war nicht eben wenig. Ich könnte recherchieren und erzählen, dabei sogar lügen, und was ich sagen würde, wäre die Wahrheit: sein Leben. Es war mit Sicherheit schädlicher und klüger, als ihn zu erschießen.

Und das machte ich gerade. Ich suchte Leute, die ihn kannten, ich wollte in sein Heimatdorf und nach Tres Perdices fahren, ich fand Veröffentlichungen, fragte in der Bibliothek des Episkopats, sprach mit verschiedenen Kollegen. Man denkt immer, die katholische Kirche sei eine schwer zugängliche, höchst geheime Institution; in Wirklichkeit wimmelt es nur so von Scharlatanen. Ihr Trick besteht darin, dass sie uns allen eingeredet hat, es sei besser, sich nicht mit ihr zu beschäftigen, aber als ich es tat, kam vieles zutage. Als Erstes suchte ich nach den naheliegenden wunden Punkten: ob er kleine Jungs mochte, ob er eine Freundin oder Gespielin hatte, ob er stahl, spekulierte, in der Hierarchie aufzusteigen versuchte, an seinem Glauben zweifelte. Ich wurde nicht fündig, suchte aber weiter. Man sagte mir, er habe das Heer verlassen, weil er sich mit einer Terroristin eingelassen habe, was nicht stimmte, man hatte ihn mit einem anderen Priester verwechselt. Man sagte mir, er besuche Unternehmer, die mit dem Regime heimlich Geschäfte gemacht hatten, und verlange für sein Schweigen beachtliche Spenden für seine Gemeinde – vielleicht war das er. Man sagte mir, er verlange das Geld immer für die Gemeinde, nie für sich. Man sagte mir, als blutjunger Mann habe er als Missionar nach Afrika gehen wollen, aber der zuständige Bischof habe ihn für zu schwach gehalten. Man sagte mir, er könne der sanfteste Mensch der Welt sein, aber manchmal – mir war nicht ganz klar, unter welchen Umständen – werde er jähzornig und stoße die schlimmsten Drohungen aus. Man sagte mir, sein Bischof – ein Linker – wolle ihn loswerden, aber es gelinge ihm nicht: Pater Fiorello habe gute Beziehungen zu mächtigen Leuten. Man sagte mir, er kümmere sich übertrieben um seine Gläubigen. Man sagte mir, er sei ein Hypochonder und erfreue sich bester Gesundheit. Man sagte mir, er trinke gern Wein, aber davon abgesehen führe er ein untadeliges asketisches Leben. Man sagte mir, er sei ein großartiger Priester. Man sagte mir, er besuche regelmäßig die stehlenden Kinder aus seiner Gemeinde im Gefängnis und versorge sie mit Cumbia-Musik. Man sagte mir, er verabscheue Romane, sehe aber gern Liebesfilme im Fernsehen. Man fragte mich zwei- oder dreimal, warum ich mich für ihn interessiere – und ich wurde nervös, konnte mich aber rausreden.

»Ich habe im Leben keinen vollkommeneren Menschen kennengelernt als Pater Augusto.«

»Was meinen Sie mit ›vollkommen‹?«

»Jemand, der alles versteht, wissen Sie, was ich meine? Haben Sie schon mal erlebt, dass jemand genau das sagt, was man in dem Moment braucht?«

Ich dachte die ganze Zeit daran. Ich schrieb mir auf, was man erzählte, und wartete auf den Moment, in dem ich alle Informationen beisammen hatte, in dem ich das Gesicht zeichnen könnte, wüsste, was ich hervorheben oder hinzufügen dürfte, ohne dass es Risse bekam. Ich hatte das Gefühl, das Wesentliche noch nicht gefunden zu haben: Das, was es mir erlauben würde, seiner Kontur und meiner Macht über ihn endgültig Gestalt zu geben. Ich suchte weiter, und derweil dachte ich mir idiotische Szenen aus. Ich fragte mich beispielsweise, ob ihm während des Essens jemals der Gedanke gekommen war, dass er es über die Maßen genoss – dass er sich zu Völlerei oder Wollust hinreißen ließ. Oder ob ihm mitten in der Messe einmal die Worte weggeblieben waren, wie jemandem, der völlig aufgelöst ist, der das Gefühl hat, er könne noch Jahrhunderte reden, er komme dem Ruhme Gottes, den er vermitteln sollte, nicht ein Stück näher. Oder ob er sich beim Schlafengehen tatsächlich fürchtete, zu sterben, ohne vorher noch einmal aufzuwachen, unvorbereitet, ohne Beichte, ohne Absolution – oder ob er das alles albern fand, weil er seinem Herrn immer treu ergeben war oder weil er nicht glaubte, dass die ewige Erlösung von einer kleinen Formalität abhing oder weil er etwas glaubte, was ich nicht wissen konnte. Es war merkwürdig:

Die Situationen, die ich mir für ihn ausmalte, waren nicht mal kompromittierend oder erniedrigend. Das ging so weit, dass ich ihn mir mit Anfang Mitte dreißig vorstellte, wie er im Bett lag und mit der Hand fast unbewusst seinen schlaffen Schwanz berührte, so wie man abwesend eine Katze streichelt, und sie sofort erschrocken zurückzog, als er die Auferstehung des Fleisches in Gestalt seines anschwellenden, hart werdenden Schwanzes spürte: als er merkte, was er gerade tat.

Aber ich kehrte immer wieder zu der Frage zurück, wie ein Mann es schaffte, dem Begehren des Fleisches nicht nachzugeben – ich ging davon aus, dass der Pater ein konsequenter Priester war, einer, der seine Gelübde nicht brach. Und ich stellte mir vor, das sei ein Gespräch, das wir durchaus führen könnten, ich könnte ihn fragen, wie ein Mann es schafft, sein Leben lang dem Drängen dieses Begehrens gleichgültig zu begegnen, und er würde mir in einem einstudierten, vor Bescheidenheit strotzenden Ton sagen, das sei nichts Besonderes, tausende und abertausende von Männern hätten das getan und täten es immer noch, unsere Zivilisation würde die Bedeutung des Fleisches überbewerten, aber wenn man sich entschlösse – er würde sagen, »wenn man gesegnet ist« –, dieser Berufung zu folgen, würde alles leichter: Oder glauben Sie nicht, dass es in einem Leben so nahe beim Herrn nicht weit wichtigere Dinge gibt als das Begehren des Fleisches? Kurz, meine Frage sei typisch für jemanden, der weit davon entfernt sei, diese Dinge zu verstehen, würde er sagen, und da er gezwungen war, die Contenance zu wahren, würde er nicht über sein Vergnügen daran sprechen, dass er der Verlockung nicht erlag: Er würde mir nichts über dieses so besondere Vergnügen erzählen, das eindeutig raffinierter, exklusiver war: In der Welt wimmelt es nur so von Männern, die all ihre Kräfte, ihren Wagemut darauf verwenden, in dieses Paradies des Fleisches zu gelangen, das sie in weiblichen Rundungen zu finden wähnen; er hingegen nicht: Er betrachte alles von einem höheren Standpunkt aus – unter anderem sehe er sich selbst anders, aus dieser Höhe könne er die Würmer nur verachten, die der Mutterbrust hinterherkröchen.

Das würde er mir nicht sagen, sonst würde er sich grob des Hochmuts schuldig machen, aber er würde das Thema auch nicht auf sich beruhen lassen. Das ist leicht zu verstehen, würde er sagen; die Liebe zum Herrn ist die stärkste Liebe, die Sie für jemanden empfinden können, der nicht da ist, für eine abwesende Frau, mit anderen Worten: diese grenzenlose Liebe, die manchmal von uns Besitz ergreift, wenn sie nicht durch die Nähe eines Körpers beschmutzt wird, ich weiß nicht, ob ich mich klar ausgedrückt habe, diese ursprüngliche, kostbare Liebe, würde er sagen, und ich würde einen Moment brauchen, bis ich begriff, dass er, ob gewollt oder ungewollt, die Liebe definiert hätte, wie man sie für einen Toten, eine Tote, empfinden kann, und ich wäre kurz davor, ihm schreckliche Dinge zu sagen, ihm an die Gurgel zu gehen, aber ich würde mich zurückhalten – ich weiß nicht, wie oder warum – und versuchen, das Gespräch wieder in geordnete Bahnen zu lenken, denn wir waren weit von dem Thema abgekommen, das mir wichtig sein sollte: Wie war es ihm gelungen, sich einzureden, dass er einen Kampf, eine erbarmungslose Schlacht führen musste?

»Wissen Sie, wie lange es noch hin war bis zu seiner Pensionierung bei vollen Bezügen, mit allen Ehren?«

»Nein, keine Ahnung, ein paar Jahre.«

»Monate, mein Freund, Monate. Und plötzlich haut er ab, bittet um seine Versetzung in diese hinterwäldlerische Gemeinde und ward nicht mehr gesehen.«

Es ging mir nicht mehr aus dem Kopf. Ich recherchierte, las die unmöglichsten Zeitschriften, suchte Leute, die ihn gekannt haben könnten.

»Warum interessieren Sie sich eigentlich so für den Pater?«

»Ach, na ja, ich brauche Informationen. Für ein Buch.«

Es war sein Höhepunkt: Sein ganzes Leben hatte er geglaubt, er habe eine Mission, es könne nicht sein, dass das alles war, dieser sich stetig wiederholende Alltagstrott, dafür habe der Herr ihn bestimmt nicht gerufen, er habe ihm bestimmt eine anspruchsvollere, entscheidendere Aufgabe zugedacht, und dann war sie plötzlich da: Das Generalvikariat oder einer von diesen Bischöfen hatte ihn angerufen und ihm gesagt, er habe ihm etwas sehr Heikles zu sagen, das nur für ausgewählte Ohren bestimmt sei, und er kenne nur wenige, die besser geeignet wären als er. Wie er wisse, kämen schwierige Zeiten auf alle zu, die Milch der Gnade sei aufgebraucht – seit langem aufgebraucht, würde er sagen – und es gebe keinen Platz mehr für Zauderer, Unentschlossene: Vielleicht werde es ein nie dagewesener Kampf werden, begleitet von Zusammenstößen und Gewalt, wie sie es sich nie hätten vorstellen können – und die sie unter gewöhnlichen Umständen beklagt hätten –, aber in den kommenden Monaten oder Jahren werde das Schicksal des Vaterlandes und der Heiligen Mutter Kirche auf dem Spiel stehen und die Stärke ihrer Männer auf die Probe gestellt werden; ihm, Kaplan Fiorello, dem Begnadeten, werde bei diesem entscheidenden Kampf eine privilegierte Stellung zukommen.

Und Pater Fiorello hatte sich bestimmt mit derart soldatischem Eifer bekreuzigt, als ob er im Geiste strammstünde, und sich an die Tage und Nächte erinnert, in denen er seinen Gott um solche Worte angefleht hatte, denn sein Leben in der Kaserne – die Jahre, die er nun schon in der Kaserne, in der rauen rüpelhaften Männerwelt verbrachte – hatte ihn von etwas überzeugt, was er ohnehin längst wusste: Das Kreuz und das Schwert waren die zwei Seiten ein und derselben Medaille, zwei Waffen, die der Herr vorgesehen hatte, damit sich Seine Wahrheit bis in die letzte Konsequenz, bis in den letzten Winkel durchsetzte.

Ich stellte ihn mir aufgekratzt, glücklich vor – so wie es mir früher ergangen war, wenn ich eine Frau kennenlernte –, ich stellte mir vor, wie ungeduldig er darauf brannte, Einzelheiten seiner Aufgabe zu erfahren, die Belastung und die Befriedigung seiner neuen Aufgabe zu erleben, ich stellte mir vor, wie er sich vorstellte, wie es sein würde, und aus irgendeinem Grund empfand ich so etwas wie Bedauern; bestimmt hatte er sich nicht vorstellen können – nicht einmal erahnen –, was ihn erwartete, als er der Kampfgruppe zugewiesen wurde.

Obwohl es, nach dem, was ich herausfand, was man mir erzählte, die besten Jahre seines Lebens waren.

23

SIE SAGTE, WENN sie immer glauben könnte, was ich sagte, würde sie mich lieben. Und ich sagte, wenn sie nicht so misstrauisch wäre – mich ihr Misstrauen nicht so spüren lassen würde –, würde ich sie lieben. Sie sagte, ich solle mein Leben akzeptieren und endlich etwas riskieren, anstatt die ganze Zeit wieder und wieder alles durchzukauen, was wir bereits beschlossen hatten. Und ich sagte, ich bewundere ihre Hingabe und Entschlossenheit, aber ich ertrage es nicht, dass sie dasselbe auch von mir verlange. Sie sagte, ich sei nach wie vor egoistisch, ich solle mich mehr in die Partnerschaft und die Gemeinschaft einbringen. Und ich sagte, sie sei nach wie vor distanziert, sie solle sich mehr in die Partnerschaft und die Gemeinschaft einbringen. Sie sagte, wir könnten uns ja beide bemühen; ich sagte, klar, daran müssten wir arbeiten: Wir erschufen uns – das glaubten wir zumindest – im Sinne des Zeitgeistes.

»Gallego, warum denkst du immer noch über diese Dinge nach?«

»Und worüber soll ich sonst nachdenken? Sag, im Ernst, worüber soll ich nachdenken?«

Estela interessierte sich nicht für mein Leben. Sie hörte mir manchmal zu – sagen wir, sie hörte mir zu –, aber mit einem gewissen Missfallen, so als wäre es eine Verpflichtung. Sie sollte wissen, und ich erzählte ihr – mehr als einmal setzte ich mich über ihr Schweigen hinweg und erzählte ihr –, dass diese Frau aus dem Süden mir nicht erlaubte, über sie zu sprechen, aber dass sie so taktvoll sei, über meine Seitensprünge hinwegzusehen. Ich täte das, um ihr zu zeigen, dass sie nicht die Einzige war, denn die Einzige, die wirklich die Einzige sein könne, sei sie: Wäre ich dieser Frau treu, beschmutzte ich ihr Andenken. Ich würde dieses der Küchenpsychologie entlehnte Argument anbringen, und die Frau aus dem Süden würde sich dumm stellen. Ich hätte lange Zeit geglaubt, das sei ein Zeichen meiner Macht: Ich beherrschte sie so sehr, dass sie mir alles durchgehen ließ. Bis ich begriffen hätte, worin die wahre Macht bestand: darin, zu erreichen, dass bestimmte Dinge sie nicht berührten, um mich halten zu können, darin, sich klarzumachen, dass sie die Taktik nicht der Strategie unterordnen durfte, um es mal so auszudrücken; hätte ich diese Dinge doch verstanden, als ich mit ihr zusammen war – also mit dir, meine ich, Estela.

»Erinnerst du dich noch, als man uns berichtete, Guillermo, der Pelado, sei gefallen?«

»Natürlich erinnere ich mich. Du warst ja geradezu eifersüchtig, Gallego. Wie soll ich mich daran nicht erinnern.«

»Ich, eifersüchtig? Red keinen Unsinn.«

Die Nachrichten drangen nur verworren zu uns durch. Wenn es nicht die nächsten Genossen erwischte, erfuhren wir die Dinge nur durch Zufall: Man traf sich mit jemandem, den man monatelang nicht gesehen hatte, und nachdem alles besprochen war, tauschten wir die Nachrichten aus: Jaime ist letzte Woche in San Marianas gefallen, die Sueca, wie ich gehört habe, auch, aber ich bin mir nicht sicher, Nacho und sein

Bruder wollten wohl über die Grenze nach Brasilien, aber sie wurden geschnappt, die Führung wird das Territorium verlassen, drei Genossen von der Kolonne West sind in einem Haus in Juan Perón gefallen. Die Nachrichten handelten vor allem von Genossen, die gefallen waren: die in dieses schwarze Loch gefallen waren, das gleichbedeutend mit dem Tod war, aber nicht unbedingt den Tod bedeuten musste. Und so hattest du bei einer Gelegenheit erfahren, dass Guillermo gefallen war, und du hast es mir erzählt und versuchtest zu verbergen, dass es dir ein wenig mehr ausmachte, als es dir hätte ausmachen sollen – über das übliche Maß an Verzweiflung darüber, dass es wieder einen erwischt hatte, dass man der Niederlage ins Auge sehen musste, hinaus –, und ich versuchte zu verbergen, dass ich es gemerkt hatte, und wir gedachten seiner ein paar Minuten, das bescheidene Begräbnis von damals, so oft wiederholt, ein paar gemeinsame Anekdoten Situationen hoffentlich hat es ihn nicht so hart erwischt verdammt das Bild der Zyankalikapsel das Tasten nach der Zyankalikapsel in der Tasche, die Erlösung durch den Tod in der Tasche, tief einatmen und an etwas anderes denken, das Leben geht weiter.

»Und jetzt stellt sich heraus, dass er lebt.«

»Was heißt das, er lebt, Gallego, was willst du damit sagen?«

»Nichts will ich damit sagen. Er lebt, ich hab ihn gesehen, mit ihm gegessen. Du kannst dir nicht vorstellen, wie das war.«

»Bist du dir sicher?«

»Ach, Estela.«

An jenen kritischen, entscheidenden Tagen wussten wir noch nicht Bescheid, dachte ich: Wir hörten, wir vermuteten, wir glaubten, aber wir wussten nichts mit Bestimmtheit, und ich dachte, auch das war schrecklich, und es war bei weitem nicht das Schrecklichste, wenn er, warum dann nicht auch sie, Estela: Wie süß war doch die Unwissenheit.

»Hast du mal darüber nachgedacht, dass der große Unterschied zwischen ihnen und uns darin bestand, dass die Unterdrücker alle Männer waren? Nur Männer. Bei uns waren auch Frauen dabei, bei ihnen nicht. Nur Männer, Estela. Nicht eine einzige Frau.«

»Das merkte man ihnen an. Du hast recht, Gallego: Männer, die wie Männer auftreten, ein Männerjob.«

Das Schlimmste war zu wissen – zu wissen? –, wie diese Tage aussahen, an denen dir klar war, dass du sterben würdest: dass man dich töten würde. Viele Jahre lang dachte ich, ich wüsste es, und wusste es nicht: Es war unmöglich. Erst jetzt habe ich begriffen – vielleicht, in etwa –, wie es war. Wir haben so viele Sprachen und fantastische Kommunikationssysteme entwickelt, und noch immer gelingt es uns nicht, uns die Dinge zu erzählen, die wirklich wichtig sind; vielleicht wird es das nie. Ich will damit nicht sagen, dass per Definition nur das wichtig ist, was man nicht erzählen kann – mitnichten. Ich will sagen, es gibt entscheidende Dinge, die sich dagegen sträuben, erzählt zu werden. Und als ich es verstand – als es mir widerfuhr, auf völlig andere Weise auch mir widerfuhr –, konnte ich es nicht ertragen: ob du wohl auch gedacht hast, dass du tot bist und von dieser unvorstellbaren Mutlosigkeit der Toten überfallen wurdest? Erst jetzt wird mir klar, dass du vielleicht in den Tagen, während diefolter andauerte, dir gewünscht hast, man möge dich töten, Estela, dass du deinen Tod herbeigesehnt hast. Vielleicht hast du ihn sogar gesucht und die Kapsel genommen. Wer weiß, ob du die Kapsel genommen hast. Wie soll ich das je herausfinden. Ich wollte nie darüber nachdenken – und dabei war es der beste Grund, um eine Rache zu rechtfertigen: Das war der Preis für die, die es geschafft hatten, dass hoffnungsfrohe junge Männer und Frauen den Tod herbeisehnten oder ihn freiwillig wählten.

»Es gefiel ihnen so, den Macho raushängen zu lassen, Gallego: Sie fühlten sich so männlich.«

Ich habe es oft zu dir gesagt: Du bist davongekommen. Jetzt wird alles so schwierig, so verworren. Für uns war es einfacher: Etwas hatte einen Wert – einen Sinn –, wenn es der Revolution diente; wenn nicht, war es überflüssig, sogar schädlich. Wir brauchten keine privaten Pläne zu schmieden, nicht über eine Karriere nachzudenken, eine feste Stelle, ein Leben. Unser Schicksal war ein gemeinsames. Nichts erschien uns authentischer als das Kollektive: Viele Menschen auf der Straße war der höchste Ausdruck von Wahrheit.

»Na ja, es wird auch jetzt kollektive Einrichtungen geben.«

»Glaubst du wirklich?«

Vielleicht waren wir schon immer so, aber jetzt fällt es umso mehr auf. Wie viele Millionen namenloser Gestalten haben ein Scheißleben, wirklich ein Scheißleben, sie wissen nicht, was sie am nächsten Tag essen sollen, und erdulden es? Sie tun nichts, Estela, es ist nicht so, wie wir dachten: Sie erdulden es, sie tun nichts, sie wissen nicht, wie, manchmal schreien sie auf, und dann kehren sie in ihre Hütten zurück. Ja, vielleicht werden sie es eines Tages leid und explodieren, aber im Moment nicht; bestimmt, weil sie nicht wissen, wohin, weil es niemand verstanden hat, sie davon zu überzeugen, dass etwas anderes möglich ist – so wie auch wir es damals nicht verstanden haben.

Sie haben sich daran gewöhnt – und wir haben uns daran

gewöhnt, Estela, ich muss dir gestehen, auch ich habe mich daran gewöhnt –, mit diesem Elend und dieser Barbarei zu leben, die wir vor ein paar Jahren nicht ertragen hätten. Manchmal geht den Leuten wie du und ich – du und ich, wie wir früher waren – ein wenig die Hutschnur hoch, aber es ist nicht so wie zu unserer Zeit, als der Weg schon vorgezeichnet war, wenn du die Welt auf den Kopf stellen wolltest. Diese Wege haben uns in den Untergang geführt, deshalb weiß heutzutage keiner, was er tun soll, und vor allem nicht, was er will; manchmal, wenn sie das Gefühl haben, man packe sie allzu heftig am Arsch, marschieren sie ein paar Runden, stoßen ein paar schickliche Protestrufe aus und gehen wieder nach Hause, weil sie nicht wissen, wo es langgeht, verstehst du.

Viele haben sich der Linken angeschlossen, was so viel heißt wie: sie haben keinen Mumm, etwas ernsthaft anzupacken. Die Linken sind großartig: Sie regen sich auf, wenn das Elend allzu augenfällig wird, sie regen sich auf, wenn die Diskriminierung allzu hart zuschlägt, sie regen sich auf, wenn eine individuelle Freiheit in Gefahr ist, sie regen sich auf, wenn Politiker sich bedienen, sie regen sich auf, wenn jemand sagt, dieser Vogel sei vom Aussterben bedroht oder jener Fluss verschmutzt. Die Linken sind sensibel. Die Linken glauben, man müsse korrigieren: alles korrekt machen. Den Linken gefallen die Geheiligten Großen Worte, die Sicheren Werte auf der Moralbank, sie nehmen den Mund gern mit ihrer eigenen Integrität voll, sie erschrecken zu Tode, wenn sie neue Wege einschlagen müssen; sie gehen über die von Bäumen gesäumte asphaltierte Allee der Unantastbaren Großen Ideen. Die Linken sind voller Guter Absichten, die sich in ihren Anfällen Hochheiliger Entrüstung äußern – die ihnen ein Reines Gewissen verschaffen: Die Linken müssen an vielen Tagen ruhig schlafen können. Und dann stehen sie auf und nehmen die ewige Suche nach dem Guten

Vater wieder auf: Am Ende wählen sie irgendeinen, der im Fernsehen auftaucht und ein paarmal mit gerunzelter Stirn oder kristallklarem Lächeln ein paarmal die Großen Worte wiederholt. Du kennst sie nicht, Estela, zu deiner Zeit gab es sie nicht, und ich weiß, es muss schwer sein, sie zu verstehen, aber ich denke, am besten sieht man es an Umweltfragen: Sie sind echte Öko-Freaks. Jetzt, seit wir nicht mehr wissen, wie wir die Welt verändern sollen, scheinen die Veränderungen eine Sache der Reichen und Mächtigen zu sein, und sie sind eine Bedrohung, gegen die man sich schützen muss. Die Öko-Freaks versuchen das Vorhandene zu verteidigen, sie sind mit ganzer Seele Bewahrer: Hätte es, sagen wir, im sechzehnten Jahrhundert Ökos gegeben, hätten sie zornig die Rodung der Bäume für den Schiffsbau angeprangert – ein sündhaftes Vergehen an unserer Umwelt, Donnerwetter! –, und wir liefen immer noch glücklich mit unseren Lendenschurzen in der Pampa herum. Oder besser gesagt, du wärst immer noch in Polen, ich in Galicien, und Argentinien hätte es nie gegeben: Man hätte auf sie hören sollen. So sind die Linken, Estela: noch größere Feiglinge als der Leiter einer Zweigstelle der Banco de Provincia im Castelli-Viertel. Sie riskieren nichts. Sie setzen auf Sicherheit, auf den Erhalt dieser hochheiligen Werte, alles soll so bleiben, wie es ist, aber schön sauber. Und das Merkwürdige ist, dass sie euch lieben, als wärt ihr ihre Eltern oder ihre älteren Geschwister; sie halten euch für ihre Vorgänger, obwohl ihr genau das Gegenteil von dem tatet – wir genau das Gegenteil von dem taten, Estela –, was sie tun. Oder vielleicht doch nicht so sehr, wer weiß.

Und den anderen, die sich nicht einmal der Linken anschließen, geht alles am Arsch vorbei: Wenn der Schreck vorüber ist, weil man ihnen an den Geldbeutel gegangen ist oder ihnen eine reingehauen hat, kehren sie nach Hause, ins Büro oder das

Geschäft zurück und hoffen, dass ihr Gott ihnen Gesundheit schenkt, damit sie ihr Leben vor dem Fernseher verbringen können: Tänzchen, diskutierende Dumpfbacken, Klatsch über Klatschmäuler, gefälschte Nachrichtensendungen. Bis hin und wieder ein Toter auftaucht und die Umstände seines Todes in den Vordergrund rücken: Ein junges Mädchen stirbt im Haus vom Söhnchen reicher Eltern, und sie stellen fest, dass auch die Reichen manchmal Böses tun; zwei Entführungen gehen schlecht aus, und auf einmal gibt es nichts Schlimmeres als den Mangel an Sicherheit; zweihundert junge Leute verbrennen in einer Disco, und die Hälfte der Bars im Land wird geschlossen; eine Massenkarambolage, und die Autos werden zur Inkarnation des Teufels. Als wäre der Tod die Bedingung, um nachzudenken, als könnten sie ohne Tote, ohne Leute wie euch, nichts in Frage stellen. Ihr seid nicht nur gestorben, Estela: Ihr habt alles infiziert, ihr seid zu einer Form geworden, die Welt zu denken.

Und natürlich ist da die Verpflichtung, sich an euch zu erinnern. Sie nennen es Gedenken, aber das weißt du sicher. Das Gedenken ist nicht die Erinnerung daran, wie dein Vater dich mit auf den Spielplatz genommen hat, wie hoch Boca Ende der Achtziger gewonnen hat, wer zum ersten Mal den Río Paraná mit dem Schiff entlanggefahren ist, wie der Logarithmus von Pi lautet, der Name dieses Mädchens oder die Telefonnummer der Eisdiele: Gedenken bedeutet, sich zu erinnern, dass die Militärs euch entführt gefoltert getötet haben. Das Gedenken ist eine moralische gesellschaftliche Verpflichtung geworden: damit sich das nicht wiederholt, sagen sie. Deshalb – oder warum auch immer – müssten sie eigentlich darüber nachdenken, warum sie entschieden, uns zu töten, welche Art von Gesellschaft sie wollten und welche wir, wer wen unterstützte, aber nein: Sie verstecken sich hinter dem Gedenken und wiederholen Phrasen. Die Bösen, die die jungen Leute getötet haben: Gedenken; schreckliche Folterungen für nichts: Gedenken; Betrügereien: Gedenken. Eine weitere Form, sich von Schuld freizusprechen, zu manipulieren oder andere für sich denken zu lassen: Gedenken.

»Gallego, könntest du wenigstens für einen Moment mal den Mund halten?«

»Nein, jetzt nicht. Ich kann jetzt nicht schweigen.«

Ich ertrug es nicht, ich musste etwas tun.

Wir sind am Arsch, Estela: Meine Geschichte ist Peanuts im Vergleich zu dem, wie es um unser Land bestellt ist. Anfangs fand ich es aufregend, den Verfall zu verfolgen: wie ein Wahrsager, der sieht, dass seine Vorhersagen sich erfüllen; später dachte ich, es sei doch tröstlich, dass das Land mich in meinem Niedergang begleitete; in der letzten Zeit finde ich den Verfall eines Landes, das ich einmal für so groß gehalten habe, traurig. Jetzt kommt es einem unglaublich vor, aber wir haben tatsächlich geglaubt, dass wir groß sind, du erinnerst dich. Und weißt du, wer jetzt die argentinischen Ideale, die Vorbilder sind? Nein, ich sage bewusst nicht »Mythen«. Mythen sind die, die jung gestorben sind, die nicht mehr vollenden konnten, was sie angefangen hatten: Eva Duarte, Ernesto Guevara, sogar du. Aber ich spreche nicht von den Mythen, nein; ich meine die Vorbilder, die Menschen, die Unser Großes Argentinisches Volk liebt und bewundert: ein fettes schlecht gefärbtes geistig stammelndes ehemaliges Sternchen, ein ehemaliger Verfasser von Melodramen und Prophet recycelter Prophezeiungen, ein ehemaliger Halsabschneider, der den schlimmsten Lumpen in den Hintern gekrochen ist, bevor er sie verraten hat und Präsident wurde, ein Haufen ehemaliger vielversprechender Fußballtalente, die bei der kleinsten Provokation abhauen, um Kohle zu machen, und es nie geschafft haben, auch nur einen Meisterschaftskampf zu gewinnen, ein paar ehemalige Nullen, die Bücher schreiben und uns Themen auf Schulbuchniveau erklären, als wären wir alle funktionale Analphabeten – und dabei muss ich mich schon anstrengen: Glaub nicht, dass mir noch viel mehr einfallen. Das sind ihre Vorbilder: Denkst du, es gibt noch Hoffnung?

»Ehrlich gesagt, glaube ich nicht, dass es so katastrophal ist, wie du es darstellst. Für mich klingt das nach Bitterkeit, Carlos.«

»Mädchen, du könntest schon ein wenig Vertrauen in mich haben.«

Ich glaube, die Menschen neigen zur Trägheit, bis sie sich langweilen. Ich meine: Sie glauben, dass sie ruhiger leben wollen, bis eine relativ ruhige Zeit kommt und sie merken, es gibt nichts Langweiligeres, nichts Entmutigenderes als diese Stille – die ihnen die Banalität dessen aufzeigt, was sie ihr Leben nennen. Dann fallen ihnen Ideen ein: Man will dieses erreichen, jenes verändern – nur damit sie nicht zugeben müssen, dass sie genau das haben, was sie wollten, und dass es fade ist. Wie lange werden sie noch glauben, dass sie nur ein wenig mehr Geld wollen, damit die Reichen sich ihre Privatjets kaufen können, die Mittelklasse ihre zwei Wochen Strandurlaube bekommt und die Armen jeden Tag etwas zu essen haben? Wie lange wird es noch dauern, bis sie feststellen – nach und nach, einer nach dem anderen –, dass sie mehr brauchen, um sich nicht wie Hühner in Legebatterien zu fühlen, wie Rentner, die nie gearbeitet haben, wie achtstellige Zahlencodes, ein Hauch nur – jeder Mann, jede Frau sozusagen ein Ein- oder Ausatmen des Planeten, etwas so Kleines, Unbedeutendes und Unmerkliches wie ein Atemzug, den der Planet, die Spezies ausstoßen, um so weiterzubestehen wie bisher?

»Du denkst also, es wird etwas passieren.«

»Ich weiß nicht. Ja, ich denke schon. Aber es sieht so aus, als ob es bis dahin noch dauert.«

»Carlos, ich werde mich von deiner Verbitterung nicht runterziehen lassen.«

»Es tut mir leid, Estela. Es tut mir wirklich leid. Ich hätte dir gern etwas anderes gesagt. Ich versichere dir, es ist keine Verbitterung, kein Groll. Es hört sich so an, aber das ist es nicht; die Dinge sind so. Ehrlich, ich würde dir liebend gern etwas anderes sagen, vor allem, dass euer Tod nicht umsonst war, aber ich sehe nicht, was das gebracht hat. Ist es nicht schrecklich, dass ich dir nur sagen kann, dass du vergeblich gestorben bist?

Ich hätte ihr das schon längst sagen müssen, aber nicht gewusst, wie. Jetzt, nach alldem, konnte ich es schließlich.

24

SEÑOR RAÚL ABRASSI, der Besitzer des Geschäftes mit Getränkeausschank gegenüber vom Bahnhof in Tres Perdices – an dem schon seit Jahren kein Zug mehr hält –, hat gerötete Augen. Señor Abrassi gehört zu den alteingesessenen Dorfbewohnern. Am Eingang des Friedhofs, unter dem Bogen, auf dem *Willkommen* steht, hört er Doktor Aldecoa zu, der zwar kein alteingesessener Dorfbewohner ist – genau genommen nicht einmal Bewohner, er kommt nur zweimal die Woche in die Ambulanz –, dem aber nach Señor Abrassis Maßstab durch seine Eigenschaft als Arzt ausreichende Bedeutung zusteht. Doktor Aldecoa – Jeans, vierzig Jahre alt, wild abstehendes Haar – fragt ihn, was er, Don Raúl, der ihn gut kannte, meine, ob es nicht doch ein Motiv für Rache geben könne.

»Sie wissen ja, wie die Priester in der letzten Zeit ins Gerede gekommen sind. Wer hat nicht die Geschichten von Kindesmissbrauch gehört …«

Sagt der Doktor und versucht, vage und allgemein zu bleiben, aus Angst, er könne Señor Abrassi zu nahe treten. Der reibt sich mit seinen Wurstfingern die Augen und fragt ihn, wie er darauf komme.

»Entschuldigen Sie, ich wollte niemandem zu nahe treten. Na ja, reine wissenschaftliche Neugier, wissen Sie. Und da Sie ihn gut kannten.«

»Ja, klar kannte ich ihn. Ich würde sagen, hier in Tres Perdices hat ihn niemand so gut gekannt wie ich. Er hat mir schon ein paar Dinge erzählt, aber die werde ich nicht ausplaudern, denn er hat sie mir als Freund erzählt, und auch ein toter Freund bleibt ein Freund.«

Sagt er und merkt, dass er, anstatt das Andenken seines Freundes reinzuwaschen, Argwohn in dem Arzt geweckt hat, und so erklärt er schnell: »Aber nicht, dass Sie mich falsch verstehen, hören Sie. Natürlich hat Pater Augusto nie etwas mit Kindern gehabt, aber auch wenn ich das Geheimnis für mich behalte, eines will ich Ihnen erzählen: Irgendwann sagte er zu mir, es überrasche ihn nicht sonderlich, dass seine Kollegen solche Sachen machten, er könne das verstehen. Ihnen kann ich das ja sagen, Sie sind Arzt, und wir sind beide erwachsen, wir müssen uns nichts vormachen. Er sagte, er könne es verstehen, aber er sehe darin einen Beweis mehr für die Weisheit unseres Herrn.«

Sagt Señor Abrassi und bekreuzigt sich. Der Arzt sieht ihn verständnislos an, und Señor Abrassi fügt hinzu, der Priester habe ihm eine seltsame Erklärung gegeben. »Je älter wir werden, hat der Priester gesagt, desto mehr macht uns vielleicht die Versuchung durch das junge Fleisch zu schaffen, desto mehr Gelüste haben wir vielleicht auf die Erneuerung, die uns dieses Fleisch trügerisch verspricht. Aber je älter wir werden, desto näher rückt auch die Stunde, in der wir vor unseren Herrn treten, und wer würde bei einem Marathonlauf zwanzig Meter vor dem Ziel aufgeben? Das sagte er zu mir.« Der Priester habe solche Anwandlungen gehabt, manchmal habe er ihn überrascht, aber er sei eine Seele von Mensch gewesen.

»Stellen Sie sich doch mal vor, Doktor, eine so vollkommene Seele, warum sollte sie sich durch solch eine perverse Tat verderben lassen?«

Sagt Señor Raúl Abrassi. »Sie sind auf dem Holzweg, Doktor. Nein, es gibt andere Sachen, das ja, aber alles in im grünen Bereich, alles anständig, glauben Sie mir.«

Und: »Mehr kann ich Ihnen nicht sagen, aber seien Sie unbesorgt, Pater Augusto war ein echter Patriot.«

25

OBERSTABSFELDWEBEL (a. D.) Oscar Aldo Paredes hielt mich am Eingang zur Garage an.

»Entschuldigen Sie, Señor, aber Sie haben da keinen Zutritt.«

Oberstabsfeldwebel (a.D.) Oscar Aldo Paredes sah mich unterwürfig an, in der typischen Haltung des Angestellten beharren Sie nicht weiter bringen Sie mich nicht in Schwierigkeiten ich würde Sie ja hineinlassen aber Sie wissen ich habe Befehle zu befolgen: Befehlsgehorsam in seiner platten zivilen Form.

»Haben Sie das Schild nicht gesehen, auf dem steht *Zutritt verboten*?«

Ich hatte ein neues großes Schild gesehen, blauweiß wie die vorhergehenden: *Es muss umverteilt werden*. Daneben ein anderes, das ich kannte: *Es lebe der Wechsel*.

»Ach ja, Entschuldigung, das muss ich übersehen haben.«

»Gut, kein Problem, Chef. Was suchen Sie denn?«

Es fiel mir schwer, ihm zu sagen, dass ich ihn suchte. Oberstabsfeldwebel (a.D.) Oscar Aldo Paredes saß rittlings auf einem Rattanstuhl, dem die Rückenlehne schon vor ewigen Zeiten abhandengekommen war; er war ungefähr sechzig Jahre alt, und die schien er auf diesem Stuhl verbracht zu haben. Oberstabsfeldwebel (a.D.) Oscar Aldo Paredes hatte kurzes, kräftiges graues Haar, einen Dreitagebart, Wochen alte Ringe unter den Augen und Jahre alte Muskeln auf den einst mächtigen Schultern. Oberstabsfeldwebel (a. D.) Oscar Aldo Paredes trug eine fleckige grüne Hose im Militärstil und Flip-Flops, und seine Fingernägel hatten schwarze Ränder. Oberstabsfeldwebel (a. D.) Oscar Aldo Paredes schob sich den kleinen Finger der rechten Hand ins linke Ohr und wartete auf meine Antwort, als hätte er alle Zeit der Welt. Ich frage mich, wie schaffen manche Menschen bloß, zu glauben, sie hätten alle Zeit der Welt?

»Sie, Señor Paredes. Ich muss mit Ihnen sprechen.«

»Mit mir?«

»Ja, mit Ihnen. Oberst Díaz Latucci hat mir gesagt, ich würde Sie hier finden, ich soll Ihnen sagen, er schickt mich.«

»Ah, ja, Díaz Latucci.«

Sagte er, als erinnere er sich an etwas sehr Fernes, ein Gericht, das er gern mag und seit Jahren nicht mehr gegessen hat, eine entschwundene Geliebte.

»Wenn Oberst Díaz Sie schickt, dann ist ja alles in Ordnung. Ich mache gleich zu, Chef, jetzt um elf. Wenn Sie mögen, drehen Sie noch eine Runde und kommen um kurz nach elf wieder, dann können wir in Ruhe reden. Man mag es nicht glauben, aber hier muss man Augen und Ohren offen halten: Man weiß nie, überall lauert Gefahr.«

Oberstabsfeldwebel (a. D.) Oscar Aldo Paredes sah sich um, ob von irgendwo Gefahr drohe. Die Nacht, die verlassene Straße, warmer Nieselregen. Er konnte nichts entdecken und schob den kleinen Finger in das andere Ohr.

»Ach, könnten Sie mir ein Fläschchen Schnaps mitbringen?«

Der Nagel am kleinen Finger war lang und gelb; mit ihm schien er noch in die letzte Windung seines Gehirns vordringen zu können. Der Oberstabsfeldwebel schien reichlich Gebrauch von ihm zu machen.

Unterhalten war nur so eine Redensart: Oberstabsfeldwebel (a. D.) Oscar Aldo Paredes schien schon lange niemanden mehr getroffen zu haben, der ihm zuhören wollte, und das holte er jetzt nach: Ich bin immer wieder überrascht, wie begierig manche Menschen, sobald sie ein offenes Ohr finden, Dinge ausplaudern, die sie nicht einmal sich selbst erzählen sollten.

»So wie Sie mich hier sehen: Ich war mal ein bedeutender Soldat. Vor mir hat so manch einer gezittert, das können Sie mir glauben.«

Oberstabsfeldwebel (a. D.) Oscar Aldo Paredes flößte einem immer noch Angst ein – aber eine andere Form von Angst: die, die der Verfall eines Mitmenschen bei einem erzeugt. Die man damit bekämpft, dass man sich sagt, jeder Mensch ist anders: So etwas passiert nur den anderen. Oberstabsfeldwebel (a. D.) Oscar Aldo Paredes war eindeutig anders, und er hatte mich mit in seine Wohnung genommen: ein Zimmer hinten in der Garage, mit einem breiten Eisenbett auf krummen Füßen, einem Holztisch mit passendem Stuhl, einer Spüle aus abbröckelndem Marmor, dem Teekessel, dem Kocher, vier Postern an der nackten Wand: zwei Blondinen mit Riesentitten, eine Nahaufnahme von einem Hintern, das Team eines Vereins, der 2002 ruhmreich in die Zweite Liga aufgestiegen war. Der Geruch im Zimmer ließ mich meinen eigenen vergessen.

»Ja, sagen Sie nichts: Sie denken bestimmt, von wegen bedeutender Soldat, der lebt wie ein Penner, hat keinen müden Centavo in der Tasche. Sagen Sie nichts: Ich merke, was die Leute denken, diese Begabung hatte ich schon immer, Sie wissen nicht, wie sehr mir das geholfen hat. Aber wenn ich Ihnen das erzähle, sitzen wir in zwei Wochen noch hier. Ich hatte eine Zeit, in der ich total am Ende war, im Ernst, total am Ende.«

Oberstabsfeldwebel (a. D.) Oscar Aldo Paredes erzählte mir,

ich hätte ja keine Ahnung, wie er sich für das Vaterland aufgeopfert habe – oder vielleicht sollte er besser sagen, wie sie, sie alle, sich aufgeopfert hätten. Wenn ich ihn jetzt in diesem Zustand sähe, dann weil er – na ja, er und viele andere – alles zurückgelassen, alles aufgegeben hätten, als ihnen klar wurde, dass es keine andere Möglichkeit gab, die Feinde des Vaterlandes zu vernichten. Es sei nicht leicht gewesen, nein: Es war ein schrecklicher Kampf, ein echter Krieg, diese Mistkerle waren gut vorbereitet, es waren intelligente junge Leute, ziemlich große Klappe, aber intelligent, nur als Soldaten waren sie feige Schwuchteln.

»Die haben es sich leicht gemacht: Wenn sie jemanden getötet haben, dann haben sie ihn abgeknallt, von weitem, ohne ihm ins Gesicht zu sehen. Wir hingegen waren richtige Kämpfer, wie die von früher: Wir haben die Leute im Lager aus nächster Nähe getötet, Aug in Aug mit dem Feind.«

Sagte der Oberstabsfeldwebel, und diese jungen Leute seien ziemliche Memmen gewesen, aber unter der Picana hätten sie alles ertragen: Diese jungen Leute haben Sachen ertragen, die ich nie hätte ertragen können, sagte er, Sachen, die Sie sich nicht vorstellen können.

»Sie müssen sich vorstellen, oft musste man die Picana auf volle Pulle drehen, con tutti li fiocchi, wie es heißt, man musste ihnen Stromstöße verpassen, ich kann Ihnen sagen, aber einige sind nicht mal da eingeknickt, sie haben geschwiegen, die Idioten. Wir haben immer gesagt, untereinander haben wir immer gesagt, wenn man uns nur die Hälfte von dem verpasst hätte wie denen, hätten wir selbst noch den Marsch von Garibaldi gesungen, mindestens, und damit ist alles gesagt.«

Sagte Oberstabsfeldwebel (a. D.) Oscar Aldo Paredes, plötzlich niedergeschlagen, aber klar, natürlich hätten die jungen Leute auch deshalb gesungen, weil sie gut darin gewesen wären, sie zum Singen zu bringen, sie hätten mit ihnen gemacht, was gemacht werden musste.

»Anfangs waren wir nicht so gut, aber wir haben dazugelernt, es ist wie mit allem. Wenn man weiterkommen will, muss man lernen, und ich habe immer versucht, meine Arbeit gut zu machen. Sogar hier, so wie ich jetzt vor Ihnen stehe, kümmere ich mich eins a um die Garage, hier passiert nichts. Ich sage Ihnen, ich war wirklich gut. Wenn einer vermöbelt werden sollte, damit er plaudert, habe ich ihn ordentlich vermöbelt, nicht wie die anderen. Aber so ein Job kann ganz schön langweilig sein.«

Ich sah ihn an: Ich hätte bei dieser Aufgabe an vieles gedacht; nie, dass es langweilig sein könnte.

»Ja, klar, was glauben Sie denn. Es ist wie mit allem: Wenn man es zu häufig macht, wird man es leid. Wie oft wollte ich schnell zum Ende kommen, mich vom Acker machen, weil ich noch andere Dinge zu tun hatte oder weil man sah, dass der Typ oder das Mädchen nicht mehr lange durchhielt oder noch ewig durchhalten würde, was auch immer. Manchmal war es ganz schön langweilig.«

»War es nicht leichter, wenn Sie den Kerl gehasst haben?«

Fragte ich und überlegte, warum ich mich auf einmal für den Überdruss des Folterers interessierte und wie ich das für mich lösen sollte; die Logik von Gesprächen kann manchmal ausgesprochen pervers sein. Der Oberstabsfeldwebel sah mich ungläubig an und fragte mich, warum er ihn hätte hassen sollen.

»Er könnte doch einen Ihrer Kameraden getötet haben, was weiß ich.«

»Da gab es zwei oder drei, aber ich durfte sie nicht einmal anrühren. Die wollten die Vorgesetzten, die haben sie schön für sich reserviert. Uns haben sie den Abschaum überlassen, die Scheißkerle.«

Der Klassenkampf tobte offensichtlich überall. Oberstabsfeldwebel (a. D.) Oscar Aldo Paredes sah mich verschwörerisch an, warf einen verächtlichen Blick auf den autonomen, körperlosen Hintern und sagte, er wolle mir etwas erzählen.

»Ich werde Ihnen etwas erzählen. Ein Geheimnis, nennen wir es mal so, ich weiß nicht, ob man von Geheimnis sprechen kann, es hat mir ja schließlich niemand erzählt. Muss es mir jemand erzählt haben, damit es ein Geheimnis ist?«

Ich gab ihm keine Antwort: Die Diskussion könnte sich endlos hinziehen.

»Wenn mir sehr langweilig war und ich am liebsten abgehauen wäre, hatte ich einen Trick auf Lager: Ich stellte mir vor, es läge ein anderer da. Nicht irgendeiner; jemand Bestimmtes. Manchmal dachte ich an einen Kerl, der mich beschissen hatte, oder 'ne Tussi, die mich hatte abblitzen lassen, den Hausbesitzer, der mir ständig wegen der Miete in den Ohren lag, was weiß ich, je nachdem. Und da hat es manchmal richtig Spaß gemacht. Ich sah das Gesicht vor mir, direkt vor mir, sogar die Stimme wurde anders. Einmal hab ich mir den Oberstleutnant vorgestellt und wie in einen Sack reingehauen. Aber da bekam ich Angst, sie würden dahinterkommen.«

»Wie sollten sie dahinterkommen?«

»Keine Ahnung, vielleicht merkte man es mir an. Ich hatte das Gefühl, man merkte es mir an.«

Sagte der Oberstabsfeldwebel und spuckte auf den Boden, verteilte den Speichel mit einem Flip Flop und bohrte mit dem kleinen Finger in seinem Ohr. Dann holte er Luft und sagte, ich solle mich nicht täuschen, ich solle nicht glauben, die Langeweile sei das Schlimmste gewesen, das habe er nur so nebenbei bemerkt, um ein bisschen, wie man so sagt, Konversation zu machen, Chef. Aber ich solle auch nicht glauben, die einzigen Geschadigten – er sagte Geschädigten – dieses Kriegs seien die jungen Leute: Das sagen jetzt alle, sagte er, aber für sie sei es auch ein riesiges Opfer gewesen, für die einen mehr, für die anderen weniger, klar, wie immer, manchmal hast du es nicht einmal gemerkt: Er zum Beispiel, nur mal so, habe sich nicht nur gelangweilt; es habe ihn auch richtig aus der Bahn geworfen, aber das habe er erst viel später begriffen.

»Ich dachte, es ist alles in Ordnung, wissen Sie, ich könnte das alles wegstecken, mich hat man oft gerufen, wenn ein Typ schnell zum Reden gebracht werden musste, weil seine Genossen uns sonst entkamen, und da musste man draufhauen, Sie verstehen schon, richtig draufhauen, und mich machte das verrückt, Sie werden es nicht glauben, ich war wie weggetreten, damals hab ich es nicht gemerkt, vielleicht hab ich es nicht gemerkt, aber ehrlich gesagt, ich war danach völlig durcheinander.«

Er sagte: Er sei danach völlig durcheinander gewesen, muss wohl, denn wenn er nach Hause gekommen sei – ich solle nicht glauben, dass das oft der Fall gewesen sei, manchmal sei er zehn, vierzehn Tage lang nicht zuhause aufgetaucht, weil seine dienstlichen Aufgaben das nicht zuließen –, habe er keine Ruhe gefunden, er habe sich seltsam gefühlt, die ganze Zeit über habe er gedacht, dass ihm etwas fehle, und er sei sehr nervös gewesen, habe darüber nachgedacht, was jetzt gerade bei der Arbeit los war, was die Jungs taten, es machte mich nervös, aber außerdem, sage ich Ihnen, kam ich nicht zur Ruhe, egal was meine Frau und meine Kinder taten, es machte mich nervös.

»Keine Ahnung, ich sag Ihnen: egal was. Wenn der Kleinste sich einen Zeichentrickfilm im Fernsehen angesehen hat, ich hatte ihm einen schönen Fernseher mitgebracht, an den wir gekommen waren, einen Grundig, glaub ich, hab ich ihn angeschrien, er solle den Ton abstellen, ich könne das Gekreische nicht ertragen, wenn die Älteste sich die Nägel lackiert hat, hab ich ihr eine gescheuert, wissen Sie: Ich hatte Angst, dass sie ein Flittchen wird. Sie denken jetzt bestimmt, nein, wie kommt der auf so was – ich weiß, was die Leute denken, keine Ahnung, ob ich das schon erwähnt habe –, wie kommt der darauf, dass ein Mädchen aus einem wohlgeordneten Elternhaus, aus einer Soldatenfamilie ein Flittchen werden könnte, und vielleicht haben Sie recht, am Ende war das ja auch so, das Mädchen hat Gott sei Dank, soweit ich weiß, solche Probleme nie gehabt, aber damals hat das an meinen Nerven gezerrt, und ich hab auf sie eingeschlagen, und dann kam auch noch meine Frau dazu und hat versucht, mich zurückzuhalten: Oscar, hat sie gesagt sie, es reicht, Oscar, hat sie gesagt, lass die Kleine gehen, die kann doch nichts dafür, wenn du etwas zu sagen hast, dann sag es mir, ich bin schließlich die Mutter, und da bin ich völlig ausgetickt, ich hab sie ganz schön vermöbelt, die Arme, ich hab sie geliebt, ich glaube, dass ich sie geliebt hab, aber ich konnte ihr das nicht begreiflich machen, ich hab mit den Fäusten auf sie eingeprügelt, aber sie hat es nicht verstanden.«

Oberstabsfeldwebel (a. D.) Oscar Aldo Paredes schob sich den kleinen Finger der rechten Hand in die Nase – in das linke Nasenloch: wie man sieht, hatte dieser Nagel unterschiedliche Funktionen – und dachte nach, abwesend. Dann fragte er mich, ob ich einen Mate wollte.

»Ich trinke nicht mehr, der Alkohol hat mir ziemlich zugesetzt, aber ich hab ihn besiegt. Es war ein schrecklicher Kampf, aber ich hab ihn gewonnen. Meinen Mate, den trinke ich noch, wenn Sie mögen, lad ich Sie auf ein Tässchen ein.«

»Aber Sie hatten mich doch um den Schnaps gebeten, das hatte ich ganz vergessen: Ich hab ihn mitgebracht, hier.«

Sagte ich, und Oberstabsfeldwebel (a. D.) Oscar Aldo Paredes sagte, er wisse das zu schätzen und sei mir sehr dankbar, er werde ihn dort auf den Tisch stellen, denn die andere Flasche sei leer. Er werde nicht mehr trinken, aber er möge es, wenn die Flasche vor ihm stehe, ohne dass er sie anrühre: Es sei eine Frage, ob man Eier in der Hose hat oder nicht.

»Es ist eine Frage, ob man Eier in der Hose hat oder nicht, ich weiß nicht, ob Sie verstehen, was ich meine. Ich hab viel gesoffen, ehrlich, damals hab ich angefangen zu saufen, aber nicht so viel, weil ich ja zu den Einsätzen musste, im Heer achten sie darauf, aber später, als das alles vorbei war, als alles auseinanderbrach mit dem Heer, mit der Chefin, als alles den Bach runterging, da hab ich eine Zeit lang gesoffen wie ein Loch. Wie ein verdammtes Loch. Jetzt trinke ich nicht mehr, wirklich. Es ist leicht, nicht zu trinken, wenn nichts da ist: Das kann jeder. Aber die Flasche da stehen zu haben und nicht zu trinken, da muss man schon ordentlich Eier in der Hose haben. Ich seh die Flasche, seh sie an und sage, du Miststück, glaub ja nicht, dass ich dir noch mal auf den Leim gehe, ich bin stärker als du.«

Ich war versucht, ihn zu fragen, wie die andere dann leer geworden war – wenn, wie er sagte, er sie nur dort stehen hatte, um ihr seine Macht zu beweisen, konnte sie nicht leer werden –, aber ich fragte ihn nicht: Ich dachte, damit würde ich ihn bloßstellen, und das wollte ich nicht. Nicht weil das einen Riss – Misstrauen – hervorgerufen hätte, sondern weil es mies gewesen wäre, einen Trinker zu entlarven. Ich fragte ihn nicht, aber er antwortete trotzdem: Vielleicht stimmte ja, dass er wusste, was die Leute denken.

»Hin und wieder wird eine leer, ja. Ich muss sie aufmachen und offen stehen lassen, wo ist sonst der Witz. Wenn ich sie geschlossen da stehen lasse, ist das witzlos, Sie verstehen. Und wenn sie offen ist, verdunstet der Inhalt allmählich. Würde ich sie zulassen, würde sie ewig halten, aber dazu brauchte man keine Eier in der Hose.«

Ich sagte, klar.

Oberstabsfeldwebel (a. D.) Oscar Aldo Paredes füllte die Teekanne, stellte sie auf den Kocher, zündete die Flamme an. Irgendwann, sagte er, habe seine Frau ihn nicht mehr verstanden und sei mit den Kindern zu einer Tante gezogen; er habe damals gedacht, ach, soll sie doch machen, was sie will, für so was hatte er keinen Nerv, er war schließlich Soldat; das dicke Ende sei später gekommen, als sie ihm einen Anwalt auf den Hals hetzte, damit sie alles kriegte, die Wohnung, alles, die Möbel, den Kühlschrank, den Fernseher, diesen Grundig, alles: Sie habe ihm alles wegnehmen wollen und er sei nicht einmal mehr sauer auf sie, sagte er – er sagte: Ich bin nicht mal mehr sauer –, denn er habe sie jahrelang beschissen behandelt, die Arme.

»Nein, wieso sauer, ganz im Gegenteil. Ich sage Ihnen, wenn sie wollte, würd ich sie sofort zurücknehmen, aber Fehlanzeige, keine Ahnung, wie lang ich schon nichts mehr von ihr gehört hab.«

Sie hätten ihn ausgenommen, sagte er, komplett ausgenommen, sie und dieser Scheißanwalt. Früher habe er den Anwalt mit ein paar Kameraden unter Druck gesetzt, damit er nicht weiter nervte, doch das seien andere Zeiten gewesen: Das Miststück habe auf den geeigneten Moment gewartet, um sich die Wohnung unter den Nagel zu reißen, sagte er, da lebten wir schon in der Demokratie, und der Kerl ließ uns abblitzen, er drohte uns damit, uns alle ins Kittchen zu bringen; uns, stellen Sie sich mal vor, in den Knast, das hört sich an wie ein Scherz, aber das Schlimme ist, es war kein Scherz, ich hab es nicht gemerkt, aber alles hatte sich ganz schön verändert, wem sage ich das.

»Die sind alle gleich, das sage ich Ihnen: alles hinterhältige Schweine. Meine Frau, der Rechtsanwalt, sogar meine Kinder, alle. Fünfundzwanzig Millionen Argentinier, alle: völlig durchgeknallt. Als es darum ging, zu kämpfen, haben wir gekämpft, uns mit der Waffe in der Hand verteidigt, wer weiß was ausgehalten, wir haben für sie gekämpft, ja, wir haben sie gerettet, und als wir den Sieg schon in der Tasche hatten, haben sie uns entsorgt wie einen alten Putzlappen. Was wäre denn mit Argentinien, wenn wir nicht gekämpft hätten? Na, sagen Sie's mir. Was wäre es, ein Schlupfloch für Verbrecher? Und wer hat das verhindert, hm, wer? Das ist die Wahrheit, Chef, alles andere wäre gelogen: Man hat uns benutzt, man hat uns an die Front geschickt und benutzt und am Ende fallen gelassen wie einen alten Lappen: O nein, sieh dir diese Militärs an, wie konnten sie solche Dinge tun, wer hätte das gedacht, diese Bestien. Das ist doch ein einziger Haufen von Faulenzern und Heuchlern, natürlich wussten sie Bescheid, gut sogar, und so sie haben uns animiert und bei den Paraden die Fähnchen geschwenkt und uns applaudiert, und dann tun sie so, als hätten sie mit nichts was zu tun. Mir gegenüber zumindest.«

Oberstabsfeldwebel (a. D.) Oscar Aldo Paredes wurde Mitte der achtziger Jahre aus dem Heer entlassen, sagte er, weil man ihm etwas untergeschoben habe: Eine Akte, in der es hieß, er habe etwas gestohlen, nichts von Bedeutung, er, der nie seinen Vorteil gesucht habe, sehen Sie mich an, Chef, aber man habe Leute wie ihn loswerden wollen, sagte er, sie wollten das Heer reinwaschen und ihm ein neues Gesicht geben, und er war zu nichts mehr nutze, es war leicht, ihn zu entsorgen, nicht wie bei den Obersten, den Generälen, denen man alles verziehen habe. Mir nicht, mich haben sie einfach so entsorgt, wenigstens hat man mich nicht degradiert, aber ich stand auf der Straße, warum soll ich lügen, mitten auf der verdammten Straße; ich hab den ein oder anderen Job gemacht, was gerade da war, aber genau in dem Moment kam es meiner Alten in den Sinn, gemeinsam mit dem Anwalt zum Angriff zu blasen, und so hab ich die Wohnung, die Pension, alles verloren.

»Genau in dem Moment, als ich all das hätte genießen können, wofür ich gekämpft habe, das ist einfach nicht fair. Haben Sie mal einen von diesen Filmen gesehen, wenn der Krieg zu Ende geht und der junge Mann als Sieger heimkehrt und das Mädchen ihn mit einem Mordskuss empfängt, und der Film ist zu Ende und alles ist gut? Tja, hier haben alle so getan, als hätten sie mit nichts was zu tun, sie haben sich im Film geirrt.«

Oberstabsfeldwebel (a. D.) Oscar Aldo Paredes ist ein paar Jahre auf der schiefen Bahn gewesen, aber er erinnere sich kaum noch daran, sagte er: Jahre, in denen er ständig besoffen war und irgendwelche Gelegenheitsjobs machte, an die man sich besser nicht mehr erinnert – er sagte: besser nicht mehr erinnert –, Jahre, in denen er mit dem schlimmsten Abschaum verkehrte, eine Schande. Bis ein Kumpel, der noch im Knast saß, ihn bei einer schlimmen Sache erwischte – einer schreckliche Sache, Chef, ich erzähl's Ihnen lieber nicht – und ihm sagte, er solle nicht blöd sein und sehen, dass er da rauskäme, sonst wäre das sein Untergang.

»Der hat mich überzeugt: Ich verdanke dem Kerl mein Leben. Der hat auch den Kontakt zu dem Besitzer hier hergestellt und mir die Arbeit besorgt.«

Der Besitzer des Parkhauses, sagte er, sei ein Offizier, den er, Oberstabsfeldwebel (a. D.) Oscar Aldo Paredes, in den guten Zeiten kennengelernt habe und der nicht so tue, als gehe ihn das alles nichts an: Er habe ihm geholfen. Denn, sagte er, es gibt Leute, die haben sich nicht aus der Affäre gezogen und den Jungs nach wie vor geholfen.

»Der Chef ist einer von denen, die mit dem Strom schwimmen, aber er ist ein guter Kerl. Wenn wir etwas brauchen, tut er nicht so, als hätte er mit nichts was zu tun. Wir haben den Krieg gewonnen, verdammt. Den einzigen ernsthaften Krieg, den Argentinien in diesem Jahrhundert geführt hat, den haben wir gekämpft, und wir haben ihn gewonnen, und jetzt sehen Sie mal, wie diese Idioten uns das vergelten, wir haben ihnen die Kastanien aus dem Feuer geholt. Sie haben uns unzählige Male verleugnet wie Petrus den Jesus. Kaum zu glauben, aber es gibt immer noch prima Leute im Heer, Leute, die den, wie hieß es noch … den guten alten Korpsgeist aufrechterhalten.«

Ich fragte mich, ob der Besitzer das aus Güte getan hatte oder um eine alte Schuld zu begleichen, um sich ein Schweigen, ein Vergessen zu erkaufen. Aber das konnte ich ihn nicht fragen – oder zumindest noch nicht.

Der Offizier, sagte der Oberstabsfeldwebel, habe im Krieg ein Vermögen verdient. Ich wollte ihn schon fragen, ob er viel gestohlen habe, aber er antwortete, ohne dass ich ihn gefragt hatte, nein, wer wisse schon, ob er etwas habe mitgehen lassen, nein, dazu sage ich nichts, ich sage nur: Als der Krieg anfing, hatte er nichts, der Kerl war ein klasse Offizier, er hat viele Einsätze geleitet, manchmal hat er wohl die Sachen aus den Wohnungen behalten. Es ging nicht immer nur darum, seinen Arsch zu riskieren und Rebellen zu töten.

»Und Sie?«

»Nein, ich wollte das nicht, ich hab an all das geglaubt, ich wollte die Dinge nicht vermischen, tja. Einige Freunde sagten, sei nicht blöd, Oscar, wen interessiert das, und ich sagte, mich, ich mache das nicht, weil ich den Zaster will, sondern weil ich einer guten Sache diene. Einige haben mich verstanden, andere haben mich ausgelacht, sie sagten, das wird dir noch leidtun, du Idiot, glaub mir.«

»Und hat es Ihnen leidgetan?«

»Ja, und wie, sehen Sie mich doch an. Ich weiß, Sie sehen mich jetzt und glauben mir vielleicht nicht, aber ich schwöre Ihnen, ich habe Unsterbliches geleistet. Ich fühlte mich wie ein Held, ich dachte, für all das, was ich getan habe, wäre das Vaterland mir etwas schuldig, es würde sich darum kümmern, dass es mir und meiner Familie an nichts fehlt, an nichts.«

Oberstabsfeldwebel (a. D.) Oscar Aldo Paredes füllte den Mate auf, sog lange und geräuschvoll an dem Röhrchen und sah herausfordernd die Schnapsflasche an. Ich hätte ihn gern um ein Gläschen gebeten, aber das wäre eine unnötige Provokation: Vor ihm zu trinken, das war, als ob man vor einem Bettler Geld zählte. Ein Moment lang dachte ich, doch, ich will ihn provozieren: Ich suchte in irgendeiner Hirnwindung nach dem Hass, den ich für einen Folterer, einen Mörder, empfinden musste. Es war schwer, ihn in diesem Zimmer, diesem aufgedunsenen Gesicht zu finden. Außerdem sollte er mir jetzt, nach diesem langen Bericht, der mir nichts brachte, endlich das erzählen, weshalb ich gekommen war.

»Soweit ich weiß, waren Sie im Lager Aconcagua.«

Oberstabsfeldwebel (a. D.) Oscar Aldo Paredes zog die Augen zu Schlitzen zusammen und sah mich mit einer Mischung aus Neugier und Misstrauen an; das Licht im Zimmer kam von einer Glühbirne an der Decke, höchstens vierzig Watt. Sie erzeugte nicht mal ordentliche Schatten.

»Aconcagua, meinen Sie, das Gefängnis. Ja, das war eines der schlimmsten. Dort wurden die jungen Leute schnell durchgeschleust. Das war nicht wie in den anderen Lagern, wo sie einen, manchmal zwei Monate blieben. Hier mussten wir sie sofort abfertigen und verlegen, wir hatten einfach keinen Platz, sie stapelten sich geradezu.«

»Verlegen?«

»Klar doch Chef, Sie wissen schon: ab in die Grube.«

Ich wollte keine Einzelheiten hören. Diesmal war es nicht aus Scham: Ich wusste nicht, ob ich sie ertragen könnte. Ich hatte ihn nicht aufgesucht, um mich an den Details des Schreckens zu ergötzen; ich war hier, damit Oberstabsfeldwebel (a. D.) Oscar Aldo Paredes mir etwas über den Priester erzählte.

»Man sagte mir, es sei ein Priester mit Ihnen dort im Lager gewesen.«

»Klar. Glauben Sie etwa, wir waren keine Christen? Die anderen hatten Priester zuhauf; wir brauchten auch welche. Sollten wir den Gott etwa ganz ihnen überlassen, oder was?«

Oberstabsfeldwebel (a. D.) Oscar Aldo Paredes bekreuzigte sich dreimal, schaute verächtlich die Schnapsflasche an und schwieg ein paar Sekunden: Mit den Zähnen fuhr er unter den Nagel des kleinen Fingers. Etwas musste er wohl rausgeholt haben: Er spuckte auf den Boden, und dann brachte er den Flip-Flop wieder zum Einsatz. Der Benzingeruch wurde langsam unerträglich, und der Oberstabsfeldwebel sagte, er habe einige Priester kennengelernt, aber keinen wie Pater Augusto.

»Dieser Priester war ein Fels in der Brandung, Chef, glauben Sie mir. Ein echter Pater. Da nennen sie die Priester immer Pater, und manchmal denkt man, möge Gott mir verzeihen, aber das sind keine Pater, sondern echte Dreckskerle, stimmt's? Der nicht: Er war wie ein Vater für uns alle. Ich meine, ob für alle, weiß ich nicht, aber für viele von uns war er wie ein Vater. Pater Augusto. Ja, er war einer von der Sorte, die immer ein tröstendes Wort für einen haben, einen Spruch, irgendwas: Manchmal kam man völlig fertig von einem Einsatz, vielleicht musstest du jemanden unfreiwillig abknallen, ein junges Mädchen oder eine alte Frau, keine Ahnung, oder weil es nicht einfach ist, jemanden zu töten, glauben Sie das ja nicht, selbst wenn es einer von denen war, ging dir das manchmal an die Nieren. Heute glauben die Leute, die einzigen Opfer wären sie, die Rebellen gewesen, aber sie haben keine Ahnung: Sie wissen nicht, was es für ein Opfer ist, draußen auf der Straße zu kämpfen, seine Haut zu riskieren. Aber dann sah der Pater dich in dem Zustand und rief dich, komm, Oscar, komm, lass uns reden, er sagte dir, du solltest dich davon nicht runterziehen lassen, diese Aufgaben würde uns der Herr als Prüfung schicken, wir sollten dem Herrn dankbar sein, dass wir ihm unseren Glauben, unseren Einsatz zeigen dürften, all das. Wir wären die wahren Christen, nicht diese Tee trinkenden, Canasta spielenden eifrigen Kirchgängerinnen, wir würden den Herrn mit der Waffe in der Hand auf der Straße verteidigen: Kreuzritter, sagte er zu uns, ihr seid die argentinischen Kreuzritter. Es tat gut, zu wissen, dass dein Einsatz für eine gute Sache war, dass ein Pater sagte, für deine Taten kommst du in den Himmel. Dieser Priester war unglaublich. Du hast mit ihm geredet, und du brauchtest keine Beichte mehr, nichts, du warst danach so erleichtert, dass du zu allem fähig warst, ganz gleich, was man dir vorsetzte, du würdest es schaffen, so warst du drauf. Also, ehrlich gesagt, weiß ich nicht, was ohne Pater Augusto aus uns geworden wäre.«

»Hat er mitgemacht?«

»Wie, mitgemacht?«

»Na, ob er manchmal zu den Verhören dazukam, ob er irgendwas gemacht hat.«

Sagte ich und wusste nicht, wie ich es ausdrücken sollte. Der Oberstabsfeldwebel erwiderte, nein, er sei ein Herr gewesen.

»Nein, der Pater war ein Herr, eine Eminenz. Wie ich schon sagte, ein feinfühliger Kerl. Er sprach mit uns und alles, aber beim Anblick von Blut wurde er leichenblass, als ob er jeden

Moment in Ohnmacht fiele. Nein, der Pater war gut zum Reden. Zum Prügeln waren wir da.«

Ich dachte wieder daran, mir ein Gläschen Schnaps zu genehmigen; ich dachte sogar daran, ihm eins einzuschenken – und ihn zu überreden zu versuchen, es zu trinken. Es war albern; Oberstabsfeldwebel (a. D.) Oscar Aldo Paredes hatte die Hände ineinandergeschlungen, wie zum Gebet, den Kopf gesenkt, und er sagte mir, dass er nach all der Zeit, nach allem, was geschehen war, ihn manchmal immer noch vermisse, ihn brauche: Vor ein paar Jahren habe er erfahren, Pater Augusto sei in einer Dorfgemeinde ganz in der Nähe, in Tres Perdices, er habe zweimal versucht, ihn zu besuchen, aber der Pater habe ihn nicht empfangen.

»Das war komisch, wissen Sie. Das erste Mal bin ich an einem Nachmittag hin, und es hieß, er sei nicht da: Eine Frau sagte, er sei nicht da. Und dann ging ich noch einmal zur Zeit der Messe hin, der Pater war da, hat die Messe gehalten, alles, und als ich ihn am Ende im Pfarrbüro aufsuchte, sagte er, ich solle gehen, er habe mit mir nichts zu besprechen. Ich sagte, klar, Sie erkennen mich nicht, Pater, ich bin Oscar, Oberstabsfeldwebel Paredes, Sie erinnern sich doch bestimmt an mich, und er hat mir nicht mal eine Antwort drauf gegeben, sondern nur gesagt, ich solle verschwinden. Das war hart, Chef, ich weiß nicht, was mit ihm los war. Vielleicht denkt er, für mich gebe es sowieso keine Erlösung, aber das glaube ich nicht; vielleicht denkt er, er habe mir schon alles gegeben, mehr könne er mir nicht geben, keine Ahnung. Wer weiß, was der Pater denkt.«

Ich dachte, ich müsste doch, bevor ich ging, zumindest irgendein Vergnügen daran finden, ihn so am Boden, so fertig – seinen Preis zahlend – zu sehen, aber nicht einmal das. Es war merkwürdig: Ich hatte schon seit langem mit niemandem gesprochen, der auf den ersten Blick noch kaputter wirkte als ich. Dann dachte ich, mein Selbstmitleid werde langsam widerwärtig, ich könne mich nicht mit ihm vergleichen – das sei völlig abwegig. Ich brach das Gespräch ab und dankte ihm, er wollte mich umarmen, ich konnte der verschwitzten Umarmung des nüchternen Trinkers nicht ausweichen. Er wünschte mir ein frohes Fest, Chef, danke für den Schnaps, ein gutes neues Jahr. Ich versuchte auf die Straße hinauszukommen, aber es gelang mir nicht: Selbst auf der Straße war ich immer noch in dem Zimmer. Die Straße war warm, feucht, verlassen. Hin und wieder begegnete ich Passanten: Menschen, die nie wegen irgendetwas ihr Leben aufs Spiel gesetzt hatten, die nie gedacht hatten, sie würden die Welt verändern, die nie erleben mussten, dass ihre Frau während der Folter getötet wurde. Und ich vermochte nicht zu sagen, ob das besser oder schlechter war. Eine Weile – die durchaus angedauert haben kann – ging ich die Straße entlang und war immer noch in dem Zimmer. Es war sehr schwer, an dem Abend in die Welt der Lebenden zurückzukehren. Es fühlte sich seltsam an, als ich mich fragte, ob ich Teil dieser Welt war.

Ich ging und brauchte zwei oder drei Stunden – zwei oder drei Stunden, bis zum frühen Morgen –, bis mir bewusst wurde, dass ich ihn gar nicht nach Estela gefragt hatte. Und in dem Moment – als ich das begriff – verstand ich nicht, was das zu bedeuten hatte.

26

AN DEM DONNERSTAG starb mein Kater. Der Kater lebte durch einen Zufall, einen Irrtum bei mir: Ich hatte ihn eines Tages dürr und schmutzig an der Tankstelle um die Ecke gesehen; er lief mir nach, ich nahm ihn mit nach oben, weil ich dachte, einen schmutzigen Kater sieht man nicht alle Tage; ich wollte ihm ein wenig Milch geben und dann wieder auf die Straße setzen. Ich gab ihm die Milch, setzte ihn auf die Straße, und er kehrte zurück. Ich akzeptierte das in der Annahme, es sei nur für ein paar Tage: In manchen Momenten bleibt einem nichts anderes übrig, als einen Straßenkater aufzunehmen, weil man ein Straßenkind niemals aufnehmen würde. Wenn es darum geht, irgendeine Form von Mitleid zu üben, erscheint es naheliegender, dass die Wahl auf das Kind fällt als auf einen Kater, aber es ist auch komplizierter, und vielleicht ist es ja auch gar keine Form von Mitleid, einen Straßenkater – oder ein Straßenkind – aufzunehmen. Wie dem auch sei, Katzen sind ruhiger, brauchen weniger Aufmerksamkeit, sie fragen nicht, sie erzählen nicht – manchmal lassen sie sich etwas erzählen. Der Kater blieb acht oder zehn Jahre bei mir, und es verging nicht ein Wochenende, an dem ich nicht daran dachte, ihn am kommenden Montag in irgendeinem weit entfernten Viertel auszusetzen. Sagen wir, ich war zu faul: In diesen acht oder zehn Jahren ist der – namenlose, hartnäckige – Kater immer unter dem Sofa verschwunden, wenn er hörte, dass ich die Tür öffnete, und nach einer Weile kam er zunächst schüchtern, dann ungezwungen heraus und nahm seinen Platz als billiges Porzellanimitat auf dem Tisch ein. Ich habe nie groß mit ihm gesprochen, ihn nur ab und zu gefüttert. Und manchmal huschte mein Blick, während ich aß, auf seine Seite des Tisches, um zu sehen, ob er noch da war. Einmal habe ich versucht, seinen Kopf zu streicheln, und er hat ihn weggezogen.

Am Donnerstag kam ich mit Tüten beladen herein: Ich war müde, lustlos, und wollte Valeria später bitten, ein paar Nudeln zu kochen. Ich stellte die Tüten in der Küche ab und ging wieder ins Wohnzimmer; eine schwarzweiße Pfote lugte unter dem grünen Ledersofa hervor, und zum ersten Mal – war es zum ersten Mal? – sagte ich zu ihm, er solle mit dem Blödsinn aufhören: Los, du Sack, komm raus da. Die Pfote bewegte sich nicht einen Zentimeter.

Ich packte die Pfote und zog den Kater unter dem Sofa vor: Er war noch warm, aber schon steif, in einer leicht unnatürlichen Position erstarrt. Es lief mir eiskalt den Rücken hinunter, und ich ließ ihn, wo er war. Ich wollte ihn nicht ansehen. Ich ging ins Schlafzimmer, kam nach einer Weile wieder heraus, und der tote Körper lag immer noch da. Ich wusste nicht, was ich mit ihm machen sollte: drei oder vier Kilo Steiftier in Katzenform, mit schwarzweißem Fell und aufgerissenen, glasigen Augen, aus der zarten verzerrten Schnauze lugten die Eckzähne hervor. Ich dachte, jetzt musste ich nicht mehr in ein weit entferntes Stadtviertel gehen. Es lief mir wieder eiskalt den Rücken hinunter. Erst da stellte ich fest, dass es in meinem Leben viele Tote, aber keinen Leichnam gegeben hatte. Ich saß noch immer auf dem Sofa und sah ihn an – ich, auf dem Sofa, den Kopf zwischen den Händen, die Ellbogen auf die Beine gestützt, den Blick zu Boden gerichtet, wo das Steiftier lag –, als Valeria klingelte.

»Rieche ich schlecht?«

»Wie, ob du schlecht riechst?«

»Ja, ob ich irgendeinen schlechten Geruch an mir habe.«

»Na ja, wir alle haben den ein oder anderen seltsamen Geruch an uns, oder?«

»Jetzt weich mir nicht aus. Ich habe dich gefragt, ob ich unangenehm rieche.«

»Was meinst du mit ›unangenehm‹? Nach was zum Beispiel?«

»Manchmal machst du so geschickt einen auf blöd, dass es schon echt wirkt. Du weißt genau, was ich meine. Als würde mein ganzer Körper so riechen wie meine Eier, wie eine Kloake, sobald ich den Mund aufmache, wie nach vergammelter Medizin, vergammelter Zwiebel, vergammeltem Fisch, was weiß ich …«

»Was soll ich dazu jetzt sagen.«

Ich wäre wie der Kater: ein falsches Lächeln, entblößte Zähne, eine sehr glaubwürdige Imitation des Lebens: Jeder, der mich sähe, würde eine Weile brauchen, bis er es merkte, und ich selbst würde es gar nicht mehr merken. Dieses Gesicht, das ich nie sehen würde, löste in mir solche Neugier – Furcht Entsetzen – aus: mein totes Gesicht.

»Also, wenn du mir nicht einmal so eine einfache Frage beantworten kannst, warum scherst du dich dann nicht zum Teufel?«

»Carlos, was hast du?«

»Nichts. Ich hab nichts. Aber du, was hast du.«

»Nichts, ich hab doch gar nichts getan. Komm mal wieder runter.«

Obwohl ich in der letzten Zeit überhaupt kein Gesicht mehr von mir im Spiegel sehen wollte. Ich hatte aufgehört, mich im Spiegel zu betrachten: Es interessierte mich nicht. Es war nicht so – wollte ich glauben –, dass ich es nicht ertragen könnte: Es hatte keine Bedeutung mehr. Das Bild, das auftauchte, wenn mir nichts anderes übrig blieb als hinzuschauen, wenn ich mich rasierte zum Beispiel, zeigte mir nur die vorhersehbaren Fortschritte des Verfalls. Sie erschreckten mich nicht immer, aber es gab auch keinen guten Grund, sie in allen Einzelheiten zu verfolgen. Ich hörte auf mich zu rasieren, und schon sah ich sie nicht mehr. Aber ich sah meine Wohnung, und mir blieb nichts anderes übrig, als diesen feinen Film von Nichts wahrzunehmen, der sich auf die Wohnungen und die Sachen alter Menschen legt. Und jetzt dieser kleine haarige Körper in der schwarzen Mülltüte, von dem ich nicht wusste, ob ich ihn in die Tonne werfen oder irgendwohin bringen sollte, und der wie eine Bedrohung auf der Anrichte in der Küche lag.

Wir setzten uns nicht mehr nebeneinander auf das grüne Ledersofa, wo wir uns streiften, ohne uns zu berühren, um einfach so Musik zu hören. Seit wir zum ersten Mal über Rache gesprochen hatten – seit sie zum ersten Mal darüber gesprochen hatte –, hatte Valeria keine CDs mehr mitgebracht.

»Weißt du, was ich an diesem Leben am wenigsten ertrage? Das mag sich vielleicht dumm anhören, aber ich halte es einfach nicht aus, immer derselbe zu sein.«

Valeria sah mich an, als wollte ich ihr zum zwanzigsten Mal die Anekdote von der Rekrutierung erzählen, und sagte betont nachsichtig: Nein, warum sollte das dumm sein. Aber ich wusste, dass ich ihr nie gesagt hatte, dass eines der Dinge, die mich in diesem Leben am meisten störten – mit diesem war das Leben gemeint, das ich in den letzten dreißig Jahren geführt hatte, verglichen mit den fünf oder sechs Jahren des anderen –, die Tatsache war, dass ich immer derselbe sein oder es zumindest versuchen musste. Das heißt: Wenn ich mich verändern wollte – in eine andere Haut schlüpfen, mich von mir entfernen, zeitweilig ein anderer werden wollte –, musste ich das auf meine Kappe nehmen, ohne Rechtfertigung. In meinem damaligen Leben hingegen war es Pflicht gewesen, verschiedene Personen zu sein. Erst mal war man nicht man selbst: Man war eine Person mit einem falschen Namen – einem Decknamen – und einer mehr oder weniger gefälschten Geschichte, in der gewisse Eckdaten auf keinen Fall auftauchen durften. Niemand zu sein war die attraktivste Form, ein anderer zu sein: Man war kein anderer, sondern andere, unendlich viele, die ganze Bandbreite an Möglichkeiten, dank des Verbots, genau Auskunft zu geben. Man musste die Freunde täuschen, zu ihrem – und zum eigenen – Besten. Aber nicht nur den anderen durfte man nicht sagen, wer man war, oder zumindest nicht genau; man musste sich selbst auch als anderen erfinden: als einen neuen Menschen, einen, der mehr und mehr mit dem Bild – Stereotyp? – des Revolutionärs übereinstimmt.

Und um das Ganze zu vervollständigen, erfand das Stereotyp die ganze Zeit über kleine Geschichten: Ein guter Aktivist musste immer eine Story auf Lager haben, um zu verschleiern, was er tat – weil das per Definition unsagbar war. Ein guter Aktivist musste verbergen, wer er war, seinen Feind davon überzeugen, dass er ein anderer war und nicht das tat, was er tat. Kleinigkeiten: eine Straße zu einem Treffen entlanggehen und sich vorher überlegt haben, in welchem Kino unterwegs welcher Film lief, damit man im Notfall sagen konnte, man sei auf dem Weg dorthin.

Es war vergnüglich: ein geschlossener Kreis. Wir wurden, zu wem auch immer wir werden mussten, weil wir überzeugt waren, dass alles, was wir taten, der Veränderung der anderen, uns selbst diente: Wir selbst würden am Ende anders, besser, »revolutionärer« sein; das Land würde am Ende ein anderes, gerechtes, freieres, lebenswerteres – und auch wenn wir es nicht mehr offen aussprachen: sozialistisches – sein. Aber jetzt ist diese Hoffnung verschwunden: Anscheinend sind wir überzeugt, dass es keine mögliche Veränderung gibt, dass wir ein für alle mal so sind. Als könnten wir uns höchstens mit Anstrengung und Glück ein wenig verbessern, Vale, dieselbe Scheiße, nur dass sie anders riecht, findest du nicht?

»Ich bitte dich ein letztes Mal: Erzähl es mir.«

»Was soll ich dir erzählen?«

»Das weißt du doch, Carlos. Was du da machst.«

»Was mache ich denn?«

»Lass den Unsinn.«

»Geh mir nicht auf den Sack.«

Wie viel Zeit habe ich damit zugebracht, mein Leben zu proben, immer mit dem Gefühl, dass das hier nicht das wahre war, dass es noch kommen würde. Und jetzt hat man mir gesagt, dass es das war, dass es vorbei ist.

»Zum letzten Mal, und ich meine das ernst: Ich muss wissen, was du tun wirst.«

»Warum musst du das wissen?«

Dann trank sie den letzten Rest Wein aus, den sie noch im Glas hatte, und sah mich an, als würde sie mir noch eine letzte Chance geben, und sagte, sie käme nicht mehr. Ich sagte, sie solle machen, was sie wolle, das sei nicht mein Problem. Sie sagte, ah, es ist also nicht dein Problem, dann ist ja alles in Ordnung.

27

NATÜRLICH GÄBE ES andere Möglichkeiten, mit alldem abzuschließen. Wenn ich mich davon überzeugen könnte, dass es eine persönliche Sache war, dass ich nach einer Lösung für meinen Kummer wegen dieser Geschichte suchte, wäre es das Vernünftigste, mich umzubringen.

Ich habe oft darüber nachgedacht, und ich denke auch jetzt darüber nach, während es draußen hell wird: Das Seltsame an der Vorstellung vom Selbstmord ist – wenn ich zum Beispiel die Balkontür öffnete, die winzige Anstrengung unternähme, ein Bein über die Brüstung zu schwingen und mich vornüberzuneigen, sogar wenn ich es mir noch leichter machte, die vier Gasflammen aufdrehte und die Geduld, die Traurigkeit, den Mut aufbrächte, mich hinzusetzen und zu warten –, dass die Viertelstunde, die gerade zu Ende gegangen ist, meine letzte Viertelstunde wäre, und all das, was ich in ihr getan hätte, eine außergewöhnliche Bedeutung erlangen würde: Warum hat er dieses Buch aufgeschlagen und bis zu dieser Seite gelesen, man muss sich die Seite genau anschauen, nein, ich sehe, er hat eine Flasche Wein aufgemacht und sie nicht angerührt, als hätte er gar nicht geplant, sich hinunterzustürzen, als sei es eine Übersprungshandlung, ein Anfall gewesen, na ja, genau diese Seite, darin muss der Schlüssel zu finden sein, obwohl, der Fernseher ist an, man wird irgendwie herausfinden, was sie in dem Moment auf dem Sender gesagt haben oder zumindest, was für eine Sendung lief, ja, das kann auch sein, obwohl, wer weiß, ob man in einem solchen Moment, in einem Moment, in dem man eine solche Entscheidung trifft, überhaupt mitbekommt, was um einen herum vorgeht, nein, eben, ich sage ja, es sieht nicht so aus, als ob es eine überlegte Entscheidung war, sondern als ob plötzlich irgendetwas passiert ist und ihn dazu getrieben hat, aber es kann sich natürlich genauso gut um eine Erinnerung, einen Gedanken handeln, wer weiß.

Das heißt, mein Handeln hätte letztlich einen Sinn gehabt: Es wimmelt geradezu vor Sinnmöglichkeiten. Es käme mich teuer zu stehen: Einer Viertelstunde meines Lebens eine Überfülle an Sinn zu verleihen, würde mich diesen Sprung und den Aufschlag kosten. Und ich war mir nicht einmal sicher, ob mir das gelänge: Wer würde seine Zeit damit verlieren, über meine letzte Viertelstunde und ihre möglichen Bedeutungen nachzudenken? Valeria vielleicht. Aber es wäre so traurig, wenn es Valeria wäre.

Vielleicht ist das Gute daran, das Bein über die Balkonbrüstung zu schwingen, nicht diese Lappalie, eine Unmenge an Sinnmöglichkeiten zu erzeugen, für die sich niemand interessiert, sondern dass ich dem Tod entrinne: Wenn ich das Bein über die Brüstung schwänge, würde ich nicht langsam sterben, sondern nur einen Schritt zu weit gehen, einen weiteren Schritt in die falsche Richtung, und ich müsste dem Tod nicht ins Auge sehen.

Ich glaube, es war Valeria, die gesagt hat, jeder Tod ist der Tod eines anderen: Wir sind unfähig, unseren eigenen Tod zu denken. Aber natürlich können wir das – oder zumindest konnte ich das. Ich konnte das schon lange, nur hatte das Böse mir die Sache erleichtert: Irgendwann, in nicht allzu langer Zeit, bald, würde ich ins Krankenhaus eingeliefert werden, und man würde mir sagen, es handele sich nur um ein paar

Untersuchungen, aber ich wüsste – durch die Art, wie sie es sagten, durch die Gesichter, durch einen in der Luft verbleibenden Geruch –, dass ich diesen Ort nie mehr verlassen würde: Alles, was mir auf der Welt noch verbliebe, wäre, in einem Krankenhauszimmer darauf zu warten, dass das Licht ausgeht. Es muss erschreckend sein, sich in dem Wissen auszuziehen, dass du dich nie wieder anziehen wirst, sich in dem Wissen auf die weißen Laken zu legen, dass dein Körper für immer in diesen Laken verbleiben wird – zumindest für dich wäre es für immer –, diese Schläuche und Apparate anzusehen in dem Wissen, dass dein Körper in ein paar Tagen von diesen Schläuchen und Apparaten abhängen wird und davon, wie lange man sie laufen lässt. Ich finde es jetzt schon erschreckend, daran zu denken, dass ich diese Dinge irgendwann denken muss: wie jemand, der sich mit etwas beschäftigt, das ihn nichts angeht, etwas Fremdem, Unglaublichem, Schrecklichem. Es gibt nichts, was auf solch radikale Weise entsetzlicher wäre, als daran zu denken, dass du denken – handeln – musst wie ein komplett Fremder: Das Damoklesschwert, das ganze System an Verhaltensweisen und Gewissheiten zu verlieren, von denen du immer geglaubt hast, sie würden dich ausmachen; nichts ist auf solch radikale Weise entsetzlicher als die Gewissheit, dass nichts von alldem dir jetzt noch nutzen wird. Und sich all die Stunden in dem Bett vorzustellen, während das Atmen immer schwerer wird, der Geist immer benebelter; die Beruhigungsmittel, der Geschmack von Metall oder Scheiße oder der Geruch von Metall von Scheiße von Fäulnis, der Geruch und der Geschmack und die Angst und die Beruhigungsmittel und die Gewissheit, dass es keinen Ausweg gibt: dass ich nie mehr dort rauskommen und dem langen schwierigen Weg ins Nirgendwo nicht entrinnen kann, dass mich auf diesem Weg niemand begleitet, der sich an den

Rand meines Krankenhausbettes setzt und zu mir sagt, du warst ein toller Vater Papa ich werde mein ganzes Leben an dich denken oder ich habe niemanden so sehr geliebt wie dich und ich weiß nicht wie ich ohne dich leben soll, aber was zum Teufel sollte es mir bedeuten, warum zum Teufel sollte es mir nutzen, wenn ich darum kämpfte, noch ein Weilchen länger zu atmen oder aufzuhören zu atmen, dass sich jemand an den Rand meines Bettes setzte, um mir diese barmherzigen Lügen zu erzählen, die nur versuchen sollen, mich auf diesem Weg zu beruhigen, bei dem jegliche Ruhe eine Erfindung, eine dumme Lüge ist.

Die Erleichterung, nicht noch vor jemandem so tun zu müssen, als hätte ich noch einen Rest von Rückgrat. In Ruhe zu sterben wäre ein letzter Akt des Stolzes – seht her, ich bin kein Feigling, nicht der letzte Dreck – oder ein vorletzter an Mitleid und Großzügigkeit – keine Sorge, ist alles nicht so schlimm, das steht ihr auch durch, cool bleiben. Das müsste ich nicht tun: Vielleicht, wenn ich wollte, wenn mir nichts anderes übrig bliebe, könnte ich schreiend sterben.

Es sei denn, diese Ruhe wäre die Annahme der Niederlage.

Pater Fiorello muss so vielen Toden beigewohnt haben: Ein Priester ist ein Experte in Sachen Tod. Wenn ich von ihm erzählte, müsste ich seine Eigenschaft als Experte in dieser Angelegenheit hervorheben: ihn als Sendboten des Todes darstellen. Ich meine nicht das Lager Aconcagua, wo es sich nicht um Tode handelte, sondern um Verwaltungsakte: wo sie alle – die Angestellten des Staates, die bemühten Arbeiter der Regierung – sich einreden mussten, dass das Töten der Gefangenen ein reiner Job war, eine unangenehme Routinetätigkeit, die

Schattenseite des Berufs und dass jeder von ihnen – von den Opfern, den bald Getöteten – nicht ein Mensch war, sondern ein Job, der an diesem Nachmittag oder frühen Morgen zu erledigen war. Nein, es ginge nicht um das Lager Aconcagua, sondern um sein Leben: Ein Priester widmet sein Leben dem Tod, der Aufgabe, ihn erträglich zu machen.

Ein Arzt arbeitet, um gegen den Tod zu kämpfen – er weiß, dass er oft verlieren wird, obwohl seine Niederlage ja vor allem die eines anderen ist. Aber ein Priester versucht nicht zu kämpfen: Er hat sich von vornherein mit der Niederlage abgefunden, er glaubt oder gibt vor zu glauben, dass der Sterbende eine unvollkommene Welt gegen eine andere, unvergleichliche eintauscht, dass er sich auf eine Reise begibt, die man nur herbeisehnen kann – mein Sohn, denke daran, dass in Kürze all dein Leid ein Ende haben wird, denke daran, dass du dich bald in der besten aller möglichen Welten befinden wirst –, und seine ganze Arbeit besteht darin, bei diesem Übergang hilfreich zur Seite zu stehen: den Sterbenden davon zu überzeugen, dass er voller Freude den Schritt ins Nichts machen soll.

Und dieses Wort: bald.

Ein Priester ist ein Versicherungsvertreter, der dir die begehrteste, die schwierigste Versicherung anbietet. Davon, dafür lebt er, das ist seine Verpflichtung. Deshalb würde es mir nicht schwerfallen, ihn an irgendeinem Nachmittag kurz nach der Siesta aufzusuchen, zu der Stunde, in der die Priester allein oder der Gesellschaft einer zudringlichen Betschwester überdrüssig sind, und ihn um ein paar Minuten seiner Zeit zu bitten. Der Priester hätte keinen Grund, mir das abzuschlagen – er könnte es mir nicht abschlagen: Priester müssen immer bereit sein, sich um ihre Schäflein zu kümmern. Vielleicht wäre der Pater anfangs überrascht, ein fremdes Gesicht zu sehen: Bestimmt kannte er die Mehrzahl seiner Gläubigen und könnte mich nicht zuordnen, aber er würde sich schnell sagen, vielleicht ein Neuhinzugezogener, es kommen immer mehr Leute ins Dorf, Tres Perdices ist nicht mehr, was es mal war. Vielleicht wäre er überrascht, aber er würde es sich nicht anmerken lassen, das war seine Pflicht. Er würde also seine schmalen Lippen zusammenpressen – auf dem einzigen Foto von ihm, das ich finden konnte, war er nur verschwommen abgebildet, aber mir waren gleich die schmalen, fast nicht vorhandenen Lippen aufgefallen –, und er würde weiter seine Rolle spielen, wenn ich ihm sagte, ich wolle mit ihm über den Tod sprechen.

»Wie, über den Tod?«

»Ja, über den Tod. Ich vermute, Sie sind der geeignete Ansprechpartner.«

Es wäre eine freundliche Geste von mir: Ich würde unser Gespräch mit einem Thema beginnen, das er beherrschte wie kein anderer, um erst mal in die Materie einzusteigen und dann über die Dinge zu sprechen, die mir wirklich wichtig waren, sofern es mir gelang, mich zu entscheiden, welche Dinge mir wirklich wichtig waren in einem Gespräch mit dem Gemeindepfarrer von Tres Perdices, dem ehemaligen Kaplan einer Mörderbande des Heeres, dessen Geschichte ich mit einer Hingabe ersann, die durch nichts gerechtfertigt war – die ich zumindest nicht rechtfertigen konnte. Dann würde Priester Fiorello mich mit diesem absolut professionellen Gesichtsausdruck ansehen, den man als christliche Resignation bezeichnen könnte – wie jemand, der in seinem Leben viele Verrückte angehört und ertragen hat und weiß, dass das seine Aufgabe ist, oder besser, dass er, wenn er es weiter tut, eines Tages seinen Lohn bekommen wird –, und er würde sagen, er sei nicht speziell darauf vorbereitet, über den Tod zu sprechen, wie ich darauf käme, aber wenn mich das beschäftigte, könnten wir gerne darüber sprechen: wenn es mich wirklich beschäftigte.

»Was ist denn Ihr Problem, mein Sohn? Haben Sie Angst vor dem Tod?«

Ich würde nicht zu ihm sagen, was soll das, mein Sohn, verdammt, ich bin nicht dein Sohn, du Schwein, und ich würde mich in dem Moment auch nicht damit aufhalten, diese seltsame Mischung zu analysieren, dass er mich als Sohn ansprach und zugleich siezte, dieses »mein Sohn« aus dem Mund eines Mannes, der nur wenig älter war als ich, sondern ich würde mich bemühen, zu lächeln – ich würde neben ihm in der Tür zu seinem Arbeitszimmer stehen und hineinblicken, als würde ich darauf warten, dass er sagt, bitte treten Sie ein, ich würde versuchen, ein demütiges und zugleich leicht verächtliches Lächeln aufzusetzen – und zu ihm sagen, nein, warum sollte ich Angst davor haben zu sterben, wieso er das dächte.

»Nun, mein Sohn, weil Sie mich gebeten haben, über den Tod zu sprechen, was soll ich da denken.«

Würde er sagen und damit beweisen, dass es mit seiner Fantasie nicht allzu weit her war, aber ich würde einen Moment lang bereit sein, mich auf sein Spiel einzulassen, und sagen, warum sollte ich Angst haben zu sterben, es sei doch leicht, tot zu sein, es verlange einem nichts ab, man müsse sich nur mit dem schrecklichen Gedanken abfinden zu verschwinden, mit diesem unerträglich traurigen Gedanken, dass alles, was für mich existiert, ohne mich weiterexistiert, mit diesem trivialen und vernichtenden Gedanken, dass die Welt mich überhaupt nicht braucht und dass alles, was da ist, weil ich es sehe, weiter da sein wird, auch wenn ich es nicht mehr sehen werde, dass die Bäume die Katzen die Bücher die Frauen weiter da sein werden, auch wenn ich sie nicht berühre nicht rieche, dass nichts stehenbleiben wird, weil ich nicht mehr existiere, dass so viele Dinge ohne mich passieren werden und vor allem, dass ich niemals eine Welt sehen werde – ich würde sagen, eine Welt oder vielleicht ein Land – ohne Leute wie seinesgleichen.

Es wäre eine Erleichterung, wehmütig an die Vergangenheit denken zu können: eine Vergangenheit zu haben, an die ich mit diesem antiquierten Glücksgefühl denken kann, das wir Wehmut nennen. Wäre mir doch dieser Frieden, diese Befriedigung vergönnt. Doch so kurz davor, selbst Vergangenheit zu werden, dachte ich nur wehmütig an die Zukunft.

Es ging leicht: Die Zukunft ist per Definition die Zeit, die noch nicht mit der Wirklichkeit zusammengeprallt ist.

Der Gedanke, dass die Menschen eines Tages zweihundert Jahre bei bester Gesundheit leben und ich das nicht mehr erleben werde, dass die Stimmen nur noch dazu dienen zu singen, weil die Menschen sich per Telepathie unterhalten, und ich das nicht mehr erleben werde, dass man nur noch zu denken braucht, an diesen Ort würde ich gern reisen, und schon ist man dort, und ich das nicht mehr erleben werde, dass es nicht mehr Millionen und Abermillionen Idioten geben wird, die ihr Leben lang tun, was sie nicht interessiert, um ihr Essen zu bezahlen, und ich das nicht mehr erleben werde, dass es nicht mehr Millionen und Abermillionen Idioten gibt, die glauben, ihr Land sei besser als das Nachbarland, und ich das nicht mehr erleben werde, dass es nicht Millionen und Abermillionen von Idioten gibt, die ihre Tage und Nächte damit vergeuden, zu verfolgen, was mit ein paar schönen Frauen und Männern passiert, dass es nicht mehr Millionen und Abermillionen von Idioten gibt, die tun, was ein Großkopf ihnen befielt, und ich das nicht mehr erleben werde, dass Männer und Frauen es nicht mehr nötig haben, von einem Mann oder einer Frau geliebt zu werden, und ich das nicht mehr erleben werde, dass ein Mann oder eine Frau wählen kann, welche Art von Sohn oder Tochter er sie aufziehen will, und ich das nicht mehr erleben werde, dass die Bäume jeden Tag Blätter haben werden Vögel Eier Züge Verspätungen Autos mehr Spielzeug junge Mädchen Lieben, und ich das nicht mehr erleben werde, die Tomaten ein unglaubliches Aroma die Pflanzen Blüten im Winter die Frauen Titten, wo sie wollen, und ich das nicht mehr erleben werde, Muschis, wo sie wollen, und ich das nicht mehr erleben werde, dass dieser eine Junge oder dieses eine Mädchen sich fragen wird, wer sein leiblicher Vater seine leibliche Mutter ist, und ich, der ihm eine Antwort geben könnte, das nicht mehr erleben werde, dass man eines Tages erfährt, was mit dir geschah, Estela, oder dass man eines Tages erfährt, dass wir das nie endgültig wissen werden, und ich das nicht erleben werde, dass es eines Tages möglich sein wird, mit Toten zu sprechen, und ich das nicht erleben werde, es sei denn, jemand spricht mit mir, aber ich weiß nicht, warum er das tun sollte: warum mit mir, der ich das nicht erleben und in dem traurigen Wissen sterben werde, dass so viele Dinge ohne mich geschehen werden, dass ich nie mehr eine Welt sehen werde – würde ich zu ihm sagen, eine Welt oder vielleicht ein Land –, ohne Leute wie seinesgleichen, und er würde es überhören.

Der Priester würde die Provokation natürlich überhören – er hat seit Jahren, Jahrzehnten mit solchen Situationen zu tun: Er würde mich nicht fragen, wer mit seinesgleichen gemeint ist, und auch nicht, warum ich mir eine Welt – ein Land – ohne sie wünsche, sondern, wir müssen darüber sprechen, mein Sohn, was Sie da sagen, dass wenn ein Mensch stirbt, alles vorbei ist, dass da nichts mehr kommt.

»Sie wissen genau, dass dem nicht so ist.«

Würde er in dem leicht betrübten Ton sagen, in dem ein alter Lehrer mit einem geliebten Schüler spricht, der einmal mehr, sagen wir, das Wort »Bedürfnis« falsch geschrieben hat oder »Konzession«, ich weiß sehr wohl, dass dem nicht so ist, wir Christen wissen, dass der Tod nur ein Schritt zu einem besseren Leben ist, ein Leben in Seligkeit bei unserem Herrn. Aber er fürchte – er würde sagen: Nach dem, was Sie mir sagen, mein Sohn, fürchte ich –, dass ich diese Botschaft nicht verstanden hätte und zweifelte, ob ich dieses Leben erlangen könnte: Ich solle unbesorgt sein – würde er sagen und die Situation völlig durcheinanderbringen und mir zeigen, dass ich einen Idioten zum Feind gewählt hatte, wenn ich mich dazu durchringen kann, ihn als meinen Feind zu bezeichnen, und mich in meiner eigenen Blödheit bestätigen –, ich solle unbesorgt sein, denn selbst wenn ich in diesem Leben gesündigt hätte, würde sich der Herr in seiner grenzenlosen Güte meiner erbarmen und mir seine Pforten öffnen, seien Sie unbesorgt, mein Sohn, fürwahr. Und ich würde ihm nicht widersprechen und noch einen Moment lang in diesem Missverständnis weiterspielen wollen und ihm sagen, ich verstehe nicht, Pater – ja, ich würde Pater sagen, um das Spiel weiterzuspielen, würde ich einmal Pater zu ihm sagen –, woher wollen Sie wissen, dass stimmt, was Sie da sagen?

»Das weiß ich nicht, das glaube ich, und das ist viel wichtiger, als es zu wissen.«

Würde der Priester Fiorello zu mir sagen und auf einen seiner plattesten Gemeinplätze verfallen, mit dieser Miene dummer Tiefgründigkeit, die einige Menschen aufsetzen, wenn sie vom Glauben sprechen – denn der Glaube ist nichts, was man versteht –, und er würde sagen, er glaube es, all diese Menschen, die er mit einem Lächeln auf den Lippen habe sterben sehen, hätten ihn überzeugt, das bestätige ihn in seinem Glauben – sofern das notwendig sei: Sofern das notwendig sei, würde er sagen, sofern der Glaube einer Bestätigung bedürfe. Sie haben gelächelt, weil sie geglaubt haben, was Sie ihnen erzählten, würde ich zu ihm sagen oder auch nicht, darüber müsste ich noch nachdenken: Sie sind dafür verantwortlich, dass sie mit diesem Lächeln gestorben sind, ohne zu wissen, was wirklich mit ihnen geschieht. Oder auch: Sie waren ihr Komplize, ihr Dealer, der, der ihnen die Droge gab, nach der sie verlangten, weil sie sterben wollten wie glückliche Ratten, Mäuse, Teddybären, Rinder auf dem Weg ins Schlachthaus.

»Wenn dem so wäre, nehmen wir einmal an, Sie hätten recht, auch wenn das, was Sie sagen, völlig abwegig ist, aber nehmen wir mal einen Moment lang an, das wäre es nicht. Wäre es besser, wenn sie gewusst hätten, dass sie für immer ausgelöscht werden, wie Sie behaupten?«

Würde der Priester zu mir sagen: die barmherzige Lüge als Hypothese für die Diskussion, die reductio ad absurdum seiner alten Scholastik.

»Glauben wir denn nicht, die Wahrheit sei immer das Beste? Ist es nicht eine schwere Sünde zu lügen?«

Würde ich zu ihm sagen, ruhig, noch demütig, und der Priester würde mich hochmütig ansehen, seine schmalen, fast nicht vorhandenen Lippen zusammenpressen, die Augen hinter den dicken Brillengläsern aufreißen, die Stirn voller Altersflecken in Falten ziehen und zu mir sagen, die Wahrheit, mein Sohn, Sie wollen über die Wahrheit sprechen? Sie, über die Wahrheit? Ich kann mit Ihnen über die Wahrheit sprechen, würde er zu mir sagen, als habe er Verdacht geschöpft: Ich kann mit Ihnen über die Wahrheit sprechen. Und ich wäre einen

Moment lang perplex, fast sprachlos, denn aus diesem Vorhalt hätte ich herausgehört, dass er etwas bemerkt hatte, dass in ihm ein Verdacht aufkeimte, dass er vielleicht gar nicht so dumm war, wie er mir vorgekommen war. Und er würde mich schweigend mit aufgerissenen Augen ansehen, die Brille jetzt in der Hand, als wollte er sagen, du Schwachkopf, natürlich bin ich nicht so blöd, oder glaubst du vielleicht, man kann all das durchstehen, was ich durchgestanden habe, wenn man blöd ist, und seine Stimme, der Ton seiner Stimme im Schweigen wäre jetzt völlig anders, und ich wäre erschrocken und würde ihn nicht fragen, ob er dann glaube, dass Sterben das Beste sei, was ihm geschehen könne, ich würde ihm nicht sagen, ich hätte nie verstanden, wie die Christen ihre Lebenslust rechtfertigen, wenn doch das, was sie nach dem Tod erwartet, so viel besser ist als das Leben, das sie leben – es sei denn, klar, es handele sich um Sünder, die wissen, dass sie in irgendeiner dieser Zellen landen, die schlimmer sind als die schlimmsten Folterräume, die ihr Gott ihnen zu bieten hat: Purgatorien, Höllen, all diese Prophezeiungen, die Aconcagua zu einem Ferienlager für Kinder mit leichten Verhaltensstörungen machen.

»Natürlich, mein Sohn: Die Wahrheit ist immer das Wichtigste. Aber die Wahrheit der Seele, des Geistes, ist nicht mit den irdischen Wahrheiten gleichzusetzen. Wenn Sie das nicht verstehen, mein Sohn, haben Sie gar nichts verstanden, absolut gar nichts.«

Würde er sagen, und ich würde versuchen, sein System der beiden Wahrheiten zu entschlüsseln, aber mein Schweigen würde anfangen, mich zu belasten, und ohne nachzudenken, noch bevor ich es überhaupt bemerkt hätte, hätte ich ihn schon gefragt, was er denke, was ich mit meinem Körper machen solle, wenn der Tag für mich käme. Das würde ich sagen, seltsam beschämt: wenn der Tag für mich käme, aber um zu versuchen, mich zu rechtfertigen, würde ich denken, schließlich ist das gar keine so ferne Möglichkeit, schließlich ist der Pater, wie gesagt, ein Experte in diesen Dingen. Aber ich hatte mir nie vorgestellt, dass ich ihn so etwas fragen könnte: Etwas war dabei, mir zu entgleiten. Ich war dabei, mir zu entgleiten.

»Deshalb sind Sie zu mir gekommen.«

Würde er sagen und ich würde es denken: als hätte ich plötzlich etwas begriffen, das ich nicht begreifen wollte, als müsste ich mich mit dem Gedanken abfinden, dass etwas für mich Bedeutung hatte – darüber sprach ich gerade mit einem Unbekannten –, von dem ich mir hatte einreden wollen, es habe keine: dass ich eine lächerliche, unmögliche Kontrolle darüber haben wollte, was mit meinem Körper geschieht, wenn ich ihn nicht mehr sehe, wenn zwei oder drei namenlose Gesellen ihn – stinkend, kaputt – leicht angewidert anheben würden, um ihn aus dem Bett zu holen, wenn das Einzige, was ich habe, zu siebzig Kilo Abfall wird.

»Nein, nicht deshalb. Oder doch, aber nicht so, wie Sie glauben.«

Pater Fiorello würde mich ansehen, als fragte er sich, ob sich der Versuch lohne, das Rätsel zu verstehen, und dann würde er – wieder die Jahre an Erfahrung, die Überzeugung, sein Wort ist wichtig, weil sein Wort Sein Wort ist – mit den Achseln zucken und sagen, was hat es für eine Bedeutung, wo der Körper bleibt: Das Entscheidende ist die Seele, der Körper ist eine Last, von der der Tod uns befreit.

»Klar, deshalb habt ihr überall auf der Welt Friedhöfe mit euren Kreuzen, euren Gebeten, euren Statuen, euren Kapellen.«

»Wir?«

»Ja, ihr, die Christen.«

Dann würde der Pater mich wieder ansehen, denn ich hätte

ihm, endlich, gesagt, dass ich zu seinem Wir nicht dazugehöre, dass er nicht mit einem Gläubigen gesprochen hat, sondern mit einem Skeptiker, und sein Gesicht würde in einer seltsam verzerrten Miene erstarren, sicher das Ergebnis seines inneren Konflikts, seines Zweifels, ob er die kämpferische Haltung des Kreuzritters vor dem Angriff des Ungläubigen einnehmen oder eher die Ruhe bewahren soll wie ein guter Mensch und guter Christ und mit dem Ungläubigen – mit mir – weiter sprechen sollte, ohne Unterschiede zu machen, als spräche er mit irgendeinem seiner Schäflein. Der Priester wäre schon alt, und es gäbe vieles, worum er um Verzeihung bitten müsste – er würde spüren, dass es vieles gäbe, worum er um Verzeihung bitten müsste –, und er ginge davon aus, er habe genug bekehrt, und so würde er wieder seinen geduldigen, freundschaftlichen Ton anschlagen und mir sagen, nein, die Friedhöfe seien ein Zugeständnis an die Angst der Angehörigen, aber er sei immer der Ansicht gewesen, was mit den Körpern nach dem Tod geschehe, habe keine Bedeutung, denn wenn die Seele diese Körper verlassen habe, was mache es dann, ob sie unter der Erde lägen verbrannt einbalsamiert oder ins Meer geworfen würden.

»Aha.«

»Wie, aha?«

Würde er verärgert, aber beherrscht sagen.

»Aha, jetzt verstehe ich.«

Würde ich sagen und schweigen, fast schockiert, ohne ihn anzusehen, ohne mich zu trauen, ihn anzusehen, denn ich hatte nie gedacht, dass das Verschwinden der Körper auch eine Anwendung der christlichen Doktrin ist, dass der Raub der Körper durch die Überlegenheit des Geistes gerechtfertigt sein könnte, durch die christliche Verachtung des Fleisches: dass diese Körper derart christliche Körper waren.

Ich wäre sprachlos, völlig perplex, und würde ihn so konfus ansehen, dass er zweifelte, ob er es als Befremden Bedrohung Verwirrtheit deuten sollte, und zu keinem Schluss käme, und weil er zu keinem käme – weil er in meinem Schweigen gefangen wäre –, würde er keine andere Antwort finden, als mir die Hand – dürr, voller Altersflecken, mit langen Fingernägeln – auf die Schulter zu legen, mich zur Tür zu bringen, und in dem Moment würde ich mich, weil ich die Scham, die Angst oder den Gesprächsfaden verloren hatte, endlich trauen, ihn zu fragen, unversehens, ohne Vorgeplänkel, was Estela kurz vor ihrem Tod zu ihm gesagt hatte.

»Sie müssen mit Estela gesprochen haben, kurz bevor man sie tötete. Ich will wissen, worüber Sie gesprochen haben.«

»Mit Estela? Was für eine Estela? Wovon reden Sie?«

Natürlich würde der Pater die Handflächen nach oben strecken, gen Himmel blicken: Er würde sich dumm stellen. Es wäre ein Satz, bei dem jeder Dialog unmöglich ist, also würde ich ihn bestimmt doch nicht fragen. Oder wenn ich ihn fragte, dann damit er mir sagen könnte – er könnte, vielleicht würde er es nicht –, er sei an nichts schuld und er bereue nichts, und ich würde sagen, wirklich nichts, und er würde sagen, na ja, doch: Mit den schmalen zusammengepressten Lippen würde er sagen, ja, er bedaure, dass es ihm nicht gelungen sei, diese jungen Leute davon zu überzeugen, sich nicht von gewissen Versuchungen verleiten zu lassen, ihre Macht nicht auszunutzen, nicht in die Sünde des Hochmuts zu verfallen: bessere Christen zu sein.

»Man hätte sie bekehren müssen, und einige wurden bekehrt, andere nicht. Wenn ich etwas bereue, dann das.«

Würde, dachte ich, Pater Fiorello sagen, und ich dachte, dass er es sagen würde, weil er aus irgendeinem Grund das Heer verlassen und sein Leben in einer Dorfgemeinde beendet hatte – sein Leben näherte sich dem Ende, auch wenn er es noch nicht wusste –: Etwas belastete ihn, bestimmt, dass seine Soldaten sich nicht wie gute Christen, wie echte Kreuzritter im Krieg gegen die Ungläubigen verhalten hatten, und vielleicht hatte ihn das auf den Gedanken gebracht, dass der heilige Krieg gar nicht so ein heiliger Krieg war, dass einige Führer andere Ziele hatten als die, die er teilte, und vielleicht bereute er das, aber nicht die Tode, er würde sagen: Die Tode nicht, die waren notwendig.

»Diese Tode waren notwendig.«

Und ich glaubte nicht – jetzt glaubte ich nicht mehr, auch der Dialog war dabei, mir zu entgleiten, er wurde unglaubwürdig –, dass Pater Augusto Fiorello mir diese Dinge sagte, doch er beharrte darauf, dass diese Tode notwendig gewesen waren, und das raube ihm nicht den Schlaf, denn der Herr wisse, was er für Ihn, für Seinen höchsten Ruhm getan habe, und außerdem hätten sie über niemandes Schicksal entschieden, weit gefehlt, eher im Gegenteil, sie hatten sie in das beste, das gerechteste, das unfehlbare Gericht schlechthin geschickt: Sie hatten sie zu Gott geschickt, damit sie für ihre Taten einstanden. Ich glaube, sie haben ihre Strafe bekommen, aber wer weiß, würde er zu mir sagen. Die Gerechtigkeit des Herrn ist, wie Sie wissen, unergründlich, grenzenlos.

28

ES REGNETE LEICHT: dieser Regen, den man nicht als Nässe wahrnimmt und der die Bürgersteige in schlammige, bedrohliche Rutschbahnen verwandelt. Ich dachte an nichts: Ich ging. Ich hatte Jahre gebraucht, bis ich gelernt hatte, zu gehen, ohne dabei an etwas Konkretes zu denken; ich ging auf dem Heimweg vom Büro durch eine der Straßen im Zentrum, als ich plötzlich eine Hand auf der Schulter spürte – ich erschrak zu Tode. Ständig wurde in den Medien über die mangelnde Sicherheit berichtet, die Freunde sprachen darüber, ganz Argentinien schien kein anderes Thema zu haben. Ich dachte, na schön, auch du: Irgendwie war es eine Erleichterung, dass es endlich geschah.

»Entschuldige, Carlos. Ich wollte dich nicht erschrecken.«

Ich wollte sagen, nein, ich hab mich nicht erschrocken, was er denn glaube, wenn ich jähzorniger wäre – jünger, fitter? –, hätte ich ihm eine reingehauen, aber ich kam nicht dazu, etwas zu sagen, weil ich vollauf damit beschäftigt war, die Stimme zuzuordnen. Ich hatte sie irgendwann in letzter Zeit schon mal gehört. Und es fiel mir immer schwerer, zwei Dinge gleichzeitig zu tun.

»Tut mir leid, wirklich.«

Velarde hatte zu viel Wasser im Haar – als käme er aus einem anderen Regen – und trug eine blaue Regenjacke. Er streckte mir die Hand hin, die nur Haut und Knochen war; ich ließ sie warten.

»Überfällst du die Leute immer so auf der Straße?«

»Nein, entschuldige. Du bist doch nicht sauer, oder?«

Ich sagte, nein, gute Nacht, bis dann, aber Velarde packte mich am Arm; ich riss mich los, er packte mich wieder.

»Entschuldige, aber ich hab dich gesucht, ich muss dir etwas sagen.«

Velarde sprach leise, seine Stimme klang rau, verschwörerisch. Die Straße war menschenleer.

»Was soll das heißen, du hast mich gesucht? Willst du damit sagen, es ist kein Zufall, dass wir uns hier treffen?«

»Gut, sagen wir, es ist reiner Zufall, wenn dir das lieber ist.«

Ich fühlte mich immer unbehaglicher. Ich drehte mich um und ging weiter. Velarde ließ nicht locker, stellte sich mir in den Weg.

»Bleib stehen, hör mich an.«

»Ich glaube nicht, dass wir uns etwas zu sagen haben.«

»Ich dir schon, Mann, jetzt stell dich nicht so an. Ich soll dir was ausrichten.«

Ich fragte ihn, fast unbewusst, von wem: Es war ein Moment der Schwäche, ich ging auf ihn ein.

»Das ist unwichtig, wichtig ist nur, was ich dir sagen soll.«

»Ich hab dir schon gesagt, es gibt nichts zu bereden. Gute Nacht.«

Sagte ich, setzte mich aber nicht in Bewegung.

»Dann bist du also doch neugierig.«

Auf dem gegenüberliegenden Bürgersteig tauchte ein Trupp auf und klebte Plakate an: Die Bank hatte beschlossen, der Werbekampagne die Krone aufzusetzen. *Es lebe der Wechsel! Dollars, Euros, Reales zum besten Preis bei der Banco de la Nación*, lautete ein Plakat, derselbe weiße Hintergrund, dieselben himmelblauen Buchstaben. *Ein anderes Land ist möglich. Reisekredite von der Banco de la Nación* ein anderes. Die Jungen lachten und grölten. Velarde sah mich leicht spöttisch an; sein Adamsapfel tanzte wild auf und ab. Ich dachte, ich müsste mich ihm zuwenden, nicht den Plakaten. Aber ich konnte nicht glauben, was ich da las.

»Los, sag mir, was du zu sagen hast, und verschwinde.«

»Ganz ruhig, Mann, ich will nichts von dir. Ich soll dir nur sagen, dass es nicht gut ist, wenn du weiter im Dreck wühlst. Das solltest du der Regierung überlassen, die weiß, was sie tut.«

Mit der Antwort hatte ich nicht gerechnet. Vielleicht war das mein Problem: dass ich nicht mit dieser Antwort gerechnet hatte. Ein Auto fuhr langsam an uns vorbei – und ich hatte den Eindruck, man beobachtete mich. Ich dachte, du siehst Gespenster. Bestimmt sehen sie nur zwei alten Kerlen zu, die sich zu später Stunde im Nieselregen auf der Straße unterhalten.

»Ich soll es der Regierung überlassen?«

»Das ist nicht das Entscheidende. Damit wir uns verstehen: Es geht darum, dass du aufhören sollst, mit Aconcagua, dem Priester und all dem zu nerven.«

»Und wer sagt das?«

»Das ist unwichtig, hab ich doch schon gesagt. Es gibt viele, die das sagen könnten. Die Bullen, das Heer, meine ehemaligen Kameraden, die Kurie, sogar die Regierung oder deine Genossen. Du weißt doch, dass die mächtigsten Gruppen untereinander einen Pakt geschlossen haben, sich nicht zu rächen, oder? Weil sie Frieden wollen, wie sie sagen? Man habe ja schon den Krieg verloren, deshalb wollen sie jetzt Frieden, und da könne man sich nicht rächen? Die Kerle wissen, dass zur Zeit das Bedauern mehr bringt als Waffen, also haben sie auf diese Karte gesetzt. Und es ist ja nicht schlecht gelaufen, das weißt du besser als ich.«

»Du redest doch vollkommenen Stuss.«

Sagte ich, aber ich hatte einen Moment gezögert. Und Velarde hatte es gemerkt: Er dachte, dass ich seinen Worten vielleicht doch Glauben schenkte. Jedenfalls käme das nicht von ihnen, sagte er, ich solle mich nicht blöd stellen, die Kerle, die mir das ausrichten ließen, hätten wirklich Macht.

»Und du, hast du nicht bereut und erzählst jedem deine Geschichte und bittest um Verzeihung?«

»Klar mache ich das. Aber manchmal, wenn sie mich wegen solcher Aufträge anrufen, kann ich nicht nein sagen. Oder glaubst du, man kommt da so einfach raus, nur weil man das will? Bist du vielleicht einfach rausgekommen, als du die Schnauze voll hattest? Nein, ich muss für diese Scheißkerle noch hin und wieder Botengänge machen.«

Velarde spuckte auf den nassen Boden: glibberiger, grünweißer Speichel. Mit dem Handrücken wischte er sich den Mund ab und sah mich an. Ich sagte ihm, er solle nicht so übertreiben, das würde ihm nicht stehen.

»Denk, was du willst. Aber ich sag es dir im Guten, weil ich dich mag: Hör auf sie, bring dich nicht in Schwierigkeiten, sei nicht dumm.«

»Und wenn ich nicht auf sie höre?«

»Du wirst auf sie hören, Carlos, du weißt, das ist das Beste für dich.«

»Sag mir nicht, was ich zu tun habe, du Abschaum. Was wollen sie denn machen, wenn ich nicht auf sie höre?«

Velarde gab mir keine Antwort: Er lächelte – eine Mischung aus Mitleid und Verachtung – und sah mich von oben herab an: Er war fast einen Kopf größer als ich. Sein Schweigen sollte eine schlimmere Drohung sein als alle Worte.

»Du kannst mir nicht drohen. Womit willst du mir drohen, du Arsch? Damit, mich zu töten? Merkst du nicht, dass ich schon tot bin?«

»Jetzt mach doch kein Fass auf, das lohnt nicht. Mag ja sein, dass du tot bist, das würde mich, ehrlich gesagt, nicht wundern. Vielleicht bist du schon hinüber, aber die Jungs haben mir gesagt, ich soll dir ausrichten, wenn du ihnen allzu sehr auf die Füße trittst, bringen sie die wahre Geschichte deiner Frau ans Licht. Sie haben die Mittel dazu, da kannst du dir sicher sein: Sie rufen irgendeinen bestechlichen Journalisten an, der geil darauf ist, mit einer guten Story groß rauszukommen, und geben ihm alle Informationen. Und damit es gut aussieht, tarnen sie es als Denunziation, das mögen die Zeitungsfritzen: Sie behaupten einfach, X Y habe sie entführt, am besten ist der schon tot, damit man ihn nicht behelligt, und schon hat man einen guten Grund, das Ganze zu veröffentlichen, verstehst du? Und dann erfährt die ganze Welt, wie du deine Frau ausgeliefert hast, dass sie so am Ende war, dass sie sogar noch zehn weitere Typen verpfiffen hat, die ganze Geschichte. Echt, leg dich nicht mit diesen Kerlen an, die sind mächtiger, als du denkst.«

»Du irrst dich. Das hab ich nicht getan, und sie erst recht nicht.«

Sagte ich mit dem größten Brustton an Überzeugung, den ich vorschützen konnte. Velarde lächelte wieder von oben herab.

»Ach nein? Vielleicht doch, wer weiß. Aber wenn man dem Journalisten Unterlagen zuspielt, in denen das drinsteht und der das veröffentlicht, wer sollte dann daran zweifeln?«

29

»JA, ERZÄHL ES mir.«

»Jetzt? Für was hältst du mich? Für eine Jukebox? Du wirfst eine Münze ein, und ich fange an zu reden?

»Du verstehst das nicht. Ich muss es wissen. Jetzt«

»Aha, jetzt musst du es wissen. Ewige Zeiten willst du nichts davon wissen, und jetzt auf einmal doch. Lass mich in Frieden, Gallego.«

»Bitte, Estela. Mag ja alles sein, aber sag mir bitte, ob du den Kerl da gesehen hast, im Lager.«

»Diesen Kerl? Welchen Kerl?«

»Wie, welchen Kerl? Den Priester.«

»Du machst dich lächerlich, Gallego.«

Vielleicht wäre es anständiger, ihn zu töten, als ein Leben für ihn zu ersinnen. Weniger befriedigend, aber anständiger. Und jetzt umso mehr, da alle mit Geschichten drohen.

Ich könnte ihn töten. Natürlich könnte ich ihn töten. Ich könnte an irgendeinem Abend an der Tür seines Hauses neben der Kirche auf ihn warten, ihn mit zwei Schüssen niederstrecken, ihm am Boden zur Sicherheit noch einen Gnadenschuss verpassen, mich in den Flur setzen und auf die Polizeistreife warten. Oder ich könnte an irgendeinem Abend an der Tür seines Hauses neben der Kirche auf ihn warten, ihn mit zwei Schüssen niederstrecken, ihm am Boden zur Sicherheit noch einen Gnadenschuss verpassen, durch die einsame Gegend laufen, mir ein Auto schnappen, aufs Gas treten und in irgendeiner Straße ohne Licht und ohne Ampeln verschwinden. Oder in den frühen Morgenstunden durch ein hinteres Fenster in sein Haus eindringen, ihm im Schlaf einen Kopfschuss verpassen, ein Kissen als Schalldämpfer gegen den Lauf gedrückt, mich versichern, dass er auch wirklich tot ist, und wieder verschwinden, ohne dass jemand etwas merkt, bis er anfängt zu stinken. Oder herausfinden, an welchen Tagen er in die Stadt kommt, weil er etwas beim Episkopat zu erledigen hat, und ihn an irgendeiner Ecke abpassen, auf ihn schießen und weglaufen oder nicht weglaufen. Oder sogar an einem Samstag in seine Messe, in seine Kirche gehen, mich in die erste Reihe setzen, und wenn er den Kelch hebt, langsam aufstehen, die Pistole herausziehen, ihm zwei Schüsse in die Brust verpassen, mich umdrehen und den auf dem Boden liegenden entsetzten Gläubigen erklären, warum ich das getan habe, und in einer Kirchenbank darauf warten, dass man mich verhaftet. Ich könnte: Natürlich konnte ich ihn töten.

Es wäre eine völlig veränderte Lage. Meine Beziehung zum Tod war immer die des Verlierers, des Weicheis: nicht der, der austeilt, sondern der, der einstecken muss. Ich habe viele Tode gesehen, ohne sie gesehen zu haben: Ich habe von einer Unmenge Tode gehört, Todesnachrichten bekommen – aber ich habe nie jemanden getötet. Das fehlte mir in gewisser Weise im Repertoire. Manchmal dachte ich, ich sei allzu leichtfüßig durch das Leben geschritten, ohne das Gewicht, das der Tod bei dem hinterlässt, der ihn herbeiführt, ohne diese Last auf den Schultern: ohne diese extreme Berührung mit dem Leben.

Estela, ich bin ein Idiot. Wärst du zufrieden, wenn ich ihn töten würde? Beruhigt, wenn ich ihn töte? Gerächt vergolten entlohnt, wenn ich ihn töte? Wenn ich ihn töte, wären wir dann quitt?

»Hast du dich nicht immer gegen ein Opfer ausgesprochen, Gallego?«

»Du meinst, es wäre ein Opfer?«

Manches Wissen ist uns abhandengekommen. Vor Jahrhunderten, Jahrtausenden, als alle noch wussten, wie man mit wenigen Werkzeugen eine Zuflucht von Hand aufbaut, wussten alle, wie es ist, in die Wildnis zu gehen und Tiere zu töten, damit man keinen Hunger leiden muss; die meisten wussten, wie es ist, jemanden zu töten, um die Kinder, den Besitz, das Essen zu verteidigen. Damals war jeder Tod intimer, näher: Es wurde nur selten auf große Entfernung getötet, es kam selten vor, dass man durchs Leben ging, ohne je zuzustechen oder jemandem das Hirn wegzublasen. Aber dem ist nicht mehr so: Heute töten nur wenige. Töten ist eine noch verbliebene Form der Aristokratie: Ein paar Privilegierte behalten sich das Recht vor, legal zu töten, andere, noch Privilegiertere, verschaffen sich das Recht, den Befehl zum Töten zu erteilen, einige maßen sich das Recht an zu töten, auch wenn sie dafür mit dem Gefängnis oder dem Leben zahlen – oder zumindest eine Randexistenz fristen müssen. Aber wir, die große Mehrheit, töten nicht: Wir sind davon ausgeschlossen. Wir wissen nicht, was es für ein Gefühl ist, ein Leben zu beenden: abzudrücken und zuzusehen, wie jemand getroffen, zerfetzt fällt, ein Messer mitten ins Fleisch zu stechen, mit den Händen einen Hals zuzudrücken, bis die Zunge raushängt. Wir wissen nicht, wie das ist: Wir vermuten, dass der Preis dafür zu hoch wäre.

Ich hätte es damals tun können: Eine Zeit lang hatte ich – hatten wir, hatten wir alle – die Gelegenheit, aus dem besten aller Gründe zu töten: Altruismus, die Größe, für eine andere Welt zu kämpfen. Es kostete fast nichts: Wären da nicht ein Mann, eine Frau, die töteten; es war ein Volk, ein Projekt, eine Bewegung – gelegentlich verkörpert durch diesen Mann, diese Frau –, die töteten, um die Geburt einer neuen Welt in die Wege zu leiten. Ich hätte damals töten können: Damals hätte ich problemlos, für die Sache töten können. Einmal hatte ich einen Typen im Visier. Ich hielt Wache in einem Lokal, wir befürchteten einen Angriff; es muss so gegen zwei, drei Uhr nachts gewesen sein, ich stand bereits mehrere Stunden hinter den Jalousien am Fenster im ersten Stock des verfallenen Hauses. Wir waren zu viert – jeder an einem Fenster – und wir waren sehr angespannt; ein Auto hielt auf der anderen Straßenseite in zehn oder fünfzehn Metern Entfernung. Es war ein Ford Falcon ohne Nummernschilder, mit drei Männern. Die drei stiegen gleichzeitig aus und ließen die Türen offen; einer hatte ein Maschinengewehr, die anderen Pistolen. Sie postierten sich nebeneinander mitten auf der Straße, sahen zu uns hoch und sagten etwas. Ich hatte meine 38-er auf sie gerichtet – auf einen Kopf mit sehr kurzem, vielleicht blondem Haar, auf ein Ohr, das mir riesig vorkam – und lauerte angespannt auf jede Bewegung; wenn er noch zwei Schritt vortrat, würde ich schießen. Ich entsicherte die Waffe: Das Klacken hörte sich an wie ein Stein. In einem kurzen Augenblick – ich nehme an, dass es nur ein Augenblick war – sah ich alles vor mir: meine Schüsse, der Kerl fällt, die Schüsse meiner Genossen, ihre Schüsse, ein Schuss kommt durchs Fenster, noch mehr Schüsse, noch mehr Polizisten, unsere Flucht oder die Verhaftung und ein anderes Leben, das in dem Moment für mich beginnen würde, in dem ich abdrückte, in dem der Kerl fiel. Es war ein unmöglicher Augenblick: Er dauerte mehr als tausend Jahre. Danach stiegen die drei wieder in ihr Auto, ließen den

Motor an und fuhren weg. Atemlos vor Erleichterung sicherte ich die Waffe wieder; die Enttäuschung – eine merkwürdige Form von Enttäuschung – würde sich erst viel später, Jahre später, einstellen. Ich hätte töten können, aber ich tat es nicht. Ich habe meine Chance verstreichen lassen.

»Aber wenn man euch fertiggemacht hat, bevor ihr gestorben seid, welches Recht habe ich dann auf eine intelligente Rache?«

Jetzt könnte ich den Priester töten: Natürlich könnte ich das. Mein Leben würde sich brutal verändern: Mit dieser leichten Geste, mit zwei oder drei Stunden ungewohnten Handelns würde sich mein ganzes Leben verändern. Erst mal wäre ich auf der Flucht oder im Gefängnis – wie ich es mir vor dreißig Jahren oft vorgestellt hatte, bevor die Militärs uns zeigten, dass das nicht die Alternative war. Auf der Flucht: Das würde ich nicht lange durchhalten; im Verborgenen zu leben kostet außergewöhnlich viel Energie. Das heißt, über kurz oder lang würde ich im Gefängnis landen: Ich würde das wahre Gesicht des Staates zu spüren bekommen, ob ich aufs Klo gehe oder mein Abendessen bekomme, ich wäre komplett dem Staat ausgeliefert, er könnte mit mir machen, was er wollte: Die Vorstellung vom Gefängnis erschien mir wie eine Karikatur unseres täglichen Lebens. Der Witz wäre nur, dass ich, weggesperrt und von allen getrennt, auf einmal präsenter denn je wäre. Das wäre die große Veränderung: Ich würde von jetzt auf gleich zum Stadtgespräch. Meine Geschichte würde in den Zeitungen erscheinen – ganz nach ihrem Gusto, sie würden das eine hervorheben, das andere weglassen –, und ich würde Anlass zur Diskussion geben: ob es sinnvoll, legitim ist, Rache für etwas zu üben, das so lange zurückliegt, welche Strafe ich verdient habe, warum ich dieses Opfer gewählt habe, warum jetzt und nicht früher oder später – so viele Fragen. Es wäre beängstigend, interessant. Aber wenn ich es deswegen täte, würde ich noch einmal Politik mit dem Colt betreiben. Das bereitete mir kein Kopfzerbrechen; wohl aber, dass ich, wenn ich es nur deswegen täte, Estela ein weiteres Mal betrügen würde.

»Ich will ihn noch nicht töten; ich möchte ihn verstehen.«

»Ihn verstehen?«

»Wieso? Meinst du, ich müsste ihn töten?«

Ich bekam nicht heraus, was Estela sagen würde. Ich bekam einfach nicht heraus, was Estela sagen würde. Ich sprach mit ihr – ohne ihren Körper anzusehen, ohne sie ganz sehen zu wollen – und wusste nie, mit welcher Estela ich sprach. Mit der Frau, die sie umgebracht haben? Mit der Frau plus dreißig Jahre all diesen Müll? Mit einer ununterscheidbaren Mischung aus jener Frau plus meinen dreißig Jahren? Wer war diese Estela, die mit mir sprach? Was war in all der Zeit mit ihr geschehen, und wie hatte sie das verändert? Oder war womöglich nichts mit ihr geschehen, und ich sprach immer noch mit der Estela von damals? Würde die damalige, die an eine Gesellschaft gewöhnt war, in der politische Gewalt gang und gäbe war, mir sagen, ich solle ihn töten? Würde die jetzige, verändert durch fünfundzwanzig Jahre Demokratie und Verteufelung von Gewalt, sagen, nein? Würde die damalige, voller Angst, sagen, nein? Und die jetzige, der vergeblichen Milde überdrüssig, nach so vielen Jahren nach Rache dürstend, ja? Ach, Estela, Mädchen: Wenn ich wüsste, wer du bist, könntest du mir so viele Fragen beantworten. Allen voran die, wer du bist. Es ist schwierig, mit einer Heldin zu sprechen, mit einem Monument.

»Willst du, dass ich ihn töte? Ich könnte ihn töten, aber willst du das?«

»Ich weiß nicht, Gallego, du würdest eine Menge Probleme bekommen.«

»Estela, hör auf mit dieser mütterlichen Tour. Du musst dich jetzt nicht mehr um mich kümmern, weißt du. Ich bin ein kaputter alter Mann, ich brauche kein junges Mädchen, das sich um mich kümmert.«

»Ach, Gallego, jetzt hab dich doch nicht so.«

»Was erwartest du denn von mir. Immer dasselbe. Hör auf, an mein Wohl zu denken, verdammt. Ich frage dich, um deinetwillen: Willst du, dass ich ihn töte? Würdest du dich dann besser fühlen?«

»Was weiß ich, Gallego, woher soll ich das wissen. Ich will nicht abstreiten, dass ich oft an Rache gedacht habe, klar hab ich das. Aber nie konkret, auch wenn dich das wundern mag, ich hab nie darüber nachgedacht, ob ich diesen oder jenen töten will. Diesen Priester. Was würde dir das für Probleme einbringen?«

»Mir gar keins, Estela, ich bin bereits erledigt.«

»Wie, du bist erledigt?«

»Das ist nicht wichtig, darüber will ich nicht reden, aber für mich ist all das vorbei, es geht mir wie dir, oder schlimmer. Ich werde sterben, aber völlig umsonst. Wenn ich töte, habe ich vielleicht wenigstens das Gefühl, etwas getan zu haben.«

»Etwas getan zu haben? Was hast du denn getan? Einen Priester getötet? Würde dich das trösten, würdest du dich dann nützlicher fühlen? Vor allem, nützlicher für was?«

»Keine Ahnung, dir, deinem Gedenken.«

»Gallego, so billig kommst du mir nicht davon. Es geht dir um dich, um deine Scham.«

Ich hasse es, mit einem Denkmal zu reden, dich wie ein Denkmal behandeln zu müssen. Weißt du, dass man euch »die Verschwundenen« nennt? Als hättet ihr in eurem Leben nichts anderes getan als zu verschwinden. Einfach so, snap, flash, abrakadabra, weg sind sie, wer seid ihr, Estela, sprich mir nach: Wir sind die, die verschwunden sind. Wir sind die Verschwundenen, wir sind in die Geschichte eingeschrieben, weil unsere Feinde, unsere Henker entschieden haben: dass wir verschwinden sollen, verschwinden mögen – Verschwundene, jetzt ohne das ganze Verb-Brimborium. Wir sind die, die das Wort, die Klassifizierung, zur höchsten Steigerung gebracht haben, *desaparecidos*, der einzige argentinische Beitrag zum globalen Wortschatz. Wir sind die Kaninchen, sie die Oneway-Zauberer: Verschwinde, Kaninchen, tauch nicht wieder auf, Kaninchen, weg sind sie futsch abakadabra simsalabim. Wir, die wir so vieles sein wollten, sind jetzt die Verschwundenen: ein reizender Zauber, das zur Flagge gewordene weiße Taschentuch, der Zylinder der Stab das Kaninchen in den Topf, verschwunden, weg sind sie, futsch, abrakadabra: täterätä.

Ja, Estela, aber ihr seid ein Erfolg, ihr Kaninchen; ein voller Erfolg. Ihr seid die Opfer, es gibt nichts Besseres als die Opfer Kaninchen Verschwundenen abrakadabra futsch, nichts nichts: nichts, das funktionaler, leichter zu führen ist als eine Mannschaft aus Opfern. Wie gut es euch ergangen ist. Weil ihr so gefügig wart, weil ihr so seid, wie die Zauberer euch wollten, weil ihr verschwunden seid: Wie gut es euch ergangen ist. Du weißt schon, sie sagen immer, ihr seid die Besten, Estela, ich habe es dir oft gesagt. Freut es dich nicht, eine der Besten zu sein? Die moralischen Champions, die Besten: Du weißt nicht, wie viele Katastrophen uns Argentinier quälen, weil ihr zu Kaninchen ohne Zylinder, weil ihr Verschwundene geworden seid. Weil ihr nicht mehr da seid, ist es um uns so bestellt, sind wir, wie wir sind, geht es uns, wie es uns geht, haben wir verdient, was wir verdient haben; weil ihr, die Besten, nicht da seid, haben wir uns in das Reich der Tautologie und den als Weisheit verkleideten Gemeinplatz verwandelt. Denn ihr seid nicht mehr da, die Besten, sagen sie: weil ihr nicht mehr da seid.

»Hast du Fieberträume, Gallego? Ich verstehe kein Wort, ehrlich.«

»Ja, hast du dich denn gar nicht verändert? Hast du nichts mitbekommen, siehst du alles noch genau wie früher?«

Bist du auch nicht gekränkt, wenn ich dir sage, dass ihr nicht die Besten wart? Wirst du mich nicht beschimpfen, dieses Gesicht aufsetzen, als würdest du mit den Tränen kämpfen, und einen Monat lang nicht mit mir reden, wenn ich dir sage, dass ihr nicht die Besten wart? Im Grunde weißt du das so gut wie ich, Estela: Wir waren nicht die Besten, und ihr wart es auch nicht. Vielleicht warst du besser als ich, bist du besser als ich, aber ihr, ihr alle, wart nicht die Besten. Die gestorben sind, hatten einfach weniger Glück. Ich kam ein paar Minuten zu spät zu der Versammlung. Wäre ich besser – ich meine ein besserer Mensch, ein besserer Mann – gewesen, wenn ich eine halbe Stunde früher gekommen wäre und man mich entführt, gefoltert und getötet hätte wie dich, sofern man dich getötet hat und all die anderen?

Worin besteht unser Verdienst, euer Verdienst? Dass so viele von euch gestorben sind? Dass ihr unter furchtbaren Bedingungen gestorben seid? Dass ihr gestorben seid, weil ihr bestimmte Dinge über jede Logik hinaus weitergedacht habt? In dieser Kohärenz bis zum Äußersten? Die war uns eigen, nehme ich an, aber das war nichts Persönliches: Wir waren ein Produkt des Zeitgeistes. Wir sind nicht besser, großzügiger, entschlossener gewesen als andere und haben uns deshalb der Revolution verschrieben. Der, der nicht für die Revolution kämpfte, war ein unverbesserlicher Idiot: Revolutionär musste man damals sein.

Man respektiert uns – euch, meine ich, euch respektiert man –, weil ihr gestorben seid: weil man euch getötet hat. Als hätten wir den Tod gewollt, als hätten wir ihn förmlich gesucht. Es stimmt: Für uns war auch der Tod ein Wert, die Große Guevara. Aber wir wollten nicht getötet werden. Ich meine: Ich bin sicher, dass wir nicht getötet werden wollten. Der Tod war ein Scheitern, ein weiteres Scheitern, das grausamste von allem. Wir lebten gern, wir wollten leben, und dennoch begaben wir uns auf diesen Weg, auf dem der Tod eine auf brutale Weise gegenwärtige Möglichkeit war. Obwohl wir weder das Alter hatten noch eine Position bekleideten, in der wir mit dem Tod in Berührung kamen. Wir würden nicht an Hunger sterben, nicht an vermeidbaren Krankheiten, Plagen oder Katastrophen, und wir waren sehr jung. Uns bedrohte nicht der Schatten einer Regierung oder eines feindlichen Heeres, die uns töten wollten, weil wir Indios Schwarze Juden Ausländer waren. Es gab keine Regierung, die dachte, sie könne nur überleben, wenn sie uns tötete. Wir lebten nicht in einem Land, in dem der politische Tod üblicher war als der Biss einer Korallenschlange, Abstürze bei der Besteigung des Tupungato, der Zusammenstoß zweier Züge. Wir befanden uns nicht in Todesnähe, bis wir beschlossen, unser Leben auf Spiel zu setzen, weil wir dachten – viele, so viele von uns dachten, wir wissen ja, wie kompliziert es ist, dieses Verb in den Plural zu setzen –, dass die Welt, so wie sie war, Mist war.

Das ist unbestreitbar schon immer so gewesen und wird immer so sein: Die Welt, so wie sie ist, ist immer Mist, ein echter Mist, das Merkwürdige, das erstaunlich Merkwürdige war, dass wir dachten, wenn wir unser Leben aufs Spiel setzten, würden wir erreichen, dass dem nicht mehr so war. Doch wir taten es, wir überzeugten uns, überzeugten andere. Und durch die gute Sache, die beste Sache, kamen wir dem Tod näher: Damit die Welt nicht mehr länger blieb, was sie immer gewesen war. Die Welt ist, was sie ist, und wenn sie dir nicht gefällt, dann verschwinde, sagte Pancho immer zu mir: Vielleicht haben wir das gemacht. Vielleicht auch nicht. Ich bin sicher, dass wir nicht sterben wollten: Wir wollten Fahnen schwenkend durch die Straßen gehen, irgendwas laut schreien, uns auf die stolzgeschwellte Brust klopfen, dass wir etwas getan hatten, was noch niemand getan hatte, ficken wie die Karnickel, uns ansehen und glauben, dass wir unglaublich waren, und wir gingen davon aus, der Preis dafür war, dass wir den Tod als Möglichkeit in Kauf nehmen mussten.

»Hast du wirklich den Tod als Möglichkeit in Betracht gezogen, Gallego? Ehrlich gesagt, kommt es mir so vor, als hättest du immer gewusst, dass du am Ende abhauen würdest.«

»Und du, Estela? Oder willst du mir erzählen, du hättest das geglaubt?«

Man hat euch getötet, und das ist schrecklich, aber deshalb sind wir euch nichts schuldig. Wir, die Lebenden, müssen dieser Erpressung widerstehen. Schon damals haben viele ihr Leben gelassen, weil sie glaubten, sie wären euch etwas schuldig: Die, die in einer verzweifelten Lage waren und blieben, »um die Gefallenen nicht zu verraten«. Kurz darauf habt ihr euch in die Besten verwandelt: ein christlicher Vorgang. Und wie wurde man in Christianien zum Besten, zum Heiligen? Durch das Opfer. Das Opfer diente euch nicht nur dazu, direkt in den Himmel aufzusteigen, sondern auch, um zu beweisen, dass ihr besser wart: dass ihr bereiter, entschlossener wart, alles für das zu geben, an was ihr glaubtet, mit anderen Worten: Euer Glaube war größer als der derjenigen, die nicht bereit waren, so viel zu geben. Aus irgendeinem Grund beweist das Opfer nicht, dass du unfähig warst, deine Verfolger abzuschütteln, unfähig zu kapieren, dass eine Verabredung verpfiffen worden war, unfähig, eine Wohnung zu verlassen, die ein Gefallener verraten könnte, dass du nicht vorsichtig genug warst, dass du kein Glück hattest – dass du kein Glück hattest –, und auch nicht, dass du, den bevorstehenden Fall schon vor Augen, keine andere Möglichkeit sahst, als weiterzumachen, bis es dazu kam, weil du dachtest, aufzuhören sei Verrat, oder weil es dir nicht in den Sinn kam aufzuhören oder weil du dachtest, was solltest du sonst im Leben tun. Nein, das Opfer – der Tod, dein Tod, all die Tode wie deiner, Estela – beweist nichts von alldem, nur, dass ihr die Besten wart: Heilige, Engel, Christen, Märtyrer.

»Ach, Mädchen, was für eine seltsame Vorstellung, du als Engel, als Märtyrerin.«

»Warum lässt du mich nicht in Frieden, Gallego?«

Nein, mein Mädchen, wir sind keine Engel, keiner von uns: weder wir die Lebenden noch ihr die Toten. Wir sind keine Engel: Wir hatten nichts mit Engeln gemein. Sie haben uns als Engel erfunden, arme junge Leute voller guter Absichten, Märtyrerkaninchen, damit sie uns unsere Geschichte stehlen konnten: damit sie uns zu anderen machen konnten: zu großzügigen naiven Jungen und Mädchen, die die Welt verändern wollten; ja, richtig, aber wir wollten sie mit der Waffe in der Hand verändern. Das macht uns nicht schlechter – mitnichten: Wir sind nur nicht so wie in der Darstellung. Die andere Darstellung konnten sie nicht ertragen, denn sie machte ihnen Angst: Sie waren nicht sicher, ob, wenn wir keine Engel waren, die, die uns töteten, nicht doch einen Grund dazu hatten; oder zumindest säte das Zweifel. Deshalb haben sie euch eure Geschichte geklaut: Sie haben euch zu den Verschwundenen Kaninchen Engeln abrakadabra futsch gemacht, zu guten Jungen und Mädchen, die von den ach so Bösen entführt, gefoltert und getötet wurden, aber ihr wart keine erwachsenen, entschlossenen, kämpferischen jungen Leute, die nachdachten und ihr Schicksal frei wählten, die dachten, um ihre Ziele zu erreichen, müssten sie kämpfen und ihr Leben und das der anderen aufs Spiel setzen, die dachten, Gewalt lohne sich, wenn das Ergebnis ein gerechterer Friede war, und dabei draufgingen. So wollten sie euch nicht in Erinnerung behalten, Estela, das machte ihnen Angst: Deshalb nennen sie euch die Verschwundenen – Engel Kaninchen weißes Taschentuch ohne Zylinder abrakadabra.

»Und jetzt weiß ich nicht, wer du bist, Estela. Ich verstehe deine Antworten nicht. Aber du musst mir sagen: Findest du, man sollte diesen Priester töten?«

»Ich weiß nicht, Gallego. Warum kommst du damit zu mir? Es ist jetzt dein Problem. Ich finde, ja, aber ich weiß nicht, warum. Vielleicht stimmt es, dass ich immer noch ein wenig wütend bin.«

Da dachte ich, dass der Priester der Beste war – in diesem Wettlauf kopfloser Ratten. Erinnerst du dich, wie groß unser Glaube war, Estela? Ich meine nicht am Ende; am Ende waren wir nur noch mit von der Partie, weil wir uns nichts anderes vorstellen konnten, weil es schwieriger war, die Schuld auf sich zu laden, das sinkende Schiff zu verlassen, als zu bleiben und abzuwarten, bis das Schicksal einem die Entscheidung abnahm. Aber am Anfang, erinnerst du dich, Estela, wie groß da unser Glaube war?

»Estela, erinnerst du dich, wie groß unser Glaube war?«

»Klar, Gallego. Ich erinnere mich an alles. Das ist dein Problem.«

Estela hatte recht, wie üblich. Ich könnte ihn töten, aber in Wirklichkeit wollte ich mit ihm reden: Er sollte es mir erklären. Ich wollte wissen, wie man so stark glauben kann. Wir haben alle geglaubt: Wir taten, was wir taten, weil wir an die Verheißung einer sozialistischen Welt, an die bevorstehende Revolution, an den Sieg glaubten. Für diesen Glauben waren wir bereit, unsere Zeit, unser Leben zu geben. Aber der Priester ging noch weiter: Er wurde zum Folterer, zum Mörder. Ich wollte wissen, wie man so stark glauben, wie man die erforderliche Stärke aufbringt, bei den Folterungen, am Tod mitzuwirken, wie man all seinen angeblichen Überzeugungen widersprechen kann, um eine Idee zu verteidigen, eine Überzeugung, die alle anderen nichtig macht. Hätten wir das gekonnt: wer weiß, ob dann nicht alles anders ausgegangen wäre. Ich erinnerte mich an einen Satz der italienischen Ultrarechten: *Vince sempre chi piú crede*. Ihr Glaube war größer, und sie haben uns besiegt. Wir sind an Grenzen gestoßen und haben uns manchen Dingen verweigert; sie haben alle überschritten: Ihr Glaube war so stark, dass sie jede Grenze überschritten haben, sie taten alles, was sie für notwendig hielten – weil sie wirklich überzeugt waren. Sie haben uns in der Schlacht des Glaubens besiegt und damit ganz. Denn sie gründeten ihre Ideologie auf den Glauben, sie forderten den Glauben ein; wir hingegen glaubten irrtümlich. Da haben sie uns besiegt.

»Gallego, immer noch der alte Nervsack. Immer musst du alles unnötig kompliziert machen. Sie haben uns besiegt, weil sie uns besiegt haben, weil sie die Macht hatten und sie genutzt haben.«

»Sie haben uns besiegt, weil sie uns überrascht haben: Weil sie Dinge getan haben, von denen wir nie gedacht hätten, dass sie sie tun würden, und ich vermute mal, sie selbst anfangs auch nicht. Im Ernst: Sie haben uns besiegt, weil ihr Glaube so groß war, dass sie sich jeden Scheiß erlaubt haben.«

»Du bist am Arsch, Gallego.«

Ich habe es schon gesagt – sie auch: Unsere Gespräche waren nie leicht. Aber ich musste mit ihr sprechen, während ich auf Tres Perdices zufuhr, auf dieser viel zu langen Fahrt, die mich viele Tage, viele Jahre gekostet hatte.

Wenn ich etwas tun wollte, was auch immer, müsste ich es bald tun.

30

»DON MANUEL SAGTE, das alles sei passiert, weil er irgendwas wusste.«

»Wie, weil er irgendwas wusste?«

»Aber ja doch, weil der Priester etwas wusste, was für jemanden unangenehm werden könnte, deshalb hat man ihn beseitigt.«

»Was nicht alles so geredet wird. Der Priester wusste alles, klar, dafür war er ja Priester, im Dorf ist nichts geschehen, was er nicht mitbekommen hätte. Aber er hat immer geschwiegen wie ein Grab, aus dem hat keiner ein Sterbenswörtchen rausgeholt. Und denken Sie nicht, man hätte das nicht versucht, ha.«

Als er auf die Polizeischule ging – eine Laufbahn, die ihm eine sichere und gut bezahlte Stelle in den ungewissen Zeiten der Hyperinflation sicherte –, entdeckte der künftige Kommissar Mario Giulotti seine Leidenschaft für eine bestimmte Sorte Kriminalromane. Seine Kameraden zogen ihn auf: Und, steht da was von Gauner-im-Elendsviertel-Aufmischen? Zeigen sie dir, wie man Geschäfte macht, bei denen beide Seiten auf ihren Schnitt kommen? Doch der künftige Kommissar ließ sich davon nicht beeindrucken. Es mussten erst mehrere Jahre vergehen – und er einige berufliche Stolpersteine überwinden –, bis er dieser schädlichen Lektüre endgültig den Rücken kehrte. Dennoch hatte er aus den Büchern wichtige Lehren gezogen:

Eine besagte, die beste Art, in einem komplizierten Fall voranzukommen, bestehe darin, die anderen glauben zu machen, man wüsste mehr, als man tatsächlich weiß.

Der Kommissar Giulotti von heute wendet diese Prämisse nicht nur bei der Arbeit an, sondern auch in seinem persönlichen Umfeld. Manchmal ist er sich nicht sicher, ob das eine gute Idee war – er nimmt bei den Menschen um sich herum ein sichtliches Unbehagen wahr, die Anspannung, er könne Dinge wissen, die sie in Schwierigkeiten brächten –, aber es ist zu spät, das jetzt noch ändern zu wollen: Der Kommissar von heute denkt, er könne nicht anders. An diesem Abend – kurz nach acht in der Confiserie Bombom's an der südwestlichen Ecke des Hauptplatzes von Tres Perdices – bringt er seinen gewohnten Kunstgriff mit Mühe zum Einsatz.

»Abrassi, wenn Sie weiterhin schweigen, belasten Sie sich selbst, aber das brauche ich Ihnen ja nicht zu sagen. Ich werde nicht lockerlassen. Ich weiß, was Sie wissen, aber Sie müssen es mir selbst sagen, damit ich Ihnen vertrauen kann, verstehen Sie?«

Señor Raúl Abrassi, der Besitzer des Ladens mit Getränkeausschank gegenüber vom Bahnhof – an dem seit Jahren kein Zug mehr gehalten hat –, ist sich nicht sicher, ob er ihn verstanden hat, aber ihm ist klar, dass er nicht länger schweigen kann. Er hüstelt, wirft einen Blick in Richtung Señor Villalba, als wollte er sagen, Kommissar, wir sind nicht allein, er sieht, dass der Kommissar die Augen schließt, was so viel bedeuten soll wie: keine Sorge, es ist nur Villalba, reden Sie schon. Julio Villaba ist – behaupten einige – der reichste Mann im Dorf. Andere sagen, nein, egal wie viel Geld er in der letzten Zeit gemacht hat, dem alten Larrañaga gehören immer noch viele Hektar Land, er habe einen Vorsprung, aber sie bestreiten nicht, dass, wenn alles so weitergeht, Villalba – Villalbas Viehzuchtbetrieb, Villalbas Ziegelbrennerei, Villalbas Autohandel, Villalbas kleine Lieferwagenflotte, Villalbas obskure Geschäfte – den Großgrundbesitzer vom Thron stoßen wird. Abrassi trinkt, hustet und redet.

»Na ja, Sie wissen es vielleicht nicht, jetzt wird ja so viel geredet, aber als der verstorbene Pater noch gelebt hat, war ich der Einzige hier, der über seine Vergangenheit Bescheid wusste, wirklich.«

Sagt Raúl Abrassi und fügt hinzu, ihm gegenüber habe er erwähnt, ja, er sei in ein paar seltsame Geschichten verstrickt gewesen. Bah, seltsame Geschichten, sagt er: Er hat das Land gegen die Terroristen verteidigt, die jetzt einen auf geschlachtete Lämmchen machen. Aber das Schlimmste war – sagt Abrassi, während der Kommissar zu verbergen versucht, dass er es kaum noch erwarten kann, die Lippen mit Whisky benetzt und Villalba leicht gelangweilt auf die Uhr sieht –, dass er am Ende Angst hatte, seiner Aufgabe nicht gerecht geworden zu sein.

»Wissen Sie, was der arme alte Mann einmal zu mir gesagt hat? Er habe all diese Anstrengungen unternommen, um die Kirche und das Vaterland vor dem marxistischen Teufel zu retten, und das sei gut so, er sei stolz auf das, was er getan habe, aber dann habe er festgestellt, dass es andere Teufel gab, die Leute wie ihn, sagte er, die reinen Geistes waren, ausgenutzt hätten.«

Die Kirche sei immer noch bedroht, aber nicht durch diese Feinde, sondern weil sie sich nicht um ihre Gläubigen und vor allem nicht um die armen Gläubigen kümmere, und deshalb werde er, fährt Raúl Abrassi fort, doch Kommissar Guilotti unterbricht ihn, bemüht, seine Stimme ruhig klingen zu lassen, als wolle er sich lediglich rückversichern.

»Und deshalb, ich meine, wegen der Geschichte mit den

Marxisten, hat er gesagt, dass er Angst hätte, dass sie ihn umbringen?«

»Aber er hat doch nie gesagt …«

Hebt Señor Raúl Abrassi an, aber etwas am Blick des Kommissars bringt ihn zum Schweigen. So muss es wohl gewesen sein, sagt er leise. Der Kommissar grinst.

»Und hast du eine Ahnung, was das gewesen sein könnte?«

»Nein, keinen blassen Schimmer. Das weiß vielleicht der Kommissar oder der Untersuchungsrichter. Ich hab keinen blassen Schimmer.«

»Nun, ich hab gehört, dass sie über diesen seltsamen Vogel gesprochen haben, der ihn während der Messe beschimpft hat.«

»Was?«

»Jetzt sag nicht, du hast das nicht auch gehört.«

»Nein, meine Liebe, nein.«

»Oh, Zulema, du bist wirklich …«

»Ach, Beatriz, ich habe doch schon genug Probleme am Hals, da soll ich mich auch noch um so was kümmern.«

Zunächst hatte er der Tatsache keine sonderliche Bedeutung beigemessen: wohl weil er erst so spät davon erfahren hatte. Ausnahmsweise hatte der Pakt des Schweigens funktioniert: Auch in den Tagen, in denen der Priester – der Tod des Priesters – alle Gespräche, alle Gedanken beherrschte, hatte sich die verschworene Gemeinschaft der Damen des Ortes geweigert zu reden, oder wenn sie es tat, dann nur mit einigen wenigen, denen sie vertraute: die dann ihrerseits schwiegen. Deshalb hatten Kommissar Giulotti und die Mehrzahl der Einwohner von Tres Perdices und die Presse und das Land – erst so spät davon erfahren; als er es endlich erfuhr, definierte er das Ereignis als »Schlüssel der Ermittlungen«. Giulotti befragte mehrere Zeuginnen zu dem Vorkommnis in der Messe. Er war – dessen war er sich sicher – am entscheidenden Punkt seiner Ermittlungen angekommen und wollte es nicht vermasseln. Er wusste, wie das war: Vor vier Jahren hatte er den größten Fehler seiner Karriere – und seines Lebens – gemacht, als er die Warnungen seiner Kameraden in den Wind schlug und weiterhin die Aufmerksamkeiten eines Drogendealers annahm, der kurz davor war, gemeinsam mit seinem alten Kumpan, einem Provinzabgeordneten, in Ungnade zu fallen – und im Gefängnis zu landen. Es hatte in sämtlichen Schlagzeilen gestanden und ihm die Versetzung nach Tres Perdices eingebracht, ein Akt der Barmherzigkeit, wie der Hauptkommissar sagte, denn der Minister habe schlicht und ergreifend seine Entlassung aus dem Polizeidienst verlangt. Damit war sein Leben ruiniert: Im Dorf beschränkte sich seine Arbeit darauf, sich mit viertklassigen Viehdieben und vor allem mit den kleinen Hühnerdieben aus dem neuen Viertel herumschlagen zu müssen: nichts, was ihm zusätzliche Einkünfte bescherte oder ihm die Möglichkeit bot, seine Ehre wiederherzustellen. Nach vier Jahren in Tres Perdices, die Scheidung war inzwischen durch, glaubte der Kommissar, er habe sich daran gewöhnt, oder besser gesagt, damit abgefunden: Es war ihm einerlei. Bis Pater Fiorellos Tod ihm klarmachte, dass dem nicht so war: Am Morgen nach dem makabren Fund hatte er zu seiner Überraschung festgestellt, dass er bereit war, Himmel und Hölle in Bewegung zu setzen, um aus diesem Loch herauszukommen und ins Leben zurückzukehren.

»Ich sage dir, Zule, es sieht ganz so aus, als ob der Kerl es war.«

»Wirklich? Na los, erzähl schon, Beatriz.«

»Ach, ich dachte, es interessiert dich nicht.«
»Erzähl schon, Beatriz, zier dich nicht so.«

Der Kommissar muss effizient sein und vor allem schnell: Er muss den Mörder finden, bevor die Medien oder die Vorgesetzten die Geduld verlieren oder, noch schlimmer, das Interesse. Um handfeste – für ihn handfeste – Ergebnisse zu erzielen, muss der Kommissar seinen Vorgesetzten die Wichtigkeit des Falls beweisen; dafür braucht man die Presse, und die Presse wartet nicht. Dank der Befragungen – er hatte sich schon immer für sehr geschickt darin gehalten, Antworten zu bekommen – konnte Kommissar Giulotti festhalten, dass am Freitag, den dreizehnten ein Unbekannter in der Abendmesse im Dorf aufgetaucht war. Er war laut Aussage der Zeuginnen zwischen sechzig und siebzig Jahre alt, von mittlerer Statur, hatte schütteres Haar, extrem blasse Haut – »merkwürdig blass, als ginge es ihm nicht gut«, erklärt eine Zeugin –, und bekleidet war er mit brauner Hose und kariertem Hemd: nichts Auffälliges. Wie sich eben jemand kleidet, der unbemerkt bleiben will, denkt der Kommissar. Blödsinn, denkt er später: Der wollte nicht unbemerkt bleiben; der wollte auffallen. Sonst hätte er nicht getan, was er getan hat.

»Weißt du, was man mir erzählt hat? An dem Abend, als er getötet wurde, soll der Pater auf jemanden gewartet haben. Die Untersuchungsbeamten da von der Autopsie haben gesagt, er hätte etwas Seltsames gegessen, einen Seefisch oder so etwas.«
»Ach was, dummes Zeug. Nilda hat mir erzählt, er habe dasselbe zu sich genommen wie immer, Kalbfleisch mit Reis und den obligatorischen Liter Rotwein.«
»Und warum erzählt man dann so was?«
»Keine Ahnung. Glaubst du denen von der Polizei?«

Die Zeuginnen sagen aus, niemand habe ihn die Kirche betreten sehen. »Er ist bestimmt hereingekommen, als die Messe schon angefangen hatte, sonst hätten wir ihn bemerkt, Sie wissen ja, er war nicht von hier, und wir sind ja nur so wenige«, auf einmal sei er da gewesen, habe sich vorn links in die Bank gesetzt, und sie hätten ihn nicht weiter beachtet. Der Kommissar denkt, der hat bestimmt bewusst die Abendmesse gewählt, in die nur die eifrigsten Betschwestern gehen, weil er nicht mit dem Priester allein sein wollte, weil er Zeugen haben wollte, aber nicht zu viele. Später denkt er, vielleicht ist er zufällig um diese Uhrzeit hereingeschneit: Sein Verhalten lässt nicht darauf schließen, dass er kein großes Aufheben wollte. Denn alle mussten zu ihm hingeblickt haben, als er sich, direkt nachdem der Pater das Kyrie gesprochen hatte – Herr, erbarme dich unser –, hingestellt und ihn angeschrien hatte. Zum Leidwesen des Kommissars hatte keine der Zeuginnen, darin waren sie sich einig, verstanden, was er anfangs geschrien hatte; eine behauptet, der Alte habe etwas von Rancagua oder Nicaragua gefaselt. »Also ehrlich gesagt, habe ich ihn nicht verstanden; ich habe mich nur gewundert, dass der Priester ihn so komisch angesehen und den Kopf gesenkt hat.«

»Der Alte hatte ein ganz abgezehrtes Gesicht, als wollten sich die Knochen mit Gewalt durch die Haut drücken.«

Sagt eine andere Zeugin, und der Kommissar bietet all seine Überredungskunst auf, um ihr eine zweckdienlichere Beschreibung zu entlocken: schlecht rasiert, grüne tief liegende Augen, ein großer Mund mit wulstigen Lippen: insgesamt ein bizarrer Eindruck. »Erst bin ich erschrocken, das Geschrei machte mir Angst, aber dann war ich besorgt; er sah aus, als ob er jeden Moment einen Infarkt bekäme.« Soweit Kommissar Giulotti das Geschehen rekonstruieren kann, hat der Alte weiter herumgebrüllt. Weniger hektisch, weil man ihm jetzt

Aufmerksamkeit schenkte, und man hat ihn verstehen können. Die einzelnen Versionen unterscheiden sich leicht voneinander, aber die Grundidee ist klar: Du hast sie beruhigt, hast sie animiert, weiter zu töten, du Scheißkerl. Du hast dafür gesorgt, dass meine Frau und mein Sohn getötet wurden. Du und kein anderer, und jetzt stehst du hier und erteilst Lektionen in Sachen Moral. Dich müsste man zigtausendmal töten, du verdammter Scheißkerl.

Dann habe sich der Ton des Alten plötzlich verändert, sagen die Zeuginnen, und er habe viel ruhiger gewirkt: als gehe es ihn nicht persönlich an, als habe man ihn geschickt, sagt eine; so als habe er seiner Pflicht genüge getan, eine andere. Eines betonen sie alle: dass sie überrascht waren, ihren Priester so traurig, so resigniert zu sehen, wie niedergeschlagen: Bete für uns Sünder, habe er gesagt und dann: Wer frei von Sünde ist, werfe den ersten Stein.

Zu dem Zeitpunkt schwelgt Kommissar Giulotti bereits in Gedanken an seinen Anspruch auf Wiedergutmachung, an eine mögliche Beförderung, die Entschuldigungen. Doch etwas will er noch wissen: »Warum hat mir niemand etwas gesagt, warum wurde im Dorf nicht darüber gesprochen?«

»Wie stellen Sie sich das vor, Herr Kommissar?«

Sagt die letzte Zeugin, die Krankenschwester Nilda González, die die Erste-Hilfe-Station betreut.

»Der Pater hat uns gesagt, der Kerl sei verrückt, wir sollten nicht auf ihn hören. Er hat gesagt: Ich kann euch nur raten, sprecht nicht darüber. Das sind üble Verleumdungen, die Verleumder nutzen die Gutgläubigkeit der normalen Menschen aus, Menschen wie uns, um ihre Verleumdungen zu verbreiten; lasst euch nicht täuschen, fallt auf sein Spiel nicht herein. Das hat der Pater zu uns gesagt, Herr Kommissar. Was hätten wir denn machen sollen? Uns über seine Worte hinwegsetzen?«

Kommissar Giulotti denkt, dass er etwas gelernt hat, und unwillentlich neigt er respektvoll den Kopf: Er ist beeindruckt von der Macht, die dieser Priester über seine weiblichen Gläubigen hatte: die Macht, sie zum Schweigen zu bringen. Ein Wunder, sagt er sich, ein echtes Wunder, und lächelt: ein Wunder zu seinen Gunsten.

»Nein, natürlich nicht, der Pater verdient, dass man ihn respektiert, auch was das angeht.«

Der Kommissar hat, was er braucht, er dankt der Krankenschwester González, erlaubt ihr, sich zurückzuziehen; er muss sich enorm anstrengen, nicht vor Begeisterung zu schreien oder zu lachen. Am nächsten Tag fährt er zum Polizeipräsidium in der Stadt, sucht die Akte von Pater Augusto Fiorello heraus, ruft ein paar Bekannte an, stellt Recherchen über seine Mitwirkung an der Repression in den Siebzigern an. Erst denkt er, er müsse herausfinden, warum der Pater aus dem Heer ausgeschieden ist: Dort liegt bestimmt der Schlüssel. Doch dann schiebt er das beiseite. Die Hypothese von der Rache eines ehemaligen Terroristen erscheint ihm immer wahrscheinlicher. Und die paar Kleinigkeiten, die aus dem Haus des Priesters verschwunden sind, sollten bestimmt nur davon ablenken: Wir wissen doch alle, wie diese Kerle ticken.

»Aber sind Sie sich sicher, Kommissar?«

»Habe ich Ihnen schon mal verdorbene Ware angedreht?«

»Na ja, Kommissar, das nicht, aber …«

»Ich bin mir sicher, Capa, bringen Sie es ruhig.«

Kommissar Giulotti behält recht: Wenn man einen alten Bekannten bei der lokalen Zeitung dafür benutzt, die Rachehypothese zu lancieren, kehrt der Fall Fiorello, an dem das Interesse bereits verpufft war, auf die Titelseiten zurück. Der

Kommissar sieht schon vor sich, wie die nationalen Nachrichtensender, die nach einem ersten Moment der Euphorie über den Tod des Priesters die Nachricht ad acta gelegt hatten, in das Dorf stürmen: Tres Perdices würde seinen Platz unter den Schlagzeilen in den Acht-Uhr-Nachrichten zurückerobern und Teil der Geschichte des Landes werden: als Ort einer ruchlosen Rache. Und das hatten sie ihm, Mario Giulotti, zu verdanken: Der Hauptkommissar würde ihn anrufen, um Entschuldigung bitten und ihm ein Kommissariat im Zentrum anbieten.

Der Rest ist Routinearbeit – der Kommissar hat Routinearbeit nie gescheut, wenn sie sinnvoll ist: Nach zweitätigen Recherchen, bei denen er die Listen der Opfer aus dem Lager Aconcagua mit denen der noch in der Stadt lebenden Hinterbliebenen vergleicht, bleiben drei mögliche Täter übrig. Nur diese drei haben eine Frau – oder »Genossin« –, die in Aconcagua verschwand: Der Alte hatte einen entscheidenden Fehler gemacht, als er seine Frau erwähnte. Das mit dem Sohn war dubioser. Keiner von den dreien habe einen Sohn, der verschwunden ist; vielleicht hatte er das gesagt, um seine Identität zu verschleiern. Obwohl Kommissar Giulotti überzeugt ist, dass der Kerl identifiziert werden wollte: Dieses Problems würde er sich annehmen. Ein Blick in die Fotos aus den Akten genügt, jetzt weiß er, wer der Mann ist, der den Pater während der Messe beschimpft hatte; der Hauptverdächtige in seinem unbeschreiblichen Mordfall heißt Carlos Hugo Fleitas.

31

»DU BIST ZUMINDEST sauber geblieben.«

»Was soll das heißen, Juanjo, ›sauber‹? Was willst du damit sagen?«

»Du hast dich nicht verkauft, du bist noch so, wie wir mit zwanzig waren, genau so.«

Ich dachte, wahrscheinlich müsste ich ihm nie mehr zuhören; der Gedanke erleichterte mich. Das Problem war nicht nur, dass er mir die ganze Zeit mit Maßstäben und Themen kam, mit denen ich nichts zu tun hatte. Ich wollte vor allem meine Zeit nicht mit jemandem vergeuden, der nichts von dem verstand, was ich ihm sagte. Jahrelang hatte ich das überspielt: Manchmal besteht Freundschaft darin, das Gewicht einer gemeinsamen Vergangenheit über die sinnlose Gegenwart zu stellen; ich hatte keine Zeit mehr für solche Extravaganzen. Ich wollte mich nicht in die Diskussion verwickeln lassen, aber ich sagte ihm, mit zwanzig wäre es uns nicht darum gegangen, sauber zu sein, wir hätten alles und jeden läutern wollen, und mir sei es völlig schnuppe, ob ich noch so sei wie damals oder nicht.

»Ihr seid doch diejenigen, die die ganze Zeit davon reden, dass sie so viel mit den Genossen von damals gemein haben. Das ist dein Problem, Juan, nicht meins.«

Diesmal hatte ich nicht warten müssen: Die Sekretärin hatte mich am Eingang des Ministeriums abgeholt, mir die Formalitäten an der Pforte erspart und mich über eine hintere

Treppe in den zweiten Stock geführt: ein einsamer Flur, ein Zimmer mit einem runden Tisch aus abgenutztem Holz, vier Stühlen, einem Telefon und nicht einem einzigen Bild an den Wänden. Mein alter Freund Juanjo wollte mich lieber ohne Zeugen sehen. Oder er wollte vielleicht die Amtsgeschäfte mal außen vor lassen. Ich hatte ihn um das Treffen gebeten, weil ich ihm von der Begegnung mit Velarde erzählen wollte, aber er hatte mich wie immer auf völlig abstruse Pfade geführt. Doch anders als sonst, völlig unerwartet, schien Juanjo wütend zu werden.

»Wer hat dir gesagt, wir würden die ganze Zeit darüber reden, dass wir so viel mit den Genossen von damals gemein haben?«

»Niemand hat das gesagt, ihr redet doch die ganze Zeit von ihnen. Apropos, schämt ihr euch eigentlich kein Stück, wenn ihr sagt, ihr tut, ›was die Genossen damals gewollt haben‹? Riecht das für euch nicht ein bisschen nach Hochmut?«

»Hochmut gegenüber wem? Wir erinnern uns an sie, wir erkennen sie an.«

»Tun wir mal so als ob. Und ihr sagt, Jungs, was ihr damals machen wolltet, aber nicht konntet, wir können es jetzt umsetzen.«

»Nein, Colo, was redest du denn da. Auf eine solche Idee würde ich nie kommen.«

»Nun, du hast ohnehin nicht viele Ideen. Aber in dem Fall ist es logisch: Was ihr da macht, hat nichts mit dem zu tun, ›was die Genossen damals wollten‹, Juan, da könnt ihr so viel daherreden, wie ihr wollt, das wisst ihr genau. Oder willst du etwa behaupten, ihr habt so völlig vergessen, was sie wollten, dass ihr imstande seid, eine gepflasterte Straße oder eine Schule einzuweihen und zu glauben, wie ihr sagt, dass ihr damit den Traum von den Genossen erfüllt, die ihr Leben gelassen haben, weil sie den Sozialismus wollten? Schämst du dich denn kein Stück?«

Juanjo sah mich an, biss sich auf die Lippen und rieb sich die Hände: Du wolltest mich sehen, ich gehe davon aus, du hast etwas Dringendes zu besprechen. Er war Politiker, ich ein Idiot; er war großzügig, ich ein unverbesserlicher Streithahn.

»Ja, entschuldige. Du kennst mich, ich lasse mich immer durch alles Mögliche ablenken.«

»Kein Problem, Colo. Ich meinte auch nur, dass du dich nicht mehr änderst.«

Sagte er und lächelte. Ich widersprach ihm nicht: Es war besser, ihn in dem Gefühl zu wiegen, es stünde eins zu null für ihn.

»Ja, ich wollte dich wegen etwas anderem sehen. Vor ein paar Tagen hat der Kerl, den du mir mal geschickt hast, mich bedroht.«

»Wie bedroht? Was für ein Kerl?«

»Velarde, du erinnerst dich.«

»Nein, Colo. Wer ist Velarde?«

Ich steckte seit Wochen in diesem Schlamassel, nur weil es ihm in den Sinn gekommen war, mich mit Velarde zusammenzubringen, und jetzt erinnerte er sich nicht einmal, wer das war. Mit anderen Worten: Seine Intervention hatte in den letzten Monaten mein Leben bestimmt, und ihn hatte das höchstens zwölf Minuten beschäftigt. Das war, so nahm ich an, eine mögliche Definition von Macht.

»Velarde, dieser reumütige Sünder, zu dem dein Scherge Giovannini den Kontakt hergestellt hat. Erinnerst du dich?«

»Ach ja, jetzt erinnere ich mich. Aber wieso hat der dich bedroht?«

»Er hat mich bedroht, ohne viel Wieso. Er hat mich spätabends auf der Straße angehalten, mir gesagt, ich solle aufhören, mit Aconcagua, dem Priester und all diesem Kram zu nerven.«

»Und von wem kam diese Drohung?«

»Keine Ahnung, das hat er nicht gesagt. Er hat von ein paar Freunden gesprochen, aber offengelassen, wer es sein könnte: Regierung, Geheimdienst, Heer, ehemalige Montoneros, die Kurie, jeder.«

»Die Hälfte davon ist bestimmt zusammenfantasiert.«

»Mit Sicherheit. Die Frage ist, welche Hälfte.«

»Hör auf, Carlos.«

Juanjo senkte die Stimme: Es musste eine instinktive Reaktion sein; ich glaube nicht, dass uns jemand zuhörte. Er flüsterte fast, als er zu mir sagte, man müsse vorsichtig sein – er sagte nicht »du musst vorsichtig sein«; er sagte »man muss vorsichtig sein«, als würde diese Vorsicht nicht nur mich allein betreffen –, dann legte er mir eine Hand auf den Arm und sprach noch leiser: Sei ehrlich, Carlos, denkst du immer noch an Rache?

Warum sollte ich, der ich nie wirklich etwas getan habe, der ich so lange schon nichts wirklich tue, Rache üben – tatsächlich Rache üben? Warum sollte man davon ausgehen, dass ich wirklich dazu imstande bin?

Ich würde mich gern daran erinnern, wie ich beschloss, Juanjo von dem Bösen zu erzählen: warum ich ihn auserwählte, warum er es wissen sollte. Oder vielleicht hatte ich ihn nicht ausgewählt, so viele Möglichkeiten besaß ich schließlich gar nicht. Außerdem bewunderte ich ihn – oder vielleicht beneidete ich ihn – so sehr, wie ich ihn verachtete. Es verschlug ihm die Sprache.

»Was für eine Scheiße, Carlos, was für eine Scheiße.«

»Sehr eloquent formuliert.«

»Was soll ich sagen?«

»Nein,vergiss es. Im Ernst: Sag nichts. Ich weiß nicht einmal, warum ich dir davon erzählt habe.«

»Aber da muss jetzt alles getan werden, was möglich ist, wir müssen sehen, dass du die beste Behandlung bekommst. Ich kann dir die besten Ärzte besorgen.«

»Du wirst gar nichts tun, Juan. Und ich auch nicht.«

Juanjo versuchte mich umzustimmen; ich sagte ihm, zu sterben sei schon übel genug, da müsste ich mich nicht noch die letzten Monate meines Lebens mit dem Tod befassen; oder zumindest, sagte ich, nicht mit meinem Tod – und in dem Moment begriff ich, warum ich das gesagt hatte. Es muss überzeugend geklungen haben: Es waren die großspurigen Worte eines zu Tode Erschrockenen, aber Juanjo akzeptierte sie; sein Gegenangriff später wäre subtil und entschlossen. Wenn ich ihm nicht davon erzählt hätte, wäre die Geschichte vermutlich ganz anders verlaufen.

Nehmen wir mal an, ich hätte beschlossen, dass ich den Priester töten wollte. Warum, in wessen Namen, müsste ich es auch in die Tat umsetzen? Würde ich ihn nicht töten, um ein Opfer – die Opfer – unseres großen Scheiterns zu ehren? Wäre es folglich überhaupt kohärent oder angemessen, respektvoll, wenn meine Mission erfolgreich wäre? Oder müsste ich sie, aus Respekt, aus Taktgefühl scheitern lassen? Wäre es nicht logischer, den Versuch zu unternehmen, ihn zu töten, es aber nicht zu tun, mich, blutverschmiert aus seinem Haus fliehend, verhaften zu lassen, irgendeinen Idioten mit dem Verbrechen zu beauftragen, einen Haufen Spuren zu hinterlassen, die mich als Schuldigen dastehen lassen, ihm fünf Messerstiche zu-

zufügen, keiner davon tödlich, ihn in einen Hinterhalt zu locken und verblüfft zu schweigen?

Er wartete meine Antwort nicht ab. Er sah zur Tür, drückte noch einmal meinen Arm und sagte, ich solle vorsichtig sein und keinen Scheiß bauen: Er könne ein Stück weit – er sagte »ein Stück weit«: immer öfter verwendete er das Vokabular der damaligen Zeit – verstehen, dass ich mich rächen wollte, ich wüsste ja, dass ihm nur merkwürdig vorkomme, dass es mir jetzt eingefallen sei, nach so vielen Jahren, er könne ja verstehen, dass es Umstände gebe – er sagte: »Umstände gebe«, als würde er vor der Presse sprechen –, die mich dazu drängten, aber na ja, wenn ich mich rächen wollte, sollte ich mir eine intelligente Form ausdenken und nicht diesen Schwachsinn begehen, ihn einfach abzuknallen: Das wäre für alle eine Katastrophe.

»Für alle? Von wem sprichst du?«

»Für uns alle, Colo. Wenn du ihn tötest, stellst du wieder einmal deine persönlichen Interessen über die der Gemeinschaft.«

»Wie du dich ausdrückst! Wie lang habe ich das mit den Interessen der Gemeinschaft schon nicht mehr gehört.«

»Weil du dich seit langem taub für diese Dinge stellst, Colo, entschuldige, wenn ich dir das so direkt sagte. Aber es gibt noch Menschen, die in diesen Kategorien denken, mich und andere. Deshalb sage ich, es wäre eine Katastrophe. Oder merkst du nicht, dass unsere Stärke darin besteht, dass wir die Opfer sind? Das ist Estelas Triumph, willst du ihn zerstören?«

Ich wollte es eigentlich nicht sagen, aber der Zweifel machte mich kirre: Dann stimmte also, was Velarde über den Pakt gesagt hatte?

»Welcher Pakt, Carlos? Red keinen Unsinn.«

»Von mir kommt das nicht, Juanjo, aber was du da sagst,

entspricht genau dem, was Velarde mir erzählt hat: dass ihr euch geeinigt habt, keine Rache zu üben und weiter auf die Opferrolle zu setzen.«

»Wenn das einer getan hat, habe ich davon nichts mitbekommen, da kannst du beruhigt sein. Aber dafür bedarf es eigentlich auch keiner Einigung: Das liegt doch auf der Hand. Colo, die beste Rache für Estela ist doch, dass wir hier sind und Dinge bewegen.«

Jetzt schwieg ich: Juanjo wusste, was ich über die Dinge dachte, die sie taten, darüber, wie sie das Blut der Toten nutzten, um eine Regierung zu schmücken – ich dachte, »rot zu färben« –, die keine Veränderung anstrebte. Der Priester, der Henkern befahl, im Namen des Guten zu töten, das Kreuz, der Nächste, das alles ging mir unentwegt im Kopf herum.

»Der Kerl muss sterben.«

Sagte ich, als spräche ich zu mir selbst.

»Und du willst ihn töten? Dein Leben ist damit für immer ruiniert.«

»Welches Leben, Juanjo? Jetzt redest du echt Stuss.«

Unangenehm berührt fragte er mich nach dem Bösen, weil ihm nichts anderes übrig blieb. Ich ersparte ihm die Details und sagte, ach, nichts, alles wie immer, weiterhin süßes Warten; er lächelte erleichtert – über die Nachricht, weil ich es ihm nicht schwermachte – und sagte etwas von wegen ich könne mich wirklich über alles lustig machen, ich würde mich nicht mehr ändern. Ich glaube, er begriff erst eine Sekunde später, was er da gesagt hatte, es tat ihm leid, aber es war zu spät.

Er telefonierte, bestellte zwei Kaffee und sagte, wir müssten noch mal in Ruhe über alles nachdenken – er sagte »wir müssen noch mal in Ruhe über alles nachdenken«, mischte sich autoritär in die Sache ein. Dann schwiegen wir drei oder vier Minuten, bis der Laufbursche in seinem verschlissen glänzenden blauen Anzug mit dem Blechtablett, zwei Tassen Kaffee und Süßstoffbeutelchen hereinkam. Er stellte es ab und ging hinaus, Juanjo sah zur Tür, als wolle er sich versichern, dass sie da war, geschlossen, schützend, und erst dann sagte er, er sei absolut überzeugt, wenn ich mich rächen wollte, könnten wir – er sagte »könnten wir«, wieder von innen heraus – uns andere Möglichkeiten ausdenken. Ich wollte ihm nicht sagen, ganz gleich ob ich es täte oder nicht, er bliebe sowieso außen vor; ich wollte ihm lieber zuhören.

»Also, wenn du willst, kann ich einen zuverlässigen, verantwortungsbewussten Richter einschalten, einen von uns, der ihm den Prozess macht. Wenn es uns gelingt, die Zeugen zum Reden zu bringen, geht er vielleicht für viele Jahre in den Knast.«

»Und was soll das bringen?«

»Wie, was soll das bringen? Es kommt raus, wer er ist, wer er war.«

»Dasselbe hat Velarde auch gesagt.«

»Wie, dasselbe?«

»Aber ja, man hat mir damit gedroht, eine Geschichte über meinen und Estelas Verrat zu erfinden, hab ich dir doch erzählt.«

»Gut, das zeigt, dass der Kerl, oder die Kerle, die ihn geschickt haben, nicht dumm sind. Aber in dem Fall gibt es nichts zu erfinden, und wir schicken ihn in den Bau.«

»Nicht in den Bau, nach Hause.«

»Nun, Hausarrest ist in seinem Alter üblich.«

»Und du findest, das reicht?«

»Aber ja, Colo. Stell dir vor, was Estela lieber wäre: ein schäbiges Verbrechen oder eine Lektion in Demokratie?«

»Demokratie, Juan? Estela würde dich auslachen.«

Sagte ich und wusste nach wie vor nicht, von welcher Estela ich sprach: von der Toten, der Verschwundenen, von der, die all diese Jahre erlebt hatte, von der, die sie wäre, wenn sie weitergelebt hätte?

»Da wäre ich mir nicht so sicher, ich weiß nicht, warum du dir da so sicher bist.«

Sagte Juanjo. Auch er hatte sie gut gekannt. Ich habe nie erfahren, wie gut: Ich habe beispielsweise nie erfahren, ob er mit ihr geschlafen hat. Ich wollte ihn nie danach fragen, er wollte es mir nie erzählen. Ich wusste auch nicht, warum das für mich eine triftige Erklärung dafür war, dass er meine Nähe suchte. Oder ich wusste es, aber was ich da wusste, gefiel mir ganz und gar nicht. Juanjo sah mich an, schloss die Augen, schnaubte betroffen, drückte wieder meinen Arm: Also, im schlimmsten Fall können wir das anders organisieren – er sagte »anders organisieren«, mit einer merkwürdigen Intonation, als sagte er etwas, was uns auf obskure Weise verband.

»Im schlimmsten Fall können wir das anders organisieren. Erinnerst du dich, was der Cordobés gesagt hat? Vielleicht könnte man es wie einen Unfall aussehen lassen, irgendwas, ein Auto, ein Dieb, der ihn überfällt und umbringt, das müsste man sehen.«

Ich schwieg, fast gerührt: Wenn ich richtig verstanden hatte, bot mein alter Freund mir an, sich um diesen Tod zu kümmern. Aber vielleicht hatte ich es auch nicht richtig verstanden; um auf Nummer sicher zu gehen, sagte ich vage, nein, er solle sich keine Umstände machen, er habe damit nichts zu tun. Juanjo sagte, wie du willst, aber er wolle betonen: Mach keinen Scheiß, Colo, versau dir nicht das Leben, wir werden schon eine Lösung finden.

»Und in der Zwischenzeit hältst du dich von ihm fern, lass

dir ja nicht einfallen, ihn aufzusuchen. Versprich mir, dass du nichts anstellst, Colo. Das wäre eine Katastrophe. Man kann dich leicht mit uns in Verbindung bringen.«

Die Rührung war verflogen. Ich muss kindisch geklungen haben, als ich trotzig, rachsüchtig entgegnete: »Ich war schon in Tres Perdices.«

»Was willst du damit sagen?«

»Ich war schon dort, ich hab ihn getroffen.«

»Und hat man dich gesehen?«

»Sicher, ich war in seiner Messe und hab ihn zur Sau gemacht. Das hättest du mal erleben sollen.«

»Du bist ein Idiot.«

Da fiel es mir wie Schuppen von den Augen. Ich hätte schon längst darauf kommen müssen, aber in diesen Dingen war ich nie schnell. Dafür verstand ich es bestens zu reden, ohne viel nachzudenken.

»Schon gut, aber du hättest mir nicht diesen Kerl auf den Hals hetzen müssen.«

Ich weiß nicht, warum ich das gesagt habe; es war mir eingefallen, und ich konnte nicht an mich halten. Ich wollte mich schon entschuldigen, da sah ich sein Gesicht. Juanjo versuchte ein paar Sekunden Zeit zu gewinnen.

»Was für einen Kerl, Carlos? Wovon redest du?«

»Jetzt spiel nicht den Dummen, Juan. Diesen Kerl, diesen Velarde. Den du mir geschickt hast, um mir zu drohen.«

»Was redest du da, Carlos, wie kommst du auf so was?«

»Du bist ein Mistkerl.«

Juanjo schwieg einen Moment und sah mich von oben herab an – von erschreckend weit oben, so wie man einen Käfer mit angehobenem Fuß anschaut und überlegt, ob man sich die Mühe machen soll, ihn zu zertreten. Am Ende entschied er, besser nicht.

»Du kapierst das nicht, Carlos. Ich hab versucht dich zu schützen. Uns alle zu schützen, falls du das nicht merkst. Du warst dabei, einen großen Fehler zu machen.«

»War? Wer sagt dir, dass ich es nicht mehr bin? Glaubst du wirklich, du kannst alle Welt kontrollieren?«

Juanjo sah mich schweigend an, es war ein Schweigen für immer. Ich hatte ihm ebenfalls nichts mehr zu sagen. Wenn ich wieder ruhiger wäre, müsste ich mir die Frage stellen, ob er das Ganze von Anfang an so eingefädelt hatte, ob er mir Velarde geschickt hatte, um mich anzuspitzen. Das Problem war, dass ich nicht verstand, wozu: Darüber müsste ich nachdenken. Es sei denn, fiel mir ein, er hat Streit mit der Kirche – eine Haushaltssache, ein umstrittenes Gesetz, ein Kandidat –, und es wäre ihm nützlich, dass Velarde mich auf die Spur dieses Priesters setzt, um sie zu bedrohen, unter Druck zu setzen. Das ist Wahnsinn, dachte ich, und sah ihm ins Gesicht.

32

UND DOCH HATTE ich sie angerufen. Immer wenn sie mir sagte, ich sei ein unerträglicher, arroganter Schnösel und womit verflucht noch mal diese Arroganz gerechtfertigt sei, hatte ich erwidert, wenn man eine Rechtfertigung habe, sei es doch leicht, arrogant zu sein: Das sei keine Arroganz, sondern man lebe von der angehäuften Arbeit. Wahre Arroganz sei die meinige, sagte ich: die Arroganz des Typen, den niemand respektiert, weil niemand etwas an ihm findet, das diese Haltung rechtfertigt. Valeria lachte dann immer. Doch diesmal war ich nicht arrogant: Ich rief sie an und bat sie zu kommen. Bist du dir sicher? Ich hab dich doch gebeten, oder? Ja, aber bist du dir sicher? Nein, ich bin mir nicht sicher, aber ich möchte, dass du morgen kommst. Vielleicht. Nerv nicht, Valeria. Schon gut, ich komme, warte morgen auf mich. Schön, ich warte; bring doch, wenn du kannst, Musik mit.

»Ich muss dich etwas fragen.«

»Ja, frag nur, kein Problem.«

»Ja, aber ich will, dass du mir eine Antwort gibst.«

»Was ist los, Carlos?«

Sie musste glauben, dass ich mir im Lauf der letzten Monate all diese Mühe gegeben hatte – die Mühe, ihr zu zeigen, dass ich nicht gedachte, mir Mühe zu geben, ihr zu gefallen –, weil ich Angst hatte, mich mit ihr einzulassen: Angst, wenn ich mich gehen ließ, in dunkle Gewässer zu fallen. Das glaubte sie bestimmt. Es war mir gleich, dass sie das glaubte; ich hoffte nur, dass ich es nicht selbst glaubte: Das wäre zu platt gewesen. Doch schlimmer war für mich der Verdacht, der durch ihre Abwesenheit in den letzten Tagen erneuert wurde, dass sie mich, wenn sie mich verließ – wenn sie die Drohung umsetzte, mich zu verlassen –, ernsthaft verführen könnte. Sie würde es merken – sie merkte es schon –, und dann würde sie mit Sicherheit ihre Macht ausnutzen. Valeria gehörte zu den Menschen – den Frauen? –, die die Macht nutzen, die sie besitzen.

»Wie heißt du?«

»Wie, wie ich heiße?«

»Ja, ich will wissen, wie du heißt.«

»Wie soll ich wohl heißen, Valeria, das weißt du doch.«

»Nehmen wir mal an, das weiß ich. Aber ich meine deinen Nachnamen. Du hast mir nie deinen Nachnamen gesagt. Es wird Zeit, dass du mir sagst, wie du heißt.«

»Frag nichts, erzähl nichts, lass dir nichts erzählen.«

»Lass den Blödsinn. Wie heißt du?«

»Wozu willst du das wissen?«

Darauf hatte ich keine klare Antwort: Weil es selbstverständlich war, dass ich es wusste, weil die Leute normalerweise so etwas wissen, weil es unsinnig war, es mir nicht zu sagen. Ich konnte ihr nicht sagen, dass der einzige Grund genau der war, dass sie es mir nicht gesagt hatte – und auf einmal, nachdem ich bisher gar nicht darüber nachgedacht hatte, sei mir das äußerst merkwürdig, aggressiv, besorgniserregend vorgekommen.

Ich wusste – ich nahm an –, dass sie ohne Vater aufgewachsen war, aber ich erlaubte nie, dass sie über ihren Vater sprach. Ich hatte Angst, all das ließe sich auf eine solch banale Erklärung zurückführen.

»Komm schon. Weißt du echt nicht, wer mein Vater war?«

»Nein, woher.«

»Weil ich ihm ähnlich sehen muss. Ich nehme an, ich sehe ihm sehr ähnlich.«

»Ja, aber dafür … Was soll's, keine Ahnung.«

»Weißt du es wirklich nicht?«

»Nein. Wer ist er?«

»Wer war er, meinst du wohl. Keine Ahnung. Ich habe ihn nie kennengelernt.«

Da hätte ich mir wirklich gewünscht, dass meine Wohnung mehr persönliche Merkmale gehabt hätte, etwas, das ausgesagt hätte, dies ist Carlos' Wohnung, der hat hier fast fünfzehn Jahre gelebt und Abdrücke, Spuren, Zeichen seines Lebens hinterlassen, aber Valeria saß auf dem grünen Ledersofa, die Füße auf der Sitzfläche, die Beine gegen die Brust gedrückt, die Arme um die Beine geschlungen, das Kinn auf die Knie gestützt, und konnte, wenn sie sich umsah, nichts entdecken, das ihr sagte, dies ist Carlos' Wohnung, der hat hier fast fünfzehn Jahre ohne diese feine Altersschicht, diesen Film gelebt, und so war es aus irgendeinem nebulösen Grund umso widersprüchlicher, dass ich entschied, Estela zu verraten und ihr zu sagen, dass man mir gedroht hatte oder so ähnlich – ich sei nicht sicher, wie ernst ich das nehmen sollte, aber dass es mit Sicherheit eine Drohung war –, weil ich unbedingt etwas über die Lebensgeschichte eines Priesters herausfinden wollte, der an der Repression beteiligt gewesen war oder den Unterdrückern das Gewissen erleichtert oder vielleicht wirklich nur seines Amtes gewaltet hat, weil einige glaubten, dass ich versuchte mich zu rächen, jetzt, nach so vielen Jahren, nach all dem Leben, all der Geschichte danach, und ich wisse einfach nicht, ob das stimme, aber für Momente komme es mir so vor. Nein, nicht die Drohung, die gab es, aber ich wisse einfach nicht, ob ich wirklich versuchte mich zu rächen oder sie zu rächen, Estela zu rächen, besser gesagt, oder wen auch immer, uns alle, die Niederlage, das Scheitern, und da presste sie die Beine noch mehr gegen ihre flache Brust, die nackten Füße starr auf dem Ledersofa, den Mund fest geschlossen, damit es noch auffälliger war, wenn sie ihn öffnete, so als wollte sie mir etwas sagen, und dann nichts sagte, einen Moment schwieg und tonlos wiederholte, eine Drohung.

»Eine Drohung? Hat man dich wirklich bedroht?«

»Ja, ich denke, ja. Vielleicht ist das meine letzte Chance, ein Märtyrer zu werden.«

Sagte ich und versuchte mit einem angedeuteten Lächeln, die bittere Wahrheit der Aussage zu lindern, aber sie wollte auf mein Spiel nicht eingehen und sagte, Blödsinn, das könne man doch nicht zu einem x-beliebigen Zeitpunkt werden: Jetzt wäre es eine Karikatur.

»Jetzt wäre es eine Karikatur. Ein bedeutungsloser toter alter Mann, der nicht getötet wird, weil man die Welt verändern will, sondern damit er die nicht nervt, die erreicht haben, dass die Welt genauso geblieben ist, wie sie war. Das ist kein Märtyrer, Carlos, das ist eine Karikatur. Aber vielleicht musst du etwas tun. Ich meine: Du musst aktiv werden, nicht die anderen machen lassen.«

»Ich soll etwas tun?«

»Keine Ahnung, das musst du selbst wissen.«

Ich müsste es selbst wissen, ich wusste es aber nicht, ich sagte ihr, ich wisse es nicht, aber sie wirkte sehr überzeugt und sagte, nein, es sei nur eine Frage gewesen, wer sei sie denn, um mir zu sagen, was ich müsste oder nicht, was ich sollte oder nicht, aber ja, wenn ich glaubte, ich müsste etwas tun, dann sollte ich darauf nicht verzichten, vor allem jetzt nicht.

»Vor allem jetzt nicht.«

»Was, ›vor allem jetzt nicht‹?«

»Dass du vor allem jetzt nicht darauf verzichten sollst.«

»Was heißt ›vor allem jetzt nicht‹?«

»Das weißt du genau.«

Sagte sie, als wollte sie mir sagen, dass sie es wusste. Dass ich etwas tun musste, was sie auf keinen Fall einschloss: das sie so eindeutig nicht mit einschloss, dass ich es ihr besser nicht sagte.

»Aber wenn du es tun musst, musst du es tun.«

»Da hast du sogar mal recht.«

Sagte ich, und sie löste die Arme von den Beinen, strich den zerknitterten langen schwarzen Rock glatt, streckte die Arme nach oben aus und räkelte sich und legte sie dann auf die Rückenlehne. Ich stand neben ihr – die ganze Zeit hatte ich neben ihr gestanden – und sah sie an und bemerkte etwas.

Da war Musik. Ich hörte Musik, aber sie kam nicht von meinem CD-Player. Es musste die Musik von jemand anders sein.

Es war ein Moment der Schwäche oder Verwirrung oder äußerster Kühnheit oder wie auch immer man das nennen mag: Einen Moment lang dachte ich, es gäbe einen Ausweg – das war das Wort, sagte ich mir, »Ausweg« –, vielleicht könnte ich mit ihr leben, ihr ein Kind schenken, jene Geschichte ein für alle Mal vergessen, mich blind und taub stellen, in einer anderen Welt sterben. Und so holte ich Weißwein aus dem Kühlschrank, es erleichterte mich, dass er noch Geräusche machte, füllte zwei Gläser, reichte ihr eines und versuchte möglichst beiläufig zu klingen.

»Und wenn wir zusammenleben würden?«

Ihr Ausdruck war weder überrascht noch ablehnend; Valeria verzog ein wenig das Gesicht, als hätte sie eine Mücke gestochen. Und ich versuchte ein unpassendes Lächeln zu unterdrücken.

»Du und wer noch, mein Lieber?«

»Ich und meine Erinnerungen, natürlich. Wen, glaubst du, könnte ich sonst ertragen?«

»Keine Ahnung, aber ich freue mich, dass du dich erträgst, oder es sagst. Das ist nicht leicht.«

»Nein, ich weiß. Deshalb übe ich ja mit dir. Das hat einen Vorteil: Wer dich erträgt, weiß, dass er jeden ertragen kann.«

Sagte ich, und wir lachten erleichtert.

33

»HAST DU DIE Nachricht gehört?«

»Keine Ahnung. Was für eine Nachricht?«

»Wie, was für eine Nachricht? Von dem Priester.«

»Klar weiß ich, dass der Priester tot ist, was denkst du denn.«

»Nein, du hörst mir einfach nie zu. Ich meine die Nachricht, dass sie den verhaftet haben, der ihn getötet hat.«

»Tatsächlich?«

Irene leckt sich über die Lippen und lächelt. Ausnahmsweise kann auch sie bei ihrem Mann einmal mit einer Neuigkeit aufwarten. Sie hofft nur – merkt sie erst jetzt –, dass er sie nicht fragt, wie sie davon erfahren hat.

Julio Villalba, der reichste – oder zweitreichste – Mann von Tres Perdices bestellt in der Confiserie Bombom's noch einen Whisky und sagt, der Kommissar könne heute Abend nicht kommen, er habe alle Hände voll zu tun: Seit dem Tod des Priesters habe er viel zu tun, aber just heute Abend werde er die Angelegenheit zum Abschluss bringen verkündet er in selbstsicherem und gewichtigem Ton, und es hört sich an, als täte der Kommissar das auf seinen Befehl hin, oder zumindest zu seinem Besten. Aber seine drei Tischgenossen wissen, dass das nur angeberisches Gehabe ist.

»Ihr müsst es für euch behalten. Zu keinem ein Wort.«

Sagt er zu ihnen, und er weiß, es ist müßig – wenn sie sich

daran hielten, brauchte er es ihnen ja nicht zu erzählen. Sie müssten es für sich behalten, sagt er, er würde ihnen erzählen, was vorgefallen ist: Am Abend zuvor um kurz vor neun habe der Kommissar gedacht, dass der Fall plötzlich in sich zusammenfällt.

»Wie, in sich zusammenfällt?«

Fragt ihn Alberto Iniesta, der Besitzer der einzigen Apotheke: Wie soll er in sich zusammenfallen, wenn er doch nur den Alten schnappen musste, der sich rächen wollte? Julio Villalba genießt diese Abende im Bombon's sehr: Dort fühlt er sich mächtig, respektiert und kann zeitweilig sogar vergessen, dass jegliche Versuche, seine Macht über die engen Grenzen von Tres Perdices hinaus auszudehnen – bis in die Stadt sozusagen –, kläglich gescheitert sind: Etwas oder jemand hat ihn immer in die Schranken verwiesen.

»Da scheinst du was zu wissen, wovon sonst keiner auch nur den blassesten Schimmer hat.«

»Klar doch, Beto, was denkst denn du. Ihr seid diejenigen, die keine Ahnung haben.«

Sagt er und wiederholt noch einmal: Sie hätten keine Ahnung, die Geschichte von der Rache des Alten habe sich erledigt.

»Was?«

Sagen die drei, aber nicht, weil sie ihm schmeicheln oder in den Hintern kriechen wollen, sondern sie sind wirklich entsetzt.

»Wie?«

Das war der größte Tiefschlag, den er in vielen Jahren hatte einstecken müssen, beinahe vergleichbar mit dem Gespräch mit dem Hauptkommissar damals. Doch diesmal hatte die Angelegenheit anfangs wie ein schnöder Verwaltungsakt ausgesehen: Als Kommissar Giulotti bei der Meldebehörde anrief und um die Adresse von Carlos Hugo Fleitas bat – in der Absicht, die er natürlich nicht kundtat, ihn später zu verhaften –, sagte ihm die Angestellte, seine letzte bekannte Adresse sei Calle Piedras 735.

»Besser gesagt, seine vorletzte Adresse.«

Sagte die Angestellte und machte eine Pause. Da der Kommissar die naheliegende Frage nicht stellte, fuhr sie enttäuscht fort: »Die letzte müsste irgendein Friedhof sein.«

Und erklärte, Señor Fleitas sei laut Eintrag letzten Monat, am dreiundzwanzigsten Juli, verstorben. Schockiert schwieg der Kommissar einen Moment; dann dachte er, es handle sich vielleicht um einen Irrtum.

»Entschuldigen Sie, sind Sie sich sicher, dass wir über dieselbe Person sprechen?«

»Ja, klar, Carlos Hugo Fleitas, Personalausweisnummer: 9257587. Das hatten Sie doch gesagt, oder?«

»Ja. Und sind Sie sich sicher, dass er tot ist?«

»Also, hier steht, dass er beerdigt wurde. Wenn er nicht tot ist, dürfte es ihm gerade ziemlich bescheiden gehen.«

»Señorita ...«

»Señora, Kommissar, und entschuldigen Sie, wenn ich Sie verärgert habe. Aber ich bin mir sicher, so sicher, wie man sich in diesen Fällen sein kann.«

Kommissar Giulotti murmelte ein Dankeschön, legte auf und starrte auf die weiße Wand, an der er auch nichts Tröstliches entdecken konnte.

»Was ist passiert, Schatz, erzähl.«

»Nichts, sie haben den Kerl geschnappt.«

»Und woher weißt du das?«

Falsche Frage, denkt Irene: Warum sagt er nie, was er sagen soll? Oder hat er tatsächlich einen Verdacht?

Alberto Iniesta, der Besitzer der einzigen Apotheke von Tres Perdices, merkt, dass Julio Villalba ein wenig mehr hofiert werden möchte – und es macht ihm nichts aus, dem Wunsch nachzukommen.

»Los, Julio, erzähl schon, was passiert ist. Los, lass uns hier nicht so auf glühenden Kohlen sitzen.«

Sagt Iniesta, und Kowalski sieht die beiden an, er sitzt ein wenig weiter hinten, wie am Rande. Joaquín Kowalski ist der Verwalter von Villalbas Lieferwagen – zwanzig Jahre lang war er selbständiger Lkw-Fahrer mit zwei eigenen Fahrzeugen, bis er in der vorletzten Krise Konkurs ging. Kowalski kennt die Geschichte, seine Frau hat sie ihm, kurz bevor er loszog, erzählt und sich dann dumm gestellt, als er sie fragte, woher sie sie kannte, aber er weiß, es wäre nicht klug, wenn er dem Chef die Show stiehlt.

»Es war am Ende doch nicht der Alte.«

»Wie? Aber wir waren uns doch vollkommen sicher.«

Sagt Iniesta, und Kowalski fragt ihn, wer sich da sicher war: Manchmal kann er ihn einfach nicht ertragen. Iniesta gibt ihm keine Antwort, und Villalba legt wieder los: Nein, wirklich bemerkenswert, alles habe auf diesen Kerl hingedeutet, der Kommissar sei überzeugt gewesen, dass er es war, deshalb sei er völlig fassungslos gewesen, als er erfuhr, dass der es unmöglich gewesen sein konnte. Wieso unmöglich? Ja, ihr werdet nicht glauben, was passiert ist. Kowalski ist kurz vorm Platzen: Er kann die Show seines Chefs kaum noch ertragen. Aber er schluckt und schweigt; Villalba kostet den Moment aus – Iniesta zieht übertrieben die Brauen hoch, und Bunder, der Geschäftsführer der Banco de Provincia, fragt, was, was ist denn nun passiert, erzähl schon – und sagt erst nach einer halben Ewigkeit, es sei unglaublich, aber der Kerl sei tot, wie der uns alle an der Nase herumgeführt hat, mein lieber Scholli. Bunder unterbricht ihn mit einem leicht übertriebenen: Tot? Er ist wirklich tot?

»Warum? Geht es um einen Freund? Deine Cousine?«

Sagt Kowalski, der sich kaum noch im Zaum halten kann.

»Jungs, wen interessiert das schon. Der Knüller ist doch, dass die Geschichte mit dem Alten ein Irrtum war, der arme Kerl hatte nichts damit zu tun. Wer weiß, was da passiert ist, da kommt der gerade an dem Tag hierher und beschimpft den Priester und hat das Pech, dass der danach umgebracht wird, und wir alle sind drauf reingefallen.«

Sagt Villalba, ein wenig zu schnell: Wie jemand, der fürchtet, dass der Sieg, den er schon in der Tasche zu haben glaubt, ihm noch genommen werden könnte.

»Sachen gibt's. Der Alte hatte also nichts damit zu tun.«

»Und wer war der Kerl?«

»Dann hast du also keine Ahnung.«

»Nein, natürlich nicht, Liebes. Sonst würde ich ja nicht fragen. Sag schon, los, ich will mich gleich mit den Jungs treffen.«

»Dann lass dich nicht aufhalten.«

»Jetzt hab dich nicht so.«

»Es war niemand Besonderes. Ein Junge, ein ganz gewöhnlicher Dieb.«

»Wie, ein gewöhnlicher Dieb?«

»Hörst du denn nie zu, wenn ich etwas sage?«

»Aber der Kommissar hat nicht mal einen Tag gebraucht, um den Täter zu finden, den richtigen. Es heißt, der Minister habe ihn angerufen und ihm Feuer unter dem Hintern gemacht, er habe ihm nahegelegt, in Richtung Raubüberfall zu ermitteln. Wer weiß, das erzählt man sich. Deshalb ist er jetzt wohl so beschäftigt, nicht wahr?«

Sagt Kowalski: Er konnte sich nicht mehr beherrschen. Villalba wirft ihm einen Blick zu, als wollte er ihn töten.

»Mensch, Joaquín. Wenn du was weißt, dann halt den Mund, Julio erzählt doch gerade.«

Sagt Bunder, und Kowalski zögert, am Ende schweigt er. Julio Villalba sieht ihn an, als würde er gerade eine Rechnung aufmachen: Das kostet dich soundso viel. Dann atmet er geräuschvoll ein, nimmt einen Schluck und setzt herablassend seinen Bericht fort.

»Nein, nicht einmal einen Tag. Na ja, eigentlich stimmt das so nicht. Er hat letztlich ganz schön lange gebraucht. Jemand hatte ihm schon von dem wahren Mörder erzählt, aber er war so auf die Spur mit dem Alten fixiert, dass er nicht auf den anderen gehört hat. Zum Glück hat er den Jungen gleich aufgespürt. Der Kommissar ist wirklich brillant. Das werdet ihr morgen sehen, wenn all die Nachrichtensender hier auftauchen.«

Sagt er und fragt Kowalski, warum der dritte Lieferwagen an dem Morgen nicht auf Tour gegangen ist. Kowalski sagt etwas von einem Problem mit dem Vergaser. Villalba sieht ihn an, als wolle er sagen, ich weiß nicht, ob ich dir glauben soll.

34

DIESER GERUCH, ESTELA, ob das nicht deiner ist? Der Geruch deiner Niederlage?

Ich sage: deiner Niederlage.
Die so anders ist als meine.

Ich habe immer den Schmerz – den Groll, den Hass – darüber mit mir herumgetragen, dass wir uns nicht verabschieden konnten. Und dabei haben wir uns an jenen Tagen so oft verabschiedet. Immer wenn wir uns für ein paar Stunden trennten, wenn ich fortging oder du, haben wir uns verabschiedet, wir fragten nicht – wir durften über diese Dinge nicht sprechen –, und doch wussten wir beide, dass der andere etwas tun musste, was schlecht ausgehen konnte. Wir wussten es beide: In jenen Tagen verließen wir das Haus nur wegen solcher Dinge, und dann verabschiedeten wir uns jedes Mal, als wäre es das letzte Mal: mit einem langen, sehr langen Kuss oder auch mit einem flüchtigen, aus Angst, man könnte merken, dass es sich um einen Abschied handelte, oder aus Angst, wenn man den Abschied so betonte, könnte es ein echter Abschied werden; manchmal auch nur mit einem Blick oder einem Satz, um zu sagen, ich bin bei dir, geh nur, ich lass dich nicht hängen; einmal – ich erinnere mich noch – wollte ich dir sagen, wie viel du mir bedeutest, aber ich fand nicht die passenden Worte. Und ein anderes Mal hast du es mir gesagt, oder zumindest kam es mir so vor. Wir haben uns so oft verabschiedet, dass ich es am Ende nicht mehr ernst nehmen konnte, obwohl wir beide wussten, dass es mit jedem Mal ernster war. Und auch später haben wir uns so oft verabschiedet: später, als du nicht mehr da warst. Ich habe mich mein Leben lang von dir verabschiedet. Doch jetzt müssen wir uns für immer verabschieden.

»Aber wirst du mir vorher, da du mir schon alles erzählst, sagen, was mit unserem Kind geschehen ist?«

Estela tat, wie so oft, als ob sie mich nicht hörte.

Du weißt nicht, wie sehr ich es bereut habe, dass ich dir damals nicht geglaubt habe, dass du schwanger warst. Als du zu mir sagtest, ja, natürlich, du seist dir sogar sicher, dass es ein Junge werde, und ich dir zur Antwort gab, das sei reine Einbildung, die Panik, die Schwangerschaftswelle. Erinnerst du dich, dass damals eine Genossin nach der anderen schwanger wurde? Als wäre die Verzweiflung über sie hereingebrochen, als hätten sie schnell alles erleben wollen, solange es noch ging, etwas hinterlassen wollen für die Zeit danach – und, ehrlich, ich dachte damals, du hättest dich davon anstecken lassen, und deshalb glaubte ich dir nicht. Du weißt nicht, wie sehr ich das bereue. Wirst du mir nie erzählen, was in Wirklichkeit geschehen ist? Willst du dich weiter an mir rächen, willst du dich weiter taub stellen, weil ich dir damals nicht glauben wollte?

Ich sah sie nicht an, als ich ihr sagte, das sei nicht der richtige Zeitpunkt, um ein Kind zu bekommen. Sie fragte, woher ich denn wissen könne, wann der richtige Zeitpunkt sei. Wir lagen beide rücklings auf dem Bett, ohne uns zu berühren, zwanzig, dreißig Zentimeter auseinander, eine endlose Distanz.

»Ich meine, es sind schwierige, chaotische Zeiten.«

»Früher hast du immer von einer Ära der Geburten gesprochen.«

Ich wollte ihr sagen, das sei doch als Metapher gemeint gewesen, aber ich schwieg, dieses Mal: Ihre Fähigkeit, nicht zu begreifen – oder vorzugeben, dass sie nicht begriff –, wenn etwas nur eine Metapher war, machte mich jedes Mal fertig.

»Was meinst du mit ›schwierigen Zeiten‹?«

»Ach, Mädchen, das weißt du doch.«

»Was? Dass sie uns morgen schnappen können? Dass sie uns morgen töten können, wenn wir nicht aufpassen, wenn das Glück uns verlässt?«

Ich fasste an meinen linken Hoden und sagte, so etwas solle sie nicht einmal im Scherz sagen, als machte es einen großen Unterschied, ob man es sagte oder nicht: Als ob wir glaubten, wenn man nicht aussprach, dass etwas geschehen könnte, würde das dazu beitragen, dass es auch nicht geschah, und sie lachte: Sie lachte immer, wenn ich abergläubisch war. Sie lachte, aber wenigstens ging sie auf mich ein. Sie fragte noch einmal, damals, was ich mit schwierigen Zeiten meinte. Und ich sagte, das sei doch völlig klar.

»Ich meine, das ist jetzt nicht der richtige Zeitpunkt, um ein Kind auf die Welt zu bringen, das wäre unfair ihm gegenüber und dir und uns gegenüber.«

»Du willst damit sagen, wir sollen es abtreiben.«

»Du weiß doch nicht mal, ob du tatsächlich schwanger bist.«

»Doch, das weiß ich, Gallego, wir Frauen spüren so was.«

»Ihr spürt so was?«

»Ja, wir spüren so was.«

Ich war so kindisch, so dumm: Ich sagte, ja, ihr glaubt, ihr spürt das, und irrt euch, und ich sah sie dabei an, als stunden zwei Jahrhunderte rationalen Denkens neben mir aufgetürmt, um mich zu unterstützen und über sie zu spotten.

»In dem Punkt irre ich mich nicht. Ich weiß, dass ich schwanger bin.«

»Das kannst du nicht wissen, jetzt sei nicht albern. Warte ab, bis es sich bestätigt, und dann reden wir darüber, was wir machen, okay?«

»Da gibt es nichts zu bereden, Gallego.«

Selbst wenn dem so ist, sag mir, was du gedacht hast, als sie dich verhafteten, als sie sich auf dich stürzten und dich verhafteten; sag mir bitte, was du in dem Moment gedacht hast.

Seit Jahren schon bin ich nicht mehr an dem Abschnitt der Calle Matheu vorbeigegangen, in dem Estela und ich in den letzten Monaten gewohnt hatten: wohin ich an jenem Abend ein wenig zu spät gekommen war. Als ich neulich dort wie zufällig vorbeiging – es war eine kleine Täuschung, ich wusste sehr wohl, wo ich hinging –, stellte ich fest, dass die Vorsichtsmaßnahme unnötig gewesen war: Es sah alles völlig anders aus. Das alte dreistöckige Gebäude, in dem unsere Wohnung gelegen hatte, gab es nicht mehr; die Eckkneipe mit dem Geschäft auch nicht, der rote Briefkasten stand nicht mehr an der Ecke, die Bäume waren höher und belaubter, die Straße war jetzt asphaltiert, es gab einen Telefonladen mit Leuchtreklame, und da, wo früher der Club des Viertels gewesen war, befand sich jetzt eine Tankstelle. Alls wirkte kommerzieller, unpersönlicher. Noch ein Plakat der Banco de la Nación erklärte: *Es muss umverteilt werden*. Und darunter: *Lassen Sie Ihr Kapital arbeiten. Verteilen Sie Ihr Geld auf Ihre Konten, Ihre Aktienanlagen und Festgeldkonten bei der Banco de la Nación*.

Sag mir wenigstens, dass du nicht an mich gedacht hast, dass du nicht gesagt hast, wo ist dieser Mistkerl, er hat mich betrogen, er hat mich verraten, sag mir, dass du das nicht gedacht hast, bitte, sag mir, dass du wusstest, dass ich das nicht getan habe. Aber sag mir vor allem, dass du nicht zu den anderen gesagt hast, zum Glück ist Gallego nicht da, ist er nicht gekommen, sag mir, dass von dir in diesem entsetzlichen verwirrenden entscheidenden Moment nicht diese unerträgliche Liebesbekundung kam, Estela, bitte, sag mir, dass dem nicht so war.

Ich erinnerte mich an die Zeit, in der die Stadt unser Schlachtfeld war: ein Raum, in dem wir uns bewegten – oder zu bewegen glaubten – wie die Fische im Wasser oder die Hunde im Schlamm. Wir hatten sie mit Spaziergängen, Cafés, Kinos, Buchläden, Schulen, Arbeitsstellen, Fakultäten und Wohnungen gefüllt, die es uns ermöglichten, sie mehr und mehr zu unserer Stadt zu machen, und wir waren entschlossen, dieses Territorium in einen Ort des Triumphes zu verwandeln. Jede Straßenecke hatte einen Sinn, war ein Konglomerat von Zeichen, die uns sagten, wie wir sie besetzten, eroberten: Hier hatte diese oder jene Demo stattgefunden, hier dieser oder jener Einsatz, sieh an, der Schriftzug ist immer noch da. Die Straße zu gewinnen hieß Macht gewinnen. Wir mussten um diese Straßen kämpfen, sie bevölkern, die Polizei zurückdrängen, die sie auch besetzen wollte, um jede einzelne kämpfen – manchmal, indem wir sie eroberten, andere Male, indem wir sie aufgaben – oder sie stillschweigend gewinnen, wenn uns ein Bewohner seine Tür öffnete. Mein Leben – dein Leben, Estela, unser Leben – war in diese Straßen eingeschrieben; die Stadt war mein weißes Blatt Papier, der Rahmen für unsere Fotos, immer voll von Gesichtern, stets leicht in Bewegung. Jetzt war sie ein Raum ohne Sinn, ein Ort, an dem nichts geschah, was mich noch etwas anginge. Ich spazierte durch die

Straßen – und auch durch diesen Abschnitt der Calle Matheu, um mich zu verabschieden –, und ich war verzweifelt, so viele fremde Menschen zu sehen. Was waren sie, wer waren sie, warum waren es so viele? Warum mussten es so viele sein? Was machten sie mit der Stadt? Warum bevölkerten sie sie? Die Stadt war die Bühne ihres endlosen Lebens, in dem es kein anderes Ziel gab, als weiterzumachen, zu überleben. Die Stadt nutzte mir nichts mehr.

»Und jetzt sehe ich, dass du zu alt bist, um ein Kind zu bekommen, sehr alt, man merkt es an deinem Gesicht. So lange habe ich mich bemüht, dein Gesicht zu sehen, als ob es noch genauso wäre wie damals, aber ich kann nicht mehr länger die Augen verschließen: Du bist alt, Estela, du bist so alt wie ich.«

»Du bist echt am Ende, Gallego.«

Dabei hatte ich nur fragen wollen, ob sie etwas mit ihrem Tod anfangen konnte, ob es etwas gegeben hatte, was es ihr ermöglichte, mit einer gewissen Ruhe in den Tod zu gehen. Etwas, von dem sie gern gehabt hätte, dass man sie dabei gesehen hätte, etwas, worauf sie stolz sein könnte? Etwas, das sie tröstete, als sie begriff, dass es unvermeidlich war? Eine Hoffnung, an die sie sich klammerte, als sie sah, dass sie gehen musste? Ein Gedanke an die Zukunft, die Vergangenheit? Irgendeine Szene, die diesen Toden ähnelte, die uns genährt hatten, der Held, der seine letzten hoffnungsvollen Worte spricht, die Heldin, die den traurigen, aber tapferen Abschiedsbrief schreibt, voller Vertrauen in die Zukunft? Eine Botschaft, die nie ankommen würde? Und auch, in irgendeiner Form, ohne es auszusprechen, die Erwartung, dass jemand Rache übt, dass ich Rache übe? Jetzt, nach all der Zeit, hätte ich sie gern gefragt, wie es war – inzwischen in der Annahme, dass sie tatsächlich gestorben, dass sie seit so vielen Jahren tot war –, einen derart öffentlichen Tod zu sterben: einen Tod, den andere wahrnehmen, nur dass die, die dabei zusehen, ihre Feinde sind, die, die sie töten. Ich hätte sie gern gefragt, wie es ist, in solch fremden Händen zu sterben.

Sicher wäre es mir nie so nützlich gewesen wie jetzt, einen Glauben zu haben: Dann wäre ich nicht so entsetzlich allein und ungeschützt dem Ende ausgeliefert. Doch zu welchem Preis? Wenn ich glaubte, wenn ich die Gewissheit hätte, ich müsste vor einem Wesen oder einem Gericht die Verantwortung für mein Handeln übernehmen, hätte ich vielleicht nicht daran gedacht, mein Vorhaben in die Tat umzusetzen. Das war der Preis: Wenn es kein Ende gibt, wenn alles so weitergeht, hört die Verantwortung nie auf. Und zugleich war das der Hemmschuh. Wenn wir damals wirklich an irgendeinen Himmel, an irgendeinen Gott geglaubt hätten, wäre es uns bestimmt nicht so wichtig gewesen, etwas Entscheidendes auf dieser Erde, in diesem Leben zu leisten. Aber wir glaubten, es gäbe kein anderes, und erlagen der verzweifelten Euphorie desjenigen, der weiß, dass er alles auf eine Karte setzt. Mit der Überzeugung, dass es eine andere Form ewigen Lebens, eine andere Art von Himmel gibt: Wir würden im Herzen eines dankbaren Volkes weiterleben, in den Geschichtsbüchern, denn wir wären gestorben, um ihnen ein neues Vaterland zu schenken – oder so etwas. Wie viel leichter war es damals zu sterben, als es einen Sinn hatte.

Aber ich muss immer daran denken, dass sie am Ende wollte, dass wir verschwinden. Oder zumindest hatte sie das ein paar Tage vor jenem Abend, als das mit der Schwangerschaft aufkam, gesagt. Sie war müde, sie hatte Angst, sie hatte recht: Die

Organisation steuerte geradewegs auf eine Katastrophe zu. Sie war so müde, dass sie mir den größten Frevel vorschlug: Wir sollten verschwinden, alle im Stich lassen und verschwinden. Ich sagte – erinnerst du dich, Estela, wie ich es zu dir sagte? – ja, in Ordnung, aber ich brauchte ein paar Tage Zeit für einen »geordneten Rückzug« – diese Scheißmilitärmetapher. Ich dachte, wir müssten eine gewisse Vorsicht walten lassen, Marcos alles erklären, uns rechtfertigen, ihnen die Chance geben, die Lücken zu füllen, die wir hinterlassen würden. Später wusste ich nicht zu sagen, ob meine Idee dumm oder einfach nur naiv gewesen war. Wir stritten, ich überzeugte sie, sie akzeptierte diesen kleinen Aufschub, keine Sorge, es sind nur vier oder fünf Tage.

»Und was hast du mit diesem Priester vor, Gallego? Wirst du ihn nun töten oder nicht?«

»Du willst, dass ich ihn töte, oder?«

»Jetzt schieb mir nicht den schwarzen Peter zu, Gallego, sondern kümmer dich endlich mal selbst darum.«

Vielleicht hast du recht, Estela: Seine Geschichte zu erfinden war vielleicht reiner Blödsinn, oder besser gesagt: ein Wegducken. Seine Geschichte ist banal: Mörderpriester will sich aus Angst Schuld Reue Verschlagenheit Unbehagen zurückziehen und zum Dorfpfarrer werden, der noch gutmütiger ist als Lassie. Was soll daran interessant sein? Das haben mehr oder weniger alle Argentinier nach der Militärdiktatur gemacht, die das konnten. Einige wenige konnten es nicht – und müssen büßen, wir wurden von ihren Geschichten überschwemmt, die schon kein Profil mehr haben: Wir strotzen vor ihren Geschichten, ihrer öffentlichen Entblößung, wen interessiert das. Du hast recht, Estela.

»Wen soll ich töten? Ich bin dazu nicht fähig, ich konnte noch nie jemanden töten. Glaubst du wirklich, ich wäre dazu fähig? Danke, Estela. Ich bin dir wirklich dankbar.«

Ich nahm an, ich müsste mich nun kümmern: Der Arzt hatte mir gesagt, dass es bald zu Ende gehen würde. Ich hatte ihn nicht fragen wollen, wie lange »bald« war, aber bald würde ich versuchen den Arm zu heben, und er würde sich nicht mehr heben lassen. Mein Kopf würde den Befehl geben – ohne nachzudenken, wie jeder Kopf einem Arm den Befehl erteilt, sich zu heben, wie mein Kopf immer nicht wahrnehmbare Befehle gegeben hatte –, und mein Arm würde sich nicht heben. Oder bis zu einem gewissen Punkt vielleicht – ich hatte nicht danach fragen wollen –, aber er würde mir sehr deutlich machen, dass er dem Befehl meines Kopfs nicht völlig gehorchte: Mein Körper würde durch heimtückische Aktionen anfangen, mir zu beweisen, dass mein Kopf – dass ich – ihn nicht mehr beherrschte. Und dann müsste ich anfangen, darüber nachzudenken, wie ich diese letzte Phase verbringen wollte – ich hatte nicht nach Details fragen wollen, doch ich hatte beinahe unabsichtlich mit angehört, dass es keine lange Phase war, dass ab diesem ersten Augenblick der Befehlsverweigerung alles, »alles« ein paar Tage, ein paar Wochen dauern konnte –, und ich müsste anfangen darüber nachzudenken, ob ich im Krankenhaus vorstellig und mich aufnehmen lassen würde, ob ich mich in meiner Wohnung verbarrikadierte oder ob ich der Rebellion die Stirn bieten und sie bedrohen, sie herausfordern und damit alles abkürzen würde. Ich versuchte, für den Moment, diesen Strudel der Angst irgendwo im Magen beiseitezuschieben – ich musste ihn beiseiteschieben, ich wusste nicht, wie lange ich dazu noch in der Lage sein würde –, und ich fragte mich, ob ich Estela uns alle die Niederlage jetzt rächen wollte, weil ich es später nicht mehr konnte oder weil ich damit vermeiden wollte, daran zu denken, dass ich es später nicht mehr tun könnte – ich könnte es nicht mehr –, und ich entschied für den Moment – immer für den Moment –, alle dummen, kontraproduktiven Fragen zu vermeiden. Ich musste mich in jedem Fall beeilen: Ich wusste nicht, wie lange bald war. Ich streckte den Arm nach dem Glas aus: Er hob sich. Erleichtert, entsetzt nahm ich einen Schluck: Ich musste mich beeilen.

»Ich wollte es dir nicht sagen, Estela, aber es hat keinen Sinn, es zu verschweigen. Ich habe eine Idee. Ja, endlich ist mir eine Idee gekommen. Wirst du mir zuhören, ohne deinen Senf dazuzugeben?«

Ich hatte über diese Möglichkeit nachgedacht: Vielleicht aus Ohnmacht oder aus Fantasielosigkeit hatte ich über die Möglichkeit nachgedacht, ihn zu töten, damit wir quitt waren. Aber als ich zu ihm in die Kirche ging und ihn sah, mitten auf seiner Bühne, vor dem Kreuz mit dem angenagelten Toten, dem Bild von dem mit Pfeilen übersäten Heiligen Sebastian, und die Gläubigen vor ihm, die ihn verehrten, die Worte hörte, die alle wiederholten, dachte ich, ihn zu töten war eigentlich viel zu wenig: Nicht er sollte mein Ziel sein, sondern seine Kirche. Und da kam mir endlich eine Idee.

Meine Idee war, wie meistens, aus der Angst geboren. Ich hatte es mit der Angst bekommen, denn als ich ihn in seiner Kirche sah, als ich hörte, wie er auf meine Beleidigungen mit seinen pastoralen Phrasen antwortete, wurde mir klar: Wenn ich ihn tötete, weil er, Pater Augusto Fiorello, ein Kaplan des Heeres, die Truppen unterstützt hatte, die Argentinien vom marxistischen Teufel befreiten, würde ich ihm einen furchtbaren Gefallen tun. Seine Kirche – die Galerie der Besten seiner

Kirche – besteht genau aus solchen Frauen und Männern: den Gläubigen, die jemand getötet hatte, weil sie ihrer christlichen Mission treu waren. Wenn ich ihn tötete, würde ich ihn zu einem dieser Märtyrer machen. Und nach einiger Zeit könnte die Kirche ihn seligsprechen und ihn später sogar zum Heiligen machen: Anstatt mich zu rächen, würde ich ihm einen außergewöhnlichen Gefallen erweisen, ich würde ihn dorthin bringen, wo er sein ganzes Leben immer hatte sein wollte. Plötzlich verspürte ich ein leichtes Schaudern.

Bis ich darauf kam, dass ich genau das tun musste: Ich musste erreichen, dass seine Kirche ihn zum Heiligen machte, dass sie einen Mörderpriester heiligsprach. Das wäre meine Rache: Wenn ich mein Ziel erreichte, würde ich es nicht nur einem blutrünstigen Priester, sondern seiner ganzen Kirche heimzahlen. Schwindel erfasste mich: Bald würde sich das Puzzle zusammenfügen. Es war fantastisch. Ich war zurückgekehrt, ich war da. Plötzlich extreme Hellsicht: Eine Stimme, die wie eine andere klang, flüsterte mir jedes einzelne Detail meines Plans zu. Ich hatte verstanden.

Mein Plan war unglaublich. Aber damit er aufging, musste ich vorsichtiger zu Werke gehen. Denn vielleicht würde die katholische Kirche sich schämen, einen Kaplan von Folterknechten seligzusprechen, der durch den Angehörigen eines Opfers getötet wurde. Es wäre logisch: Die Kirche hatte dasselbe getan wie die reichen Argentinier: Nachdem diejenigen, die die Drecksarbeit erledigten, ihre Schuldigkeit getan hatten, verachtete sie sie und warf sie den Löwen zum Fraß vor. Vielleicht würden sie sich nicht trauen, ihren Pastor heiligzusprechen, wenn die Beziehung zu diesem Krieg allzu offensichtlich war. Aber wenn das Opfer sauberer, vorzeigbarer war, könnte ich sie überzeugen.

Ich brauchte ein paar Minuten, bis ich einen Weg fand. Ich

durfte ihn nicht selbst töten: Meine Motive waren leicht zu durchschauen. Ich musste jemanden dazu bringen, der ihn in einem eindeutig diabolischen Ritus hinrichtete, der ihn ipso facto zu einem christlichen Märtyrer machte. Ohne Zeit zu verlieren, musste ich alle Informationen über Pater Fiorello zusammensuchen und mir einen jungen kämpferischen Journalisten suchen und sie ihm übergeben. Ich musste ihn überzeugen, zwanzig oder dreißig Jahre zu warten, so lange wie nötig: Wenn du Geduld hast, mein Lieber, werden dir diese Papiere die beste Schlagzeile deines Lebens verschaffen. Er würde mich fragen, bis wann, und ich würde ihm antworten, bis die Katholiken beschließen, Pater Fiorello heiligzusprechen. Du wirst sehen: In ein paar Jahren wird er ein Heiliger Augusto sein, und du wirst die ganze Wahrheit über seine Geschichte ans Licht bringen können. Aber nicht vorher, sonst wäre alles vergeblich. Du musst warten, bis sie ihn zum Heiligen machen oder zumindest seligsprechen: Dann zeigst du ihnen, dass er ein Mistkerl war, und so demaskierst du das gesamte System der Kirche, verstehst du? Dass sie dir einen Mörder Folterer Mistkerl als Heiligen verkaufen wollen. Damit ist die Institution am Arsch. Das ist ein Meisterstreich, Estela. Wir machen den katholischen Glauben fertig. Mit einem Tod, wie es sich gehört: Sie haben mit einem Tod angefangen, und sie enden mit einem. Mit einem dieser Morde, für die sie so viel übrig haben.

Es würde nicht leicht sein, einen geeigneten Journalisten zu finden – er war ein zentrales Teil in meinem Puzzle. Aber kommt Zeit, kommt Rat. Ich ging den Plan noch einmal durch: Er schien mir perfekt. Ich lachte, als ich feststellte, dass dies mein letzter Versuch sein würde, an der Zukunft zu arbeiten: weiter in der Logik von damals zu denken. Ich musste nur einen Henker finden.

Du hättest mich sehen sollen, Estela. Du weißt nicht, was ich getan habe. Am nächsten Tag habe ich mit dem Kerl von der Parkgarage gesprochen, ich habe eine Flasche Schnaps mitgenommen und ihm erzählt, ein paar Jungs aus Villa 14 hätten mir einen Ring geklaut, der mir viel bedeutete, er gehörte meinem verstorbenen Vater, ob er wüsste, wie ich mit einem der schweren Jungs dort ins Gespräch käme, damit er mich zu den Dieben führen und ich den Ring auslösen könnte. Zwei Tage später gab er mir eine Handynummer, und ich vereinbarte ein Treffen an einer Bushaltestelle. Der Typ wartete, wie vereinbart, in einem grünen Pullover auf mich, er wirkte misstrauisch.

»Bist du der Teca?«

»Ja. Und du Gallego?«

»Ja. Ich wollte dir einen Vorschlag unterbreiten.«

Besagter Teca war etwa vierzig und hatte grelles blondgefärbtes Haar, tiefe Augenringe, eine Schnittwunde auf der Wange und eine Gefängnistätowierung am linken Handgelenk. Er war klein und kräftig, seine Turnschuhe sahen aus wie Schiffe. Anfangs tat er so, als ob er mir nicht zuhören wolle; natürlich wollte er. Ich sagte ihm, ich hätte einen leichten und einträglichen Job für ihn, und er sagte, lass hören. Weißt du, woher ich komme? Ja, Paredes schickt dich; du musst einer aus seiner Bande sein, sagte er, und ich gab ihm keine Antwort. Aber ich sagte ihm, in einem Haus in Tres Perdices gebe es ordentlich was zu holen, ein korrupter Priester, der sich die Kohle der Kirche einsackt und sie in seinem Schlafzimmer versteckt. Was verstehst du unter »ordentlich was zu holen«? Etwa fünf Riesen, sagte ich, mich würde die Kohle nicht interessieren, die könne er haben, aber wenn er täte, was ich ihm sagte, würde ich noch drei Riesen drauflegen.

»Und um was geht's?«

Ich sagte ihm, es sei nicht weiter schwer: Er solle ein paar Teufelsbildchen dalassen, die ich ihm mitgeben würde, alle Heiligen und Kruzifixe kurz und klein schlagen und ihn abstechen, wie ein Teufel eben. Der Teca lachte: Du hast nicht zufällig einen an der Waffel? Ich sagte, er solle sich keine Gedanken machen. Aber wenn er Schiss hätte, sollte er es lassen. Ich würde schon jemanden finden, der den Job mache. Der Tecla sagte sofort, nein, was glaubst denn du, das kann ich schon ab.

»Und mit der Kohle bist du dir sicher?«

»Ja, absolut.«

»Okay. Dann gib mir die Daten.«

»Gallego, du bist völlig durchgeknallt.«

»Nein, mein Mädchen, nicht du. Was sagst du da.«

»Dass du völlig durchgeknallt bist.«

»Nein, du kapierst das nicht. Der Plan ist gut. Er hat sogar einen Hauch von poetischer Gerechtigkeit: Erst werden sie denken, ein Dieb habe ihn umgebracht, ein Assi, ein Produkt dieses Landes, das er mitgeschaffen hat, als er für die Mördersoldaten gearbeitet hat. Findest du nicht, das hat was?«

»Was du mir da erzählst, ist der helle Wahn, wirklich. Sei vorsichtig, Gallego, du wirst langsam verrückt.«

35

»NUR DIE RUHE, Sergeant. Mal sehen, lassen Sie uns alles noch einmal durchgehen, von Anfang an.«

»Ja, Herr Kommissar.«

»Als wir diesen Dreckskerl geschnappt haben, wollte er uns weismachen, er hätte nichts damit zu tun. Du wolltest uns also an der Nase herumführen, du Mistkerl, wir sollten glauben, dass du nichts damit zu tun hattest?«

»Was sollte ich denn machen, Chef? Ich hab die Wahrheit gesagt.«

»Halt den Mund, du Blödmann, dir hat keiner eine Redeerlaubnis erteilt.«

»Aber ich sage die Wahrheit.«

»Los, spuck's schon aus. Sag mir, warum du das getan hast, du Scheißkerl.«

»Warum ich was getan habe?«

»Warum du ihn getötet hast, du Idiot, hör auf, dich dumm zu stellen.«

»Ich habe niemanden getötet, Chef, ich schwöre es.«

»Was glaubst du, wen du vor dir hast, du Schwachkopf?«

»Regen Sie sich nicht auf, Chef.«

»Wie soll ich mich bei einem Scheißverbrecher wie dir nicht aufregen, verdammt? Ich mache hier die Ansagen.«

»Ja, Chef.«

»Hör gefälligst auf mit dem ›ja, Chef‹. Du weißt, worauf das alles hinausläuft, oder?«

»Ja, Chef.«

»Donnerwetter. Du weißt also wirklich, worauf das hinausläuft? Ich glaube, das weißt du nicht.«

»Doch, das weiß ich, Sie stecken mich in den Knast.«

»Das hättest du wohl gern. Du bist schon im Knast. Das ist nicht das Schlimmste, das wirst du noch sehen.«

»Was wollen Sie damit sagen, Chef?«

»Nichts, du Idiot, nichts, was du wissen müsstest. Also schön, noch mal von vorn. Wann, hast du gesagt, bist du angekommen?«

»Wo angekommen?«

»Im Haus des Priesters, du Idiot, wo sonst.«

»Aber, Chef, bitte.«

»Hör auf, mich Chef zu nennen, verdammt. Für dich bin ich immer noch der Herr Kommissar.«

»Ja, Chef.«

»Also noch mal. Wo sind die Sachen, die du geklaut hast?«

»Ich hab nichts geklaut.«

»Sergeant, wie viel haben wir bei dem Dreckskerl beschlagnahmt?«

»Sechshundert Pesos, Chef. Sechshundert und ein paar Münzen.«

»Das heißt, er hatte bereits alles verkauft.«

»Nein, Chef, bitte. Ich hatte einen Gelegenheitsjob in der Stadt, das können Sie überprüfen.«

»Du hast mir nicht zu sagen, was ich überprüfe und was nicht. Und wenn du jetzt nicht endlich Herr Kommissar zu mir sagst, fangen wir noch mal von vorn an, du Hurensohn. Apropos Hurensohn, deine Mutter hat nicht zufällig was damit zu tun? Als wir das blutbefleckte Hemd gefunden haben, hat sie sofort behauptet, du hättest ein Huhn getötet.«

»Nein, Herr Kommissar, lassen Sie meine Mutter da raus.«

»Sie hat sich da selbst reinmanövriert. Deine Mutter hat uns belogen, um dich zu decken. Entweder du erzählst uns alles, oder wir verhaften sie. Weißt du, wie viele Jahre man für Beihilfe zum Mord kassiert?«

»Nein, Herr Kommissar, das werden Sie nicht tun.«

»Ach nein? Los, Sergeant, zeigen Sie ihm mal, was wir tun werden.«

»Machen Sie, was Sie wollen, Herr Kommissar, aber lassen Sie meine Mutter da raus.«

»Ach ja? Dann wirst du uns wohl erzählen müssen, wie du den Priester getötet hast, du Dreckskerl.«

»Ich, den Priester?«

»Ja, hör auf, hier weiter einen auf blöd zu machen. Oder willst du, dass deine Mutter viermal am Tag im Gefängnis durchgefickt wird?«

Der Junge schreit, nein, er werde sagen, was sie hören wollen. Der Junge ist noch keine zwanzig, er hat schwarzes langes Haar, sein Gesicht ist grün und blau geschlagen.

»Dann los. Erzähl uns, wie du den Priester umgebracht hast.«

»Den Priester?«

»Jetzt geh mir nicht auf den Sack. Hier ist dein Geständnis. Wenn du lesen kannst, lies es dir durch, und wenn nicht, ist es auch egal. Unterschreib, und die Sache ist erledigt.«

»Aber, Herr Kommissar …«

»Was ist, verdammt? Müssen wir wieder von vorn anfangen?«

36

ICH BRAUCHTE NOCH einen Tag, bis mir klar war: Ich musste es selbst tun. Mein Plan war gut – ich glaubte immer noch, dass er gut war –, aber er würde erst sehr viel später aufgehen, und sehr viel später konnte bedeuten, dass doch noch alles schiefging. In zwanzig oder dreißig Jahren hat es entweder eine Revolution gegeben und die Kirche besitzt keinerlei Bedeutung mehr, oder alles bleibt, wie es ist, und der Angriff wird die Kirche nicht erschüttern. Außerdem kann ich nicht noch einmal die Zukunft als falsche Gegenwart benutzen, mich meinen Verpflichtungen unter dem Vorwand entziehen, dass das Morgen mich schon irgendwie freisprechen wird. Ich werde den Journalisten anrufen und ihm sagen, er solle mit den Papieren, die ich ihm gegeben habe, machen, was er wolle. Nein, Mädchen, du hattest recht: Wenn jemand es tut, dann ich, ich muss mich selbst darum kümmern: Ich muss es tun, denn ich ertrage es nicht, dass diese Leute immer noch dort sind; nach allem, was sie getan haben, dürfen sie sich nicht als gute Hirten, erfolgreiche Unternehmer, Intellektuelle mit Durchblick, besorgte Politiker verkleiden. Ich habe den Teca schon angerufen, Estela, um ihm zu sagen, er solle alles abblasen. Der Teca sagte, das gehe nicht mehr. Ich sagte ihm, er bekomme keinen Centavo von mir. Er sagte, das sei ihm gleich, mit den fünf Riesen habe er mehr als genug. Aber vielleicht hat der Priester gar nicht so viel. Was ist los, du Scheißkerl, du willst das Ding allein durchziehen. Nein, Junge, im Ernst, lass die Finger davon. Scher dich zum Teufel, hat er geantwortet und aufgelegt. Danach ist er nicht mehr rangegangen. Ich weiß, was ich zu tun habe, keine Sorge: Das kann mir keiner abnehmen. Ich werde noch ein paar Tage über die Art und Weise nachdenken, aber ich werde es tun. Der Geruch ist zurückgekehrt, und er ist scheußlich, meine Arme sind schwer, in meinem Kopf geht manchmal was durcheinander, aber ich werde es tun. Du wirst sehen, Estela, keine Sorge: Diesmal werde ich dich nicht enttäuschen.

Anmerkung der Herausgeberin

SIE MÜSSEN BEIDE am selben Tag gestorben sein. Ich habe nicht nachgerechnet – das hätte ich obszön gefunden –, aber ich bin mir sicher, dass sie am selben Tag gestorben sind. Am Vierundzwanzigsten, am Morgen nach dem Tod des Priesters, hatte der Portier von Carlos' Haus sich Sorgen gemacht, weil er ihn seit zwei Tagen nicht gesehen hatte. Er hatte geklingelt, es hatte niemand geantwortet, und er hatte einen intensiven Geruch wahrgenommen – er würde ihn später als »intensiv« bezeichnen – und den Schlüssel geholt. Er fand ihn tot im Bett liegend vor, »mit friedlichem Gesicht, als würde er schlafen«. Die Autopsie ergab »Herzstillstand durch natürliche Todesursache«, das heißt, sie haben keine Hinweise auf etwas anderes gefunden, aber sie haben auch nicht danach gesucht. Ich habe es am selben Nachmittag per Zufall erfahren: Es war zwar Dienstag, aber ich wollte ihn aufsuchen, weil ich im Fernsehen gehört hatte, dass Pater Fiorello getötet wurde, und ich dachte, diese Nachricht rechtfertige es, unsere Regeln zu brechen. Es war zur Zeit der Siesta; ich drückte eine Weile auf die Klingel, bis mit verschlafenem Gesicht der Portier auftauchte und mich fragte, ob mich denn die Nachricht noch nicht erreicht habe. Ich wollte sagen, doch, deshalb bin ich ja da, aber ich hielt inne: Der Mann hatte ja keinen Grund, mit mir über den Tod des Priesters zu sprechen. Ich fragte, welche Nachricht, und sein Gesichtsausdruck veränderte sich schlagartig: Ihm wurde klar, dass er zu viel gesagt hatte, und, was noch schlimmer war, dass er jetzt gezwungen war weiterzureden. Er erzählte mir, wie er ihn gefunden hatte, von dem Aufmarsch der Polizei, den Fotos, dem Krankenwagen. Das Fernsehen, sagte er, sei noch nicht da gewesen – er sagte »noch nicht«. Er wirkte enttäuscht.

Ich ging hinauf. Die Wohnung war in demselben Zustand wie am letzten Donnerstag: ein wenig kalt und leer, als habe seit langer Zeit ein Toter darin gewohnt. Die Papiere lagen auf dem Tisch: Vielleicht hatte Carlos daran gearbeitet, als er den Anfall bekam – wenn es ein Anfall gewesen ist. Ich fing an zu lesen und konnte nicht aufhören; ich glaube, in dem Moment – bereits in dem Moment – fasste ich den Entschluss, sie zu ordnen.

Erst fuhr ich nach Tres Perdices, um mich über die Einzelheiten der Ermordung des Priesters zu informieren. Dann widmete ich mich wieder den Papieren: Wochenlang korrigierte ich seine Syntax, seine Prosa, die von einer seltsamen Härte war. Jetzt kommt es mir so vor, als habe er sich gar nicht so sehr rächen, sondern seine Geschichte niederschreiben wollen. Und wie bei allem, was er versuchte, misslang ihm auch das. Aber es steht mir nicht zu, das zu beurteilen. Ich habe versucht, das Wesentliche seiner Erzählung beizubehalten; ich habe nur ein paar Einzelheiten zu unserer Beziehung ausgelassen, die niemanden etwas angehen.

Natürlich hat er mich nie verstanden. Vielleicht ahnte er etwas, als er bemerkte, dass mein Piercing nicht zu meiner übrigen Erscheinung passte: Er konnte es nicht wissen, aber ich trug das Piercing nur, wenn ich zu ihm ging. Ich bin nie davon ausgegangen, dass er mich verstehen könnte, aber seine Notizen – der wenige Raum, den er mir in seinen Notizen zubilligt – zeigen mir, dass er es nicht einmal versucht hat: Er zog es anscheinend vor, sich ein eigenes Bild von mir zu machen, wie alle Männer. Aber es überrascht mich immer noch, dass er glaubte, ich hätte von seiner Krankheit nichts gewusst.

Seine Sache. Auch ich hätte mit seiner Geschichte machen können, was ich wollte, aber ich ließ sie lieber so, wie ich sie vorfand. Wen interessiert das schon.

Buenos Aires, Juli 2007